非虚构文学　　—想象一个真实的世界—

史诗之城

THE EPIC CITY

［美］库沙那瓦·乔杜里－著　(Kushanava Choudhury)

席坤－译

在加尔各答的街头世界

THE WORLD ON THE STREETS OF CALCUTTA

中国社会科学出版社

图字：01-2019-1786号

图书在版编目（CIP）数据

史诗之城：在加尔各答的街头世界 ／（美）库沙那
瓦·乔杜里著；席坤译. — 北京：中国社会科学出版
社，2020.4
书名原文：The Epic City：The World on the
Streets of Calcutta
ISBN 978-7-5203-4948-2

Ⅰ．①史… Ⅱ．①库… ②席… Ⅲ．①游记－作品集－
美国－现代 Ⅳ．①I712.65

中国版本图书馆CIP数据核字（2019）第262359号

出 版 人	赵剑英
项目统筹	侯苗苗
责任编辑	侯苗苗　高雪雯
责任校对	韩天炜
责任印制	王　超

出　　版	中国社会科学出版社
社　　址	北京鼓楼西大街甲 158 号
邮　　编	100720
网　　址	http://www.csspw.cn
发 行 部	010-84083685
门 市 部	010-84029450
经　　销	新华书店及其他书店

印刷装订	北京君升印刷有限公司
版　　次	2020 年 4 月第 1 版
印　　次	2020 年 4 月第 1 次印刷

开　　本	880×1230　1/32
印　　张	13.375
字　　数	264 千字
定　　价	59.00 元

凡购买中国社会科学出版社图书，如有质量问题请与本社营销中心联系调换
电话：010 - 84083683
版权所有　侵权必究

"那些无法领略属于自己城市的美好与奥妙之人，断然也无法轻易探索到其他城市的精髓所在，这便是我得出的结论。如若一个人对布宜诺斯艾利斯的美视而不见，那么同样，在马德里，在加尔各答，或是其他城市，他也将一无所获……"

——罗伯托·阿尔特《流浪的乐趣》

致我的朋友萨米托·巴萨克（1975—2017）

| 目　录 |

|序　章|

所谓"中年危机"

在那些20世纪90年代初移民美国的人中，有一多半事实上最终放弃了移民；他们远渡重洋，从艾丽斯岛踏上美利坚的土地，却又因为各种各样的缘由返航归乡。在我读七年级的时候，我所就读的学校曾组织我们到艾丽斯岛[1]参观旅行，可途中却没有任何人向我提及这座岛屿所见证过的有关美国移民的种种曲折经历。

不少人常常将移民美国这件事神化，把它比作开启新人生的重置键。有人曾经这么说，来到美国，你可以摆脱你不愿意面对的过去，这片土地也可以为你打开在你的家乡所不能及的视阈。还有人说，移民美国的美妙之处便在于，过往已逝，但未来可期。

但让我告诉你，事实并非总是如此遂人心意。过去的种种经

---

[1] 艾丽斯岛隶属于纽约市，在19世纪末20世纪初，艾丽斯岛是每一个美国移民的必经之地。——译者注（本书注释如无特殊说明，均为译者注）

历，并不会随着你踏上新大陆的那一刻烟消云散；相反，它们总是如影随形，并不时把你拉回曾经的生活和回忆。事实上，在七年级之前，我已经跟随我父母在美国和印度之间往返过四回了。几年间在两个大陆之间来回颠簸，我觉得自己就像可以变压的家用电器一样，来回适应两边的环境成为我的必修课。我的父母是来自印度的科学家，他们常常纠结于究竟是要寻求更好的职业发展机会，还是要追求更熟悉舒适的生活环境，几经犹豫之下，就有了我们这一家如此往复的移民经历——两次移民到美国，又两次举家迁回印度。事实上，我的父亲并不那么愿意背井离乡，离开加尔各答，但又不甘忍受那里平淡的生活。在他 40 岁左右时，父亲辞去了在加尔各答公立科研机构清闲的差事，打算再次移民美国。他对他的领导说，自己还有一腔热血，想要再去美国闯荡一番。领导打趣问道："你到底打算折腾你儿子多少回才肯罢休？"父亲说，"这是最后一次了"。就这样，在我马上要满 12 岁时，我们全家再一次来到了美国，这一次，目的地是新泽西州的海兰帕克。

有过移民美国经历的人应该对自由女神像底座上刻着的艾玛·拉撒路的诗行并不陌生，那是对苦难的移民者饱含同情的诗篇[1]，许多新移民会因为这些句子激动不已，而对于我们一家来说，

---

[1] 作者在这里提及的自由女神像底座铭刻着的诗歌是由艾玛·拉撒路创作的十四行诗《新巨人》(*The New Colossus*)，该诗旨在表达对于那些最初移民美国的弱势群体的同情与歌颂。

这次移民不会再带给我们任何过于浓烈的情绪；当然，我们也并非拉撒路诗歌里所描述的旧时移民那般落魄不堪；对于来到美国这件事，我们并不对其完全笃定，或是怀有全然的期待，"到来"这里的最终目的仿佛一直是"回归"；仿佛在踏上美利坚土地的那一刻，我们一家人仍然确信，总有一天，我们终究还是要回到加尔各答。在新泽西，我们从未把自己当作新美国人。和他那些孟加拉裔朋友一样，我的父母总是期待着在未来的某天回到印度，完全地回归家乡。在无数个星期六晚上，我父母和他们的同乡聚在一起吃饭聊天，餐桌上满满当当，摆着各式各样孟加拉传统菜肴，操着孟加拉语，你一言我一语地回忆着在加尔各答的日子。他们一边吃着羊肉咖喱、黄芥末汤泡鱼等各式各样的家乡菜，一边谈着关于"回归"的话题：他们之中，常有人提及自己经常梦回加尔各答；也有人乐于在餐桌上发誓，说自己一定要回到加尔各答养老。当然，他们中几乎没有人真的回到加尔各答定居。的确，有太多理由让他们留在这里——留在美国。当面对诸如子女教育或是事业发展这样的实际问题时，那些思乡情绪往往脆弱得不堪一击，而留在美国总是那个更加实际的选择。即便如此，想要回到故土的执念却总像一条厚实的羊毛毯一般，在陌生的土地上保护并温暖着小心翼翼生活着的他们。

至于我个人，我的朋友、邻居，还有我在加尔各答的生活，这一切在我踏上美国领土的那一刻便确实离我远去了。到达新泽西后，我进入一所公立学校，跟着那里的七年级生开始了我的学业。除了我之外，学校里没有任何一个来自印度的学生。用所谓什么思乡情结把自己包裹起来在这里可行不通，我要做的是快速适应这里的生活。但事实上，我并不总能完全消化那些需要我吸收的新鲜事物，尽管我的身体已经来到了新泽西，我脑子里运行的仍然是在加尔各答的生活和学习模式。我记得在加尔各答时，每当放暑假，一到9、10点钟，我会和伙伴们打板球，我们穿过田间的沟壑，爬上屋顶，在院子里和街道上奔跑追逐。搬到美国后，离我远去的不仅仅是加尔各答的街道，还有与之相关的一切回忆。

初到美国，我们一家的日子并不如想象中轻松，我父亲第一份工作的雇主并没有兑现最初的承诺，所以他不得不去寻找其他机会，包括那些他曾经不屑一顾的工作。有些工作机会并不在新泽西，有的在科罗拉多，也有的在佐治亚，所以，我已经习惯时常要将我小房间墙上的海报揭下来，以便为下一次搬家做准备。在新泽西，我们和很多这里的家庭一样，搁浅在美国中下层阶级并不富裕的生活中：家里的车子时常因为年久失修产生各式各样的问题，而我们也从来负担不起去像样商场的消费，身上穿着的永远是来自家门口大卖场的便宜货。在我高中最后一年，在这并不那么尽如人意的日子里，我们迎来了一个算是不错的消息——我提前被普林斯顿大学录取了。

　　每个美国移民都明白，你毕业于哪所大学很多时候会决定你的人生轨迹，而即便这些移民在到达美国之前，或许已经拥有各自国家的各种学位，但在美国，它们中的大多数变得一文不值。我收到普林斯顿录取通知书的那天，大概是我父母来到美国后最高兴的一天。收到信的那一刻，他们站在门前激动万分，不知道的人可能以为我家有谁中了彩票。但我却并不如他们那般兴奋。对大多数人来说，教育，或者准确点说，能够在美国不错的大学接受教育，是一个人脱胎换骨的绝好机会：因为这意味着你超越了你家乡的人们，超越了你的父母，也超越了旧时的自我。然而对于我们这样的移民来说，这种外在意义上的"超越"却带来了精神世界的无所适从。对于我个人来说，这意味着我的人生轨迹就此要向更远的方向偏移，我的肉体要被迫迁移到普林斯顿，然而我的灵魂却仍然不时为另一个国家、另一座城市所牵绊。在与父母一直以来奔波迁徙的过程中，关于加尔各答和童年的回忆如同行囊一样，随着我的迁徙而迁徙，它就好像是玄奘一直背着的经箧，在他苦行取经的路上如影随形。早早开始漂泊的我，到17岁那年，已被这塞满回忆和思乡的行囊拖累太久，我觉得自己像个中年人一样，因为常年背负着它们而身形佝偻。我的朋友本杰明说，自打我收到普林斯顿大学录取通知书的那一刻起，我便似乎提早进入了所谓"中年危机"的状态：我常常在夜里失眠，白天却在课堂昏昏欲睡。

那时候，每天晚上我的朋友们都会跑到邓肯甜甜圈店聚会，他们时常抱怨小镇生活太无聊，夜里常会成群结伙，在附近公路上漫无目的地飙车，把引擎开到最响。美国人把像他们这样的状态叫作"毕业综合征"，不少高中毕业后等着上大学的孩子都会陷入这样一种状态，如果非要找一个词形容这种状态，那便是"百无聊赖"。除此之外，大家往往还会表现出对未来生活隐隐的不安感。对比这些每日在外放纵，享受春日闲适时光的伙伴们，我则每天一个人闷在家无所事事。从那时起，我便打定主意，想着我一定要在不久的将来回去，回到加尔各答。

甘地曾经说过，印度是生长在村庄里的国度。虽然我从小在城市长大，从不真正清楚印度乡村的样貌，但我在那个假期却写了一封信给加尔各答的一座乡村小学，想要申请去那里义务支教。我对我的父母说，相比普林斯顿，我想，现阶段我更愿意花一年时间到孟加拉的乡村去体验生活。但是没谁比我的父母更清楚，我们是如何费尽气力再次来到美国的，举目四望，在我们那套小小的两室一厅公寓里，充满着我们一家作为移民的心酸和曲折，对于我要离开美国回印度的提议，我的父母自然是不由分说地否定了。

没有如愿的我便独自一人开着爸爸老旧的车子在公路上飞驰，以排遣心中郁结。深沉夜色中，车灯发射出暖黄的灯光，这灯光在漆黑的沥青路面上折射出刺眼的反光。我把车子里的音乐开到最响，在噪声和黑夜的裹挟中，我越发听得清自己内心的声音，听得到来自远方家乡的召唤。我对自己说着，"只管一路向前开"——这句话是新泽西孩子们的口头禅，对于当下的我来说，它像是一句劝慰，也像是一声命令，更像是深入我脑海的一种意念。默念着"只管一路向前开"，我在一个又一个夜晚，漫无目的地驶向城市的边缘，企图逃离我不愿意面对的一切。

沿着 27 号公路行驶，在经由新布朗维斯克通向普林斯顿的途中，有成片的林带和农场。那时，那一带还没有兴建起任何购物中心，所以并没有像现在那样，周围有星星点点的灯光投射，所见的只是横亘数公里寂寥的暗夜。驾驶途中，一辆警车将我拦了下来，原因是超速驾驶——我在限速 45 迈的路段开到了 75 迈，而那位警察先生已经开着警车跟在我后面好一阵子了。

处罚结果是一张罚单，并且在驾驶记录上扣除 4 分。

"我爸妈一定会杀了我……"我不禁嘟囔道。警察并不理会，只是拿走我还崭新的驾驶执照、我父亲的保险卡，还有其他一系列证件，走到警车里记录下相关信息。

可等到他回来时，却给了我一张只需扣掉 2 分的罚单。

"开这么快是有什么要紧事吗？"他问道。

"不不不，警察先生，我就只是单纯想要开车，想要开去普林斯顿。我今年秋天就要去那儿上学了，可是我还没想好……我是说我想整理一下自己的情绪。我想开车过去，看看那儿究竟是什么样子……"

听了我的话，他再次走回警车。过了一会儿，他回来对等在路边的我说道："开车这么冲动可不好。还有，到了那儿可别相信学校里那些什么自由主义者教你的东西。"

这位警察先生就这么取消了罚单，说完那些话便放我走了。

* * *

在一个世纪前，普林斯顿的时任校长伍德罗·威尔逊曾经说过，"普林斯顿是为美国服务的"，而到我入学的时候，这句广为流传的非官方校训已经被我们当时的校长修改成"普林斯顿是为美国服务的，也是为世界上每一个国家服务的"。

在我所居住的海兰帕克这座小镇上，算得上富人的也就是那些罗格斯大学的终身教授了，他们居住在小镇北边的双层别墅里，开着像沃尔沃这样档次的车子。而在普林斯顿，我见识到了真正的美国贵族。进入这所学校，就意味着日后我可以和这些人为伍。可以想见的是，毕业后的两三年里，我的薪水会比我父母的总和还要多。毕业后十年，不出意外，我会成为一个百万富翁。虽然还没有正式入学，但我已经十分清楚普林斯顿的学生们将如何走向所谓的"成功之路"，他们要么是去做投资银行的银行家，要么就是去做大企业的管理顾问。在开学前，普林斯顿的工作人员总会带领新生参观并介绍校园，他们并不会刻意告诉你这些所谓成功的秘诀，然而每个新生却都深谙其中之道。这就是普林斯顿的氛围，在这里吸入的每一口空气，都在暗示着你成功的滋味该是如何。

与其说是学校，在我看来，普林斯顿倒像是一个极为优秀的社会实践基地。招生委员会每年会从美国的 50 个州选拔最优秀、最有趣、最多才多艺的各类学生，然后把这些学生混在一起、囫囵扔进这个大型社会实践基地进行搅拌，四年后输出两类职业人才——未来的投行家和咨询顾问。普林斯顿每个班级里至少有一半学生的确在毕业后从事金融及咨询工作。即便你主修的是心理学、化学或者艺术史这样的专业也不要紧，只要你拥有普林斯顿大学的毕业证书，那些公司和银行仍然会非常乐意雇用你，因为普林斯顿每一个学生的天职，似乎就是在跨国公司的办公室里，每天盯着各式各样的数据表格无休止地工作下去。对我而言，这样的差事想想就让人头疼。

对于普林斯顿的学生来说，除了像威尔逊校长在校训里所说的要"为国服务"之外，往往第一步需要他们做到的，是为自己所在的社区服务；在某种意义上说，为社区服务的概念意味着一种奉献精神，在许多年前人们的观念中，为社区服务就相当于从事慈善事业。而现在，在美国，对于普林斯顿的毕业生来说，为国服务便等同于每周工作 70 个小时，去处理那些各个公司之间的并购案；一年有大约 50 周你都被困在曼哈顿下城区的金融城里忙于工作，而短暂的假期你也只不过能到纽约另一头的哈莱姆这样的地方随便吃点儿什么来换换口味。讽刺的是，你所工作的地方却并不是你所居住的社区，所以根本谈不上什么所谓的为社区服务，那些公司并购案甚至和你所居住社区的福利扯不上半点儿关系。

在大一结束的暑假，我在新泽西特伦顿的一所暑期学校实习，为一些"特需关爱儿童"上课。这所学校里的"特需关爱儿童"，其实是一些来自极其贫困的黑人家庭的孩子们。那个夏天，我在那所学校上课的主要工作，便是一遍遍重复同样的内容，以及不停整顿课堂秩序；我需要不断重复教授已经讲解过无数遍的课本内容和纪律守则，直到孩子们记住为止。几个月下来，其实连我自己也不太确定自己到底教会了他们什么，我唯独记得自己耗费了不少时间告诉他们上课不能频繁去厕所这件事。很显然，当老师也并不是我能够胜任的差事。

自 15 岁以来，我就在大大小小的报社谋过各种兼职差事。这个行业谋求不断的新点子和怪想法，而这正是我喜欢的。大二暑假，我随父母回到加尔各答探亲，趁这段日子，我在加尔各答最知名的英文报纸《政治家报》做了一段时间的实习记者。这便是人们常说的那种改变人生轨迹的选择。暑假结束后我回到普林斯顿，便不再关心学校里的课业，白天我常常无精打采，日复一日虚度着光阴。我心里笃定地认为，我应该回到加尔各答，在《政治家报》接受教育，我是属于那里的。

于是大学毕业后，当朋友们忙着在纽约、波士顿、洛杉矶安顿自己今后的工作和生活时，我只身回到了加尔各答，开始了我在《政治家报》的工作。

* * *

我们一家人在移民到美国之前，有一段时间住在拉哈特先生家里。拉哈特先生是大学教授，是我父母的导师。我的父母从本科时期开始恋爱，正是在拉哈特先生的实验室里互生情愫的。拉哈特先生的全名叫拉哈特·内，但是很少有人连名带姓称呼他。在印度，绝大多数学生都会尊称自己的教授为"先生"，拉哈特先生的学生也是如此。小时候，我并不清楚拉哈特先生的名字，只晓得跟着自己的父母喊他先生。

回到加尔各答工作后，我搬到拉哈特先生家和他同住。他的妻子很多年前就过世了，他唯一的儿子生活在波士顿。拉哈特先生常常往返于美国和印度之间，往返于波士顿冬日的暴风雪与加尔各答潮热的季风之间。对于我父母来说，拉哈特先生是犹如父亲一般的存在，他同时也是令人尊敬的师长。对于我来说，他既像是我的祖父，又是我的老师、知己和朋友。我们一起吃饭，一起看曲棍球比赛，读一样的书。每当我早起，他总会差我去尼兰詹家的点心铺子买些诸如炸面球和糖圈这样的传统孟加拉点心当早点。有些时候我睡得晚，他便会质问道："你小子是打鸡血了吗？！这么晚还这么精神！"有时候我甚至觉得我们俩这样的生活状态可真是一出情景喜剧的好素材：两个和各自家人分离的单身汉，一老一小，恰巧挤在同一个屋檐下生活。

拉哈特先生一度认为我回到加尔各答是为了娶老婆，否则他根本想不到有什么其他好理由让我回到这儿，和一个 75 岁的老头儿挤在一起，每天看曲棍球，然后清早去《政治家报》这样的报社上班。在某种意义上，作为一座城市，加尔各答的外部环境实在无法迎合大多数人的胃口。这座城市位于河流和沼泽之间。说起这里的天气，马克·吐温形容这里"潮热到可以融化黄铜做的门把手"。一年有六个月的时间，你身上每天都是湿答答的。想要保持凉爽，必须每天冲凉两三回才行。而在你关掉莲蓬头的那一刻，身上马上又大汗淋漓了。我回去时正值加尔各答干燥的冬日，那天气简直比夏天还要糟糕。每天早上醒来，我感觉胸口就像着火了一样。我的邻居马哈什医生告诉我，呼吸着这里冬天的空气和每天抽一整包香烟没什么差别。我每天都在不断想办法清除指甲、头发和肺里堆积着的灰尘和污垢。对了，还有蚊子，每天日落时，这里的蚊子就成群结队地出现在城市的各个角落，这些家伙往往还携带着会置人于死地的疟疾。

每当雨季的积水及腰时，就意味着季风不久将会到来，那算得上是我觉得最好过的天气。可是在加尔各答，即便街道不被积水淹没，路况也好不到哪儿去；因为总是不断有节日游行，还有各种杂乱的路障来阻碍交通，路上甚至还时常见到因为天气太过炎热而导致公交车自燃的状况。在这样的环境里，人们要时刻保持凉爽干燥和健康清醒的状态，就已经要耗费不少工夫了，更别提还有额外的精力关心其他事情了。

这里几乎还是我当年离开时的样子，没什么变化：卖槟榔卷的小贩在街角弓着腰，眯起眼睛卷着槟榔叶，他们的小推车上通常还整齐地码着一排烟盒和瓶装饮料。城市里各种货物的运输仍然依靠运输工用人力平板车来完成，马路上随处可见他们满身大汗装货卸货的身影。马路边的人行道则被各种小贩挤得满满当当，就像集市一样，他们贩售的货物有那种大型的编织口袋、衬衫、梳子、装成一小包一小包的花生、炸洋葱饼，还有蔬菜炒面，等等。街头随处可见那些外墙已经发霉的混凝土建筑，外形像碗一样的黄色国产"大使"牌出租车[1]拥挤地停在路边；公交车被漆成五颜六色，街头的墙壁上充斥各式各样的彩色涂鸦；集市的鱼贩子们日复一日蹲在自己的摊子前招揽生意；街边还有各式各样的茶馆，

---

[1] 作者在这里所提到的"大使"牌（Ambassador）汽车是印度的国产汽车品牌，加尔各答市区的出租车均为"大使"牌，并且颜色全部为鲜艳的明黄色，车身造型滚圆，故而被作者形容为"像碗一样"。

门前七零八落地摆着长凳等着顾客光临。中产阶级居住的楼房阳台上大都装了防盗窗，看起来就像一个个笼子，穷困的人们则挤在几平方米的贫民窟里抬头不见天日。一切都没有改变，甚至连商店里收银员那懒散的神情都没有改变。加尔各答似乎活在一个只属于它自己的时区里，丝毫不理会外面世界的时光是如何飞速流逝。

在我回去工作时，加尔各答几乎已经没有什么工业可言了，在那之前的几十年，城市里的大部分工厂因为各种各样的原因要么倒闭要么关停。事实上，直到20世纪70年代，加尔各答仍然是整个印度最大以及工业化程度最高的城市，然而后来它则被孟买和德里远远甩在了身后。现在但凡还有哪个大人物要造访加尔各答，那么能够看到的只能是一派萧条的光景。

20世纪90年代初以来，印度一些地区的经济状况有了明显改善，尤其对于像我们这样受过教育的少数人来说，这意味着更好的发展机会。那时候经济刚开放，不少美国的大型企业得以把自己的后勤办公室和客服中心设在班加罗尔和海德巴这样的印度城市，于是大量美元资本便涌入这里。无数印度大学毕业生纷纷离开加尔各答，来到这些新兴城市寻求发展，这其中就包括我的表兄弟们。我妈妈家这边，我的表兄弟们全部离开了加尔各答。在我外婆家位于加尔各答城北的老宅里曾经每天都充斥着小孩子吵嚷的声音，而在我回到加尔各答的时候，只有我两个单身的舅舅和外婆住在那里。我的一个舅舅住在顶楼那一层,另一个住在底楼,人到中年的两个人每天连拌嘴的精神头儿都没有,宅子里安静得很。我外婆则住在二楼,整个楼层只有她自己而已。当下,我便成了她孙子辈里唯一还留在那里的,当然我也很享受这种独占外婆宠爱的感觉。外婆由于偏瘫的关系,无法下床活动,这样的状况已经持续几年,但这一点也不影响她的精神状态。她仍旧热衷于读书看报。每天白天她都要看孟加拉台的肥皂剧,一直到夜里,她还会等着收看国际曲棍球比赛。

然而,除去外婆,我并不大乐意和我的其他亲戚常常来往,这其中很大一部分原因,是留在加尔各答的亲戚们全部是些年长的老人了。现在的加尔各答成了一座老年城市,这里的市民们每天关注的事情要么是自己的胆红素水平是不是正常,要么就是关心自己的粪便化验结果有无异样。老人们家里都有各种各样的血液测试报告,这些报告被妥善地封存在一个个塑料封套里,和我在普林斯顿大学那些同学们把考试成绩单还有毕业证书用塑料套封起来的样子没什么差别——对,就是那种每当有客人来访时,父母们便会拿出来炫耀的那种封存得很好的证书。

回到加尔各答后,几乎所有人都问过我这样的问题——你为什么回来?

很显然,照顾年迈体衰的父母是回答这种问题再好不过的答案了。可不巧的是,我父母都住在美国。

去加尔各答银行开户时，那里的银行经理问，"是不是你和父母在美国经常吵架，所以才回来？"

集市复印店的老板问，"难不成在美国也不好找工作？"

《政治家报》的同事们问，"该不会是你做了什么事儿被美国人驱逐出境了吧？！"

当所有人得知我确实要留在印度工作的时候，他们大多劝我顶好离开加尔各答到别的城市去。他们说如果我有职业抱负的话，那我应该去德里、孟买或者班加罗尔这样的地方。他们还说即便我是被美国人赶出来的，也大可以在印度找到任何想做的工作，因为我有闪闪发光的国外文凭。在这里，我的美国学位就仿佛是拥有无限魔力的魔杖，可以打开任何一扇我想走进去的大门。

我自己当然非常清楚此行回乡的目的，然而我却从未把自己的打算告诉别人。我害怕他们会嘲笑我所谓的远大抱负，嘲笑我的想法太过天真。我总想做点儿什么改变这个世界，就好像我父母那个年代的那些热血青年一样。当然，在我这个年代，印度并没有什么革命运动好让我去参加，我也暂且不确定有什么信仰是自己愿意一直追从的。我并没有什么轰轰烈烈的梦想要去实现，我自认为能够在《政治家报》工作就是实现自己所谓抱负的最好途径了。

我 2001 年加入报社，那时，《政治家报》已经有 100 年的历史了。在 20 世纪初，当印度仍然被大英帝国统治，并且加尔各答仍然作为英属印度首都的时候，《政治家报》的发行量是当时其他任何一家在亚洲发行的报纸的十倍。现在《政治家报》有了竞争对手，就是在奇塔兰詹大街对面的《每日电讯报》。这个年轻的竞争对手日发行量几乎马上要超越《政治家报》。除此之外，在过去的十年之间，各种有线新闻台开始出现，传统纸质媒体的日子并不像以前那么好过了。不少报纸纷纷企图凭借在报纸头版刊登各种美女的低胸性感照片以及商业广告，来刺激销量，增加利润，它们甚至还会为每一位新的订阅用户赠送免费的小礼品。但是《政治家报》从不这么干。虽然它可能早已不是亚洲发行量最大的报纸，甚至在印度都算不上第一了，但是，在加尔各答，它仍然是毋庸置疑的行业龙头。即便《每日电讯报》的办公室装潢看上去要现代得多——那里有敞亮的玻璃隔板和带有电子安全系统的隔间——但是，办公室的地理位置仍然说明了这家报纸的地位并不那么尊贵；《每日电讯报》的现代办公楼外侧装饰着仿古的白色石膏立柱，这种装修风格不禁让人联想起某些暴发户——他们急不可耐地想要掩盖自己一夜暴富的事实，于是租来古董家具，并广而告之这些都是自己祖上传下来的宝贝——没错，《每日电讯报》的装潢给我的感觉便是如此；即便那座大楼本身看起来的确算得上豪华，但鉴于它只是蜷居在中央大街旁边的一条小巷里，看起来自然显得没那么体面了。相比之下，《政治家报》办公大楼前的多立克立柱经过时光的打磨早已不再雪白如新，这些柱子矗立在乔令希广场上，看起来颇有些风烛残年的意味，而那里却确确实实是加尔各答的心脏地带。

我到《政治家报》上班的第一天，我的同事就讲了一个关于我的新上司——迈克·弗兰纳里——的故事。有一段时间，这个同事和迈克一起在新闻编辑室值夜班。一天夜里，当他们正要下班时，一个醉汉闯进来抓住我同事的衣领开始发酒疯，他一边踉跄着一边挑衅道："我今天晚上可是刚刚杀过人……"结果迈克一言不发，径直走上前，对着醉汉就是一拳。

在报社工作的人通常被分为两类，一类是常年混迹街头的记者，还有一类是在办公室做案头工作的编辑。跑新闻的记者们对加尔各答整座城市了如指掌，他们每天都奔走在脏乱破败的街头巷弄挖掘那些值得报道的新鲜事儿；每到日落时分，结束一天的忙碌，他们总要到酒吧喝上几杯放松自己。那些编辑们则每天要等到傍晚才开始上班，然后一直编辑稿件到凌晨。这些编辑将记者得到的消息编写成措辞得当的文章，经过排版，再配上夺人眼球的标题，一份报纸就这么出炉了。编辑们常年待在空调充足的办公室里，从不用四处奔波。他们总认为记者们是粗野的，比印度街头那些会围攻行人的野猴子强不到哪儿去；而记者们则总嘲讽编辑们是温室里的花朵，没见过世面。我的上司迈克虽然在报社做着编辑工作，却有一颗做记者的心。他所接受的教育都来自加尔各答的街头，他比谁都了解这里。和我不同，他一直都住在加尔各答，从没有搬去过其他城市。

每天到了晚上，总会有一群人聚在迈克的办公室漫无目的地聊天打发时间，这是孟加拉传统的一种消遣娱乐的方式。这和一般意义上的谈话绝不一样，如果将一次日常对话比作智能手机里自带的爵士乐铃声，那么，一群孟加拉人闲暇时的插科打诨就好比是比莉·荷莉戴[1]的现场爵士乐演唱会。经常参与聊天的这群人里有一位在加尔各答疟疾防控部门当差，这个人模仿卡夫卡的风格，以蚊子的视角写过一系列短篇故事，其真名为德巴希斯，但我们直接叫他"蚊子"。和"蚊子"时常一起露面的是年轻的德布吉特，这人一直梦想着成为一名记者，但却不怎么热衷于写文章，而是希望靠着整天和编辑混在一起好谋得一份记者的差事。坐在德布吉特旁边的是另外一些羡慕报社工作的人，其中有一个舞者，他几乎从不发言，只是坐在那儿一直微笑；偶尔来的还有一个身材壮硕的女士，其动静时常大到整个编辑部都听得到。剩下的就是那些平日热衷赌马的家伙们，他们总随身带着一个小本子，那上面记录着各种赔率数字和预期投注的信息。这些赌徒总是抱着不切实际的希望想要一夜暴富，而这希望却总是在周六下午赛马比赛结束的那一刻瞬间落空。

和这群并不那么靠谱的人在一起时，迈克总是尽最大限度保

---

[1] 比莉·荷莉戴（Billie Holiday）为美国知名爵士乐女歌手，代表作包括"Strange Fruit"等，被公认为是 20 世纪的代表性的爵士乐歌手之一。

持安静。他通常自顾自地编辑着稿子，手里夹着一支印度国产的金雪花牌香烟，噼里啪啦敲打着键盘，删改着那些不成章法的句子。迈克的文字功夫极佳，很多文笔并不怎么样的文章都需经他之手润色一番才得以发表，他说自己这叫"神来之笔"，但他的名字却从来不会和作者一起出现在报纸文章的署名栏里。

我第一次见到伊姆兰是在迈克的办公室里，那时候他刚刚写完一篇关于在学校附近非法开设酒吧的报道。文章见报后，加尔各答市有关部门不得不勒令关停那间酒吧。在某一个夜晚的闲聊中，迈克告诉我们，当时酒吧的老板带着两万卢比来办公室找到他，并说"我这儿有满满一皮箱钱，弗兰纳里先生，如果你肯撤稿，那么这些钱全归你"。

迈克说他一听到这话便回答道："你该知道这房间里有监控录像吧？诺，看见那边的摄像头了吗？"

经过和迈克的一番拉锯，最后酒吧老板竟愿意出价到 20 万换取撤稿机会。瞧瞧吧，这就是伊姆兰笔杆子的威力。伊姆兰生长在一个印度北部村庄，现在和他的叔叔一起住在加尔各答。我们两个年纪相仿，都背井离乡，并且我们都刚刚来报社不久，如饥似渴地想要学习这里的一切。因为有着不少共同点，我们迅速成为朋友。

在某晚闲谈中，迈克对我说，在加尔各答这座城市里，其实并没有太多的所谓正式工作提供给人们，你在街头看到的那些人，他们多数不得不寻找各式各样的营生来糊口。有人靠着偷接路边的电缆经营着卖槟榔卷的小店,有人靠着贿赂路边警察让他们帮着盯梢,自己则蹲在街角卖催情药——这些都是人们讨生活的法子。那些看似有着体面职业的人有时也为生活所迫,不得不做些见不得光的勾当:一些外科医生私下奔走着去做那些不合法的手术,建筑承包商用沙子代替水泥去盖楼,医疗用品供应商则靠着卖给医院那些已经反复使用过的注射器获利。可是似乎也并没有人确切知道怎么去解决这些问题。听说曾经有一位退休的中学老师竟然沦落到在铁道边乞讨,原因是自打退休后他从没有领到过一分钱退休金——所以难怪自那以后,根本没人愿意去加尔各答的中小学做老师。而在医院里,常有婴儿死去,这是因为医院根本无法供应足够的氧气瓶给新生儿。

在加尔各答,各种突发状况随时随地都有可能降临。比如破旧建筑的门廊会突然坠落,砸中在上班途中经过的你;由于管理混乱,正在进行中的城建工程从不会设置什么安全提示,你可能会不小心便一脚踏空,掉进没盖盖子的井里;除此之外,你甚至还可能会被因为年久失修而失控的公交车撞倒。面对这些,这里民众唯一能做的便是粗暴地向所谓肇事者泄愤:如果路上发生了交通事故,那么人们便会把肇事司机从车子里强行拖到街上,然后把他的车子浇上煤油烧毁;若是谁在街上抓到扒手了,那么每一个路过的人都会被允许对这个小偷来上一拳,而这些路人们大概也只能靠着如此这样的发泄获得一些安慰，毕竟在加尔各答，他们全然不知道该如何寻求帮助——他们不知道有什么办法去讨得所谓公平正义，也从来没有什么合法维权的概念，所以常常只能眼睁睁看着各种麻烦的到来却又无计可施。

作为《政治家报》的记者，有时候我的一篇几百字报道就能帮助一起车祸的受害者向肇事司机讨要到他应得的医疗费；有时候我只需要打个电话，只要表明我《政治家报》记者的身份，很多问题便会迎刃而解。尽管大多数时候，我能帮上忙的都是些琐碎的小事，比如帮助一些居民区恢复供水供电，但是这仍然令我感到满足。在《政治家报》的工作时常让我觉得，自己是在真切地践行着普林斯顿的校训——我是在为国家、为社区服务着的。

* * *

在我回到加尔各答工作后，曾经在这里遇到过一群普林斯顿的学生。这些学生是利用春假跟着仁爱传教会到加尔各答做志愿服务的，这算是继承特蕾莎修女在加尔各答进行慈善义举的传统美德。有一天我看见他们在凯尼尔沃思酒店前喝啤酒，那是公园街上的一家豪华酒店，这些学生此行就住在那儿。即便是在这种高档地方，周围的环境和其他地方并没有什么两样：小商贩们蹲在附近人行道上兜售着各式各样的杂货，一辆辆出租车企图穿过拥挤的街道而不得不持续地按着喇叭，成堆的垃圾堆在街头，而流浪狗们就在这些垃圾堆里安家。这些来自普林斯顿的孩子向我打听道："加尔各答最好的地段在哪儿？"

孩子们，这里已经是加尔各答最好的地方了。

在加尔各答仍然作为英属印度的首府时，整座城市被人为分成"白镇"和"黑镇"：英国殖民者和来自其他欧洲国家的人住在"白镇"，而印度当地人居住在"黑镇"。白镇不像加尔各答的其他地方散发着恶臭，而是按照英式标准进行了管理和改造。狗和印度当地人在当时则不被允许进入白镇任何地方。在白镇旁边围绕的便是人满为患的黑镇，本地人都住在那里，包括当地上等精英及其仆人，他们存在的意义便是为住在白镇的殖民者服务。即便如此，白镇和黑镇的划分在某种程度上却并不如想象中来得严格。那些住在白镇的白人"老爷"们身边总是跟着一群随从，这些人不少都是来自黑镇的印度本土精英。到了现在，殖民统治结束，便没有什么所谓白镇黑镇之分了，各种人都混杂在一起，再也没有什么高档地段是能够把肮脏和贫穷隔绝到一边去。有钱人和普通人混杂在一起——在路边堆积成小山的垃圾堆边，在流浪狗此起彼伏的吠叫声中，在无处不在的尿骚味中。尽管你可能曾经试图奋力摆脱周遭散发着恶臭的一切，到头来却总是会发现自己根本无处逃遁。

有些城市将过去的历史遗迹保存得十分完好，那里的那些百年建筑就仿佛凝固在琥珀里一样，显得珍贵至极，总是能够吸引大批游客。我十分清楚地了解加尔各答的确不乏丰富的历史，但是关于这些历史的痕迹却并不那么容易就能觅得。对于初来乍到的人来说，整座城市只是看起来破败老旧，谈不上有什么厚重的历史感，那些英国人在殖民时期盖起来的建筑早已经倒塌得不剩什么了，即便是新盖起来的现代建筑也看起来像是一副要发霉的样子。对于那些具有国际视野的世界各地的人才来说，加尔各答可能的确不大会对他们有什么吸引力。这里既没有现代化都市的舒适与便利，也不像其他一些同样并不那么富裕的城市有着自己特有的安逸。我无法回答你，加尔各答的城市特色是什么，就像我也同样无法描述柏林和上海这样的城市有什么各自的特色，但是，至少这些城市代表着我们脑海中冷酷精致的现代都市的大致模样，而加尔各答有的却从来只是单单属于它自己的不合群的怪异。

这些普林斯顿的学生对于加尔各答这座与时代格格不入的城市感到新奇。他们对周围路上看似风烛残年的建筑、墙上眼花缭乱的涂鸦，以及街头随处可见的彩色旗帜津津乐道。在来加尔各答前，这些学生其实已经在新泽西的特伦顿市有过各式各样的志愿服务经历。我和他们一样，当年也在特伦顿做过各种义工，只不过那时候，我们并不会像这样在特伦顿的街头闲逛，像旅游一样四处打量。对于做义工的人们来说，某种意义上，加尔各答就是特伦顿的一个翻版，只是加尔各答的状况可能更不尽如人意。对于要救赎那些处在饥饿和贫困边缘的人来说，这座城市似乎总显得有些力不从心。在路边，你可能会遭遇那些面目看起来可怜甚至有些可畏的人们，他们没有维持生计的办法，每日只是寄希望于有谁能为他们带来些许恩惠。对于少数游客来说，可能加尔各答可以是满足他们猎奇心理的景点，但多数时候，人们仍然会用贫困和落后来定义这座城市和生活在其中的人们。对于普林斯顿的大学生们来说，结束义工后他们会返回美国，在那片土地上继续他们的生活；而加尔各答则会被他们永远地留在身后，继续着它的挣扎，日复一日地等待着来自像特蕾莎修女一样的人的救赎。

* * *

像往常一样，有一天我和伊姆兰在《政治家报》街边的茶馆喝茶闲聊，我们一边抽着宏愿牌的过滤嘴香烟[1]，一边不时喝上一口陶土杯子里的糖茶[2]。伊姆兰无奈地向我抱怨道，"真不知道我们每天这么做的意义是什么？到处给那些什么内部人士打电话，

---

[1]　作者在这里所提到的宏愿牌过滤嘴香烟（Wills Filter）和前文所提到的金雪花牌香烟都是印度本土产的香烟品牌。
[2]　所谓"糖茶"是加尔各答的一种特色茶水，其味道微甜，顾客甚至可根据个人口味选择茶水的甜度或是佐以其他调味。

变着法子讨好他们——'大哥，能不能给我来点儿什么？……我的意思是有没有什么内部消息能透露一下？'每次我说出这些话的时候，我觉得自己简直和街边那些伸着碗向人讨饭的乞丐没什么两样！"

《政治家报》的内容来源主要是加尔各答政府报告和新闻发布会的发言稿，这其中包括，每天下午5点在拉尔巴扎尔的加尔各答警察总署的汇总报告，来自市政府和邦政府的每日政务更新，以及一些政府各部门领导的发言提要，再来就是一些城市火灾、交通事故以及犯罪的新闻报道。我们这些记者每天都需要参加新闻发布会，记录下那些主管公共关系的发言人说了些什么，然后把这些笔记带回办公室深度加工，统一压缩成四百字的新闻稿等待发行。我们就是这样日复一日地机械重复着同样的流程，时间久了，别说是人，怕是猴子都学得会这套流水线式的操作了。

尽管报纸上加尔各答的政治世界每日都在宣告着进展和变化，在这之外，加尔各答街头的现实世界却始终维持着同一副面孔。数百万处辛苦劳作的人们，在作坊里和街道旁勤勤恳恳维持生计，有时候饱餐一顿对他们来说甚至都是奢望；他们要么十几个人挤在同一间房间里，要么干脆只能在户外席地而睡；很多地方没有室内卫生间供人们使用，所以他们不得不随地大小便。而报社也从不指望他们能够成为新闻消息的来源。像我和伊姆兰一样的记者们不会像祈求那些加尔各答的官员们一样，求这些民众透露什么内部消息。没人真正在意他们的生活。这些人偶尔会作为背景出现在那些报道民众游行的新闻配图中,他们就好像那些政治戏剧中无足轻重的群众演员一样。只有当他们和同类发生冲突时,你才能听到他们的声音。

在加入报社工作不久后,我开始时常跟着迈克和他的小圈子混在一起。我们常常会在下午,到滨海艺术中心[1]的一家叫作小布里斯托的酒吧小酌几杯,酒吧就在穿过市中心的有轨电车轨道旁边。这间酒吧时常挤满了人,我们每次去几乎都免不了和人拼桌。在小布里斯托,你要先付钱酒保才会从吧台把酒拿给你。其他服务生们则是端着放满小吃的托盘在酒吧里来回穿梭,他们把托盘举过肩头抵在脖子处,那姿势和在加尔各答火车车厢里卖食物的小贩一样。对我来说,与其说小布里斯托是一个歇脚的地方,倒不如把它比作一座客运中转站,人们都希望能在这里多逗留一会儿,最好是再也不用返回那个他们并不怎么向往的目的地。

小布里斯托是加尔各答仅存的只接待男士的酒吧。曾经有女记者企图乔装混进来,但是据我所知,没有谁成功过。在这里,男人们可以暂时逃离守在家中的老婆,来个彻底放松。这里的服

---

[1] 作者这里所说的滨海艺术中心(Esplanade)是加尔各答市中心的一处交通枢纽地带。有趣的是,虽然该区域的名字为滨海艺术中心,但其本身并不紧靠着海岸或水边。

务生忙着为客人端去老僧侣牌的黑朗姆酒[1]和一盘盘炸鱼条。酒吧里的空气总是显得躁动，仿佛总要有什么事情会在这里发生一样。这里充满着各种耳语，拼桌在一起的人们害怕听到彼此间的谈话，压低声音讲着各种不可告人的秘密。若是你头一次来这儿，可能会误以为聚集在这里的都是些流氓和暴徒，正在密谋着什么见不得人的勾当，或者认为是记者们在窃窃私语交换什么小道消息，又或者是那些做生意的人买通相关人士在打听什么内部情报。当然，加尔各答的确不乏这种专门供人交换秘密消息的酒吧和餐厅，但在小布里斯托，每个人只是倾诉着那些怀揣已久的作为普通人的各式各样的烦恼，熟识的人对彼此的秘密了然于心，却从不说破。在这里，人们谈话的内容无关什么生意和交易，甚至有时也无关工作和家庭。大家只顾着推杯换盏，借此逗闷消遣。男人们闲聊的话题无非是道听途说来的关于彩票、赛马和曲棍球赛的种种内幕；除此之外，打赌也是必不可少的，当然，鉴于来小布里斯托的大多是没什么钱的穷人，赌注并没有多少钱，人们也不过是为了图个乐子，并不指望把钱挣回来。我曾经在小布里斯托遇到过一个已婚男人，他和妻子还有自己单身的哥哥住在一起，结果不曾想被哥哥戴了绿帽子。家里每个人对这件事都心照不宣，包括他自己。可或许是由于贫困，也或者是出于其他什么原因，

---

[1] "老僧侣"（Old Monk）是印度本土生产的极具代表性的朗姆酒厂牌，其生产的黑朗姆酒每一瓶都需要陈化至少 7 年的时间，口味偏向香草味道。

至今他们仍然不得不住在一个屋檐下，继续着这令人不快的生活，却无法逃离。

*　*　*

和拉哈特先生在一起的日子，他总是喜欢时不时地揶揄我是单身汉这件事儿。每当周日我待在家无所事事的时候，他便会旁敲侧击地说道："要不要去看场电影？……哎，罢了，当我没说吧，看看你，连个一起看电影的人都没有。"

但凡我母亲从新泽西打来电话，拉哈特先生都会在电话这头大声说对着我妈妈说："难不成是你不让这小子结婚？我怎么看他一丁点儿想要结婚的打算都没有。"

是的，先生说得没错，那时的我根本没想着结婚找女朋友这些事情。如果我回到加尔各答是为了讨老婆的话，那我现在做的工作怕是都不够我养家糊口。有些时候，当我坐在下班回家的晚班公交车上，我会想起在新泽西时候认识的那些漂亮性感的姑娘们。我努力回忆着她们的身材和样貌，车子一路颠簸，经过加那什大街、罗摩神庙[1]、吉里时公园，车在不同的站台停靠，而我的眼前也逐一浮现出这些姑娘的脸庞。这些仍旧清晰的记忆不断提

---

[1]　作者这里提到的罗摩神庙是位于加尔各答市区的一座印度教神庙，供奉着印度教所崇奉的神明之———罗摩神，即著名的印度史诗《罗摩衍那》的主人公。

醒着我，我曾经还有另外一种生活，尽管这种生活似乎已经悄悄离我远去了。对比来到加尔各答做报社记者的我，我那些普林斯顿的同学不是去银行工作就是去了咨询公司，要么就是做了医生或者律师。而我呢，二十四岁，单身汉，月收入不到两百美元。那时候我常常会感到迷失，不知道自己这么做究竟是为什么。有许多个夜晚，我都在想象着如果我不回加尔各答，继续留在美国，生活会是怎么样。我想象着自己如果不做《政治家报》的记者，那么也许也会像我的同学一样，成为美国工作市场上的香饽饽，在某家大公司大展拳脚。虽然我并不十分清楚这些工作的具体内容到底是什么，但在我的想象中，我要做的都是些诸如为跨国公司开拓新兴市场、评估拉美大富豪的个人信誉，以及参与各式各样的商业并购等看起来风光无限的事情。

　　我回来后不久，拉哈特先生就启程前往波士顿去探望他儿子一家，这次他要在那里待一年。先生的离开让我感到无比孤独，这让原本就对周遭一切感到困惑的我更加无所适从了。他走后，我只会在每个星期天煮饭，煮一大锅米饭和咖喱鸡，然后把它们放进冰箱冷冻起来。接下来的一周，每天晚上下班回家，我便会从冰箱里挖几块硬邦邦的鸡块和几勺米饭，把它们加热作为晚餐。一个人在家吃饭的时候，我通常会把电视声音调大，好让整个房间都充满孟加拉台正在放送的电视节目的声音，只有这样，我才觉得稍稍好过一些，至少比一个人在一片死寂中吃那些隔夜饭要好多了。那段日子我突然感觉到曾经在高中时代困扰过我的"提早到来的中年危机"又卷土重来了，我时常因此而整夜无法入眠。在失眠的夜里，我常常会感到异常饥饿，我想念远在美国的那些味道——牛肉奶酪三明治、西西里风味的餐厅、寿司，那时的我就好像是一个胃口大开的美国孕妇，什么都想吃。受这种低落情绪的困扰，不久我便不去报社上班了。

我去找马哈什医生看病的那天，他正坐在沙摩尔诊所后边的屋子里，屋子没有窗户，看上去黑漆漆的。马哈什医生已经六十多岁了，他是那种老式大夫，就是至今还提供上门看诊服务的那种。我告诉他自己整夜整夜睡不着觉，他听了之后做了些例行检查，测了我的血压和脉搏后，戴上听诊器对我说，"深呼吸"，然后便开始听我的心跳。

摘下听诊器，他顿了顿，说道："小伙子，如果说你夜里睡不着，你想想自己是不是看了什么不该看的东西？"

马哈什医生指的不该看的东西就是那些午夜档成人节目，这些电视节目可以通过私自架设的卫星天线收看，在加尔各答，从十五岁到五十岁的男性，都乐此不疲地从这些午夜放送中试图获取令人感到罪恶的快感。面对医生的诘问，我只好无奈地笑笑，并应付着"对，您说的是"。在这个四面无窗的诊所里待了一会儿，我渐渐感觉到胸口有些闷。我甚至有些害怕马哈什医生会通知我所有的老年亲戚，说我因为看成人片得了失眠症。后来他又安慰我，说道："在你这个年龄段，这是很正常的。那些图像会刺激你的大脑，你看了当然睡不着了。以后少看这些，多想想那些令人快乐的事情你就能睡着了。"

他开了一瓶药水给我，那里面充满着红木色的像糖浆一样的液体。那玩意儿像是在维多利亚时期或者更早时候那些宫廷御医提炼出的某种汤剂，他们要求维多利亚女王服下它来治疗失眠，并且认定女王的失眠是由于那些不纯洁的想法。

在听说了我的症状后，我在《政治家报》的同事们都坚持要我去看心理医生。我找到一家诊所，接诊医生花了大约 5 分钟询问我的病症，并且仔细记录下有关我个人的种种信息。在了解清楚我的经历后，他随即问道："我不明白你从美国来这儿是为了什么？"

他非常不解怎么会有人愿意在成功移民美国后又回到加尔各答来。

别说是他了，那时候连我自己都不再确定是为什么了。

彼时，我已经在加尔各答待了差不多两年，两年间我经历了两次季风雨季，这些雨水也冲刷掉了我最初来到这里时怀揣着的所有理想主义情怀。起初，我踌躇满志地想要干一番事业，而不久就发现，自己能做的只不过是勉强维持生计罢了。在你周围生活的这些伙计，要么是已经完全对生活放弃希望，要么就是甘于平庸，向烦闷的生活妥协。我自知并没有这么好的忍耐力，可以日复一日忍受这样的生活。可我也找不到自己的出路，不知如何对这周遭萧条颓废的一切视而不见，并且无动于衷。我感到自己越来越像行尸走肉一般。我就仿佛是纳拉扬[1]小说里的那些人一样，他们在美国谋划好一幅幅宏伟的蓝图，打算来印度大展拳脚，来到印度后才发现，想要实现那些所谓抱负在这样的环境下根本就是无稽之谈。

鉴于这糟糕的身体状况，我向报社请了一段时间的假，回新泽西散心加休息。我的父母一直盼着我能赶快回美国来工作，他们希望我这次回来就不要再走了。确实，似乎没什么理由能说服我再回到加尔各答去，那座我已经忍受了两年的城市。在那儿，我想尽办法希望能够为人们的生活带去哪怕一丝丝改变，可是最终发现，我的努力不过是徒劳罢了。我看不到《政治家报》的未来，也看不到加尔各答的未来。我不属于那里，似乎那里也不需要我。

不久之后，我开始在耶鲁大学攻读博士学位。这让我的科学家父母终于松了一口气，他们的儿子终于回归了正轨。普林斯顿到耶鲁，嗯，这才说得通。这下他们可以和那些来参加晚餐会的孟加拉朋友们好好解释一番我到底在忙些什么。对于他们来说，现在的我才算是过着他们期望的真正的美国式生活。

---

[1]　作者提到的纳拉扬即 R.K. 纳拉扬（R.K.Narayan），为 20 世纪印度代表作家，其作品主要以英文写成。纳拉扬的小说多以虚构的印度南部村庄为背景，风格幽默诙谐并带有讽刺色彩。

第一章

雨伞公园

我印象中和德巴的第一次相遇是在纽海文的一家咖啡厅，当时她整个人蜷缩在一张大扶手椅里，边喝咖啡边读着小说。我们都是耶鲁的博士生，在那儿先是成为朋友，然后成为恋人。她研究人类学，我研究政治理论。我们之间共同的朋友来自世界各个地方，包括哥伦比亚、南非、土耳其，还有西班牙。德巴在新德里长大，她的爸爸是孟加拉裔，爸爸那边的亲戚全部住在加尔各答。等到后来，我们在一起后才发现，在耶鲁研究生院这样一个汇聚着世界各国学生的圈子里，能够像我们两个人这样拥有如此相似的成长背景，可以说是绝对的小概率事件了。

在我们入学的第四年，德巴需要前往印度为她的博士论文进行为期一年的实地调研。她的研究课题是关于全球化进程如何影响孟加拉乡村发展。德巴回去的时候是冬天，她和她祖父母住在加尔各答，我决定趁机回去看看。德巴的祖父母那时并不知道我们两个是恋人关系，所以我们在几个月后再次重逢时，是在加尔各答的街角，而不是在她的祖父母家里。当时，德巴穿着紧身T恤和紧身牛仔裤，我一路盯着她从人行道向我走来。在印度，在公共场合做任何亲密的动作都被认为是不得体的，甚至是有违伦理道德的，所以我们就只是面对面站着，用热切的眼神看着对方。在加尔各答，我和德巴总是小心翼翼不敢有任何亲密动作，我们俩就仿佛是一部独立浪漫喜剧的演员，在剧中我们扮演的是教学视频的示范演员，由于这些教学视频主要是拍给塔利班观看的，所以我们的行为都极尽克制。在加尔各答为数不多的允许情侣有些亲密动作的地方，总是会有一些守卫在区域里游荡，他们似乎认为这样就能够对那些企图公开表达爱意的情侣们起到威慑作用。

有一次我和德巴特意找了一个商场约会，我记得一直以来那里似乎是允许情侣间稍稍有些亲密举动的，当然这仅限于两人并排坐在一起聊聊天罢了。但当我和德巴刚进去坐下，一个保安便冲着我们大吼："不许坐在一起，也不许搂搂抱抱，这里不允许这种行为！"在加尔各答的大多数地方，当街亲吻或者爱抚会被认定为是流氓行径；当然如果你因此被有关部门扣押，这也很有可能是他们想借此来收取贿赂，如果你肯交些钱，那么他们就会放你走。在一些特定的区域，管制会松一些，比如像拉宾德拉文化中心那样的地方，你大可以和你的爱人肩并肩坐在长椅上，把胳膊搭在彼此肩上。当然，这种克制的亲近也并不让人觉得多好过，那种感觉就像是空有一腔浓情蜜意，却又无法完全释放。

有一天我和德巴路过一个看似平常的街心公园，可奇怪的是，公园门口居然有个售票处。由于好奇为何此处要买票方能进入，我便向售票员打听，"请问这公园里面有什么？"售票员立刻露出一个意味深长的微笑，说道，"这里面啊……里面就是个公园啊"。

于是我和德巴便买了门票进去一探究竟。果然，里面的确是公园的样子，有各式各样的树、灌木丛、石子铺成的小路和湖泊。

除此之外，我们发现里面还有不少巨大的遮阳伞。它们有的靠在公园的围墙上，有的躺在灌木丛里，还有的支在湖边——每一把伞都像盾牌一样打开来。偶然会有一个男人从灌木丛中一边拉好裤子拉链一边站起身来，紧随其后，一个女人也会从草丛里跟着钻出来。

德巴看着我，惊讶地说："天呐，我叔叔可是说他每天都来这儿晨练！"

到了傍晚，一些一眼看上去就是这里常客的人出现在了公园里，他们来到这儿无非就是为了偷窥别人的亲密行为以获得快感。他们坐在长椅上眼睛向周围的各个角落瞟着，其中一些人还拿着报纸来掩人耳目。或许他们的家人完全不知道他们来这"雨伞公园"的真正目的竟然是为了偷窥！——对，那么让我们姑且把这儿叫作"雨伞公园"吧。

雨伞公园的存在，事实上很好地说明了加尔各答这座城市对待"浪漫"这回事儿的态度。在这里，一切非婚性行为都是不为世俗所容许的，尤其是对于那些主导着整座城市价值观的孟加拉中产阶级来说，这是让他们羞于启齿的话题。如果你是未婚人士，甚至没有房东会愿意把房子租给你。除去婚内性行为，其他各类性行为在人们眼中没什么实质上的差别，它们都会被归类为"有伤社会风化"。在这里，就好像男人们都会抽烟，但只要不在比自己年长的人面前抽就没关系一样，人们并非完全不能容忍所谓非婚性行为，只要你不被人看见，也没人会制止。就像雨伞公园里的人那样，撑伞避开路人的目光是个办法，只要用伞遮着，那么便没人会真正干涉你在伞下干什么。有人也会去租那种钟点船，船上有床，而船夫会把船开到恒河上，在那里，情侣们也可以尽情享乐。加尔各答还有一些老式餐厅提供所谓的"家庭包间"，拉上窗帘，里面就是一个封闭的小房间，老板和客人对于这些包间的用途也都心照不宣。当然，在这里也有提供钟点房的各类宾馆，和其他国家差不多，加尔各答的人们也更偏爱钟点房。在这件事情上，一对未婚情侣相较于老板还有和他偷情的秘书在加尔各答人的观念当中并没有什么不同，甚至与性工作者和嫖客也并没有什么两样——但凡有警察突击检查这些地方，那么这些人都会面临同样的麻烦，谁让他们都是非婚关系呢。

传统的印度家庭仍然是组成孟加拉社会的核心力量，整个孟加拉社会的支柱便是结婚和生子两件事情。"结婚+生子"这个公式在这里被认为是具有普适意义的，就像是青霉素适用于绝大多数人一样。抑郁症、失业、同性恋……所有这些都被认为是可以通过结婚生子来解决或者纠正的。只要你顺利地完成了结婚和生子这两个步骤，那么你就会被顺理成章地纳入孟加拉传统的社会体系当中，成为其中的一分子，并且受到相应价值体系的庇护。想要结婚并不是什么难事儿，在这里，即便是两个从未谋面的陌生人，未经恋爱直接结婚也并不是什么新鲜事儿，因为在这里，结婚的目的很明确，无非就是为了繁衍后代。如果无视社会规则，那么你最终的归宿可能就是整日徘徊在雨伞公园那样的地方排解寂寞。而在纽海文，在新泽西的我的家里，一夫一妻制是我们的价值取向，而并非婚姻关系本身。对于德巴和我来说，一纸结婚证书并不那么重要，在一起生活才是重点。在加尔各答，这一切则完全不同。

* * *

事实上，德巴并不怎么看得上加尔各答。她的家乡是新德里，那里有着高达 8% 的 GDP 增长率。在德巴回去调研的那段时间，新德里作为 2010 年英联邦运动会的主办城市，正在进行着大规模的城市建设和改造工作，这包括修建覆盖整座城市的地铁线，还有新的高速公路。这座印度大都市在当时似乎是不想落后于同样在为奥运会做准备的北京。新德里作为印度的首都，是一座正经历着高速现代化进程的城市。德巴认为加尔各答缺乏像新德里那样的城市特质，她眼中的加尔各答是封闭的、令人困惑的，同时也是落魄的。在加尔各答，不仅没有路牌告知你通往各条街道的方向，也不会有谁来特别告诉你关于这座城市的那些不成文的规矩。

新德里较之加尔各答要开放得多，有一次我经过一个医生的办公室，甚至听到里面两个年轻的女声在争论穿哪个牌子的牛仔裤深蹲时最舒服，一个说Levis更好，另一个则是Lee的忠实拥趸。

在二十年前，德里仍旧是没什么活力的一座城市。那时新的资本和政治权力已经开始结合，但是德里仍然没有形成显著的都市文化和氛围。那时的德里也并没有什么惹眼的特色，整座城市就仿佛没有灵魂一样。不少德里的居民把这里描述成是由一块块富人区和贫民窟拼接而成的城市，而我并不这么觉得。在我看来，德里的富人们一向深居简出，你很难摸清他们的行踪；穷人们则被赶到城市不显眼的角落居住，你也不大看得到他们的身影。如果你想要在德里问路，那么多半没人能告诉你准确的答案，因为没人是真正属于那座城市的。而到了加尔各答，这一切就不一样了：五六个留着胡子的大叔会从街角热情地围上来，执意要把你带到目的地才肯罢休，此外，这些大叔极有可能在指路这个问题上因为意见不合而当街爆发口角，甚至会把问题上升到不同政治阵营之间的矛盾——好了，接下来等着你的就是因为大叔们的口角而导致的一整个下午的交通堵塞。即便这样，住在加尔各答的人却可以在这座城市很轻易地找到自己的归属感，他们对这样的街道和这样的邻里感到熟悉，也习惯了。

即便是回到了美国，我仍然时常惦念着加尔各答。每年夏天我都会回来待几个月，不为任何项目也没有任何目的，就是单纯为了待在这儿。《政治家报》的光景似乎并不怎么好，除了像迈克这样仍旧乐意坚守岗位的"老顽固"，不少我以前的同事都已离开那儿，他们有人去了隔壁的《每日电讯报》，还有人去了其他国立报社驻加尔各答的分社。时代似乎真的变了。席卷印度的外企经济也在逐渐占领加尔各答，随之而来的是一大批新的就业机会。我的有些同事干脆选择彻底离开新闻行业，转投了那些美国公司在加尔各答的后台办公室，他们大多在那些公司做着文案或者设计的工作。加尔各答的城东曾经是被大片农田和树木覆盖的郊区，而现在，正逐渐被改造成一个名为第五区的科技中心。在奶牛牧场旁边除了零星的棕榈树外，现在还多出了不少现代化的建筑，那是 IBM、通用公司和普华永道在加尔各答的办公楼。那一座座在印度郊外的阳光下反射出刺眼光芒的玻璃房子，似乎在炫耀着资本主义全球化的胜利。前现代和后现代的印度在这里相互对峙着，在同一时空内形成了鲜明却又滑稽的对照。在那里，你时常能看到牧场的农民和玻璃房子里的程序员同时走进同一间酒吧的场景。

我的一位朋友就在这个科技园区谋到了一份给美国公司写文案的工作。有一次，她带着我参观她工作的地方，在那座玻璃外表的高楼里竟然有一间屋子堆满了卷成长筒状的垫子。这让我想起了在《政治家报》工作的时候，那些在报社食堂工作的穆斯林服务生会在每天祈祷时把类似这种垫子平铺在地上，跪在上面进行祷告。

我问我的朋友："这是穆斯林祷告仪式用的垫子吗？"

朋友答道："不是，这是用来做瑜伽的瑜伽垫。"

这是我头一回在加尔各答听见有人说出"瑜伽"这两个字。我听得十分清楚，她说的是"瑜伽"，而不是"约伽"。在孟加拉语里，"约伽"这个和"瑜伽"的发音听起来有些类似的词汇，是用来指代一种包含了呼吸练习和扭曲身体的锻炼方式。我们小时候常会被大人强制做这种运动。那时候在我们看来，约伽完全是种老掉牙的东西，和什么占星术、驱魔表演，还有吸鼻烟壶属于一类事物。在印度，一些爷爷辈的人会要求小孩做约伽，也就是静坐15分钟并且要表现出自己是在冥想的样子。经过全球化浪潮的洗礼，印度的老年伸展操摇身一变，成了中产阶级追捧的所谓雅痞运动，经过资本主义消费观念的包装，成了一种时髦的生活方式，漂洋过海从美国回到了它的发源地，来到了加尔各答的第五科技园区。

每天下午6点，在加尔各答第五科技园区的大楼前，都会聚集各式各样的大巴车，比南店中学前的校车还要多一些——是那些玻璃大厦里的员工到下班时间了。班车把他们载到加尔各答嘈杂的市区，一群又一群二三十岁的人走下巴士，淹没在人群中，他们抽着宏愿牌香烟，飞快地按着手机键盘发出今天最后一条工作短信。过不了一会儿，这些大巴又要载着另一批人从市区再次前往同一片园区，开始另外一轮忙碌。尽管这时本应是加尔各答的下班时间了，可对于地球另一端的纽约和加利福尼亚，新一天的工作才刚刚开始，而这些位于加尔各答的美国公司的客服中心和后台自然要保持同步工作。

在第五科技园区工作的人便是我这一代人，准确来说是我们这一代人中的中产阶级。在那儿工作的男人大多穿着印度本土生产的猫须牌牛仔裤，女人则穿着美印度牌的沙丽。这些人总是要怀抱着知识青年所谓的理想主义，先虚掷几年青春——他们在当地上大学，大学毕业后不出意外会找份老师的工作，课余时间写一些充满浪漫主义情怀的诗歌，然后最终放弃所谓理想或者干脆离开加尔各答。他们的这些经历是我从未有过的。以前我只在电视上的曲棍球比赛里或者是学生游行中，看见过加尔各答年轻中产阶级的身影。在某一个阶段他们是热血的象征，而现在一切都不同了。这些年轻的中产阶级不再参加曲棍球比赛，不再在赛场上揶揄来自巴基斯坦的对手，他们也不再会在街头游行抗议学费上涨。他们在工作，在这个庞大的科技园区工作着，正是第五科技园区使得这些旧时中产阶级变成了新兴资产阶级。

第五科技园区事实上属于盐湖城区的一部分，而整个盐湖城区正是加尔各答规划的城市新区。德巴的祖父母就住在盐湖城区，这里复制了加尔各答老城区的城市交通线路，但是氛围却和老城区完全不同：负责新区规划的有关部门还没来得及为新区的每一条街道命名，每一座新建的大楼也仍然没有名字，人们只能靠门牌号来区分它们。新区不像老城区那样喧闹嘈杂，反而因为人烟稀少而显得十分安静，这使得不少加尔各答的中产阶级纷纷搬到这里定居。安静的另一面便是日子的无聊，这些中产们搬来不久就觉得百无聊赖。2004 年，就在我刚刚离开加尔各答回到新泽西后，印度建筑师查尔斯·科雷亚便为新区设计并建造了一座大型商场，好让那里居民们的日子不那么乏味。购物中心外有一座室外喷泉，可以供情侣们并肩坐在旁边，喝喝冷饮聊聊天，好让他们不花大钱就可以享受一次不错的约会。购物中心里还有各式各样的餐厅，包括必胜客、肯德基，还带有影院。在购物中心的顶层是一个叫作"闲趣美食大世界"的地方，也就是类似新泽西的门洛公园商场顶楼的那种美食中心，在那儿，你可以买到中式炒面、中东风味的烤羊肉串、泰国炒米粉，及来自其他各国的风味料理。在新泽西，只有那些在购物中心逛了一整天的人会选择顺便到楼上的美食中心随便吃点儿什么，那不过是填饱肚子和歇脚的地方。而在加尔各答，"闲趣美食大世界"却等同于精致的小资品位，备受加尔各答白领们的追捧。

由于实在无处可去，我和德巴常常会到"闲趣美食大世界"打发时间，这里的环境事实上跟精致二字完全扯不上关系。整个一层楼播放的是时下流行的印度网络歌曲，我坐在色彩艳丽的联排塑料椅上，吃着并不怎么地道的泰式炒面，音乐的声浪大到似乎要淹没一切。德巴坐在我对面嫌弃地看着盘子里的咖喱鸡肉，突然抬头看着我愤愤地说，"我永远不会到加尔各答这种地方来定居"。由于德巴并没有什么兴致在这里久留，我们便匆匆离开了购物中心，费尽周折从偏远的盐湖城区返回老城区。

有一天，我装作不经意地向拉哈特先生提起，我有个朋友可能今天会来家里做客。德巴那天正巧要采访一位公交车司机，于是她便打算结束采访后来拉哈特先生的家。那天她穿着土黄色的纱丽，肩上背着一个沉甸甸的大口袋，看起来和那些上门为民众普及如何通过食用小麦胚芽来预防结核病的印度当地妇女并没有什么差别。德巴每次出门做调研或者采访，都情愿打扮成这副样子，以免自己习惯的美式穿扮给她带来太多异样的目光，继而影响她的工作进度。

拉哈特先生却并没有被德巴的这身打扮唬住，一眼便看出她不是当地人。德巴一进门，他便吩咐我道："去泡些茶，再拿些曲奇饼过来。"他把德巴招呼进客厅，一坐下便开始滔滔不绝地讲起自己50年代在美国做博士后那段日子，是如何喜欢开着他的斯图贝克到处闲逛，又是如何喜欢在每天晚餐时分，边吃牛排边喝威士忌的。我们一边喝茶一边吃着饼干，聊天间歇，拉哈特先生主动邀请德巴什么时候有空可以再来家里吃晚饭。德巴要离开的时候，先生还特意叮嘱我一定要亲自把德巴送回家。后来先生背着我给我母亲打电话，着急地问我和德巴究竟什么时候才要结婚。几天后的一个中午，我和先生正一起吃着午饭，他一边嚼着炸秋葵条，一边装作若无其事地说道："明天中午我要去一个住在阿里普尔的朋友家吃午饭，要到下午 6 点才回来。冰箱里有吃的，足够你吃了。"

"知道了，先生。"我应道。

随即先生顿了顿，又说："我的意思是……冰箱里的吃的足够两个人吃。"

"好的，我知道了先生。"

"我是说你完全可以邀请一个朋友来一起吃。"

我知道先生的意思，默不作声，只是点头如捣蒜。见我不说话，拉哈特先生干脆挑明："你干脆就请德巴过来吧！"

"好的，先生您就放心吧！"

"我再说一次，我明天要去在阿里普尔的朋友家吃饭，我可是要到 6 点才回来哦！"

"是是是，知道了知道了。"我被先生说得有点儿不好意思，连忙制止他继续说下去，我生怕再这么下去他会来一番长篇大论教我如何向德巴求爱。

自打先生知晓了我们的关系后，我和德巴在加尔各答的日子似乎轻松了很多。像是得到了某种默许，我和德巴能够常常在街头一起散步。我喜欢带德巴去学院街，那里有着各式各样的书店。我们时常会挨个儿逛路边的旧书摊，从里面翻找中意的二手书，和老板讨价还价，走累了就到街道尽头的咖啡馆歇脚聊天。

我听说学院街的这家咖啡馆在旧时的加尔各答曾经是革命青年和作家的一个据点，那些人会在这儿群情激昂地谈论政治和时事。但那都是上个世代的事儿了。从那以后很长一段时间，便再没有什么革命了，人们若再有什么理念上的不合，多半也是争论关于哪种口味的炸鸡排更好吃一些。不变的是，这里的服务员们仍然包着头巾，穿着印度传统服装，板着一张脸，不情愿地服务着客人。不过，来这儿喝咖啡有一点好处是，这些服务员从来不会催促你离开，这大约是由于这里的生意实在冷淡。我和德巴边喝咖啡边谈论着政治，那场景让我恍然觉得，我和她就好像是萨蒂亚吉特[1]电影里的男女主人公穿越时空来到了21世纪。再晚些时候，我们沿着加尔各答城北的街道继续漫无目的地行走。城北的建筑大多已经很老旧了，我们沿途经过巴德尔巴干、帕斯巴干、河渡阿、查尔塔巴干这些街区，穿过一条条幽深的小巷，抬眼便是一座座百年老宅，宅子的阳台是铸铁做的，还带有美丽的雕花。德巴说之前她从没来过这些地方，对她来说，城北甚至让她感受到了一丝异域风情。在我们回去的路上，德巴的一只脚正要跨过路边的排水沟，她突然停了下来对我说，此情此景一下让她想起了去年我在葡萄牙对她说的话。去年我们一起去了葡萄牙旅行，有

---

[1]　萨蒂亚吉特即萨蒂亚吉特·雷伊（Satyajit Ray），印度裔电影导演，其代表作包括《大路之歌》《大树之歌》《大河之歌》（"阿普三部曲"）等，被认为是20世纪最具影响力的导演之一，曾获得奥斯卡终身成就奖。

一天，我们像在加尔各答城北散步一样在卡斯特洛闲逛——那里是里斯本的老城区。那时候我看着里斯本街头晃晃悠悠行进着的有轨电车，对德巴说，突然好想回到加尔各答再坐一坐经过学院街的电车。

几年前在西班牙的科尔多瓦，我告诉德巴我喜欢吃那儿的可乐饼，因为那味道实在像极了我喜欢的孟加拉炸薯饼。在巴塞罗那，当我看到高迪建造的圣家堂，脑子里不禁联想到和高迪同时代的艺术巨匠泰戈尔。我也曾去过南非的波洛克瓦尼，在那儿的一个炸鸡摊对面，我看到了一个理发师正给顾客剃头，手里的老式推子嗡嗡作响，那场景让我仿佛一下穿越到加尔各答堡巴扎尔那喧闹的一带。在圣乔治，公交车司机一路上用单调的语气机械地报站，我恍然间以为自己回到了开往加尔各答机场的迷你小巴上，那趟小巴的必经之路是修道院街。我也到过新加坡，那里即便在上下班高峰也安静得可怕，我站在街角，甚至觉得这安静让人感到些许惶恐。在纽约，我无法像在加尔各答一样无所顾忌地四处游荡，尤其是在像治安令人堪忧的布朗克斯这种地方；唯一令我能找到慰藉的是纽约的中国城，那里卖鱼的摊贩让我有种回到马尼塔拉市场的感觉。

我和德巴就这么继续在加尔各答的街头走着，我仔细审视着这座城市，想要重新认识它。在我做记者的那些年，这座城市曾经不停地把我向外推，直到我不得不离开，而如今它却又像磁石一般吸引着我，使我日思夜想，魂牵梦绕。我甚至想就这么没有终点地在这里的街道穿行，去仔细探索隐藏在巷弄深处的秘密。在加尔各答这样的城市里，尽管没有路标，你也大可不必担心，只管随意选一条小巷沿着走，便会有不断的惊喜。说到这儿，我想我的确是想在加尔各答定居了。

德巴本来就是一个怀疑论者，对我要在加尔各答定居这个设想她表示尤其怀疑。尽管她已经在这儿做调研有一段日子了，对这里的一切早就熟悉起来，但她仍然没什么意愿在加尔各答生活。我们达成一致，如果当真打算搬回加尔各答，是断然不能像过去一年那样生活的——我是说能去的地方只能是雨伞公园和闲趣美食大世界，不然就只能像流浪汉一样在街头漫无目的地瞎逛。我和德巴一致认为，想要在加尔各答完全安稳自在地定居下来，我们必须要结婚。

首先知道我和德巴婚讯的人并不是我父母，而是拉哈特先生。一天早上，德巴穿着一身优雅的纱丽来到我家，乌黑的长发披散在肩头。先生叫了一辆出租车把我们带到我的外婆家。就像加尔各答北边的所有老房子一样，外婆家二楼的外墙上带有一个铸铁做的雕花阳台，阳台上是露台，露台的墙面上有一些坑洼的凹陷，就好像有时候你会在甲板上看到的凹洞一样。德巴对这一切感到很新奇，直呼"这里真是太神奇了！"

我们穿过庭院，沿着平坦而宽敞的台阶走到楼上，来到我外婆的房间。外婆正斜靠在窗边，看着她钟爱的肥皂剧。一见德巴来了，她立刻坐起来，佯装埋怨我道："你小子是不是一直把她藏起来不肯带来见我？！"

德巴挨着外婆坐在床上，不一会儿就有佣人端上茶水和点心。

先生则拉过一把椅子坐在床边，对我外婆说道："这两个孩子……打算结婚！"

外婆一听便大笑着说道："这是天大的喜事啊！"然后不停叨念着，"我第一眼就喜欢上这个姑娘了"。接着她冲着我悄声说，"你给人家准备订婚戒指了吗？！"

"订婚戒指？我们家什么时候开始走美式习俗了？"我回道。

外婆侧身瞟了我一眼，说道："别跟我耍小聪明！你小子以为我整天待在家不出门，就真不懂得外面流行什么吗？"

过了一会儿，我带德巴来到房子顶楼的露台，在那儿你可以看到恒河上横亘的两座大桥，以及托莱干戈影视城那边的电视塔，加尔各答的一切建筑几乎都尽收眼底——马尼塔拉市场、锡亚尔达火车站、莫拉利大街、滨海艺术中心，这些曾经构成我全部生活的地方，如今在我眼前平铺开来，让人觉得恍若隔世。自从和德巴一起回到加尔各答，那天我头一次感到整个人完全放松下来。于是在露台上，我拿出准备好的戒指，对德巴说："做我的妻子吧。"

| 第二章 |

求租奇遇

过了不到一年时间，我和德巴便从美国搬回了加尔各答。那时候我已经在耶鲁完成了我的博士学位，也和德巴在新泽西结了婚。我打算利用接下来住在加尔各答的日子写一本关于这座城市的书，而德巴也计划在这里完成她关于孟加拉乡村地区转型的博士论文。这次回来，我们摇身一变成了一对新婚夫妇。哦，说起新婚，你恐怕难以想象印度的新婚夫妇要经历些什么。通常，传统的印度婚礼有着繁复的仪式，新婚夫妇需要绕着火盆走七圈。所以，如果当你偶然听到加尔各答的人们说起哪对新婚夫妇绕着圈走这回事儿，那可和你以为的在大街上到处走完全是两码事。

过去还在《政治家报》上班的时候，我总喜欢到苏加托和贾扬蒂家蹭饭吃。仗着这对邻居夫妻的好脾气，我总是会在他们午饭和晚饭的时候不请自来。我刚认识苏加托那会儿，他老爱拉着他父亲大聊特聊关于汉尼拔的历史——对，就是那位骑着大象翻越阿尔卑斯山，然后击败古罗马人的伽太基国的大将军，汉尼拔。苏伽托大学学的是历史专业，所以他张口便是关于各种英雄人物的传记故事，像什么汉尼拔、亚历山大、拿破仑，都是他崇拜的大人物。我有时会故意惹恼苏加托，揶揄他"这些传奇英雄传记不过是需要花些工夫死记硬背的知识罢了！别看你把汉尼拔的生平背得头头是道，可我打赌你在地图上根本找不到迦太基国在什么方位"。而苏加托则不甘示弱地回嘴道："赌就赌，赌一份烤羊肉饭怎么样？！"看他气鼓鼓的样子，心里可能是在琢磨怎么会有我这样的毛头小子敢挑战他和他的汉尼拔。

结果，苏加托果然不知道迦太基古国的位置便是今天的突尼斯。所以理所当然，我赢得了我的烤羊腿饭。哦，我的烤羊腿饭可不是来自什么遥远古老的国度，它就来自隔壁的希拉兹餐厅。

对比以前我还是单身汉的时候，很明显苏加托在招待我和德巴时费了不少心思。他说毕竟我结婚了，自然要用更体面的饭菜来招待我。桌上除了基本的米饭、浓汤、炸面饼和蔬菜以外，还多了一些孟加拉特色的美味：一碗浓郁的羊肉咖喱，这是我的最爱，还有德巴最喜欢吃的黄芥酱汤炖鱼。

贾扬蒂，也就是苏加托的妻子，最近把她收藏的英格玛·伯格曼[1]的《野草莓》的录影带借我看，席间我告诉他们我简直被伯格曼的镜头迷得如痴如醉。苏加托应和道："是啊，如果和伯格曼放在一起比较，连萨蒂亚吉特这样的大师也显得不那么出彩了，在伯格曼的作品面前，萨蒂亚吉特恐怕和斯沃帕恩没什么两样。"苏加托说的斯沃帕恩事实上是印度本土著名的电影导演，执导过不少卖座的电影，像什么《老爹的烦恼》，还有《我的爸爸是仆人》，等等。而他同时提到的萨蒂亚吉特早在二十年前就去世了。萨蒂亚吉特的儿子现在也在做导演拍电影，但远不如父亲的名气大。似乎事情总是这

---

[1] 英格玛·伯格曼 (Ernst Ingmar Bergman)，瑞典导演，其代表作包括《野草莓》《夏夜的微笑》《第七封印》等，作者所提到的《野草莓》曾获 1958 年柏林国际电影节金熊奖，及 1960 年金球奖最佳外语片，故事主要讲述了名为伊萨克的主人公对于过往感情及生活的回忆。

样，名人的子女们永远无法超越他们的父母，就比如现在有谁还听说过泰戈尔的后代们是如何有成就吗？答案当然是没有。

我不禁在饭桌上问道："难道孟加拉人就当真无法摆脱这个定律吗？我是说……难道我们真的就永远无法超越那些死去的祖先们所做出的成就吗？"

苏加托没有回答我的问题，而是再次给我们上起了历史课："当代孟加拉的伟人有三位，泰戈尔 [1]、内塔吉 [2]，还有维韦卡南达 [3]——诗人、解放者，还有传教士。如果没有他们三个，那么孟加拉便不会在世界上立足，且在文化上会无所依存……"

由于吃了太多的咖喱和芥末鱼，我们的肚子被撑得滚圆，于是聊天内容也开始向有关肚腩的话题发展。德巴说她曾经听说一个罗马议员肚子大到需要雇两个苦力来托住他肚皮上溢出的肉。听到这个，这对夫妻回忆起当年两个人还在历史系读书的时候，都算得上是身轻如燕，哪来的什么肚腩一说。贾扬蒂紧接着抱怨到，苏加托一路在警察局升职，肚子也跟着一点点鼓起来。而她，二十年过后仍然和当初一样苗条，只不过是身份从学生变成了历史系教授。苏加托并没有反驳他的妻子，只是走进卧室，然后拿

---

[1] 即拉宾德拉纳特·泰戈尔 (Rabindranath Tagore)，出生于印度加尔各答，是第一位获得诺贝尔文学奖的亚洲作家，代表作包括《吉檀迦利》《文明的危机》等。
[2] 作者在这里提到的内塔吉即苏巴斯·钱德拉·鲍斯 (Subhas Chandra Bose)，是一名印度政治活动家。
[3] 即斯瓦米·维韦卡南达 (Swami Vivekananda)，又被称为辨喜，哲学家，致力于推动印度教的革新与传播。

了一本弗朗索瓦德·拉罗什富科的书出来。他翻开这位 17 世纪法
国作家的作品，向着他的妻子读着，"我们都知道，最好不要过多
谈论你的妻子；而过多谈论你自己，那便更糟糕了"。

* * *

在加尔各答，只有在盐湖新城附近还有城南其他一些更时髦
的地段，才会有房屋中介的存在，而且在这些地方售卖的报纸上，
你也能很方便地找到诸如"好房出租"这样的广告信息。但在城
市的其他地区，想要租房，便只有通过向熟人打听这一条途径。
有天晚上我到杂货店买饼干，向老板托诺顺口提起自己最近正在
找房子的事情。我的话音刚落，还不等托诺回应什么，突然间一
个穿着金色长衫的高个男人便从暗处噌地钻了出来，活像电影里
那种凭空出现的妖精一样。

"你想要多大的房子？预算大概多少钱？布谷雅提那一带怎么
样？凯斯托普尔那里可是有不错的房子。"他一股脑儿地问道。

"我不买房，我是打算租房的。而且我就打算租在这附近。"
我答。

一听这话，这位"妖精"先生立刻消失不见了，离开的速度
和他出现的时候一样快。

第二天一早，托诺便打电话给我，告诉我昨晚我看到的那位

先生愿意帮忙租房。"他是在政府里上班的一个小头头，他说他能帮上忙。这些人啊消息灵通得很，哪里有空房子问他们准没错。"

"那……我得先付钱给他吗？"我略带担忧地问道。

"那倒不必，做他这行的人多了去了，他这儿不行的话你还可以找别人。"托诺提醒道。

后来他又详细跟我交代了整个流程，说昨天那位穿金色上衣的先生会把房东的名字和地址给我，接下来就需要我自己和房东去接洽。如果真的达成租房协议了，那么我也不必向那位先生支付什么中介费，因为这种生意大多是像"妖精"先生这样的人和房东们之间的人情买卖，房东会因此对他感恩戴德，而"妖精"先生那样的小领导也恰好可以借此笼络人心。第二天一大早，我经过托诺的商店，他便叫住我，告知我"妖精"先生说已经替我在这一带觅到了一套超级好房，"他说啦，那间公寓有两间卧室，面朝公园。怎么样，是不是听起来很不错？！"托诺还说让我千万放心，用不了多久穿金色衣服的那位先生就会把房东的地址交给我。

贾扬蒂常常抱怨，集市上的摊贩总是把摊子支在我们家这一带的房子前面，搞得整条街道又脏又乱，还有那些住在贫民窟的人们，一到节日就拥到附近的街道上来庆贺，她说她简直受够了。听说我要租一套面朝公园的房子，贾扬蒂不无羡慕地对我说，"想想吧，面朝公园的房子，那可是难得的宁静啊。啧啧，想想那样的环境，简直是太完美了！"

听贾扬蒂这么一说，我也不禁开始畅想自己未来的美好生活——我可以随时到楼下的公园散步，然后在附近的茶馆悠闲地喝个茶。我甚至开始琢磨，自己是不是要加入公园里的健身队伍，和在那儿每天进行力量训练的人们一起举个铁之类的。

这之后的每天晚上我都会到托诺的店里，以买饼干和聊天之名待上一会儿，实际上我是想侧面向他打听租房的进度，问问看究竟什么时候才能拿到那套公园好房的地址。而托诺每次的说辞都是一样，"明天，明天就给你地址"。

过了一周，仍然没有任何消息，托诺每次看见我都是一脸尴尬的神情，我也因为事情毫无进展而感到些许恼火。我有种预感，事情可能就这么黄了。

"你说说看，这到底要什么时候才能看到托诺说的两室一厅？！"我不禁向贾扬蒂抱怨道。

"这种事情你倒是可以去问问尚布。"她建议道。

尚布是我家附近一个香烟摊的老板，除了香烟他还卖各种饮料还有烤槟榔叶。他从早到晚都盘腿坐在一个垫着铁架子的木箱上面，经营着他的小摊生意。尚布就好像坐在一个瞭望塔上，每天默默观察着街区里发生的一切。什么都逃不过他的目光，说他是我们这儿的闭路电视都不为过。

我去找尚布的时候，他正坐在他的摊位上卖货，听了我的遭遇后，他说要我明天 10 点来找他，他会介绍能帮上忙的人。

　　第二天一早，我便只身到尚布的槟榔摊找他。见我来了，尚布立刻安排人去找他昨天说起的能帮忙找房的人。不一会儿，只见一个男人从隔壁酒吧一路飞跑过来，跑到尚布的摊子时喘着粗气，还满身是汗。

　　他叫高顿，尚布见他来了，对我说道："别在我这儿谈生意，带他到你家去。"

　　在我家，我向高顿一五一十地说明了我们对房子的需求，包括需要多少间卧室，房子的面积，预期的价格，还有房子的位置。高顿立刻表明他手上正巧有一套符合我们期望的房子，两室一厅，面朝公园，而且他明天就可以带我看房。当然，前提是我需要向他支付相当于一个月房租数额的钱，作为中介费。他还说看房前他会打电话给我们。听了这些，我和德巴别提多期待了。

　　第二天早上，当我和德巴在路边的一家茶馆喝茶时，我们又遇到了高顿。这一次高顿身边多了一个人，这个人是托顿，是我们这一带长得最帅的鱼贩子。

　　每天早上，我家附近的集市上便会有不少像托顿这样的鱼贩子支起摊子卖鱼，他们蹲在摩托车前，娴熟地把一些鱼剁成鱼块，等着那些老主顾的光临。这些鱼贩子总是会大声吆喝着吓走想要偷吃鱼的猫，还会在大庭广众之下揪着自己的裆部向上提裤子。在这群人中，托顿显得体面极了。他身形高大，长着一张棱角分明的脸，留着两撇小胡子，人们都开玩笑说他是鱼贩子里的奥玛·沙里夫，有明星相。贾扬蒂曾经说过，总有一天，会有哪个宝莱坞的星探来这儿买鱼时发现托顿，然后带他进入演艺圈。

我已经很久没见过托顿，看到他也在，我高兴地冲他打招呼："嘿，托顿，好久不见啊。"托顿随即脸上闪过一丝微笑，那神态还是像极了奥玛·沙里夫。似乎除了有些秃顶的迹象外，这些年过去，托顿并没有什么其他变化。

"我听说了你的事情。好好的你租房子做什么……你在这儿不是有房子住吗？"托顿问道。

"我现在结婚了，所以需要一个自己的空间。"然后我把德巴拉到身边，向托顿介绍这是我的妻子。

然后高顿便交代我们，说要在傍晚的时候带我们去看那套两室一厅面朝公园的房子。而到了 6 点，高顿却没有出现。取而代之的是托顿，对，就是那个帅气的鱼贩托顿。托顿穿着黑色高领衫，卡其色的裤子搭配白色运动鞋。头发梳得油光锃亮，看得出还精心修剪了胡子，那样子简直是光芒四射。如果日瓦戈医生 [1] 和他走在一起，我想恐怕也会黯然失色吧。

我走上前去跟托顿打了招呼，以为我们要等高顿来后一起出发，可是托顿却说我们现在立刻出发去看房。

---

[1]　奥玛·沙里夫是生于埃及的著名演员、编剧，作者在这里提到的《日瓦戈医生》便是其代表作之一。

"高顿哪儿去了？他不来了吗？"我好奇地问道。

"我替他领你们看房。"

"可是……可是你不是鱼贩吗？怎么，还兼职做房屋出租生意啊？"

高顿大概是觉得我的问话太荒唐了，丢出一句，"鱼贩子？！那都是多少年前的事儿了。"

"那……你做这行多久了？"我略微有些不安地试图打探道。高顿不答，只是自顾自地向前走，还不时回头冲我们咧嘴笑笑。就这样，他把我们带到了普尔巴干街区。在一家巴塔牌鞋店前，托顿突然停下来说，"这儿有一处不错的房子，正好是两间卧室，就挨着黄麻厂"。

我一听便急了，说道："我们可不打算挨着黄麻厂住。你还是带我们去看高顿最开始说的那处房子吧，两间卧室，面朝公园的那套。"

"这个嘛……要不我带你们再去看看更便宜的房子，铁路旁边有一处还不错……"

"铁路边就更差了，托顿，拜托，我们只想看公园对面的房子……"

"啊……铁路边的不行，那要不就黄麻厂这家吧，这家好一些。走走走，来都来了，至少上去看看嘛。"托顿不正面回答我，只是绕着弯子想把普尔巴干这里的房子推销给我们。

我一时间有些动摇。托顿可能也察觉到了这一点，表情一下子明朗起来，觉得事情可能有商量的余地。

这时候，一个穿着白色裹裙戴着眼镜的驼背男人从我们面前慢悠悠地骑着自行车经过。这男人停下车，塞给托顿一些小纸条，又兀自骑车离开了。接到纸条后，托顿便开始忙着打电话，不一会儿，一个看起来精力十分充沛的男人出现了。新来的这个人和托顿凑在一起嘀嘀咕咕了好一阵子之后，托顿转过身来对我们说："哎呀，普尔巴干这里的房子现在还看不了……"

"那倒没关系，我们正好可以直接去看公园那儿的房子。"我答道。托顿含糊地应承着我，一脸不情愿地向前走着，我甚至开始怀疑可能压根儿就没有公园的房子这回事。新来的那个男人在边上一直重复地问道："要不要去看看墓地边上的一套三室一厅？……要么，养老院边上还有一套房子是一室一厅，但是卧室很大……"

我略微有些不耐烦，回应道，"我们既不想住在墓地边上，也不想挨着养老院！我们只想去看一下高顿说的那套面朝公园的两室一厅！"

眼看我们是朝接近公园的方向走，我又燃起了希望。托顿和他的同伴把我们带进了一座公寓楼，门卫把我们一起带到了楼上。

"诺，这就是之前说的面朝公园的房子。"托顿的同伴朝着房子的门口指了指，接着又解释道，"但是现在你们进不去，因为门卫没有房子的钥匙，房东也不在家"。

事情就是这样。尽管托顿满心打算着在我们面前以房屋中介的身份闪亮登场，但结果却不尽如人意。他从穿扮到口气都活像一个房屋中介，唯独有一点不像，那便是手头没有房子给客户看！

第二天清早，高顿又出现了，这次带着的是一个年纪不大的小伙子，说是叫巴邦。

"听说你们是从国外回来的，是吧？那干嘛不买套房子呢，我这儿有套黄麻厂附近的……"

巴邦还没说完，我便直接冲着高顿说道，"我们只想看你之前说的那套公园房！"

谁想到高顿居然说："那你们能一次性支付半年的房租吗？"

巴邦也跟着帮腔，"不然你付给我们相当于两个月房租的佣金也可以"。

这两个人就这么一唱一和地不停企图游说我，到最后实在想不出什么说辞了才停下来。我看着他们，坚定地说道，"伙计们，我只能按照我们最初说好的办，一个月房租的佣金，面朝公园的两室一厅"。看我态度坚决，巴邦只好同意隔天带我们看那间公园公寓。我们讲好第二天还是在普尔巴干的巴塔牌鞋店见面。巴邦再三强调我们一定要准时到，要赶在房东出门上班之前到达。德巴和我觉得这次应该是真的了，我们便又开始畅想起清晨散步晚上喝茶的生活，想象着每天在郁郁葱葱的公园景致中醒来是多么惬意。

第二天一早，我和德巴在鞋店前等了足足 45 分钟才看见巴邦。他在街对面的国家银行冲着我们招手，示意我们往他那里走。那正是早高峰的时候，大街上挤满了赶着去上班的行人和各式各样的交通工具。我和德巴吃力地跟在巴邦后面想要追上他的脚步，简直就像是吃豆人游戏里以追赶为己任的那些鬼魂怪兽一样！等到巴邦终于停下来的时候，我们早就不在公园附近了。

我气喘吁吁地追上来，对巴邦说道，"呼……这公寓……根本不可能面朝公园……"

"是是是，虽然说这里不靠近公园，但是也的确是个好地方。"这点巴邦倒是说得不错，这里也算得上离黄金地段不远。我和德巴眼看着他钻进一座四层公寓，跑到大楼里一角看了看，然后又跑了出来，之后便告诉我们，我们来晚了，房东已经去上班了。还不等我们说什么，巴邦便自顾自地说道："不要紧不要紧，我在巴勒伽塔那一带还有一套更好的两室一厅，我可以带你们去看……"

"我不想住什么巴勒伽塔……"我一口回绝了巴邦。

他赶忙改口道，"哦不不不，不是巴勒伽塔。就在前面那条路上。走吧，去看看吧。反正都已经走这么远了"。

这时候太阳已经爬到半空中，要接近中午了。巴邦七拐八拐最终还是把我们带到了巴勒伽塔纵深处，停在了一座并不起眼的公寓楼前。他和那里的门卫窸窸窣窣地讲了些什么，然后回头告诉我们这座公寓楼的设施非常不错，有自己独立的发电机和深管井，还有 24 小时的保安——"这间房子足足有 93 平，哦，租金的话每个月要 10 万卢比"。说着他便带我们爬上楼梯来到了一个并不宽敞的房子里。

"这怎么可能有 93 平……"我说道。

"有有有，这就是 93 平"，巴邦不顾我的质疑，坚持自己最初的说法。

"怎么可能，这里最多不超过 56 平""哎呀，这里是 93 平方米'超值优选公寓'！"

"超值优选公寓？！我不明白你在说什么！"

"超值优选公寓的意思就是包含楼梯，还有公摊面积，一共有 93 平方米。"

"我是说，这个公寓本身最多只有 56 平。"

"不算进来的楼道和楼梯部分，绝对有 79。"

我斩钉截铁地说："不超过 56！"

"呃……让我想想看，哦，对对对，应该是 70。"巴邦改口道。

我再次重复道："这里最多最多 60。"

巴邦这下只好承认我说的是对的。

"如果是这样，那么房租在 7000 卢比以内才合理。"我继续道。

"呃，好吧，就按照你说的 7000 卢比……那么你的意思是……

你对这里很满意咯？"巴邦喜出望外。

我和德巴一致表示我们对这儿一点儿也不满意。

"要么我再带你们看一套 114 平的大房子去？"

就这样，巴邦又把我们带到这栋大楼的另一间房子里，这一次他仍旧故伎重演，这间房子并不像他说的有 114 平方米那么大，看上去最多只有 65 而已。巴邦说这套房子的月租是 9000 卢比。

我和德巴小声嘀咕道，"这么看来，我们大概也只能找到这样的房子了……"这根本就不在我们原先的街区了，什么两室一厅面朝公园的房子，现在看来完全就是遥不可及的一个梦！

在这中间巴邦一直忙着打电话，放下电话他对我们说："我可以拿到公园房的钥匙了。咱们走，现在就过去看房。"

正午的太阳高悬头顶，我们在烈日下跟着巴邦又走回最初说好要看的公寓。在公寓楼下，之前我们见过的那个驼背人又出现了。同样的场景再次上演——他骑着车在我们周围灵活地绕着圈，仍旧是从胸前的口袋掏出一些纸条，然后不疾不徐地扬长而去了。我和德巴已经不止一次讨论过关于这个男人的身份背景，设想了各种他可能从事的黑暗邪恶的勾当——当然这些不过都是猜想而已，没人知道他真正的来历。巴邦简短地和那个男人说了几句什么，于是钻进了眼前的大楼，再之后便出现了一群男人，巴邦和他们一起站在公交车站前不知道在做什么。而我和德巴则只能一直站在原地，无所适从地等待着。

"哎呀，你看看，公寓的门卫去吃午饭了……今天这个房子咱们是看不成了。"巴邦作出一副抱歉的样子说着，"但是我手上还有一套 84 平的房子，就在前面那个转角处，一个月 15000 卢比"。

还不等巴邦说完，那群公交车站的男人当中有一个挡在我们面前说自己有一套 139 平方米的房子在养老院附近，只要 7000 卢比一个月。

我又一次重复自己不想住在养老院旁边，我的话音还没落，这群男人便一窝蜂地拥上来，你一言我一语地推销起自己的房源来：

"114 平，15000 每个月，在墓地旁边怎么样……"

"我这个便宜，7000 块就能租到 130 平的，也在墓地旁边……"

"我这儿的是面朝公园的，93 平，9000 块，你看看怎么样？"

德巴一听到公园两个字又激动了起来，问道："公园？你确定是公园附近？"

"没错没错，两间卧室，而且里面全是大理石装潢，我现在就可以带你们去看……"一个留着小胡子的男人说道。

我没有再理会这男人的说辞，"我们回家吧"，我对德巴说道。从清早开始我们已经在街上晃了好几个小时，又累又饿，却仍然一无所获，我甚至对找房这件事变得越来越摸不着头绪。

就这样我和德巴回家了。

傍晚，托顿又打了好几个电话过来，无非就是游说我们去看他手里为数不多的那几套房子——墓地边上的，养老院边上的，还有传说中面朝公园的。托顿当然十分积极，做成这笔生意的话，他拿到的佣金可以供他买得起他一辈子都用不完的发胶。他的电话实在太过频繁，到最后我已经懒得接起来了。自从那天看房后，每天我出门便会有各式各样的人跟在我身后，冲我大声叫着："兄弟，不停下来聊聊吗？"紧接着便一股脑儿地报出他们企图兜售的那些关于房子的信息。而我发现，几乎所有人都号称自己手中有一套面朝公园两室一厅的房子！

似乎连贾扬蒂未成年的女儿斯班都比我聪明，在听说了我的找房经历后，斯班默默地摇摇头，叹了口气，说道，"真不知道你是怎么想的，怎么会平白无故掉到这群人的陷阱里"。

* * *

我是从小在加尔各答城北长大的，不夸张地说，我一出生就踩在马尼塔拉这一带土地上。无论多晚，也无论天气多么恶劣，只要我看到马尼塔拉市场的钟楼，还有人行道上堆放着的蔬菜摊贩用来照明的简易灯泡的时候，我就知道自己到家了。以钟楼为坐标，自阿姆赫斯特大街向西再过去几个街区就是我外婆家了。如果是向东的话，经过拉加戴宁达大街，再绕过巴勒伽塔运河，是我奶奶过去住的地方，六岁之前，我们全家和奶奶都住在那儿。

拉哈特先生的家也离这里不远，在库加池一带，坐三站公交就到了。在加尔各答，我的生活圈就是以马尼塔拉为圆心，半径一英里的这一小块地方。但是，似乎我和德巴是不可能在这一带找到让我们满意的房子了，所以我们不得不把范围扩大到城南。

正如人们了解的那样，城南比城北看上去要时髦一些。城南是最近几十年才开始修建的，所以比起早已老旧破败的城北当然要显得崭新许多。实话实说，城南街头的女性的确打扮得也更入时一些。但这并不意味着城南就更干净整洁。这里可一点儿不比颓败的"黑镇"里的那些贫民窟来得干净，照样随处可见污秽的街道和水沟。对于在城南找房子这件事儿，我压根儿提不起什么兴趣来。搬到城南就意味着我们要重新适应周围的一切，包括寻找新的茶馆，新的点心铺子，新的街坊邻居寒暄，等等。若是在城北，一切都会是那么自然而然，我大可以立即融入周边。事实上，在加尔各答，没什么地方是可以供人们放松休闲的，这里既不像德里有印度之门，也不像孟买或者马德拉斯那样有绵延数英里的海滩；在这里，只有沿着恒河而建的成片库房，剩下的就是大大小小的火葬场。而马尼塔拉是唯一可以让我感到闲适的地方。在加里亚哈特，戈尔公园还有其他一些算得上是城南黄金地段的地方，那里的一些中介带我们看了各式各样的公寓。与老城不同的是，这里的房屋中介要正规许多，颇有些美国房屋中介的作风，唯一让我顾虑的一点是，若是让我在戈尔公园这样的地方住下，那么这无异于让我在一座我完全陌生的城市生活。这可一点儿也不令我向往。

一天下午，我偶然在网上发现了一条租房广告，而房子恰巧就在马尼塔拉附近。虽然房租远远超过了我最初的预算，但我还是按照提供的信息拨了电话过去。接电话的是一位说英语的先生，来自加拿大，他说他正在加尔各答探望自己的母亲，所以希望在加尔各答的这两周时间里为这套房子找到租客。

去看房之前，我对德巴说道，"来吧，到了我们散发人格魅力的时候了。这回可一定要让房东把房子租给我们"。我们见到房子的主人阿彼锡的时候，他穿着一条短裤，那打扮和来这里旅游的游客没什么两样。阿彼锡的爸爸早年一直在赞比亚的一座绿宝石矿上做会计，所以他的整个童年都是在那儿度过的。像所有漂泊在外的人一样，阿彼锡的爸爸也一直有着落叶归根的愿望，所以他在加尔各答库加池的一栋新建的大楼里买了一套公寓，为自己退休做准备。房子里每一寸地面都是大理石铺成的，每间屋子里都装有空调，家具也都是特别定制的高档货。阿彼锡的爸爸和妈妈本打算在这里安度晚年，所以花了大量的精力和金钱装修房子。可房子装修好不久，阿彼锡的爸爸就因为心脏病发作去世了。所以这个房子至今还没人住过。

阿彼锡还有一个哥哥，住在新泽西。他们的妈妈——也就是巴塔查亚女士，现在则一个人住在巴勒伽塔一带的祖宅里。巴塔查亚女士见到我们的时候，略略有些惊慌失措，这让我联想起维多利亚时期那些在家中忙于家务的妇女，如果无预警地把她们带到一些社交场合，那么反应和巴塔查亚女士见到我的时候多半会很类似。她一见面便和我说道，"看见你我就想起了我的大儿子，我总和他说，要找个漂亮的孟加拉女孩儿结婚"。接着她又对德巴说，"你们能遇见彼此简直是再幸运不过的事儿了"。

之后，这对母子又向我们展示了公寓里各式各样的嵌入式照明还有隐藏式书架，这些都是阿彼锡的爸爸生前特别设计的。整个公寓比我们想象的要大得多，也现代得多，但阿彼锡和他妈妈却愿意以低价租给我们，我的意思是，比他们在网上的要价要便宜许多。他们认为我和德巴在加尔各答是再理想不过的租客了，因为他们知道，租期到了我们便会离开，不会出现诸如赖着不走的状况。

待阿彼锡把房子的钥匙交给我和德巴的时候，他说道："拜托了，请代我照看好这里。"就这样，带着莫名的信任，他把自己父亲的遗产托付给了我们。

第三章

尼姆塔拉

我回来后不久便赶上外婆生病住院，她出院那天，我便带着德巴一起到家里去探望她。事实上，在这之前外婆已经因为心脏病进进出出医院无数次了，不过好在每次都能逢凶化吉。外婆的大儿子，也就是我的大舅，阿肖克舅舅，听说外婆住院的事情后，立刻搭飞机从加利福尼亚赶往加尔各答。而我的父母在大舅之前就已经从新泽西飞过来了。加雅思莉，我的大姨，也从加尔各答城南的家里急急忙忙地赶来。原本冷清的老宅这下子挤满了人。出院后的外婆看起来状态不错，她一整个下午都在和屋子里的这群人聊着关于我们家族的老故事，房子里一直充满笑声。关于我们家族——科尔家族的故事，早在之前我也有所耳闻。传说中原先我们祖上拥有十四幢洋房、三座花园，还有数不清的池塘……要么就是十四幢别墅、三片池塘，还有数不尽的花园？我记不清到底哪个版本才是正确的，但大概意思就是说整条罗伊大街，包括街上的建筑，都是科尔家族的。

"外婆，他们说的这些都是真的吗？……我是说我们家祖上曾经拥有过十四幢洋房，真有这回事吗？"我好奇地问道。

"当然是真的了！以前这一带几乎所有建筑都归我们家所有。"外婆答。

"那这么说您是亲眼见过家里全部这些财产咯？"我追问道。

"我？我可没赶上那些好日子，那是再上一辈的事情了。"

外婆房间的墙上挂着好些张我们家族祖先的全身照，这里面有我的外公，还有外公的大律师哥哥，等等。也正是外公这位杰出的律师哥哥，把家族姓氏从孟加拉语的"卡尔"改成了和它发音相似的苏格兰姓氏"科尔"，大概在当时"科尔"这个英文姓氏确实能够帮助他们的律所建立威信，好让更多客户以及他们父母心甘情愿地埋单。

我指着墙上太外公的黑白照片问："我想知道太外公那时候的职业是什么？"

"职业？！你问我这些有钱人家的少爷的职业是什么？！"

"天呐，这么说来我的太太外公也是个有钱人？"我追问道。

"我听说是这样的，但是我嫁进来的时候他已经去世了。"外婆平静地答道。

据我所知，在19世纪初的某一年，我的祖先们因为某些我也不清楚的原因，不得不从布尔多旺的农村老家举家迁移到加尔各答。在加尔各答，当时印度的新首都，他们通过和英国商人做生意赚到了第一桶金。根据祖上流传下来的说法，我的太太外公那一辈家里经营着一家航运公司，而这家航运公司最后被迫关闭是由于当时一个英国客户侮辱了我家的某一位长辈。传说中我那些心高气傲的先辈们为了复仇，一脚踢翻了那个英国人的货船，船上的十三大箱食盐全部倾翻到水里去了。也许就是因为这一脚，航运公司从此便开始走向没落了。据外婆回忆，她嫁给外公的时候，家里已经不再有什么多么了不得的生意了。当时家里的房子也不过只是现在的一半大小。可是自打外婆进门，经济状况却渐渐好转起来，这主要是因为外公和他哥哥的律师事务所慢慢开始有了名望。外婆说当时外公的哥哥帮星辰剧院赢了一个大案子，拿到不少佣金，家里一下子就有钱起来。她记得那时候，外公的哥哥亲自找到星辰剧院的老板，然后带了大笔现钞回来，当然，这些钱有一部分仍然被他儿子挥霍掉，用来花天酒地了。随着律所生意渐渐兴隆起来，家里又在原来的房子基础上加盖了两层，从那时起，外婆家的房子就变成了我们现在看到的三层洋房。

在家里最富有的时候，外公甚至拥有两辆汽车。可后来，他的哥哥突然间离世，再加上英国人撤离印度，日子便不那么好过了。外公的财富缩水很快，他先是不得已卖掉了一辆汽车，后来索性把另一辆也卖掉了。第二辆卖掉的是他最爱的奥斯丁。外公说什么也无法容忍其他人驾驶自己心爱的奥斯丁，所以把车子整个拆掉，分别卖掉了零件，把方向盘留了下来。我记得在我小时候，那个方向盘一直被扔在露台上，我们一群孩子常常会跑到露台上把玩这个已经生锈多年的老古董。

外婆出院那天，我们一家人一直聊到傍晚。直到晚上的板球比赛开始，外婆的注意力转移到了电视上，我们一群人才打算离开，好让她专心看她最喜欢的球赛。临走的时候，我对她说，"外婆，明天我再来看你，来聊聊今天晚上的球赛"。

第二天清早我接到舅舅从外婆家打来的电话，他告诉我，外婆去世了。

* * *

在外婆的火化仪式那天，一长列送殡车队跟在她的灵车后，缓慢地驶向毕登街尽头的尼姆塔拉火葬场。1941 年，泰戈尔出殡也是经由同一条街道。不同的是，这位大诗人的遗体是被人用类似担架一样的花床抬着运往灵堂的。那些抬着遗体的人用梵语一边吟诵着"以神之名，以神之名，以神之名"，一边脚步利落地向尼姆塔拉移动，那架势不免让人想起以往士兵抬着伤员在战场上穿梭的样子。当时，沿途拥满了来为泰戈尔送行的民众，人们争相把手伸向遗体，想要和这位备受尊敬的名人来一次近距离接触。而由于那些民众太过踊跃，听说待泰戈尔的遗体到达火葬场时，连头发都已经被扯得所剩无几了。当然，泰戈尔的葬礼毕竟是很久以前的事了，在我年幼的时候，已经鲜少听闻有谁家是如此将遗体运往火葬场的，更别说是现如今了。现在，加尔各答的穷人家庭大多会租一辆货车或是平板车来送殡，而稍稍富裕的中产阶级们则可以选择各式各样带有空调的灵车。

在去给外婆送殡的路上，我坐在加尔各答市政总工程师的车子里，跟在灵车后面缓慢前进。我窝在空调充足的车子后座，听着前面的灵车一路鸣笛，声音传到我这里已经并不那么刺耳，听来倒是温和的"嗡嗡"声。中途，总工程师先生打电话向火葬场的工作人员打招呼，说我们不久就会到，他这么做是想帮我们免去排队的麻烦。我和这位总工程师算得上是远亲，我外公和他外公是表亲关系。他对我说，这么说来我外婆就是他外婆，所以他当然要为这次葬礼做些什么。

尼姆塔拉火葬场位于恒河岸边，是一座低矮的单层建筑，红色的外墙从远处看来和邮局的样子颇有几分相似。那里每天都迎来送往着为亲属或朋友送殡的各色人等。来送行的人无一例外地将遗体抬在肩膀上，逝者的身体被白色布单覆盖，只露出脸部和双脚。按照传统，遗体的眼睑处要用圣罗勒叶覆盖，鼻孔内塞着棉花球，而嘴巴则需要用胶带封住。

那天除了总工程师之外，还有好些留着胡子的先生来参加外婆的葬礼，而我并不能一一认得他们究竟是谁。在参加火化仪式的所有人中，也只有我和我的两个舅舅是外婆的直系血亲。

灵车到达尼姆塔拉，我们把外婆的遗体从灵车转移到一个窄床上，并抬着它向火化炉走去，同样地，我们边走边唱着"以神之名，以神之名……"火葬场里一具具尸体松散地排成一列。由于工程师先生提前打好了招呼，我们得以绕过排队等待的人们，直接走到队首准备为外婆进行火化仪式。传统的印度葬礼会将遗体放在松枝堆上进行火化，人们把松枝堆搭在恒河边，遗体随着松枝一并燃烧，然后灰飞烟灭。泰戈尔的火化仪式便是如此进行的。但每遇风雨和冰雹天气，这种火化方式就行不通了。相比之下，用电炉火化似乎是更可靠的选择，至少理论上来说是这样的。尼姆塔拉火葬场有四个电火化炉，但通常情况下只有两个能够供老百姓使用。这似乎是在效仿加尔各答各个官僚机构的一贯作风——若是有四个服务柜台，往往只有两个向民众开放，而你需要做的就是不断排队和无尽地等待。

火化就要开始了。我们小心地把外婆遗体抬到火化炉前。眼前的炉子仿佛一个张着血盆大口的丑陋怪兽，它似乎迫不及待地想要吞噬一切。我们一边把外婆放入炉内的滑道上，一边再次唱起了"以神之名，以神之名"。我用力将外婆往炉子里推了推，和她说了声再见，眼看着工作人员"砰"的一声关上了炉门。那一刻的我突然对原本熟悉的恒河文明感到陌生：我突然不解这延续了五千年的仪式怎么会如此这般地失了它的味道。外婆的葬礼既不完全像旧时仪式那样有着简朴直接的原始气韵，却也无关现代社会崇尚的那种迂回精明的表达形式。

等待遗体火化完成大约需要 40 分钟。在尼姆塔拉火葬场边的马路上有一排商店，你可以从那里买到床单、花环等一切印度葬礼所需的相关用品。在这些葬仪用品店中间还夹杂着几间茶舍，茶舍门口稀疏地摆设着长凳招徕过往的人们。麦周舅舅，也就是我的二舅，在一间茶舍门前招待来参加葬礼的每个人喝茶。麦周舅舅曾经是国大党议会当地议员的心腹。那位议员几年前去世了，麦周舅舅也就此淡出了政坛。但是他的社交圈仍然是他从前那些国会的下属和朋友们。他的这些朋友们一边发出声响地啜着茶，一边聊着过往。他们回忆起旧时尼姆塔拉只有一个火化炉，而往往排队等待火化的遗体却有十几具之多。有人说他甚至在酷热的 4 月排了三个小时的队，还有人说自己曾在瓢泼一样的季风雨中等待火化完成直到凌晨 3 点才回家。对于这些人来说，为往生亲属抬遗体早已是熟练的差事了，每个人都有关于葬礼的一箩筐故事。除了我，这里唯一的葬礼新手。

在外婆的葬礼上，我是唯一在场的孙子辈。在德里、迪拜、伦敦、芝加哥和加利福尼亚，我的表兄妹们会逐一被电话叫醒，并收到外婆离世的消息。而当你在美国接到来自世界另一端关于亲属去世的消息时，那一瞬间你往往会不知作何反应，也不知该作何感想。你照旧重复着日常，去办公室、健身房，去超市购物，和朋友共进晚餐，你的世界照常运转，看上去似乎并没有因为某人的离世有任何变化。你试着装作什么都没发生，照旧忙碌着：开会，批改学生的论文，仿佛这一切都比亲属去世这件事更重要。但当你独自安静下来时，你会兀自严肃起来。负罪感袭来，你总觉得自己该做些什么，比如说恸哭一场？又或者哀叹一番？而事实上你却又无所适从。我的兄弟姐妹们大概就是如此哀悼我们外婆的，他们呆滞地盯着电脑屏幕，机械地重复着日常动作，不知该如何应对这突如其来的消息。我隐隐替他们感到难过和遗憾。

我在尼姆塔拉火葬场边上小口喝着热茶，那一刻的我站在一切情绪的中心点，实在地感知着关乎外婆离世的一切。

葬礼最后的仪式是要帮助往生者超度到来世，仪式由家中长子完成。外婆在死前一直担心自己的遗体会被一直放在冰柜里，搁置在塔尔塔拉，直到最后超度仪式时她在加州的大儿子才能赶到。不少加尔各答的中产阶级都有着像外婆一样的恐惧，对于他们来说，现在的加尔各答就像一座大型养老院，或者说得更可怕一点，这里是被年轻人抛弃的一座大型墓地，每个人都害怕死亡时孑然一身。而在外婆去世的时候，阿肖克，她的大儿子，竟能够在加尔各答陪在她的身边（那时阿肖克舅舅就站在外公房间的前廊下面），这是外婆所想见的。正如我妈妈说的那样，在弥留之际，子女能够陪伴左右，是外婆一直以来的执念。

喝完茶后，我们一行人回到火葬场，走向火化炉背后。在那里，逝者的骨灰，也就是舍利，和肚脐会被取出，放到一个陶土碗里。因为肚脐是经过火化后唯一能留存下来的器官，所以印度传统认为逝者能凭借着它进入来世。舅舅手捧着那个装有祖母骨灰和肚脐的陶碗，缓步走到恒河边进行最后的仪式。那是正午时分，正值恒河水退潮，成串的万寿菊，被遗弃的塑料杯和可乐瓶暴露在泥泞的河滩上。阿肖克舅舅站在这脏乱的河滩边，双手合十为外婆祈祷。河对岸矗立着一排烟囱，那里是豪拉，想要到达那里需要乘船。舅舅将外婆的肚脐和骨灰撒进恒河，于是她的肚脐就那么漂在河面上，等待着随波逐流。我们剪断船只连接加尔各答的缆绳，乘船驶向对岸。就这样，我们最终送走了外婆。

* * *

加尔各答比新泽西时间快十个半小时。在葬礼结束的第二天早晨，还没等到清真寺的阿訇召集人们做当日的晨礼祷告之时[1]，我就因为时差的关系早早醒来了。我在《政治家报》当记者的那几年常常失眠，而从远处清真寺宣经塔上传来的呼喊和诵经的声音总是能够让我平静下来，安稳入睡。北回归线穿过加尔各答，这里的晨光总是在一瞬间到来，暗黑的夜空眨眼之间变成晃眼的灰白色。在7点的时候，整座城市已经亮起来了，但却还不那么吵嚷。街道上没有喧哗的人群，你穿着的衣服也还没有因为一整天的潮热湿答答地黏在身上。趁着这熹微的晨光，我起床出门了。

一群早上出来晨练的人，这时候已经聚在市区尼兰詹家的点心铺子门口，边聊天边吃着早点。这些人悠闲地把腿搭在长凳上，扫帚一般细的腿显然已经不大能够支撑起他们圆鼓鼓的肚腩。

"啧啧，你们看了吗，一个男孩儿居然和两个女孩儿在一起跳

---

[1] 根据伊斯兰教传统，穆斯林每日要做五次祷告，祷告时间是依据每天太阳运行的轨迹而确定。作者所提到的每日第一次祷告也就是晨礼，一般发生在每日的凌晨5点左右。

舞"，其中一个人说道。

"可不是，看起来可真让人觉得……觉得……不自在，我是说uneasy。"另一个晨练者附和道，"是的，uneasy"，他搜肠刮肚想出的竟是一个英文单词，并想用这番言论表示自己对孟加拉传统文化的绝对热忱。他认为这类舞蹈是对传统的冒犯。

这些晨练的人聚在香烟摊边上的小棚子里，一边用陶土杯子喝着茶，一边争论着孟加拉有线电视台的舞蹈节目哪个更好看。宝莱坞音乐的流行在他们看来是件令人悲哀的事，这意味着孟加拉传统艺术的衰落。有人抱怨道，为什么电视里不多放些泰戈尔的曲子，其他人则纷纷应和点头。这些人大多穿着短裤，这身装扮意味着他们是特别为了晨练而来，可再看看他们的大肚腩，你大抵能够明白，比起晨练，他们似乎更享受在尼兰詹点心铺子里边聊天边吃东西的时光。

每当老板尼兰詹点燃线香，对着铺子墙上挂着的神像诵经时，这就意味着一天的烹炸生意即将开始了。尼兰詹看到我立刻招呼了起来，向我吆喝道："马上就好，菜都已经切好了。"

我点了一杯热茶，边喝边打量着整条街。那是个 2 月的清晨，穿着飘逸沙丽的母亲带着自己的孩子们向巴士站匆匆走去。她们双手抓着肩带拎着孩子们的书包，那姿势就好像照片里林登·约翰逊总统提着耳朵拎起他的可卡犬一样。孩子们则戴着滑雪面罩，脸和头都被遮得严严实实。这种滑雪面罩在加尔各答叫作猴子帽，孩子们的上身则大都被长袖毛衣紧紧包裹。

当我还年幼的时候，在加尔各答库加池这一带，常能看到一个上年纪的乞丐。他蓄着络腮胡，耳朵里总是塞着一个方形的面值 5 派沙[1] 的硬币。每当巴士停靠在站台，他便会跳上那辆巴士，向里面的乘客讨要些零钱。现在这一带再也看不到有任何行乞的人了。我突然好奇起来，当年的那个老乞丐是怎么去世的？去世时会是在他常年乞讨的巴士站边吗？谁又会把他送到尼姆塔拉呢？

不一会儿，一大锅土豆咖喱就从街对面被端了过来。尼兰詹的女婿蹲在这一大锅咖喱边，架起另一口铁锅，生起火准备开始做炸面球。他把揉好的面团用手掌滚成一个个小团子，再将这些小团子用擀面杖擀平，成为扁圆形的面片，依次放入热锅油炸。如纸片一样薄的面片在投入热锅的一瞬间，其边缘开始向里打卷儿，几秒后却逐渐在热油中完全舒展开，那浮在油面的样子就好像是随意漂浮在泳池里的躺椅一样。不一会儿，热油开始在下面噼里啪啦作响，原本扁平的面片鼓了起来，这不禁让我联想到我们的肚腩就是这么逐渐膨胀起来的。

"在这儿吃，还是带回家？"尼兰詹问道。我答在这儿吃。他女婿用笊篱从油锅里捞出 4 个炸面球放在小铁盘上，随后舀了一碗

---

[1]　在印度，一派沙相当于 0.01 卢比，而 1 卢比大约为 0.097 元人民币。

土豆咖喱一并端到我这儿。我用食指在一个炸面球上戳了个小洞，一股热气立刻冲了出来。我猛吸了一口这诱人的香气，待它稍稍冷却，我撕下一块这酥脆的美味，蘸着土豆咖喱独自享用起来。

在《政治家报》工作的日子里，炸面球成了我受失眠折磨时的唯一慰藉。每天早上 6 点半，投递员会把订阅的报纸卷成纸筒丢进我家阳台。拉哈特先生会把报纸带进来，如果看见我醒着，他则会差我去买些炸面球回来。这时我便会出门往尼兰詹的铺子走去。穿过清晨的集市，看到鱼贩子们已经纷纷支起摊子，而买鱼的人们还没有出门，每每这时，我竟会因为比买鱼的人早起一些而感到一丝得意。约莫半个小时后，待我买好早饭回去时，集市就变得热闹起来了。每次我都会从尼兰詹那里满载而归，通常，我会买二十个填满豆泥香料的炸面球，还有半打糖圈儿。那些糖圈儿像霓虹灯一样透亮，上面淋满了热糖浆，一个个相互黏在一起。尼兰詹总是会把所有的点心放在一个牛皮纸袋里，让客人带走。至于土豆咖喱，他则会把它盛在陶碗里，碗口用报纸盖好，并用橡皮筋封住。往往我到家的时候，那报纸封口上已经被咖喱浸出星星点点的油渍，看上去就好像因褪色而变得斑驳的旧地图一般。

* * *

事实上，麦周舅舅或许早预感到，外婆可能撑不过这个冬天了，所以他一直催阿肖克舅舅尽快从旧金山回来探望外婆。这下子外婆突然去世，阿肖克舅舅只得改签机票，要在加尔各答一直待到外婆葬礼结束。在阿肖克舅舅小的时候，甚至说直到我小时候，所有外国航空公司在加尔各答的办事处都集中在老城的公园街和戏院路一带，加尔各答还是英属印度首都时，这一带曾被人们叫作"撒西比街区"的心脏，也就是"白镇"的心脏。然而现在，像汉莎航空这样的公司已经悄悄搬到了城南新区的那些玻璃高楼——那些在最近十年突然间拔地而起的高楼里。十年前，加尔各答城南甚至连公交车都没有，那里的交通工具不过只有水牛和人力平板车。如今，那些原本位于俄亥俄和密歇根的美国公司大规模地进行迁移，它们像雨后春笋一般出现在了像古尔冈、班加罗尔以及加尔各答城南第五科技园区这样的地方。

　　然而城南第五区这样的地方却并不是阿肖克舅舅记忆中的那个加尔各答。他是属于加尔各答城北的生物，他所熟悉的是黑镇那些盘根错节的街道和巷弄，还有旧时孟加拉商人盖起来的那些早已破败的老宅子，那些宅子每一幢都带有阳台、后院和前廊，每一块砖头都诉说着一段历史。但在第五科技园区，老城里那些错综的街区和巷弄，还有晃晃悠悠的双层巴士完全不见了踪影。在城北，我时常能在等公交车的间隙，嗅到不知从何处飘来的烤肉香味，于是跳过街对面的排水沟，我便总能够发现藏匿在街角的烤牛肉串小摊，那别提有多美味了。而在科技园附近，我恐怕再也无法如此这般地觅得那些巷弄美食。阿肖克舅舅抬头看着那些高大的玻璃建筑对我说："这里看起来和新加坡、锡拉丘兹那样的城市没什么两样。"

听说他旧时的同僚查尔斯·科雷亚在盐湖城区设计并建造了一个商场，舅舅便想去看看。由于一整个夏天我和德巴基本都混迹在那里的闲趣美食大世界，所以对整个商场再熟悉不过了。在商场的露台处有一家咖啡馆，我曾经站在那儿往远处眺望，可景致却并不怎么怡人——能看到的无非是遍布新区各处的储水箱还有毫无生气的交通环线罢了，唯一令人感到愉快的，是从周围棕榈树的叶片缝隙吹来的凉风，那确是让人觉得清爽惬意。我和阿肖克舅舅坐在露台上的一个圆桌边，点了冰咖啡来喝。似乎因为冰咖啡和不时袭来的阵阵微风，这里显得并不那么冰冷和不近人情了。

我告诉阿肖克舅舅，科雷亚曾经企图游说加尔各答市的市政议员们，打算在恒河上建造一个滨河观光综合体，但是并没有人响应他。"英国人当年打造的那座城市正在一点点崩溃"，我不无感叹地说道，"沿着恒河，那些一排排已然很老旧的英式仓库，就仿佛是当年那个不可一世的帝国的躯壳，它们就一直那么躺在那儿，提醒着我们曾经的时代……在那个时代，加尔各答曾经为日不落帝国及那里的人们所需要"。

在加尔各答的老城，像我外婆家那样带有露台和庭院的老宅，也正在一点点被推土机推倒，成为废墟，取而代之的是一幢幢钢筋混凝土高楼。原来的都市就这样一点点被侵蚀，拔地而起的全部是像鸽子笼一样密集的公寓大厦，里面挤满了一个个60平方米狭小的房间。阿肖克舅舅一边用吸管小口唆着冰咖啡，一边就这么安静地听我讲述着有关加尔各答的变迁。

　　说着说着，我越发激动起来，"那些影响现代印度的思潮，不都是从加尔各答兴起的？！就说孟加拉文艺复兴，泰戈尔、维韦卡南达、内塔吉这些大师，哪一个和加尔各答无关？！到了21世纪，原来的文化中心反而成了人们眼中的落后之地，就是因为它没有像其他地方一样，变成美国人的后勤办公室，这就算是落后了吗？你看看，现在这里的人们似乎只能凭着这样的购物中心来求得一丝安慰，证明他们还没有和所谓的现代完全脱节。我真不知道这里未来会变成什么样，也不敢想象它会变成什么样"。

　　阿肖克舅舅听我说到这儿，突然接话道，"说起维韦卡南达，你知道吗，我们小的时候在维韦卡南达大街那儿的十字路口，就在我们家不远处，总是有一个白人警长在那儿站岗。我们这一带就是这样被看管着长大的"。

　　是啊，那便是他们那代人的记忆。总有白人警长站在某处，不仅仅站在维韦卡南达大街的十字路口，还站在他们思想的十字路口，检查着一切是否都如他们所愿地按规矩有序运行着。对于阿肖克舅舅他们那一代人来说，因着这样的白人警长的检查，似乎没什么人敢有任何多余的想法。

"不过时代不同了，人们的思想总会有改变，只是需要时间。"舅舅接着说。

聊了一阵子，我和他便拦了一辆出租车打算回城北，车子还是鲜黄色的印度国产汽车。一路上由于堵车，我们行进得非常缓慢。当我们经过马尼塔拉市场时，舅舅透过车窗望向他的母校——圣保罗教会学校，学校就在阿姆赫斯特大街尽头处。他不无怀念地说道，"你知不知道最开始我没有名字，直到我去圣保罗上学，我才有了名字。是那儿的老师开始管我叫阿肖克，于是我便成了阿肖克。哈哈，但我不是最喜欢阿肖克，事实上我总是想要个其他什么名字"。

在被叫作阿肖克之前，人们都喊舅舅"孔卡"。在孟加拉语里，"孔卡"就是小不点儿的意思。我的"小不点儿"舅舅从小在美术方面就有过人的天赋。

"我喜欢奇特罗这个名字，奇特罗·科尔，怎么样，还不错吧？"舅舅接着说道。

奇特罗·科尔，按照我们的原始姓氏便是奇特罗·卡尔，如果把名和姓连在一起，"奇特罗卡尔"在孟加拉语里是艺术家的意思。

"不错是不错，那你有没有跟别人说过你这个想法，我是说想改名叫'艺术家'的想法。"我打趣道。

"去去去，怎么哪儿都有你这个小鬼！"舅舅一边说一边仰头大笑着。

阿肖克舅舅——注意可不是奇特罗舅舅——是从加尔各答阿姆赫斯特街的圣保罗教会学校开始上学的，之后考上了孟加拉工程学院。那时，孟加拉工程学院才刚有建筑系，那是印度独立之后，为了迎合城市建设发展而衍生出的院系。对于那时候的人们来说，艺术似乎永远是件孤芳自赏的事。想想似乎也不无道理，毕竟，单靠艺术这回事儿，是无法支撑起当年我外公关于财富的梦想的，我是说那些没落贵族的发财梦。相比之下，建筑就实际多了。在孟加拉工程学院毕业后，舅舅收到了加州大学伯克利分校的录取通知书，那是 1959 年。那一年，我妈妈还只是个穿着蓬蓬裙的小女孩。

* * *

在阿肖克舅舅那个年代，去伯克利学建筑的印度学生，可能比在那儿的素食餐厅还要更稀奇。在伯克利，舅舅总是开着他的红色敞篷跑车，据说大名鼎鼎的爱丽丝·沃特斯当年搭过他的车，去监狱探望她的一位男性朋友，而那位男性朋友说是因为在发表过什么不当言论，而给自己惹上了麻烦。舅舅那时还很年轻，之后他便一直住在伯克利，一住就是 14 年，这期间他一直单身。那时候恰好是 60 年代，从加尔各答迁移到美国的舅舅，在那片陌生的土地上遭受着各种寻求变革的人所带来的意识形态上的冲击。在我们小的时候，大人们总是给我们讲印度史诗《罗摩衍那》中的故事，我还清楚记得，故事里的罗摩在森林中隐居了长达 14 年之久。舅舅在美国这 14 年的独居经历总是让我不自觉地联想起罗摩，颇有些悲壮的意味。好在最终他回到了加尔各答，就像罗摩的结局一样，最终可以得偿所愿地回到真正属于自己的土地上。这么看来，舅舅应该算是人人都钦羡的那种移民：他有机会到国外去寻梦发展，最终还得以落叶归根，听起来实在是完满的人生。

舅舅在伯克利的硕士论文课题是关于如何在加尔各答建造让中产们买得起的房子。终于有一天，他把自己在美国波西米亚式的生活打包，塞进他的木头工具箱，义无反顾地回到了他论文当中反复提及的那个加尔各答。他最初的打算是要去贾达夫布尔大学谋一份教职，与此同时，开一家自己的建筑事务所。如果顺利的话，他便可以每周利用两天，悠闲地乘着双层巴士去教书，其余时间打理自己的公司。就这样，带着美好的期许，舅舅搬回了外婆家的老宅，住在房子的三楼。而他在加尔各答的第一个建筑项目便是改造自己的家。

在舅舅回来之前，老宅一直由他的爸爸，也就是我外公打理。外公自 20 世纪 50 年代起，就不怎么工作了。他整天穿着睡裤和老头衫待在家里，对报纸的头条新闻评头论足，十足一个老年愤青。在外公当家的这个老宅子里，总是充满着昏暗和潮湿的气息，那是自打我的祖先从孟加拉乡村搬到加尔各答就带着的味道。老宅的院子里总是放着一个敞口水箱，用来收集雨水，集满后，雨水则会被盛进木桶内，用来供我的家人们洗澡。每当雨季来临，暴雨会直接从破旧的房顶灌进客厅里，季风则会紧接着把客厅里的雨水扫进卧室。

阿肖克舅舅的改造计划包括在老宅的院子上方安装一个玻璃纤维罩，他说这既可以防雨，也可以让光线透进来。原先的敞口水槽则被移到了院子的拱门后面，看起来就像过去的古罗马水道桥一样。此外，院子里还铺上了明黄色的马赛克地砖。同时，他还在院子的一角建造了一个悬垂结构的空间出来，在下面的中空处盖了一间小小的厨房。厨房的墙面是半透光的隔板，这样里面不用电灯，就可以直接依赖自然光照明。为了让空气更好地流通，舅舅还把外婆房间的墙破掉了。他特意把从墨西哥带回来的镜面花瓶也放在了家里，作为装饰。另外，他特别搭了新的房梁，做出延伸部分，形成了一个入口极其宽敞的车库。房子的大门也被换成了铸铁材质，并被漆上了鲜艳的红色，大门上还印着数字12，那正是外婆家的门牌号。每次看见这个大门，我都会想起查理斯·德穆斯的那幅现代主义油画——《我看到了金色的数字5》。在整个加尔各答，没有哪一座房子的大门是像这样子的。外公对舅舅改造过的每一部分都表示了强烈的不满，包括纤维玻璃罩、马赛克瓷砖，还有扩建的横梁，并且时常因为这个和舅舅争吵。房子的每一部分基本都按照舅舅的意志作了改动，唯独外公的房间保持着原本的样子。

在宅子的三楼，舅舅隔了一间书房出来，还凿了长条形状的窗户出来，这让这间书房看起来就像是某个中世纪炮塔的一部分。他满心欢喜地打算在那里画设计图和他热爱的油画。总之，书房的设计可以说凝聚了舅舅的全部心血和气力，他完全把那儿当作自己的专属空间。我妈妈就是在那个书房里完成她的生物化学领域的博士论文的。妈妈博士毕业没多久，也是在阿肖克舅舅的支持下，在这座老宅子里出嫁，嫁给了她研究生院的同学，也就是我的爸爸。

好景不长，舅舅的这个书房很快就被传染上了老宅子昏暗潮腐的气质，还要动不动就遭受日晒雨淋。季风雨袭来，漏水是一定的事，大太阳的时候，待在里面则又闷又热。在这种环境下，舅舅根本无法静下心来在那儿画他的设计草图，更别谈搞什么油画创作了。书房很快成为了像屋顶露台一样堆砌杂物的地方，散发着一股颓败的气息，除了生锈的方向盘，还堆着诸如什么用比利时玻璃制成的全身镜这类物件。总而言之，这是被大人们遗忘的地方。反倒是我们那群小孩子乐得在那儿玩耍：各种各样的东西堆积成小山，有一些是以前外公去拍卖会上收来的，有玩具、小雕像，各式各样的照片。还有一些是早就去世的亲戚们送来的礼物，也有一些是他们刚好落在我家的或者自己不愿意要的杂物。外公总是乐此不疲地收集着那些当年英国人留下来的小玩意儿，仿佛非要比照日不落帝国的规模，打造一个自己的破烂儿帝国一样。当然，我们这群孩子的确因为外公的这些"破烂儿"，多了不少的乐趣。现在回头想想，外公热衷于收藏这件事，多半是一个没落的孟加拉资产阶级固执地拒绝家道中落的事实罢了。

自打我有记忆以来，阿肖克舅舅盖起来的那间车库永远是空着的，这是因为他回到加尔各答后，并没有什么多余的钱供他买车。一来是姐姐妹妹们一个接一个出嫁，作为大哥，他当然要花费不少；二来是他接下的那些建筑设计工作，总是需要很长时间才能返佣金给他，他的现金流并不是很充足。那间他改造过的小院里的厨房，因为太过狭小，每当我的姨妈们挤在里面做饭时，就会显得格外局促。很显然，把厨房设计成这个样子的人，是从来没有在印度这样的条件下做过饭的。一段时间后，房顶的纤维玻璃罩也逐渐开裂，再也无法遮挡雨水。在加尔各答的九年里，阿肖克舅舅似乎一直无法再度融入这片曾经熟悉的土地，围绕在他周围的只有不断的争吵和叹息：除去外公，他也常和他的兄弟、妻子、同事发生矛盾，甚至他觉得自己和整座城市还有整个社会都处于一种敌对状态。几经挣扎，舅舅终于和这座城市不欢而散，他放弃了在加尔各答继续生活的念头，打算重新回去美国。

阿肖克舅舅在加尔各答的这九年，正是社会剧烈变革的九年，从那时候起，商业开始逐步受到各种政策的管控。而舅舅则把自己在生意上的不如意归咎为这些突如其来的变化，原本在美国累积起来的积蓄在他回来后没多久就耗尽了。他除去偶尔画几张设计图，在加尔各答也就没有什么其他工作可做了。所以他不得不告别这里，回美国谋生。在舅舅忙着打包回美国的行李的时候，我在他房间一个带锁的橱里发现了不少他在伯克利时创作的油画作品，这些画全部是罗斯科式的现代主义风格[1]，而它们也是我见过的第一批抽象派油画。我在想，这些画作上模糊的图案大概是舅舅曾经幻想过的影像，而初到加尔各答的他应该也曾在那个狭小的书房里，描绘着同样朦胧却又美好的图景。可这里的现实似乎容不下他的梦境，他只好把它们全部打包装箱，带着他的一切回去美利坚，回到梦初始的地方。

* * *

"你说说你这不就是活生生要把孩子逼走吗？！"外婆曾经一度如此埋怨过外公，认为阿肖克舅舅之所以会离开加尔各答，都是因为外公。从舅舅一搬回来开始改造房子，他和外公之间的矛盾就没有平息过。每天整个房子里都回荡着两个男人争执的声音，

---

[1]　罗斯科指代的是现代艺术家马克·罗斯科（Mark Rothko），其创作的艺术作品被认为是抽象表现主义的代表。

几乎没有片刻安生，外婆便认为错都在外公。其实则不然，舅舅的离开并不是因为外公，而是因为加尔各答似乎再也容不下像他这样的人——我是指那些受过教育的、有野心的，并且曾经有机会到外面世界闯荡过的人。但这群人又总是格外健忘，离开一段时间便会忘却加尔各答的现状，固执地相信这片土地仍然会对自己无条件地敞开怀抱，而当有再次回来的机会时，才又幡然醒悟，这里早不是旧时的那个加尔各答了。这就是为什么阿肖克舅舅选择离开，而这也是为什么我的父母两次三番回来，最终仍旧选择逃离的原因。还有成千上万像舅舅、我的父母以及我这样的人，此时此刻正在经历着我们当年的挣扎——站在做抉择的岔路口。

外婆一共有七个孩子，其中只有麦周舅舅和加雅思莉姨妈，也就是我妈妈的大姐，一直在加尔各答生活。他们俩几乎每次见面都要吵吵闹闹一番，两个人总是隔一段时间就要打电话向阿肖克舅舅抱怨对方的不是，而矛盾的焦点无非是一些无关紧要的家长里短。阿肖克舅舅也总是隔着太平洋，不厌其烦地扮演家庭矛盾调解员的角色。去年暑假的一天中午，加雅思莉姨妈坐在她自己家里对我吐起了苦水：

"来，坐这儿，听我跟你说，你知道吗，你麦周舅舅居然威胁说要杀了我？！天呐，就当着你外婆的面，他居然都敢这么说话！"

"我觉得……麦周舅舅杀你这件事情可能性并不大。"我半开玩笑地安慰姨妈道。

她却不买账，气鼓鼓地说道，"哼，凭着他以前的那些社会关系，天知道他会不会！"

为了参加外婆的葬礼，加雅思莉姨妈的两个孩子，沙巴和乔伊也从新德里赶回了加尔各答。算一算，我已经有一年没见过乔伊了。小时候我和乔伊是最好的玩伴，一见面便沉浸在各式各样的游戏和比赛中，有时候是比赛打乒乓球，有时候则就是赤手空拳地来几场"自由搏击"，我们甚至还发明了"手打网球"这种玩法，那简直是我们年幼时的最爱。乔伊一进门，我们便来了个结实的拥抱。我不禁再度回忆起，我和他在这座老宅子里度过的那漫长又美好的童年。小的时候，我们最喜欢在外婆的房间玩闹，而大人们一般也喜欢聚在那里，可以说外婆的房间就是整个家的中心。整个房间事实上并不大，七八米长，三四米高。可在我童年的记忆里，总觉得那里宽敞极了，就像个大礼堂一样。我和乔伊小时候会在外婆房间的地板上，用粉笔画出类似网球场一样的一块区域，然后开始我们的"手打网球"比赛：所谓"手打网球"就是以双手做球拍，去扑打橡胶做的小球。我们的"网球场地"也是全家聚在一起吃饭的地方。每逢这样的聚会，我们一群孩子就会挤在一起坐成一排，而妈妈们则会蹲在边上忙着喂我们吃饭。孩子们吃好以后，就到了大人们的吃饭时间。外婆和她的女儿还有女婿们会把盛着咖喱、米饭和浓汤的大大小小的铜锅放在地板上，然后围坐一起，边吃饭边聊天。自打我有记忆起，外婆房间的地板就已经有不少凹陷了，坑坑洼洼的样子颇有些月球表面的意思，所以聚餐时那些地板上的铜锅总是无法被放平，而是歪歪斜斜地挤在一起。

在外婆家的时候，我和乔伊的乐趣就是绕着整栋房子不知疲倦地奔跑，似乎单单奔跑本身，就能为我们带来无限的乐趣。而外婆作为整个家的主心骨，总是忙里忙外，从来没有停下来过——做饭、整理屋子、做清洁、吩咐佣人去市场买菜，这便是外婆日常。除此之外，诸如谁去刚古兰家的店心铺子买了炸三角饺回来，外婆便惦记着塞些钱到他／她的口袋，或者得知哪个外孙或孙女咳嗽感冒，外婆也会贴心地准备好买药的钱，补贴给生病孩子的父母。外婆就仿佛是一个无政府国度中唯一的管理者，经营并维系着周围的人们赖以生存的一切。

在外婆房间挂着的我们一家人的合照，是那种传统的全家福，看起来很正式，照片里兄弟姐妹们分成前后两排，前排的人坐在地板上，后排的人坐在外婆床上，夫妻坐在一起，外公和外婆坐在正中间。事实上，在外婆的房间里发生过的一切，可远远比这相框框住的画面要精彩。外婆房间的地板上画满了各式各样用橘色粉笔勾勒的涂鸦；房子中间总是横着一张堪称是老古董的沙发床，破烂的网纱和弹簧纠缠在一起，整个床活像一个巨型的钢丝绒清洁海绵，也不知道曾有多少只老鼠躲在床下把那儿当作自己的避难所。照片上你看不见的，还有全家人聚在一起的热闹的夜晚——夜幕降临，外婆把窗帘拉好，我和乔伊他们便会并排躺在外婆的床上，像马尼塔拉市场上被码成一排的鲥鱼，准备随时进入梦乡；妈妈们则会在地板上铺好床垫，躺在地铺上聊天，她们总有说不完的话，可以一直聊到凌晨3、4点，那时候，妈妈们短暂地眯一会儿便会拉开窗帘，推开外婆房间的法式窗子，起床张罗早饭。家里的大人们习惯在早上吃着点心喝茶，孩子们则会在伙伴们的召唤下，跑到户外进行板球比赛。为什么照片没有框住这些瞬间呢？大概这些画面只会留存在我们的脑海中，随着时间流逝而一点点褪去色彩。

我和乔伊走到外婆家老宅的露台，没有家中大人的注视，我们各自点了一支烟。乔伊猛吸了一口手里的宏愿牌香烟，说道，"今天大概是我和外婆家最后的交集了"。

* * *

紧随着乔伊和他妈妈的脚步，外婆的其他子女也陆续赶来了。上一次外婆房子里聚齐这么多家人，已经是几十年前的事情了。曼珠斯里，我的二姨，是从迪拜赶早班机过来的；我的小姨加雅提，则是从她伦敦的家连夜赶过来的。除去二姨和小姨，屋子里还有我的爸妈，两个舅舅，还有我们这一辈年轻人。麦周舅舅努力想要说点儿什么，好让一家人热络起来，可是大家都沉浸在外婆去世的悲伤中，并不愿多说什么。

麦周舅舅看气氛太过沉闷，便自顾自地对着墙上的照片回忆起过往来。那些照片里有在小姨婚礼上拍的全家人的合影，也有我舅妈帕尔南的肖像照——帕尔南是麦周舅舅的妻子，很早就死于车祸。边上还有外公的照片，那照片在当年想必很是稀罕，原本的黑白照竟然还用手工上了些颜色——在嘴唇和脸颊的部分。除此之外，还有一张照片是我父母从新泽西的家里寄来的，照片里，我家从宜家买来的桌子经过抠图技术后不翼而飞，取而代之的是外婆家的大理石圆桌；另外一张被 PS 过的照片是我们兄弟几个在"兄弟日"拍的合照，照片是在加尔各答的外婆家拍摄的，之后我在英国的表弟拿去把背景 PS 成了伦敦街头。说起 PS 这个事儿，我记得是谁告诉过我，斯大林总是喜欢把敌人从照片中抹掉，可能这么做就能一并抹去那些不怎么愉快的过往。在这方面，麦周舅舅则和斯大林刚好相反，相比抹去这个动作，他更喜欢堆叠，他愿意把各式各样的人、事、物都强行堆叠在一起——比方说，他硬是要把这些七七八八的照片都堆在墙上，还一定要让已生疏的家人重新熟络起来，并认定这代表的是一座回忆的乌托邦，以及一切和乐的过往。他没有意识到的是，那些曾经填满这座老宅的那些喧闹和喜悦，早已经随着我们的天各一方，而被慢慢清空了。

按照传统，火化和外婆的葬礼仪式之间相隔有十三天，这十三天的时间就仿佛是一片空虚的海洋。在这期间，我能做的便只是待在外婆家，漫无目的地在各个房间之间荡来荡去。那一段时间，我时常感到一种强烈的失落感，找不到自己的归属到底在何处。妈妈的四个姐妹回来后，家里似乎有了些与以往不同的氛围：在本是由两个舅舅主导的这个老宅子里，这些女性似乎形成了一个松散的联盟，然而她们每个人却也同时有着自己独特的气场。妈妈和我的这些姨妈们那些天里常常窝在外婆的床上聊天，你一言我一语，几乎没有停顿的间歇。家里的男人们则会围在大理石做的圆桌边不发一言地喝茶——对了，小时候那张大理石圆桌也是我和乔伊的乒乓球台。过了几天，似乎大家悲痛的情绪已经有一些缓和，舅舅们会在喝茶的间隙偶尔聊几句天，气氛就显得没有那么压抑了。再后来，每个人都开始活跃起来，我的二姨为了打发时间，找到的娱乐项目竟是从阳台跳向楼下的干草垛。小姨也恢复了调皮的本性，会突然掏出蟑螂吓唬她的兄弟姐妹们。姨妈们甚至会偷偷溜到电影院去看那些老电影，那些电影都是那些几乎要被她们遗忘的故事，当然也是曾经在她们脑海中上演了无数遍的故事。原本充满哀悼情绪的房子又充满了笑声。这样的场景，正是外婆希望看到的，妈妈说，外婆最喜欢的便是一家人其乐融融聚在一起。

外婆的葬礼在罗伊大街对面的一处毗湿奴派信徒的祷告堂举

行。祷告堂的位置并不显眼，藏在一个下坡处。这个祷告堂的年代比外婆家的老宅还要久远，阿肖克舅舅说他记得小时候曾经和自己的姨妈来过这儿。祷告仪式开始，阿肖克舅舅穿着裹裙端坐在祭司旁边，给亲属们发送祭品，同时嘴里默念着梵咒。我们这些外婆的至亲则仿佛是整场电影的配角，配合着阿肖克舅舅，轮流走上前去领取祭品，重复着相同的动作，就好像同一帧画面在不断重放一样。我们挨在一起，在地板上坐成一排，吃着供祭祀用的食物。这不禁让我想起小时候在外婆家，我们也是这样排成一排一起吃饭的，那场景实在是熟悉极了。我本身并不是教徒，然而那天在祷告仪式结束的下午，我突然感受到了印度教中所谓"轻安"的状态，那是一种我从未感受过的超脱和平静。

仪式结束后，我们一行人带着鲜花、花圈还有那些祭品穿过罗伊大街回到外婆房间。舅舅们吩咐佣人们泡茶供全家人喝，之后我们一直逗留到那天夜里，一直在聊天，享受着彼此之间的陪伴。那天晚上，麦周舅舅在窗边的桌子上将外婆的遗像摆好，遗像旁的桌子上放着成串的橘色万寿菊，是那些来吊唁外婆的亲戚朋友们带来的。在外婆遗像边的墙上，靠近那两扇法式窗子的地方，则挂着外公的遗像。自那之后，每天晚上舅舅都要在外婆的遗像前点一盏油灯，在印度传统中，点灯是要帮助逝者从现世超度到来世，一共要十三天。那么，想必葬礼结束的第一天，外婆已经安然在前往来世的路上了。

在最后一晚，麦周叔叔一边点燃灯芯一边说着，"妈妈今天晚上会回来看我们的，我能感应到。看看这一屋子欢声笑语，妈妈会回来看到这一切的"。

第二天，长达十三天的祭祀就要结束了。在这些日子里，家里的每个人每日都是披麻戴孝，且不允许吃鱼和肉。突然间这样的日子戛然而止了，我的舅舅姨妈们，还有我自己，又将回归到正常的生活轨道。

在分别的时候，麦周舅舅突然叹气道，"你们走了我会闷死的，天知道我一个人该怎么办？！"

临行前的傍晚，我们一家人聚在院子里，所有人都在，舅舅们、姨妈们、我的表兄弟姐妹们、乔伊和沙巴他们，大家挤在一起，坐在长廊的地板上，把胳膊搭在旁边栏杆上，被舒适和温馨的氛围环抱着。我和德巴起身要走时，回头看到所有人目送我们离开，在那一瞬间，我脑中突然闪现出旧时相似的画面：多少次也是在这个长廊，亲人们见证着互相之间的一次次迎来送往，见证着一次次的拥抱寒暄。就像乔伊说的，这可能真的是我们和这座老房子最后一次共同的交集了。已经走出门外的我忽然想到自己应该记录下这一刻时光，于是转头对德巴说："等等我，让我回去拍张照。"

"大家等一等"，我冲着正要起身离开的家人们大喊，然后迅速摸出相机，按下了快门。可惜的是光线太暗，所有人的脸都显得很模糊。

"明天！明天我们还有机会。"德巴见状安慰我道。然而我清楚地知道，今天过后大家便会各奔东西，新德里、迪拜、伦敦、新泽西，还有加州，一家人再次四散在世界各个角落，继续着各自的生活。即便我们有多么留恋今晚的时光，却也没谁能够按下暂停键，生活仍然会置我们于不顾，兀自向前。

第四章

天桥

一天，我家公寓楼下的保安告知我和德巴，楼下有位自称是巴萨克的先生来访，我请保安开门，结果上来的是萨米托这家伙。他穿着 T 恤和长裤，肩上挎了个绿色口袋，手上仍然戴着各式各样的戒指，数量比以前见他时似乎还要多。一见到我，萨米托便双手合十向我行礼，并大声说了句"你好！"萨米托并没有其他客人初次造访时的拘束，反而把这里当作自己家一样，一进门就四处打量起来，并和我聊着天。他一上来便抱怨加尔各答那些"暴发户"糟糕的品位。他说他们既欣赏不了旧时那种四柱床的复古格调，也不认同印度传统旁遮普式 [1] 的装修风格——也就是把房子各处都铺上大理石瓷砖，就像我和德巴现在租住的房子这样。当然，萨米托并没有说我们的不是，但我听着却有些别扭，这话说得好像我和德巴的品位就止于旁遮普风格了，压根儿没什么自己独特的品位。

萨米托是个艺术家。我们在十年前就认识了，那时候他在《政治家报》做兼职的插画师。在我搬回加尔各答的那几年，印度的艺术市场规模呈现爆发式的增长，这很大程度上要归因于新兴商业阶层财富的迅速累积，当然，这些财富有不少是人们口中所谓的"黑钱"。也正是这些萨米托口中的"暴发户"们给了他赚钱的

---

[1]　旁遮普在这里指代的是由南亚旁遮普人所塑造的文化形态，其装潢、服饰以及其他艺术表现形式都是构成印度传统文化的重要部分，主要以明快鲜亮的色彩为特色。旁遮普风格的民俗风貌在印度主要多见于旁遮普邦、哈里亚纳邦、拉贾斯坦邦等。

机会，让他能够安心当一个全职艺术家并以此维生。

我还在《政治家报》做记者的时候，周日常常到萨米托家找他打发时间。我们买来油炸大饼当作午饭，边吃边开始天南海北地闲聊。萨米托的艺术风格算得上是不走寻常路的那一类，他的油画主题大多是描绘社会上形形色色的人、事、物，笔触犀利却又不失幽默。在同一幅画面里，你常常能看到那些神话故事元素还有时下的街头波普文化掺杂在一起。那时候，萨米托时常喜欢挎着他的尼龙双肩背包，装着水壶和一些小吃穿梭在加尔各答的街头巷弄，企图从隐匿在城市深处的那些角落里寻找灵感。

加尔各答这座城市，最初事实上是由来自世界各地的移民组成，人们漂洋过海在这里组成一个个社区，并在这片土地上逐渐寻找到得以致富的生计；这其中有孟加拉人、英国人、亚美尼亚人、犹太人、马瓦里人，和来自中国的客家人，也有什叶派穆斯林、葡萄牙人、希腊人、荷兰人，再来就是旁遮普，还有古吉拉特的移民。在距离我家不远处的普尔巴干街区，有着一大片这些当年移民者的墓园。从那些墓碑的碑文上记载的信息，你依稀可以想象，当年那些男人和女人们是如何自布达佩斯或者君士坦丁堡一路颠簸来到南亚次大陆，又是如何因为霍乱而最终长眠于此。我和萨米托从前总是会特意寻访这些移民留下的建筑痕迹，塞法迪犹太教堂、亚美尼亚教堂，还有着那教马哈维尔教堂。在黑镇也不乏那些流传至今的文化传统：我记得有次恰逢一年一度的"战车节"，我和萨米托一起出门。库莫尔图利那一带的巷子里到处都是忙碌着的神像雕刻师傅，在不远处的大理石宫前面则是人山人海，人们拥着巨型的供奉着神像的"战车"，在街道上穿着盛装巡游，我和萨米托只得被这摩肩接踵的人群推着一路向前。

在途中，我们会经过萨土巴巴和拉土巴巴集市，这两个集市就在毕登街旁边。集市之所以叫这个名字，正是因为萨土巴巴和拉土巴巴兴建了这个集市，他们是 19 世纪时的孟加拉商业巨头。在集市上我们看到了如此场景：一个赤裸上身的人，背部肉体上被嵌入了金属制成的钩子，钩子上结着粗绳，而那个人则通过穿过肉的钩绳被挂在一条竹杠上前后荡来荡去。这看似有些诡谲的仪式在每年的"战车节"都会上演，这原本是那些想要忏悔的教徒自愿进行赎罪或是还愿的途径，教徒忍受着剧痛荡来荡去，远看就像腾在半空的鸟一样，企图以此来求得神明的宽恕和庇佑。虽然这看起来如酷刑一般的仪式，在 200 多年前就已经被明令禁止了，但至今，它仍然不动声色地出现在加尔各答的心脏地带。

在萨米托来访后没几天，我又收到了他的短信："明天我要去看战车节游行，在堡巴扎尔。要一起来吗？"

为了防止过分混乱，在"战车节"那天，加尔各答的警察便早早地封锁了堡巴扎尔那里的十字路口。在那个十字路口处，有一个炒面摊，摊头装饰着一串简易排灯。一群盛装打扮的家庭妇女穿着熨帖的沙丽坐在一起吃着炒面，每个人涂脂抹粉，穿戴着繁复的首饰。平日混迹附近一带的地痞们也会穿上特别为节日装扮的服装，大摇大摆地在街头晃悠着。街边停着的巨型礼车里，则安放着人们从扎格纳特神庙请来的三座神像，分别是扎格纳特，也就是克里希纳神、他的哥哥大力罗摩神，还有他的妹妹苏帕德拉神。在礼车里还坐着两位祭司，他们在礼车行进的路上代替三位神仙收供品。战车节的意义，其实就是要把这神仙三兄妹通过大型战车送到他们的祖母家，也就是刚帝察神庙里，接受人们的供奉。当天，数百位信徒会牵引着巨型的礼车在人群中绕城而行。除了房子大小的礼车外，在节日当天，孩子们还会做一些小型礼车。这小型礼车由木头和金属丝线还有彩色皱纹纸扎制而成，看起来就好像一座座两英尺高的摩天大楼模型。随着持续不断的击鼓声，扎格纳特庙的神仙们乘着礼车缓慢向前。

萨米托的童年便是在堡巴扎尔这一带度过的。小时候，他也像所有孩子一样，拉着他的礼车模型跟着节庆的人群沿街而行。那时候，他只能靠着不同邻居家的小女孩儿来区分不同的人家，时过境迁，那些童年时代的邻家小女孩儿们早已长大嫁人。萨米托带着我穿过一条小路来到一家点心铺子，若不是从小在这儿长大，这地方还真不好找。店里的双层柜台上摆着各式各样的点心，老板把它们分门别类放在不同的托盘里，柜台外面还隔着一层玻璃罩子。隔着玻璃，我看见两只苍蝇绕着那些点心嗡嗡打转。可能是玻璃的放大作用，苍蝇和码得齐整的奶油球看上去都比实际体积大了不少。萨米托尝了一口油炸甜馅儿饺子后，买了两个带走。我也跟着尝了尝铺子里的其他点心，那滋味让我一下子觉得那两只橱窗里的苍蝇是何等幸福。

堡巴扎尔的大街小巷在 19 世纪就仿佛是加尔各答的五脏六腑一般，支撑起了这座英属印度首都的躯壳。这周围的深宅大院曾经藏匿着惊人的财富，那些金银财宝甚至多到要漫溢出来，它们多是来自那时的贸易往来。穿梭于这些曾经算是富人聚居地的巷弄，萨米托不时向我指出哪家人在今年的战车节做的礼车最大最风光。就这样，我们经过一座又一座大宅，其中一座的装潢让我颇为惊叹，宅子里的墙面全部装饰着意大利风格的马赛克瓷砖还有玻璃，整体呈现绿色调，院子安放着一座祭坛，上面带有丘比特和藤蔓的浮雕。宅子的庭院里摆着一辆礼车，车子的底座镶着金边和银边，但是这么看来这家人是没有足够的预算组织礼车游行，所以只是单单做了车子摆在家里。接着我们在克劳奇巷又进到另一座宅子里打量了一番，同样，这家主人也只是在院子里摆上了贡品来祭拜扎格纳特三兄妹，似乎预算也不足以让他们出门组织户外游行。正在我们端详之际，一个一脸络腮胡的中年男人步履缓慢地走到我们身边，感慨道，"四十年前我还是个小孩儿，这家人那叫一个富裕，家里养着凤头鹦鹉、金刚鹦鹉，还有好些纯种狗。可你看看现如今，甚至拿不出钱来参加礼车游行了，这整个宅子里的好多间房也早就卖给别人家了"。

经过海德拉姆·班内吉巷的时候，我们看到其中一家的大宅里也放着礼车，礼车的神仙雕像是用银色底座托着的，和前面的几座宅子一样，礼车不过是在家里供奉着罢了。而在这座宅子隔壁的隔壁，德伊家的两个表兄弟正在准备着拉自家的礼车出门游行，他们告诉我们："我爸爸那一辈一共有七个孩子。从这里到那边那个角落都是我们家的地盘。"边说着，这个明显是来自曾经的有钱人家的"少爷"，指着边上一栋洋房向我们示意道。整栋洋房的占地面积几乎有半个足球场那么大。

德伊家曾是做茶叶生意的，甚至有自己的茶叶仓库。在合约到期后，英国人并没有选择和德伊一家续约，他们便立刻没生意可做。那时候，连家里的装茶工人都乘人之危，偷偷把散茶塞在凉鞋里带出仓库。在最富有的时候，德伊家拥有各式各样精美的大理石托盘，那全部是由阿加尔和的手工艺者打造而成的，如今这些托盘早已被变卖一空。剩下值钱的物件就是一个枝形吊灯了，据德伊一家人说，这吊灯价值超过二十万美元，但就连这个唯一值钱的藏品，不久之后也要当给巴勒干戈环路上的一家拍卖行了。德伊家族的这些后裔本质上和我的舅舅们很相像，他们总是不厌其烦地复述着上一代那些神秘的财富传说，并且总是摆出一副没落贵族的架势，仿佛家中的富足到他们这一代仍气息尚存。我时常在想，是不是舅舅们已经认定我们家族的没落终究会一代一代延续下去，所以对于他们来说，唯一体面的做法便是不断谈及昔日的辉煌。面对这种没落，其他孟加拉中产家庭的反应和我舅舅还有德伊家族的后代们大相径庭，他们无非就是一遍遍重复着"我们家以前可是如何如何"之类的说辞。在我小时候，大人们谈吐之间都是这副腔调，我那时总以为他们只是暂时想不起来家里的金银财宝都放在哪儿了，过一段时间那些财宝总归会找到的，并且拥有整条罗伊大街也从来都不是什么过于遥远的事实。后来我渐渐意识到哪里有什么没落贵族——那栋老宅便是全家唯一的财富，家里的日常开销还要靠着阿肖克舅舅定期从加州汇款才能维系。即便日子已经如此窘迫，我的姨妈们仍然会时常如是说道，"我们的祖上曾经也是当地有头有脸的人物，我们家可是名副其实的'世家'"。对于姨妈们来说，家里的四柱床、维多利亚风格的衣橱，还有娘家那栋上百年的老宅便是证明祖上地位的最佳证据。事实上，我们家经历的这些，某种程度上可以被看作是加尔各答这座城市变迁的一个缩影：别看这里现在几近破败，可它曾经却如同一座宫殿之城一般，闪着金色的光芒。

德伊家的礼车上装饰着黄铜做的圆顶。那两个兄弟告诉我，曾经这圆顶可是纯铜做的，但在一次婚礼中铜顶被家里的佣人趁乱偷了去。据说那仆人偷铜圆顶是想卖给当铺，好有钱给她刚出生的儿子准备"圣米仪式"需要的东西。可后来，说是仆人的儿子却不知什么原因莫名死掉了。德伊家族的两兄弟对此解释道，"我们可没有诅咒那个孩子，没人愿意看到他死去"。但他接着又表示，很显然礼车铜顶被偷这件事是惹怒了神仙，这或许是神仙显灵。

现在德伊一家人多数时间居住在城南边缘一代的加利亚。但在战车节这天，他们试图重演当年祖先富甲一方的气势，即将带着装饰一新的礼车绕城而行，就仿佛整个家族至今仍然那么不可一世。走在整个巡礼队伍最前方的将是一支铜管乐队，而德伊家族的后裔们会紧跟在乐队后，缓缓地拉着礼车行进。在他们眼中，这礼车金光闪闪，就如同排灯节夜里的烟花一般耀眼。

* * *

该来的总是要来，在拖了很久之后，我还是决定到《政治家报》的大楼去看看。那天我一如往常，略显笨拙地跳上了一辆迷你小巴，而目的地是报社所在的达尔胡西街区。人们可能听闻过一些只属于我们这些在热带长大的孩子的习惯，比如我们在午饭后会进入漫长的午休状态，再比如我们从小是吃米饭长大的。但是我们还有一项自小便习得的技能——那便是跳上行进中的公交车。你要做的首先是紧紧抓住公交车门的把手，然后开始加速奔跑，直到你追上公交车的速度时，你需要将右脚踏上车门处的踏板，然后左脚跟上来便成了。紧接着车里的其他乘客们便会七手八脚地把你从车门拉向车厢内。车厢内部永远都是人挤人，能够供你站立的只有那么一小块地方，周围的乘客紧贴在一起几乎没有任何缝隙，那感觉就是人群做成的厚厚一层糖衣裹在你周围。在这样的小巴上，层层叠叠的"人肉海绵"会缓冲掉一切因路面坑洼而产生的颠簸，你不需要担心任何趔趄和跌倒的可能，只管挤在人群中前后摇摆就对了。

通常在小巴上，我总提醒自己要提防扒手。关于这一点你要记得，当你感觉有人从右面推了你一下，那么你需要看看是不是左边的口袋被偷了；而如果动静来自左边，那么则要当心你右边的口袋。

"马尼塔拉！吉里时公园！罗摩神庙！药学院！堡巴扎尔！BBD广场！"售票员的助手一路都靠在车门处，冲着过往的行人报着站，一边报站，一边还像敲鼓一样不停地敲打着车门处的铁皮来吸引注意——"BBD广场！BBD广场！去BBD广场的上车啦！"

真正的售票员则是被挤在车厢的一角，不时吆喝着"买票了，买票了，没票的买票了！"他一边吆喝着，一边像洗扑克牌一样用手反复摩挲着手里那一厚沓车票，制造出沙沙作响的声音，这便是售票员的招牌技能。

我隔着车厢里的人群，冲着售票员高声喊道，"大哥，来张票"。越过人群，我看到他向我这边伸出手来，我接着说"到达尔胡西"，说罢把钱隔着人群递到他手上，接过钱后那只手便立刻消失了。与此同时，他的帮手仍然站在车门的踏板处，企图招徕更多乘客。

"BBD广场，BBD广场，市中心市中心！"他不厌其烦地喊着，只见一个又一个路人像我一样跳上公交车，挤作一团，就仿佛这个巨型的移动铁盒子有着无限的容量一般。

"喂喂！停车停车！"当快要到达市中心时，车里的人纷纷如是喊道。呼！总算脱离开来那黏成一团的大型人肉海绵，我们终于又成为一个个可以自如行动的个体了。可能是在车上被挤得昏了头，在下车后的一刹那，我总是会暂时性地迷失方向，不过那通常只有短短几秒，一小会儿我便能恢复过来——每一个印度上班族大概早已经习惯这样的状况了。你瞧，连我们身上的衬衣和沙丽在下车后，也知道在短短几秒后自行恢复平整，大概它们也能感应到下车后人们便要开启他们的所谓"巴德拉洛克"模式，也就是以体面的姿态穿行在这个城市的上流社会街区。每天早上，在大约过了 10 点之后，你都能看到这样的场景，数以千计的上班族会从城市的四面八方搭乘着拥挤的早班火车和公交车，前往达尔胡西和滨海艺术中心这一带，在车子停下后一股脑儿涌入这片繁华的办公区。我父亲曾经说过，在加尔各答，工作最艰辛的部分不是别的，而是每天上班下班的过程。

* * *

达尔胡西指的是加尔各答一大片英式建筑群，这里面包括位于拉尔巴扎尔警察总署、费尔利大楼和位于里面的铁路调度中心，华丽的总督府府邸、邮政总局，还有作家大厦，这些建筑物加起来整整占满了一整个街区。在加尔各答仍然是英属印度的首府之时，作家大厦便是英国人当时的行政管理中心所在地。就是在那座房子里，他们统治着这片殖民地。

在20世纪30年代，三名孟加拉革命者贝诺、巴达尔和迪内什闯入了当时的作家大厦，并射杀了当时的来自英国的监狱检察长。这次袭击被认作是在殖民统治的心脏地带发起的对殖民者的反抗。在那段时间，不少孟加拉青少年纷纷向有英国人在的地方投掷炸弹或者开枪射击，以制造当地的骚乱，这使得英国的殖民统治看上去呈现失控的状态。在1947年印度正式获得自由摆脱殖民统治后，达尔胡西便不再被使用了，人们将这里以当年三位战士的名字重新命名这片街区，由于三人的名字首字母分别是英文字母"B""B""D"，所以这里变成了BBD街区。曾经作为英国殖民地政府所在地的作家大厦，则变成了西孟加拉邦政府的办公楼。正如奥威尔在《动物庄园》里说过的那样，"是革命使得猪最终变成了人"。

就是在这幢作家大楼里，我曾经被加尔各答的卫生部部长锁在他的小屋里。事情的起因是，当时我和我的朋友伊莎正要写一篇关于西孟加拉邦精神病院的报道，那时候那些精神病院里的病人们几乎是被弃置不顾，那惨状无异于古时斯巴达古城里被遗弃在山脚下的幼童一样。但是，斯巴达幼童们的被遗弃毕竟是出于磨炼其成为战士的目的，相比之下，那些精神病人的境遇则显得更加糟糕了。精神病院的状况实在令人揪心，那里总是缺乏足够的药物，用来治疗疾病的电疗机器也总出现故障。我被锁进部长的小黑屋的原因便是我试图从部长那儿弄清到底邦政府有多少预算是能够用来治疗心理疾病的，哦对了，邦卫生部长本身就是医生出身。部长对我的质询先是置之不理，我便不依不饶再次重复了一遍我的问题，看部长先生打算始终保持缄默，我便不耐烦地合上了我的笔记本，打算离开。我早知道这位部长一向都对那些精神病人的病情不太感兴趣，所以并不指望从他这里得到什么我想要的回应。谁知当他察觉到我面露不悦后，竟然发起火来，气冲冲地锁上了门，并叫来了保安。

因为当时在场的有伊莎和我两个人，所以他们并不可能胡乱编造一项罪状来指控我，然后把我带到警察局关起来。再者，我们毕竟是来自《政治家报》的记者，所以没过一会儿，那位部长先生便放我们走了。之后他写了一封信到编辑部，气愤地指责我在采访过程中侮辱了他。但是伊沙却能够作证，他所谓的"侮辱"不过是我问了他一个并不冒犯任何原则和纪律的问题，而他不作答罢了。总编对事情究竟如何，心里明白得很，他碍于部长的面子敷衍地问了问当时的状况，便让我继续去做我的工作了。部长先生的投诉信似乎没起什么作用。

几个月以后，在比德汉罗伊儿童医院里的 17 名儿童，由于供养不足在 48 小时内接连死亡，后又是这位卫生部部长召开了新闻发布会，他说从统计学层面上讲，这种病人死亡率突然间上升确实是会存在的。他大概认为我们这些新闻记者都不知道统计学是怎么一回事儿。加尔各答的这些官员总是令人感到矛盾的，他们初上台时，大约是出于节俭，竟不提倡在诸如这些部长的办公室内开放空调。可现在又是他们，面对医院死亡的婴儿时，却发动大阵仗威胁记者，拒绝为此负责。想来，这不是违背了他们一直以来所信奉的朴素和慈悲心吗？

在距离作家大厦不远处便是达克斯巷，那家传说中加尔各答"美食小屋"便位于此。"小屋"从外面看就像个昏暗的洞穴，里面放着四张桌子供客人用餐。除此之外，店主还在沿街处摆了一条长凳，边上支起了两个火炉用来烧热水。传说中大名鼎鼎的前西孟加拉邦首席部长乔蒂·巴苏曾经是这家小店的常客。我在加尔各答的年代，小屋内仍然时常坐满了顾客，人们紧挨着坐在室外的那条长凳上，彼此之间留下的空隙刚好够他们放下茶杯、茶碟以及装盛烤吐司的盘子。这里的茶味道浓烈且香甜，吐司则带着浓郁的奶香和黄油味道，上面还撒着零星的糖粉。

事实上没人真正知道，走到哪里达克斯巷才算是到头，也没人说得清那远近闻名的"美食小屋"是从何时起便开张的。你甚至可以这么认为，到了达克斯巷便到了"美食小屋"，而来到"小屋"，你便来到了达克斯巷。当你沿着达克斯巷走到接近费尔利广场的时候，这条美食街基本就算是到头了。整条美食街里都充斥着摊贩们的叫卖声——"炒面！炒米粉！蔬菜蒸包！鸡肉蒸包！炒饭……"美食街里最大的摊位便要数那些贩售鱼肉咖喱饭的了。店主大多用防水布搭起一个帐篷当作客人的就餐区，帐篷里摆着一些长凳和长条的木质桌子。这里的鱼肉咖喱都是盛在金属制成的盘子里，鲜红的咖喱浓汤看起来总是那么诱人，而占满整个盘子的鱼头朝上翘着，颇有几分阿兹特克金字塔的塔尖朝向太阳的意思。

就在附近的老法院街不远处，小贩们面前放着一个个脸盆，盆中盛着不多的水，里面泡着他们亟待出售的塑料手表，这立刻让人联想起集市上的那些鱼贩子们，也是用类似的方法把活着的塘虱鱼放在水桶里的。这些个防水手表是来自印度当地一家叫作"雅诗卡"的品牌，一名厂家代表站在手表贩子边，不遗余力地向路人推销这些他们号称真正的防水手表。在这个厂家代表边上的摊位是卖西装的，老板把各式各样的西装挂了一整面墙等着有人光临并购买。在一旁是卖盗版光碟的小贩，那些光碟封套大多印着袒胸露乳的白人女性。再隔壁是一家类似于杂货铺的小店，里面贩售樟脑丸、五颜六色的梳子、防尘门垫、烟灰缸、马克杯、手电筒、浸入式暖风机、放大镜，以及市面上觅不到的中国小玩具……达克斯巷就是这么神奇的一个地方，在每天午餐时段，这里从不吝啬供应各式各样的货物来满足人们的各种需求。

　　达克斯巷子里有不少打字员一样的人，他们坐在在蓝色和紫色的防水帐篷里，边上还有一群类似票贩子的人，在热情地向路人推销，"证书要吗？印章要吗？个人证件呢？我这儿都能做！"

　　在邮政总局门口的行人道上，一列纸质表格整齐地铺开来，这些表格里有各种类型求职表格，还有录取信息表格，在这列表格中间，坐着那些负责帮人填写这些表格的所谓"写手"们。坐在长长的一排表格中间处，他们就仿佛是一个个分号，两边则是等待他们撰写完成的长文篇章。在去往本廷克大街上那些中国鞋店的路上，你便能看到《每日电讯报》的办公大楼，大楼在沿途的一条小巷里。在大楼里，那里的员工脖子上挂着供他们出入大楼的磁卡来回穿梭于大堂，大堂各处都装有摄像头。作为加尔各答当代销量第一的英文报纸，《每日电讯报》规定员工在办公楼里不能进行备受孟加拉人喜爱的闲聊茶话会，除此之外，还规定无关人员禁止进入新闻编辑室。因为这个规定，渐渐地，员工们就转移到大楼下的普拉夫拉萨卡尔大街上说话，所以这条街除了充当他们的停车场之外，对他们来说还是好像咖啡馆一般的存在。随着《每日电讯报》行情看好，报社的老板开始对报社大楼进行升级装潢，在大楼外面修了崭新雪白的希腊立柱，外表看起来就仿佛是华丽现代版的《政治家报》办公楼。《政治家报》的衰落也使得不少以前在那儿工作的员工转投了曾经的对头。走在普拉夫拉萨卡尔大街上，平均每三个《每日电讯报》的员工都是我之前在《政治家报》的同事。如果我愿意的话，那么站在电讯报大楼门口，我则可以享受我这些前同事埋单的免费茶水，那数量恐怕一天都喝不完。

我之前提起过的伊姆兰后来也转到了《每日电讯报》工作。有一天，我在电讯报大楼门口大街的行人道上散步，我们一边喝着茶，一边像旧时那样闲聊了起来。他告诉我麻黄厂的关闭使得那些坐在邮政总局门口的"写手"生意大不如前。那些"写手"曾经的一部分单子便是帮助那些比哈里麻黄厂不识字的工人们填汇款单。但是厂子关闭了，那些工人也就再没钱汇款回家了。伊姆兰说，或许你可以把这个故事写进你的书里。

* * *

反观《政治家报》，这么多年来，它的办公大楼仍然保持着旧时的样子。那些格鲁吉亚风格的立柱还有铸铁大门仍然在那儿岿然不动，整座建筑仍然气势不减。我注意到在大楼前的镰刀形车道上停着的是我从未见过的车子，要知道，从前只有报社的总编可以把车停在那儿，那时总编之于整个报社就仿佛是封建领主一般的存在，是他在经营管理着这里的这片田地。而在我再次造访报社时，他已经过世两年了。

我使劲儿推了一把门口沉重的旋转门，走进报社大厅，迎面而来的却是一片昏暗凄凉的光景。曾经大堂右侧集中着报社各部门的接待柜台，柜员们总是忙忙碌碌在大堂里来回穿梭着，而大堂左手的柜台则是用来接待访客的，访客需要在那儿填写个人信息，验明正身后工作人员会派发给他们通行证。大堂也曾经是会计所在的地方，在一个由金属栏杆隔开的柜台里，穆利克家族几代人都曾在那个位置上为《政治家报》做着出纳工作，经过时，你总能看见他们皱着眉头，大概是月底快要发工资了，在忙着算账——如今这一切都消失不见了；在原来那些各部门接待柜台后面的墙上，我隐约可以从一片漆黑中辨别出挂在那儿的一条横幅，上面写着"伊玛尔地产"，在横幅下则不知是谁写了奥威尔式的一些口号标语。对了，"伊玛尔地产"便是世界第一高楼——迪拜哈利法高塔的开发商。

在大堂通往一楼的楼梯转角处零星坐着几个男人，他们忙着给我和伊姆兰填写访客出入证——那光景就仿佛是旧时贵族废弃的大宅里凭空多了几个闯入者。托皮瓦拉还在大堂做着电梯操作工的工作，他一边帮我和伊姆兰叫电梯，一边说道，"现在只剩下我还有迈克那位老兄在这儿了"。

最终我没有搭电梯，而是选择从楼梯上去。楼道里并没有照明，也是同样昏暗。我还记得在我十几岁第一次来《政治家报》的时候，我被这里的气派所震撼，那是大型机构办公场所特有的气派。我也记得后来我正式在这里工作时，有段时间工会和报社之间因为某些原因产生了矛盾，报社楼道内便贴满各式各样与此有关的海报和标语。可当下，蜘蛛网从楼道的天花板荡下来，地毯上的斑斑迹迹则是人们嚼过槟榔后吐出红色口水后留下的，似乎根本不曾有人企图打扫过这些地毯。除此之外，一包包空烟盒皱皱巴巴被遗弃在各处。看来早就没人为大楼的卫生费心了。

每爬上一层楼，肮脏和恶臭便会换一副面貌呈现在我面前，直到我爬到楼上来到以前的办公室，眼前换成了另一片颓败的光景。原先贴满广告的那面墙被破穿了一个大洞，办公室各处的门也被拆掉了，四处都是暴露的砖墙。曾经满是职员的办公大厅内空无一人，食堂里也再没有穆斯林服务生跪在毯子上做祷告。原来的总编办公室早已经空空荡荡，曾经他总是坐在那儿忙着什么，他的下手则时常在不远的楼道口帮总编擦拭他的拐杖。整座大楼像被掏空了一样，几乎什么都不剩了。三楼原先曾经集合了摄影棚、记者办公室、图书馆、助理编辑办公室，以及专属于迈克的用来办公以及深夜闲聊的小屋，这些现在统统不复存在了。这一切就如同一座废弃的工厂，其如内脏一般的内里被活生生地从躯壳中拽出来，赤裸地暴露在外。

在办公大楼四处破败的外墙后，还有一大块低洼的被遗弃的地带。本来那里曾经是印刷工人们的居住区，当时报社曾经在那片地块下安装了压力机，企图驱赶这些工人们。现在，那些压力机早就被搬走了，大部分工人也早就不在这儿住了——正所谓人去楼空，也就是描述这里现在这副样子了。这片差不多有垒球场那么大的住宅区如今杂草丛生，又重新变回最初一片荒芜的样子。

有那么两年，这里曾经是我在这座城市的家，而如今我变得无家可归了。

报社办公大楼顶层本来是主编用来当作阁楼的地方，后来被改成了隔断式的办公空间。我爬到顶楼时，报社的空间设计师苏库达正坐在他的台式电脑前打游戏，只见他控制着闪烁在屏幕下方的一块来回移动的光标，好让从屏幕顶端落下的小球可以顺利弹在光标上得分——这个游戏叫作"打砖块"。

"这游戏也太老了吧。"我对苏库达说道。

"你看看这周围有什么东西是不老的……"苏库达头也不抬地回应道，眼睛只顾盯着电脑屏幕。

接着我看到了米什拉，便向他跑去。米什拉是报社剩下的最后一批帮工，马上就该到退休的时候了。他是个热衷于炒股的怪老头，总是喜欢向我解释诸如美国经济崩溃对印度股市会造成什么影响之类的。对于我来说，股市这些东西太复杂，我根本搞不清。但是米什拉说起自己挣钱的来路时，我倒是听得明白：他说自己这儿挣三百，那儿挣三百，再加上七七八八各种渠道的收入一个月能挣一万卢比。他说再也不能指望《政治家报》了，报社已经连着五个月发不出工资了。

我听说在过去几年，《政治家报》的发行量和广告投放都急剧下降。据说报社的管理层一直希望能再多一些职员和帮工抓紧退休，这样负担减轻了就能给在职员工发工资了。可事实上，留在《政治家报》的这些人没一个愿意提前离开。

"报社不景气的确影响了不少员工，但也有一些人，越是在不景气的时候越想从中获得点儿什么"，报社的一名摄影记者这么对我说道。

正如所见，《政治家报》大楼的一楼到三楼不得不出让给了迪拜的开发商伊玛尔，他们计划把这三层楼变成一个购物中心。"到时候说不定买一份《政治家报》会送你两条免费内裤。"几近空荡的编辑室里有人打趣说道。后来又因为不知道什么原因，购物广场的修建计划被搁置了，听说是一家来自德累斯顿的开发商取代了迪拜的伊玛尔。

迈克办公室的门锁着，他正坐在里面抽着烟。

屋子里的冷气开得很足，在没有通风系统的情况下，整个空间就像是要结冰了一样。迈克吐着烟圈，那烟圈在室内冰冷的空气中久久散不去，"我不该在屋里抽烟，可是你说有谁愿意每次刻意跑到阳台，还就为了抽根烟？！"他一边说一边打着喷嚏。

迈克说他上周感染了疟疾，紧接着又向我说起上周末去赌马，为哪些马下了注。"上周末杰碧和我一起去看赛马……"说到这儿他便一发不可收拾地讲起了他那些我们都不是很明白的有关赛马的故事。

过了一会儿，迈克带着我们来到一家叫作"轻松时刻"的酒吧，酒吧藏在阿布杜尔哈米德大街不远处的一条巷子里，我们坐在粉红色和蓝色灯光的氤氲中继续聊着天。除了我们之外，这桌还坐着一个来自马瓦里的男人，他瘦骨嶙峋，眼睛大得如同杏子一般，一直在边上讲着低俗的笑话。除了他，桌边还围坐着来自孟加拉、比哈尔，还有英国的男人们。啤酒、威士忌还有兑水的朗姆酒——每个人都在举杯畅饮。

坐在我们后面一桌的是刚刚从赛马场回来的一群人。在我还在《政治家报》工作的时候，这些买马的人总是会在周六下午比赛结束后到我们报社的新闻编辑室聊天，内容无非就是"本来我是打算买那匹的""早知道我两匹都买不就赢了"，诸如此类的话题。那个周末在加尔各答刚好有一场赛马。我提到自己曾经看到过一些文章，上面说有些赛马比赛的结果是提前就定好了的。

"我亲眼看到过有的马鼻子里流着血"，苏库达说道，他坚持认为骑师有时候会故意将马具勒得很紧，这样他的马就会被束缚住而无法跑得很快。不管别人如何质疑他的观点，苏库达坚信自己所见。

之后迈克讲起了一个住在他隔壁的精神病患者的事儿，说那个人在布莱特大街上捅伤了竞争对手球队的一名球员。迈克现在住在格兰特大街上的一个街区，那里多是些四处漏风的老房子，他家就在洛玛医生的性病诊所楼上，离报社就几步路远。从19世纪初，迈克妻子的祖上就住在这处房子里，所以一直以来他们都不用交太多房租，每个月只要不到二百五十卢比。可后来房东想让迈克一家搬出去，迈克只好和他们商量出二百四十万卢比买下房子。房东不肯，叫价到三百万，这笔交易才算达成。

像大部分英裔印度人一样，迈克的一些家人住在英国。多年前，他曾经去过一次英国，回来以后，报社里的一些帮工便问他为什么不像他的其他亲戚一样移民到英国去，他用印度语回嘴道，"兄弟，真到了那儿的话，我去找谁聊天？！"

迈克声称自己在英格兰有一处房产，出租给他人以获得英镑，并强调自己收的是所谓硬通货。当然，我们没人把他说的这些当真。当然，迈克编造这些谎话并没有任何恶意，他无非是想借由这些谎言来勾画那个他想象中的美好世界的样子。我在《政治家报》工作的头几个月，迈克就告诉我他自己是如何在每个周末早上带着他的两个儿子乘着电车探访城市的边缘角落的。他说他们会随便跳上一辆电车，没有目的地跟着电车行进，在想下车的地方跳下来，然后探寻附近的街道；如此这般，经过了一个又一个周日，走过了一个又一个街区，作为父亲的他终于能够将自己熟知的城市样貌完全向儿子展现，这就是所谓的传承！迈克所说的这一切听上去完美极了，可我们都知道，这根本是他虚构出来的——他怎么可能愿意去城市的边远地带？！他甚至连离市中心不远处的滨海艺术中心都不愿意去。曾经有一个我们旧时的同事邀请他去城市西南片区的萨库尔普库尔德的一所新闻学院教书，到那儿需要乘 45 分钟的电车。迈克拒绝了邀请，并打趣说道，"萨库尔普库尔德？！那么远的地方，我怕不是还要带着护照去吧？！"对于他来说，到加尔各答的萨库尔普库尔德和到诸如马里共和国的巴廷克图难度是一样大的。

"轻松时刻"酒吧算得上是迈克和苏库达的"新欢"了。我在报社工作的时候最喜欢的则是一家叫"磅礴"的酒吧，那里着高高的天花板，法式窗户，还有穿着统一制服的服务生，那里的装潢总让我觉得它和《政治家报》社大楼是一体的。以前迈克和苏库达则最喜欢小布里斯托，就是我之前提到的只招待男宾的那家酒吧，那儿的啤酒算是在市区的酒吧里最便宜的。直到 20 世纪 70 年代，小布里斯托仍然是那时前卫艺术家的集散地，李维克·伽塔克[1] 就是其中一员。我曾经听说直到他的肝脏出问题之前，加克特都是小布里斯托的常客。

"我可是曾经在小布里斯托见过李维克·伽塔克的，在 1975 年的时候"，迈克如是说着，"李维克当时冲着我说'我喜欢这孩子的长相'，我忘了当时自己回了句什么，只记得他听了之后对我说'好小子！好！好样的！'"说着，迈克还刻意压低声音，故意模仿起李维克讲话时含混不清的那种腔调。

李维克·伽塔克和萨蒂亚吉特·雷伊是同时代的导演。只不过

---

[1] 李维克·伽塔克（Ritwik Ghatak）为孟加拉电影导演，活跃于 20 世纪 50 年代，代表作包括《云遮星》等，其作品多次获得多项国际电影奖项。

当雷伊已经作为印度电影行业的巨擘扬名国际时，李维克才刚刚拍了几部片子，并且它们中的大多数并不卖座，后来他还因为酒精中毒就早早去世了。事实上雷伊和李维克两个人都是杰出的艺术家，不同的是加尔各答成就了前一个，却埋没了后一个。

雷伊出身加尔各答城北的富裕家庭，李维克则来自东孟加拉邦绿草葱茏的乡村。以20世纪的政治逻辑看，这两片区域的关系有些类似东巴基斯坦和孟加拉国。在20世纪50年代，雷伊的第一部电影上映了，可起初根本没人到影院去看，直到片子在戛纳电影节得了奖，人们才开始关注这部电影和它的导演。从此之后，雷伊的片子变成了代表加尔各答中产阶级品位的指标性艺术作品。随着雷伊的作品在欧洲各个电影节上获奖，他便开始备受民众的追捧，仿佛加尔各答的每个人都认为这种追捧也意味着和这位明星导演产生了某种关联。李维克就没这么幸运了。李维克执导的最后一部电影是一部半自传故事，叫作《理智、争辩和故事》，电影讲述了一个落魄的孟加拉知识分子和一群同道中人的经历，那个落魄并且每天背着酒壶酗酒的知识分子是李维克本人扮演的。从某种程度上来说，这是部全方位失败的电影，从创作理念、道德教义，还有艺术形式这些层面上来说，它都被认为是失败的。尽管李维克将加尔各答当作他电影永恒的主题，然而这座无情的城市却从未以家的温暖来拥抱他。

酒吧里有扇带着卫生间标志的门事实上是通往酒吧后巷的，

巷子里的墙上装着小便池，酒吧里的人们就是在这样露天的厕所方便的。就是在这个露天便池边，迈克再次向我吹嘘起自己的家世是如何显赫，他说自己祖上曾经在现位于孟加拉国的赛义德布尔市，以及班加罗尔的怀特菲尔德有不少房产，除此之外，他还对自己有着英式名字的舅公和舅母感到沾沾自喜，告诉我他们的名字是诸如雷金纳德和伯尼斯这一类的。

如此看来，我们想象中世界该有的样子和眼前的现实总是存在如此巨大的差距。我甚至在想，加尔各答这座城市甚至是该属于恶魔的，在这儿我们总是被挫败，并且受困于沮丧的情绪，往往值得讲述的都是令人悔恨的回忆和故事。李维克那家伙似乎早就把这一切看得透彻，但尽管透彻，他还不是被现实所压垮了。那时的我三十岁，我不知道当迈克和苏库达处于我这样年纪的时候，当他们还仍然是加尔各答最厉害的报社的得力干将的时候，有没有人提前告知他们，今后的生活会是如此这般——在"轻松时刻"酒吧，喝着老僧侣牌朗姆酒，醉醺醺地在露天的小便池撒尿——这便是他们最终的归宿了。

喝完酒，我们一群人摇摇晃晃走过斜角巷，然后为了抄近路，照老样子直接走进巷子尽头的一座大楼，从那里的大厅穿出去。那座大楼里一直以来都有两只关在笼子里的鹦鹉，每次穿过黑漆漆的大楼，苏库达都会吹口哨，那两只鹦鹉每次也都会学着他的调子跟着发出口哨声。从大楼出来，迎面便是天堂电影院永远闪着五彩灯光的如同大帐篷一样的正门，周围是来自本廷克大街上飞驰而过的一辆辆车子投射过来的明灭的灯光。苏库达不知什么时候已经走在我前面了，他手脚灵活地跳上了一辆从我们身边驶过的公交车。事实上，苏库达跳上行驶中的公交车的这副架势就是他们这群人经营生活的方式——那是依靠本能的，逆来顺受的，无规划的一种生活方式。

"库什，以后常过来啊，你不是在写加尔各答吗，没什么能比来这一带更能代表加尔各答了。"迈克跟在我身后对我说道。

"今天回到《政治家报》的时候，我感觉到心碎了。"我应道。

"你想想看，我每天早上我都要心碎一次"，迈克如是说。

我又想到了当年我第一次来到《政治家报》的情景，那年我还不到十九岁，准确地说是十八岁半。

* * *

我和萨米托坐在一辆小巴的最后一排，车子颠簸着从巴勒干戈驶向拉扎巴萨尔，就这么一路向北驶向城市的中心地带。

"你这本书是为谁而写的？你又为什么把加尔各答当作对象？你笔下的加尔各答又是属于谁的加尔各答呢？"萨米托一股脑儿地抛出这些一针见血的问题。

"我不明白为什么好几个世纪以来，人们对于加尔各答的呈现和描绘几乎没有发生过任何改变？"萨米托接着说道，他说话的当下，小巴被夹在公园马戏团附近的堵车队伍中，引擎不断空转着，声音嗡嗡作响。

那些第一批来到这里的欧洲人在抵达的当下，曾经拒绝离开他们的船，他们把眼前这片处在沼泽里的自己未来的定居地叫作"各各他"，在基督教里，"各各他"象征着耶稣的受难地，而"各各他"便是日后的加尔各答。从这以后，人们关于加尔各答的描述便似乎被定下了基调，并从未有什么实质的改变。在西方人眼中，这里便是如同城市炼狱般的存在，是全世界的底特律，甚至在他们开玩笑形容一个人房间脏乱的时候，也会这么说——"你的屋子就像是加尔各答的贫民窟"。每一个曾经到过加尔各答的访客，带走的几乎都是同一幅城市记忆，即便他们当中有些人是特意为了体验加尔各答风土人情而来，他们口中描绘的加尔各答无非是如此——这里遗留着大批摇摇欲坠的旧时殖民者的老宅，随处可见大量的墓碑，墓碑的主人是当年因为忍受不了这里极端的潮热而葬身于此的英国人，除此之外，剩下的就是贫困，满目可见的都是挣扎于贫困之中的人，这贫困如瘟疫一般蔓延至整座城市。无论是因何种目的而来，最终人们对于这座城市的印象总是会回归到"人间炼狱"四个字，这座城市成了黑暗和死亡的代名词。就连路易·马勒[1]和艾伦·金斯伯格[2]这样的人在造访尼姆塔拉附近的火葬场时，也仿佛是看热闹的偷窥者一样，就好像在火葬场里那些临别仪式，是一场为他们这样的人准备的病态观赏性游戏一样，他们为目击到那一切而暗喜，就好像从他们来的那个世界根本没人会死去，也没有火葬这回事儿。我不禁在想，当他们身处尼姆塔拉的时候，他们有谁参与过为往生者抬遗体吗？或者有谁能真切了解被超度到来世是怎么样一种感觉呢？

"为什么不去写写巴古耶提那附近每天人来人往的街道呢，那也是加尔各答啊。"萨米托接着说道。他所说的巴古耶提有着城市里最繁忙的十字路口，每一天的每一时每一刻，数不尽的汽车在那附近往来穿梭，路人们行色匆匆，手里拎着的塑料袋里装着他们刚从玛萨拉达商店买来的食品和日用品，有浓豆汤、全效洗衣液。

"为什么不是马尼塔拉集市呢？"我回应道，"那儿的鱼贩子们一个个就好像苏丹大君一样，安坐在混凝土做成的'王座'上，被各种鲫鱼、鲳鱼和鲤鱼簇拥着"。

"话说堡巴扎尔怎么样，各式各样的商店和乡村风格的小房子，那是加尔各答的心脏。"萨米托问道。

---

[1] 路易·马勒（Louis Malle），法国电影导演，马勒与加尔各答的交集在于其曾指导以加尔各答为主题的电影——《加尔各答，城市幽灵》（1969）。
[2] 艾伦·金斯伯格（Allen Ginsberg），美国诗人，金斯伯格曾于20世纪50年代游历印度，加尔各答是其中一站。

　　到了锡亚尔达火车站附近，我们乘坐的小巴驶上立交桥，我们管这里的立交桥叫作"天桥"。从车窗向沿路的左手边看过去，这座位于城郊的火车站因为霓虹灯而在黑夜中闪闪发亮，橘色的灯牌上交替闪烁着锡亚尔达的英文、孟加拉和印地语，在我的印象中，似乎那块灯牌永远是如此这般，从未熄灭过。从车窗右手边望出去是刚刚从百萨卡纳集市涌出来的人流，他们朝着堡巴扎尔大街的方向走去。在几个世纪之前，英国商人乔伯·查尔诺克曾经坐在百萨卡纳集市里一棵榕树下，并就此把那儿当作自己的会客厅，从此以后，人们就用孟加拉语的百萨卡纳，也就是"客厅"的意思，来命名那片区域了，而据说乔伯·查尔诺克正是发现加尔各答这座城市的人。从天桥上向下望，几乎已经看不见堡巴扎尔大街本身的面貌，因为街道全被蔬菜摊贩挤满了，他们蹲在铺展开来的防水布旁，上面摆满了各式各样的蔬果。他们身后是各式各样的珠宝店，那是新婚夫妇们通常乐意光顾的地方。整个街道都被昏黄的路灯光笼罩着，街上永远都是涌动的人潮，一直延伸至达尔胡西附近。

　　萨米托从天桥向下望去，审视着眼前的繁华和忙碌，自问道，"又有谁在乎加尔各答还有这样一面呢？"

第五章

学院街

当我还在《政治家报》工作的时候，许多个周末我都是在学院街的书店和二手书摊度过的。一天，我照旧从维韦卡南达路跳上一辆开往学院街的电车，打算再去那里逛逛。几乎附近所有的车子都是向北行驶的，唯独前往学院街的这辆电车固执地向着南方进发，像个不畏死亡的女族长一般，义无反顾地孤身独行。电车一路穿过行人、人力车、自行车、公交车和卡车，完全无视迎面而来的种种，一意孤行地向着自己的目的地飞驰。在经过一排珠宝铺，穿过成排的贩售机器零件的商店，再然后是一排鞋店，终于，我到达了学院街——那在我心中终年不打烊的图书市场。

下车后，我便跟在三头牛身后慢悠悠地晃进了一条小巷子。在这种小巷子里前进，你需要练就一身能够灵巧绕过地上层出不穷的垃圾的本事。就像出现在加尔各答街头的所有牛群一样，这些牛也是属于某户人家的，但是在当下它们属于谁似乎也无关紧要了，和那群牛在一起的人只有我而已。沿路向前，一个男人正掀起他的裹裙，那架势一看便是要去小便的。正巧我也有些想要方便的意愿，便一路跟着他走到了"厕所"。说是厕所，其实也不过就是那种露天的小便池。那男人走到两个并排的露天小便池前停了下来准备方便，他左手边本来应该是第三个小便池，但那所谓第三个小便池事实上只是一条被挖成和小便池同样宽窄的沟壑罢了。我只能选择站在这个实际上并不存在的小便池前解手。这条盛满了尿液的沟壑差不多有 10 英尺长，沟壑的左端是一个弯角，这个弯角也是另一条巷子的起始点。我刚在那里站定，一个男人便骑着自行车朝这边驶来，跟在他后面的还有另外三个同样是要来小便的男人。这下好了，我身后挤满了人，他们成功地挡住了我出去的路。你看，即便就在这方寸之间，加尔各答也总能让你体验到什么叫作人满为患。

可谁想到那个骑自行车的人的车子不小心卡在了沟壑里，这导致他不得不向后挪动，所以他后面跟着的三个人也只好向后退。我顺势得以从好不容易创造出的空隙中觅得了出路，然后一路前行来到了帖木儿巷。

在 14 世纪，跛脚的蒙古人后裔帖木儿一路从撒马尔罕征战至德里、巴格达和大马士革，他的军队横扫了亚洲的大部分区域。这显赫的战绩让远在欧洲的人们既感到恐惧，又因此而对这个传奇人物分外着迷。英文中原本的"帖木儿"（Timur）和"跛脚的人"（the Lame）这两个单词逐渐被人们口口相传，到最后演变成了一个英文单词，即"Tamerlane"，翻译过来也就是我们现在所说的帖木儿巷。大诗人 W.H. 奥登在《伟大的人》中曾戏谑地将帖木儿的名字如此编进他的诗章中——"帖木儿，那曾经象征着无穷武力，在各种语言中代表着破坏的能力的名字，到如今只不过是移位填字游戏中可以替换'一辆性感的火车'的一个名词罢了。"而在加尔各答，提起帖木儿，这位曾经令人胆寒的枭雄的名字现在也只不过是一条不起眼的巷弄名称而已。

绕过刚才跟着我的三个人，我便一直走到了帖木儿巷的尽头，巷子的尽头几乎可以说是个死胡同，但却仍有一条极窄的L形土路连着外面的世界。L形土路的弯口处是一家出版社的办公室，办公室门前一个上了年纪的男人坐在一个板凳上似乎在乘凉。我绕过这个男人，径直走进了一个没有门的门框。再往前走，右手边便出现了三扇蓝色大门。我走进中间那扇门，迎面而来的是间没有窗户的屋子。在每周三，加尔各答的一些作家和诗人都会聚在这间屋子里谈天说地，这个传统已经延续了四十八年。兰詹·古普塔是这个群体名义上的领导者，我进去的时候，他正坐在屋子后面的角落里。初见他的几次，他总是将他的白发梳得油光锃亮，脸颊上带着稀疏的胡楂，那时候，我私以为这大概是这位诗人在刮胡子时有些许心不在焉，所以才遗漏了几小撮。由于兰詹·古普塔是这群人中最年长的，所以每个人都尊称他为兰詹前辈。

"兰詹前辈，你听说过比德汉罗伊关于看病的那番言论吗？"萨布亚萨驰问道。萨布亚萨驰是诗人、编辑，同时也是长期饱受腹泻困扰的一位患者。而比德汉·罗伊是加尔各答知名的医生，同时也是国大党的领导之一，他也曾担任过西孟加拉邦的首席部长。他说，"在加尔各答，如果你生病了，无论如何要去看医生。因为医疗行业需要活下去。如果医生开给你处方，那么无论如何去找药剂师，因为制药业也需要继续活下去。如果药剂师想要卖药给你，那么你一定要想尽办法拒绝，因为你要活下去"。

"知道吗？你、我还有乔蒂·巴苏，咱们有一样的毛病，这叫肠应激综合征。"一个上了年纪的女人说道，她说的乔蒂·巴苏是西孟加拉邦的第一任首席部长。"乔蒂·巴苏每天晚上可都会吃鸡肉外加喝威士忌。你看看，人家不是照样活到九十六岁。"

"嗨，那不过是肠道寄生虫感染罢了。我每三个月吃一个疗程的甲硝唑就没事儿了。你也应该试试看。"

"我说了，鸡肉和威忌才管用。"那位患肠应激综合征的妇女再次强调。她总是把"威士忌"这个单词误念成"威忌"。

"拜托，乔蒂·巴苏喝的威士忌最差也要是苏格兰威士忌。"有人说道。

"人家多富裕啊。""甲硝唑"男自言自语道。

"我可负担不起每天晚上喝苏格兰威士忌。"萨布亚萨驰说道。

"你可以试试在果子露里放芦荟，吃了或许有用。"另一个人说道。

"但是如果你哪天吃了炸洋葱饼，那么等着吧，马上又得拉三回肚子。"那个妇女再次说道。

"我都说了，那不过是肠道寄生虫感染罢了。我每三个月吃一个疗程的甲硝唑就没事儿了。你也应该试试看。"

"我去看了医生，他帮我量了血压，测了我的胆固醇指标和血糖，要知道那是个还不错的医生。"那位肠疾女士再次自顾自地说起来，"谁知道当我问他我这个老毛病怎么办的时候，那个医生说，这个肠应激综合征他没办法，这个病将会伴随我终身"。

"说过了那不过是寄生——"

"喝滚烫的开水有用……"

"试试看洋车前子。"

"但是兄弟啊，我的问题不是便秘，我这是腹泻啊。"萨布亚萨驰说道。

"你们说这都独立六十年了，怎么还没人来研究研究怎么解决我们这些人的消化系统疾病呢？""甲硝唑"男接着说。

"按理应该赶快为我们想想办法的。不过这位大姐，在医院想出法子之前，你还是接着尝试你的鸡肉和威士忌疗法吧。"

"来，给每个人倒些茶！"兰詹前辈冲着外面吆喝了一声，一个专门负责奉茶的先生便端着茶壶从门前的那个小土路走了过来。他依次把咸味红茶倒入一个个又小又单薄的塑料杯里，然后依次把这些小杯子递给在座的每个人。那些装满了茶的塑料小茶杯，从外形看像极了在美国 party 上常见的那种威士忌果冻杯。

房间里这时候已经坐满了人。尼尔·克什亚普开始诵诗了。克什亚普已经六十多岁了，他总是喜欢穿一件微微有些皱褶的旁遮普长衫，戴着金丝边眼镜，原本发白的八字胡被他染成了黑色。克什亚普有些龅牙，所以看上去他嘴里总是像塞满了食物一样。

"她的躯体总是被勇气所包裹……"

"我们已经听过这首了……"有人打断道。

然而克什亚普却不理会，继续兀自念着诗，"她的面容有着海螺壳一般的颜色……"

"海螺壳的颜色……她是生了皮肤病吗？"有人低声说着。

"她高举的拳头里隐藏着神秘的种子……"

克什亚普的本名其实是潘查南·查特吉，他从前是印度国家银行的助理经理，现在退休了。在每周三的诵诗会上，他便摇身一变成了诗人克什亚普。他发表了三本诗集，这三本现在都可以在学院街书店的打折区找到。

"我去拉贾斯坦邦旅行的时候，这个'她'是我的向导"，他说道，"我当时打定主意，自己一定要写一首关于她的诗歌"。

每次遇见克什亚普，你都免不了要听他读他那些宝贝得不得了的诗歌，"她带着关于拉贾斯坦邦的诗句向我走来，那是关于贾沙梅尔、奇陶尔、加尔普拉塔普王公和帕达巴蒂的传说"。他突然毫无预警地开始向我念了起来。

"我热爱历史，你看我就这么轻易地在诗章中把她带入历史中去，带去那莫卧儿王朝的时代。"克什亚普紧接着对我说道。

紧接着，他便又开始了诵诗，"只要她一示意，语言的鸟儿便沿着历史的阶梯拾级而上，这一切看起来如画一般美丽"。

事实上，每次我来到周三的诵诗会，克什亚普在读完诗后都会以渴望的眼神看着我，把头转向我这边，试图从我这里得到肯定，"你喜欢我的诗，对吗？"他总会这么问。大概他认为刚刚他通过诗句带我领略了奇陶尔和贾沙梅尔的奇景，那么我就需要以惊叹和赞美来回报他。

在我们聊天的这间房子里，靠着墙壁摆满了不少长条的木凳子，坐在上面的人是需要一点勇气的，因为它们中有好些都缺胳膊少腿，一个不小心，这些个木凳子便会在顷刻间来个大散架。在长凳中间还挤着不少红色的塑料板凳。每当屋子挤满人的时候，你便会有一种上了一辆加尔各答迷你小巴的错觉。无数加尔各答的男男女女，每天就是这样挤在一起，乘着火车和公交穿梭于市区和附近城镇的。在这间屋子里，人们就像在火车和巴士上一样，通过交谈逐渐和坐在身边的人熟识起来。在这里，他们通过文学得以找到自己的第二种人生，得以以另一种身份，也就是艺术家的身份来识别自我。他们需要交谈，需要被倾听。倾听和交谈——这大概是所有人类都需要的普适性诉求。

屋子里的阿肖克·拉克达尔四十几岁了，他脸上稀疏的白色胡楂就仿佛是有人在他脸上撒了一些零星的晶状白糖。"如果我能够为我的灵魂找到一个伴侣，那么我就不再企图和你们为伍。"他如此吟诵着他的诗作。

"没有谁这一辈子是从未写过几句诗的，你很可能从少年时代便开始作诗了，也许那描绘的是关于一个女孩的意象。"他接着说道。

对于大多数人来说，写诗这件事多半会终止于少年时代那有关臆想的只言片语。伴随着长大，多数人便会和写作这回事渐行渐远。当然，也有些人执着于和文学产生或多或少的瓜葛。就比如来参加诵诗会的大家，他们宁愿每周多花些工夫来这儿和同类聚会，好让这样的瓜葛得以天长地久地持续下去。

"有人会鼓励你坚持文学创作，当然也有人会嘲笑你，这都是成功路上必经的步骤罢了。"

来这儿参加诵诗会的那些人，他们的终极目标便是能够出版一本诗集。但事实是，只有极少的出版商会愿意和这里的文学爱好者签订出版合同。许多时候，根本没有什么预付出版费一说。甚至不少书籍的出版需要作者承担一部分费用。

"创作诗歌的快乐和幸福感是无法用语言描述的"，拉克达尔说道，"当然这个行业也是非常残酷的"。

在这场关于文学梦想的消耗战里，在这儿参加诵诗会的男男女女，有一些勉强算得上是这场战役的幸存者。阿尔伯特·阿肖克和拉克达尔差不多年纪，算是这里的年轻人了。他说他年少的时候便逃离了家乡，跋涉了很远，最终来到了加尔各答。他的名片上介绍自己是"作家""艺术家"，以及"人权活动家"。同时名片上还写着他已经创作了几本幼儿绘画书，以及他个人的六个博客的地址链接。来参加诵诗会的大部分人都会带着手写的草稿来，这些草稿有的写在纸条上，有的则写在老旧行政日记本上。阿尔伯特·阿肖克是个例外，他总是将手稿打印出来带到这里。

"你平常会用 MySpace 和 Facebook 这些软件吗？"阿尔伯特问道，"这些 APP 对于建立社交网络简直太重要了"。他说自己有许多来自美国、英国和巴西的网友，"这些网友可都说他们想要看我的文学创作和绘画作品"。

"乔伊·戈斯沃米有着最多的网友。"阿尔伯特说道，他说的乔伊·戈斯沃米是孟加拉最出色的当代诗人之一。"他的一条信息至少可以被一千个人看到。"接着阿尔伯特打开他的本子，准备读诗，"每一天，我感觉自己活着的时间只有 10 分钟"。他说的这 10 分钟就是他每天得以读诗的这几分钟空闲时光。实际上，阿尔伯特的诗歌也确实是那天诵诗会上我听到的最好的诗歌之一。

在所有人都完成诵诗后，阿尔伯特说，"如果今天一定要选一首最好的诗歌，那我不得不说一定是我的了"。即便在听了一大堆关于女人、鲜花、古堡、落日还有泰戈尔的这样老套的创作后，阿尔伯特仍然能保持幽默感。对我来说，那些只是靠把各种意象拼凑起来的句子，总是让人觉得有些头疼。之后他点评了其他几位作家的作品，全部都是溢美之词，尽管这些作品中的一些根本没有什么值得夸赞的地方。

* * *

从帖木儿巷出发，沿着我刚才来时的土路再回到那个露天小便池附近，你便能看到一座小房子。小房子的墙壁上是用马赛克瓷砖拼成的两只小鸟的图案，边上用孟加拉语写着"小杂志图书馆"的字样。

杉迪普·杜塔坐在他家前厅里，似乎有点闷闷不乐，一副半睡半醒的样子，看上去和加尔各答的那些在诊所坐诊的医生的状态有些相似。当然我说的可不是那些炙手可热的年薪百万的心脏病专家，而是那些生意冷清的家庭医生。

包围着杉迪普的是房子里成排的书架，上面堆满了一摞摞文件和杂志。书架后面有一个玻璃橱窗，橱窗上贴着从杂志上剪下来的各式各样的图片，没错，就是那些青少年热衷在自己的房间贴上去的杂志剪贴画。在这儿，这些剪贴画大多是包括像萨蒂亚吉特·雷伊、李维克·伽塔克、英格玛·伯格曼、凡·高、纪巴纳南达·达斯、特蕾莎修女、纳尔逊·曼德拉、萨尔瓦多·达利，还有切·格瓦拉这样的名人的照片，除此之外，里面还混入了一张画着两个红嘴唇和一个黑眼睛的抽象派图片。另外，墙上还贴着一组卡通插画，插画下方配有一行押韵的孟加拉文——"警察先生，当遇见诗人的时候，请摘下你的头盔。"

在房间的一面墙上贴着一张塑封过的打印文件，上面的内容是"'我在持续关注最近发生的令人感到不安的事件（在南迪格莱姆），以及该事件给受害者带来的影响，对这一切我表示担忧。'诺姆·乔姆斯基，2007 年 11 月 13 日 4 点 18 分 17 秒，通过电子邮件发送"。

屋子里有张桌子上堆满了各式各样来自集市的稀奇古怪的物件儿——泥捏的黄瓜、被雕塑成人类裸体形状的铅笔、外形像奶油裱花嘴的钢笔、带着长长的像天鹅颈一样的橡皮的钢笔、从南非来的铜质雕塑、从孟加拉乡下来的面具，还有从美国来的做成跳舞的女孩儿样子的陶瓷。杜塔就坐在这堆宝贝后面，就好像躲在个人专属密室里的炼金术士一样。

"1971年，我去过一次国家图书馆，当时我看见他们扔掉了一堆小杂志"，他说，"那时我经营着一本自己的小杂志，他们扔掉小杂志的行为让我不悦"。

在杜塔所说的那个年代，并没有人为所谓的小杂志归档，也没有图书馆会保存小杂志。在杜塔硕士毕业以后，他便开始收集小杂志。他第一份工作的薪水是一个月五十卢比，第二份工作是在一所偏远的乡村学校教书，每周三天，每个月一百卢比。"说起来，当年我工作的动机真是有些滑稽，原因就是为了买杂志。"他对我说道。

杜塔说他在1978年找到了一份在城市学院的教职，也是在同一年，他利用他家房子的两间最外面的房间经营起了小杂志图书馆。从那以后，图书馆的一切事务都由他一个人打理，他喜欢把自己这种状态形容成宝莱坞那些电影里的需要单枪匹马迎战的孤胆英雄。杜塔之所以这样做，是因为希望借由一己之力对现状有哪怕一丝丝改变。

每天下午从学校下班回家，杜塔便开始埋头在他的图书馆忙活。每月有几天他要对图书馆进行维护，为他的杂志们喷洒一些药水以防止蛀虫和白蚁，其余的下午则向公众开放图书馆。

在孟加拉邦，曾经几乎所有的文学运动都或多或少和某本小杂志有关联。小杂志的鼎盛时期要数 20 世纪 60 年代了，那时候诗人苏尼尔、沙克蒂和桑迪潘创办了《克里蒂巴斯》杂志，时至今日都没有哪一本小杂志在文学影响力上是能够和《克里蒂巴斯》比肩的。如今的孟加拉世界仍然存在着各式各样的小杂志，据杉迪普统计，每年仍然有五六百种小杂志出版发行。

小杂志这个概念起源于 20 世纪初的美国。那时候代表着现代主义的许多激进派作家的作品开始出现在一些小众杂志上，比如詹姆斯·乔伊斯的《尤利西斯》。《尤利西斯》的首刊杂志便是位于芝加哥的一本叫《小评论》的文学杂志上，那时候还没人确信小杂志这样的新兴事物能够经受资本市场的考验，包括像艾略特、海明威、赫斯顿、威廉姆斯、庞德、伍尔夫、福克纳等作家的早期作品都是出版在当时的小杂志上的。与普通杂志不同，小杂志并不依靠刊登广告刺激销量，它们依靠的是忠实读者的拥趸以及适度营销的原则。由于不受市场压力的影响，这些小杂志为作家提供了一个平台，使他们的作品得以被一些感兴趣的人阅读，即便其读者的数量并不会太多。同时，读者们也可以借由长期阅读某些小杂志，来发现新的令他们感到惊艳的作者。在加尔各答，像其他那些从西方传入的事物一样，比如像电车、顺势疗法，还有一些政治思潮等等，小杂志在这片土地上也找到了自己的存在模式，并且成为不少人实现自我认知的重要途径。或许在某种资本主义体系的市场作用下，这些小杂志在很多年前就消失不见了，并且随之销声匿迹的还会有一大批作者。可是就像那些至今仍然出现在哈瓦那街头的50年代产的老式雪弗兰汽车一样，这些孟加拉小杂志也仍然没有停下它们的脚步。岁月流过，经过修补和打磨，尽管有时会吱嘎作响，但仍然不妨碍它们成为当地人的骄傲。对于孟加拉人来说，这些小杂志带来的专属于孟加拉人的认同感，就好比是鱼肉咖喱饭之于我们的身份认同，其代表着有关于我们的归属感。

达潘·高什从加尔各答附近的一个小镇赶来，他乘了一个半小时的火车，就是为了给诵诗会的人拿来他编辑的最新一期杂志，杂志的主题是关于西蒙·波伏娃。达潘同时还在编辑一套关于苏达班的图书。苏达班是大量孟加拉虎栖息的、世界上面积最大的单块潮汐嗜盐红树林，位于南孟加拉。达潘正在整理收录大量关于苏达班红树林的文章，他对杉迪普说，"这本书可是个大部头，而且一定价值不菲"。

我和达潘聊起了关于苏达班红树林守护神的故事。传说红树林中一共有两个守护神，一个守护丛林免受鳄鱼的攻击，另一个是叫作达克星罗伊的神仙，它可以保佑丛林免受孟加拉虎的攻击。达潘告诉我，有一座寺庙里就供奉着达克星罗伊神，里面有一座比真人还大的雕像，那便是达克星罗伊，这位神仙穿着裹裙，留着小胡子，手里还举着一把猎枪。"从锡亚尔达上车，坐到罗基甘达布尔的那趟车，在多普多皮下车，然后花三卢比坐人力车，就到苏达班了。去吧，去那儿看看。"达潘对我说道。

这时候又一个男人来了，他的衬衫规矩地塞在西装裤里，手里拿着对开的文件本，很显然是刚刚下班。该男子家附近的文学俱乐部最近举办了一个短篇小说比赛，他来这儿的目的就是想问问看，杉迪普能不能提供一份相关小杂志的名单，想联络看看有没有出版那些短篇小说的机会。

杉迪普并没有任何手写的杂志清单，那些杂志早就在他的脑子里了。他建议那个男子去一个书摊找一份目录，男子记下了杉迪普说的书摊名字。然而他并没有就此起身离开。

"我从来没想到过会有这么个地方。你也是个收藏爱好者吗？"男子问道。

杉迪普听了这话便开始依次拿起他桌子上那些稀奇古怪的玩意儿，并向男子一一介绍起来。他打开了一个顶针大小的记事本，说道，"我每天都往这里面记点儿什么，有的时候人们的确会忽略那些看似微不足道的事情"。

接着杉迪普又拿起了一个小小的鼻烟盒，打开后里面是一个更加小的象头神，小到你需要用放大镜才看得清它的样子。之后他给我们看了一个迷你花瓶，花瓶里竟然还放着一根辣椒，辣椒的柄是弯曲起来的，整体看上去就好像是把一把雨伞放在了一个底座上。杉迪普看着这个摆件不禁失笑，说道："我不知道为什么会有辣椒出现在这儿，这本来应该是为了插鲜花准备的啊，但是我刚刚又想了一下，为什么最终这儿放的不是花呢？大概总有些什么原因。"

这些年来，我在加尔各答遇到过不少像杉迪普这样的人，他们一心扑在这些看似完全无用的兴趣爱好上，并且乐此不疲。他们中的有些人收集火柴盒，有的人热衷于蜡像雕刻，还有人喜欢用废弃零件制作相机。从表面上看，他们似乎和美国那些漫画家、收藏家还有二手古董车改装爱好者有一些相似的地方。我们理解的所谓业余爱好，事实上本该是一项休闲活动，是在你有多余的时间和手头有多余的钱的情况下，可以去经营的"副业"。而在加尔各答，这一切都不同了，在这儿你只需要每天在工作单位露个面，待上几个小时，随便做些什么然后等着月末发薪水就是了。在这里，工作反而像是业余爱好一样。那些兴趣爱好反而变成了一些人投入毕生精力的事业。

* * *

学院街由印度学院、加尔各答总统学院、药学院以及加尔各答大学组成，这些学校大约占地两个街区。这四所由英国人创办的学校见证着不少孟加拉人从青年到中年的成长和变化。学院广场被四所学校包围，附近有一个公共泳池。每到季风雨季的时候，不仅是泳池里有水，整个学院广场和学院街的其他地方到处都是水。

在学院街上流传着这么一句话：一个撒尿的蛤蟆都可能引发一场洪水。我记得十年前，我就是和我的表弟乔伊蹚着季风雨季的积水，到加尔各答大学来陪他拿他的过渡成绩证书的。我和乔伊一起长大。这些年，我在加尔各答和美国之间来来回回：水牛城——加尔各答，圣路易斯——加尔各答，我的生活轨迹就是在这些城市之间摇摆徘徊。乔伊却一直很稳定地待在家乡，从出生到大学毕业，都住在他位于巴勒干戈的公寓里。在许多个夏日的午后，我们一起打板球，在寺庙前打自制保龄球，在死胡同里快速地绕着手臂重复着自得其乐的游戏。在加尔各答，乔伊的朋友也是我的朋友。在这些伙伴家的屋顶上，我学会了踢足球，我们用网球代替足球，在那儿，我学会如何巧妙地绕开防守者和房顶上的晾衣绳，灵巧地带球过人。在我回到加尔各答到《政治家报》

工作后，也是在同一个屋顶，我学会了抽烟。

　　曾经有一回，我们来学院街是因为乔伊即将要到贾瓦哈拉尔·尼赫鲁大学读硕士了，他要到德里去了。像我们这一代人中的许多人一样，他离开加尔各答是为了寻求更好的发展。但是这更好的发展的前提是，需要在加尔各答的他的本科学校提供过渡成绩证书。像那些债役工一样，他必须先被加尔各答大学释放，然后才可以被贾瓦哈拉尔·尼赫鲁大学接收。想要获得这个过渡成绩证书需要好几周时间。就好像玛吉努在沙漠当中寻找莱拉却无果一样，不少想要获得过渡成绩证书的年轻人们为了这张纸也是大费周章，常常迷失在各种学校职能部门和文员之间找不到方向——通常的状况是，当你进入你自以为是相关部门的一个硕大房间时，你会看到里面一排排桌子上摆着成堆的文件，文件后坐着一些穿着衬衣的男人。这些男人一边解开衬衫的头三颗纽扣，一边抱怨着，"瞧瞧这天气有多潮"，然而他们却并不对你的问题多加理会。

　　将孟加拉姓氏音译成英文的话，事实上会出现很多不同的版本。举例来说，比如我姓乔杜里，那么写作英文的话，写法可以是"Choudhury""Chaudhuri""Chowdhury"，也可以是"Chaudhry"。在我们家，我使用的是"Choudhury"，而我的姨妈和表兄弟们则选择了其他形式的英文拼写。其他姓氏也是如此，从孟加拉语写成英文都会有不同的拼写方法。就好像在英语世界，人们都知道

"Robert"和"Bob"实际上是同一个名字的不同变体，在孟加拉语里，"Banerjee"和"Bandopadhyay"也是类似性质的同名变体。然而，在加尔各答的大学体系里，学校会提供对应每一个姓氏的所谓官方英译版本。如果说你的出生证明上写的是"Choudhury"，而学校只接受"Chaudhuri"这个版本，那么接下来你就需要填一大堆表格证明自己的身份，还要去巴结学校里负责修改名字的文员，我的意思是你需要请他们喝杯茶或者至少做些类似的事情。就好像耶和华、艾丽斯岛[1]，还有《美国家庭传奇》当中的奴隶主一样，在加尔各答，大学也同样被赋予了可以给予一个人名字的权利。在它颁发的那张证书上，你从"Choudhury"变成了"Chaudhuri"，这改变确定无疑，然而随着姓名的更改，他们却并不能够预见你的未来会因此有什么变化，而知晓这一切的，可能只有命运本身罢了。

在某个季风雨季的早晨，当你蹚着及腰的积水，脚下踩着狗屎就为了去拿一张过渡成绩证书，你对未来和人生的恐惧感会格外强烈。不过唯一令人稍感欣慰的是，由于乔伊的爸爸是一名退休教授，所以我们仍然可以受到一两个学校办公文员的照顾。多亏他们的帮忙，我们只花了六个小时便拿到了那张证书，就这样，乔伊被他的学校释放了，被加尔各答这座城市释放了。

---

[1]　作者在这里所提及的艾丽斯岛，便是其在文本最开始所提到的移民者在到达美国后的第一站。

十年之后，我们两个再次来到学院街的加尔各答大学，是为了帮助乔伊的母亲，也就是我的姨妈办些手续。姨妈刚刚做了手术，我们带着一百多页医院账单、药房收据和一系列医生证明，一式三份复印并且整理好，来到学校提交这些文件，它们将会被用作姨妈的保险金领取证明。乔伊那时已经是德里一所大学的教授了。外婆的去世使得唯一维系我们和这座城市联系的绳索也断开了。我生病的姨妈和姨父，虽然不那么情愿，但还是跟着乔伊开始了背井离乡的生活。学校的文员仔细检查了我们带来的材料，在其中一页文书上发现养老院写错了出院日期，而其他的文件上的日期全是正确的。那位文员对我们说道，"你们必须重新去养老院开一份出院证明"。

他这么一说，我便立刻在脑子里过了一遍接下来要走的步骤：首先我们得先去医院找到是哪个工作人员写错了日期，然后想办法说服他，让他意识到错误是他造成的，接着让他开一份新的出院证明，然后再找到我姨妈的主治医生在证明上签字，最后拿着签好字的文件回到学校找这个文员。如果想要把这些手续全部办妥，那就意味着我要花无数天的时间在加尔各答大学如金字塔一样令人摸不着头绪的行政体系里来回打转。我正发愁时，那位文员先生改变了主意——或许他是突然想起了我的姨父是退休教授——自己把出院日期从"4日"改到"5日"了。

当我们办好事走出学校大门时，一群人从周围围拢过来，冲着我们小声说道，"兄弟有什么需要吗？你是大一的还是大二的？"

在学院街上，这些书店老板卖书的方式总让人联想起有些地方的毒贩子交易毒品的情形。学院街沿路都是用栏杆隔开的一间间书店，它们就好像是大型的金属饭盒，分散在学院街的四所大学中间。打开这些"金属饭盒"，你看到的便是一个个堆满了书的摊位。在整条学院街和周围的小巷子里，有上百家大大小小的书店，这使得学院街成为地球上最大的图书市场。所以在孟加拉，我们也把学院街叫作"书街"。

有人说如今在学院街你再也找不到什么好的二手书了，但是在我看来，那里仍然有一些值得一看的珍品，尤其是在总统大学附近的那一排书店里。你可以找到一些非常珍贵的二手书，比如早期出版的奈保尔的平装书，关于19世纪殖民地法律的学术书籍，还有一些中文的关于中国历史的桌边读物。这些书籍被随意地堆放在柜台上，并没有人特别去给它们分类。有时候我会发现在十几本书下压着格雷厄姆·格林的《安静的美国人》，这时候我就需要充分发挥自己在玩叠叠乐积木时的技巧，小心地取出《安静的美国人》但又不能让上面的书倒下来。然后我会装作一副并不在意这本书的样子，向老板问道，"这种这么旧的玩意儿怎么卖？"书店老板大多都不怎么了解英文书籍，所以一般他们会随意叫一个他们期望的价格，然后告诉我这本书是如何有名，再三强调这可是国外来的经典书刊。通常我会要求半价成交，每到这时，老板总是会露出一副犹豫的神情，然后我便会顺势翻开书说，"你看看这好几页都掉了，半价吧"。老板通常会拒绝我头一回的杀价要求。这时我便会装出一副要走的样子，而即便是到这个时候他也多半不会阻拦。但当我真正一脚已经踏出书店的时候，他则会叫我回来，然后我们就可以谈成双方都满意的价格了。最后我多半会买走至少两本或者甚至更多的二手书，然而回到家我却几乎从来不会翻开它们。

在二手书店闲逛时，我常常能在旧书堆里瞥见高尔基的《母亲》，侧面露出的书脊多半已经磨损得很厉害了。在我十二岁刚刚搬到新泽西的时候，我记得那时我正在读的书就是《母亲》，那是从乔伊那儿拿的。那时候我刚到海兰帕克，刚刚进入美国中学，新环境时常让我有种不知所措的慌乱感，图书馆成了我唯一的避难所，是的，就像是可以给予老人、无家可归的流浪汉，还有精神病患者保护和慰藉的避难所。在那儿，我读了不少作家的书，这其中包括哈代、伍德豪斯、阿加莎、菲茨杰拉德、科沃德、海明威、王尔德、黑塞、切斯特顿、毛姆等。我的父母和老师并不会干涉我去读什么样的书，我只是凭自己的兴趣。我读书没有什么特别的原则，只要是我听说过的并且我认为他们是很重要的作者，那么就会去阅读他们的作品。毫无悬念的是，大部分这些知名作家的书仍然在加尔各答学院街的二手书店随处可觅。除去读这些所谓著作，我还有另一种阅读方式，那便是像一个自学者一样，我会在图书馆的书架上挑来所有书名里带有"印度"的作品来读。这其中包括尼拉德·乔杜里、莫罕达斯·卡拉姆昌德·甘地、R.K.那拉杨、V.S.奈保尔、安妮塔·德赛、吉杜·克里希那穆提、拉加·饶、皮柯·耶尔的作品，甚至连 H.R.F. 基廷写的警探高特的一系列侦探小说也在我的阅读清单之中。有趣的是，尽管基廷虚构的是一位孟买警探的故事，他自己却是从未到过印度的英国人。在我搬到海兰帕克的新家后，我从未在学校或者其他地方的公共图书馆找到过高尔基的《母亲》。究其原因，可能是由于高尔基曾经是苏联作家，而《母亲》则是一本讲述苏联工人逐渐觉醒革命意识的共产主义小说，这种类型的文本在 20 世纪 90 年代初的美国几乎是很难找到的。之后在美国的那些年，但凡每次我走进一家书店都会习惯性地去找《母亲》这本书，但是几乎每次都是无功而返。

在回到加尔各答不过几周的时间，我便在学院街的一家旧书店找到了一本《母亲》。书的原始封面可能因为过于老旧已经被撕了下来换成新的简易封皮，封皮上用马克笔潦草写着"母亲"。尽管如此，我还是买下了它。经过了十年时间，我终于得偿所愿。对于我来说，这本书让我有了一种回归的感觉。

说来有趣的是，我从来没有读完高尔基的《母亲》，似乎从童年时代起我读书就是虎头蛇尾，到现在也没有什么改变。常常是

《母亲》才读到一半，我便又去读其他书了。

* * *

　　当我还在加尔各答男校读书的时候，每学年我们都要经历三次学期考试。每次考试至少要考查十几门科目，准备这些考试通常需要耗费一个多月的精力，那简直就是一场浩劫。在备考期间，加尔各答但凡有学生的家庭大多都是如此一番光景——妈妈们每天一副担心的神情，或者靠催促或者靠哄骗，为的只是让孩子再多看几页书，她们还要忙着给复习的孩子准备好热牛奶倒在玻璃杯中然后放在他们书桌边。相比加尔各答的一年级期末考试，SAT 这类美国学前测验的难度在我眼里简直不足为道。我在美国参加过的任何一场考试，哪怕是在美国研究生院的阶段资格考，都从来不必像在加尔各答的考试那样，需要机械地大量背诵课本。同时，在加尔各答参加的学期考试总是带给人满满的竞争和压迫感，这一切使人焦虑，而美国的考试则轻松不少。

　　在加尔各答上学的时候，每次考试过后，学校都会为我们排名。排第一的孩子的地位如果在美国学校来说，就相当于校橄榄球队的四分卫选手一样，二者应该都算是学校最受瞩目的学生了。那些排名第一的孩子通常戴着框架眼镜，并且头发总是有些油腻，但是这并不影响其他孩子对他保持尊敬，同时，第一名也常在老师那儿享有如同外交豁免权一样的特权。其他孩子的妈妈则总是希望能从第一名的妈妈那儿获得一些教子经验。哦，差点儿忘了告诉你们，在加尔各答学期考试的时候，几乎每天你都能看见妈妈们在校门口排着队等待着把热腾腾的鱼肉咖喱饭便当送给孩子当午饭吃。我的便当盒里通常只有早上从家里带来的冷的黄油三明治，因为我妈妈是科研工作者，所以在这方面她并不怎么有时间来关心我。

所有这些年来，母亲们的操劳和孩子们历经的大大小小的考试，最终都是为了十年级和十二年级的升学考试。在 2009 年一共有六十万名的十年级生参加西孟加拉邦的升学考试。我记得当时第一名的照片被登在了报纸头版，那张照片就在国家议会选举的文章正下方。但打开报纸，内页的报道则是关于那些考试失利最终选择自杀的孩子的新闻。说到自杀，通常被另一半抛弃的恋人会选择喝硫酸的方式自杀，而考试失利的孩子则大多选择上吊自杀。

对于每一个孟加拉家庭来说，它们的终极目标是培养出一个医生或工程师。想要从事这两种职业，都必须经过层层选拔，第一步便是在十二年级的考试中取得好成绩，也就是我们常说的孟加拉联考。对于孟加拉的孩子们来说，在十二年级的时候，基本上那些大大小小的考试就已经决定了你今后人生的走向。成绩成了衡量你人生价值的标准。每年都有关于学生因为升学考试自杀的新闻出现，随着这些新闻的出现，总会有人谈论如何减轻学生负担和学习压力，或者提出取消一部分考试来帮助孩子们减压。然而这并没有带来什么实质改变，人们反而变着法地想要利用各种"捷径"来应付这些不得不面对的考试 —— 市面上多出了更多类型的参考书，更多样的补习班，以及一年比一年厚的往年试题汇编。越来越多的人寄希望于借由这些捷径在学业上顺利通关。

5月是学院街上最热闹的时段，因为那象征着新学期即将开始。在学院巷里，每当5月到来的时候，查雅出版社的门店前总是会支起一个可折叠的金属门，那种金属门就是在一些卖酒的商店前会出现的东西，其作用都是为了防止由于排队人数太多而出现踩踏事件。同时，一些穿着制服的临时保安也会站在一边等着维持秩序。一群来自全国各地的经销商会挤在出版社大门口，在等待的间隙，这些人会彼此之间开开玩笑聊聊天，他们就好像一个临时组成的街道社群一样，彼此之间总能迅速热络起来。他们有的来自巴尔达曼，有的来自穆尔斯希达巴德，还有的来自纳迪亚，每一个人都带着好些那种在鱼肉市场才会见到的大型编织袋。他们在等着叫号，待轮到时他们便可以把编织袋塞满，然后带着这些编织袋连夜赶火车回去他们在乡村的家。

自20世纪70年代以来，加尔各答的图书产业便渐渐为考试练习册所主导。大部分摆放在书摊上显眼位置的在售图书都是像《优等生》《竞赛成功手册》《马诺拉玛年鉴》这一类为升学竞赛准备的练习册。事实上，到如今，各类教科书之于整个加尔各答出版业，就好比《普林斯顿评论》系列辅导书里专门针对类固醇研究的别册，它们只占出版物总和当中很小一部分比例。出版商早就意识到借由年轻人的焦虑感来兑现钞票并非易事。查雅是学院街上最大的教科书出版商之一，然而，它的大部分业务并不是教科书，而是诸如练习册、工具簿、伴读书目、参考书等一系列指向性明确的书，尽管名字略有差异，但它们全部都是用于帮助学生以更快捷的方式准备年度升学考试的工具书。有人说过一本书是打开一个世界的窗口。对于这些书而言，它们最重要的功能便是帮助学生免掉阅读其他书籍的麻烦，直接切入考点，好让学生迅速通关。

在查雅出版社位于学院巷的办公楼一楼，我遇到了 T. 戴伊，他三十岁左右的样子，头发挑染成红色。这大概是他每年最忙碌的时候，他的手机响个不停。几周以来当那些保安守在出版社大门口的时候，戴伊就像个在难民营进行急救的医生一样到处穿梭。

戴伊说在过去几年，人们事实上对于参考书的需求已经没那么强烈了，但是如今练习册又成为市场新宠，这主要是因为对于备考的学生来说它们是必需品。在学年中期，查雅出版社销售代表的任务便是向全邦的教育工作者展示他们的样本书籍。他们的目标便是确保学校的教师最终会选择并且订购这些图书。戴伊说，"图书市场其实和医药市场那些医药代表的工作模式很相似，老师为学生开处方，学生便会反过来向图书经销商寻求这些书目。然后经销商再找到我们。事实上我们才是真正创造需求的人"。

那些最热门的练习册的首版印刷量通常是十万册。查雅出版社的这些书目提供了成体系的答题套路，只要背下这些套路，那么你就可以应付考题。这些书的编者通常都是些名师或者教授，书的封面常常会把这些编者的资历印在显眼的位置上。比如像《高年级英语指南》，这本在十一年级和十二年级生中最畅销的英语教材伴读读物就是由一名退休教授编写的，在封面上，他的名字后面跟着长长的一串头衔，包括"双硕士""文学硕士""博士"。有了这本书，你就再不用去读《老水手之歌》，约翰·奥斯本的戏剧，或者是《凯撒大帝》里马克·安东尼的演讲。那位学位等身的教授会在这本书内针对十一年级和十二年级指定的阅读材料的每一个问题，根据规定的单词长度给出答案。与此同时，书中还提供了近14年以来高年级升学考试的样卷和标准答案，学生只要记下这些答案，在考试的时候遇到类似问题照搬答案就是了。有了这本书，或者是其他来自学院街上的任何一本类似的练习册，你便可以免去痛苦地思考问题这个环节。你只需要把答案囫囵吞下去，等到考试的时候吐出来就可以了。

"你在大学主修什么专业？"戴伊问道。

"政治学。"我说。

"那这么说你一定要读尼玛伊·普拉玛尼克教授的书，要知道，这位教授在孟加拉已经出版了好几本针对本科生、授课型硕士和研究型硕士的政治学科辅导笔记了。"见戴伊企图开始推销，我便告诉他自己是在美国读书的，不需要他的推荐了。

戴伊对我的反应十分不满意，他抱怨道，"我是信任你所以把这些信息都告诉你了。我怎么知道你是不是我的竞争对手？"

最后戴伊还建议我给自己做一张名片。

* * *

在学院广场后面，有一条条小巷子，那些巷子比我的起居室还要窄。每一条巷子两边都挤满了我说起过的像大型金属饭盒一样的书店，每一间书店门口都堆满了亟待出售的书。站在一条分岔路口，我选择了更窄的一条巷子，因为越窄的巷子通常越有趣。那条窄巷子里挤满了书摊，路两边成排的树荫和大块儿的蓝色防水布在书堆上投下阴影。在沿路的一个书摊上，我发现了一本叫作《浪漫短信指南》的口袋书。这里面的内容是一些英文版的乌尔都语情诗，只不过这些情诗是被编辑压缩成了适合短信长度的句子。翻开这本口袋书的第62页，映入眼帘的是一个拿着手机的男人的漫画，旁边则配文："我的相思病无药可救，我早已听到我心上人那还未说出口的话。"

类似《浪漫短信指南》的短信指南口袋书还有很多，任何人只要拥有一部手机和需要发送短信的对象，那么都可以通过这种短信指南轻易找到已经完全编辑好的短信。值得庆幸的是，还好还没有人出版像《道歉短信大全》这样荒谬的口袋书。这让我想起了那些教你如何撰写暑假社会实践文章以及帮助你分析圣雄甘地文章的参考书，你甚至都不需要真的去做什么暑假实践，也不需要真正去读甘地写的任何篇章，参考书就能告诉你一切你想要快速了解的信息。这些口袋书也是如此，你不需要去阅读和背诵米尔扎加利卜的对联，也不需要写下古尔扎尔的电影主题曲的歌词来打动你未来的女朋友。只需要一本《浪漫短信指南》，似乎一切都可以搞定，看，连爱情都可以通过死记硬背的套路来实现。

　　走在巷子里，我周围是川流不息的自行车和人力车，车子上载着图书封套、校样，以及成品书，有的捆在一起，有的则松散地摞在一起。正当一辆坦普牌卡车企图朝巷子外驶出的时候，一辆刚刚开进巷子的大使牌出租车恰好和它头对头挤在了一起。夹在两辆车中间，一些人力车自顾自地停了下来，车夫不去理会这糟糕的路况，一路小跑地到街两边的书店去送货。堵在一起的人们冲对方互相叫喊着让路，但是事实上并没有谁移动得了，只有行人能够在其中穿梭自如，而这些来来往往的行人事实上使本来就已经拥堵的路况变得更加糟糕了。就在这附近的人行道上，一个男人独自蹲在地上，眼前摆着一个茶色的玻璃柜子，柜子里有白炽灯泡做照明，里面摆满了鸡肉馅饼，他像往常一样经营着自己的小本买卖。

　　几家大型出版社控制着学院街四周像群岛一样的地块。它们在办公楼和门店周围，把区域划分成了不同的区块，这其中包括车间、印刷部和装订部，这些具有不同职能的部门夹在一道道巷弄和沟渠之间，书籍制造所需要的脑力和体力工作都在这一带完成。人力车夫拉着货物在巷子中穿梭，送货员肩上扛着装满书的麻袋四处奔走，这无时无刻不再喧嚣的地方成了无数人谋生的场域。穿过街道进入小巷，穿过小巷再进入更窄的沟渠，然后再深入便是豁然开朗的一片庭院——学院街随处都是这样曲折的结构，整个图书产业的运转和推进发生在各式各样的书店和狭小的印刷室里，也发生在人力车的行进和快递员的步伐中。

　　走出学院街，我转入了一条只有一码宽的小巷。走在这条叫作纳宾昆杜的巷子，你会首先经过一个点心铺子，接着是一个开放式的垃圾场，再然后是一座供奉着栩栩如生的神像的伽利女神庙，这神像似乎总是略带愠色地盯着神庙前的烧烤摊。除此之外，巷子里还有几家出版社的办公室。纳宾昆杜巷的尽头可并不会有什么豁然开朗的庭院，一直走只会把你带出学院街的范畴。从巷子尽头走下两级台阶，我便来到了纳仁森广场。在一个露天的摊子坐定后，我和这儿的熟客一起一边喝茶，一边兴致勃勃地看着泥土地面的广场上正在进行的板球比赛。除了我们之外，一个穿着白色睡衣的老人站在自家阳台，同样向比赛的场地打望着。我暗自想着，这些能够在市中心观赏如此完美的城市一角的人，是何其幸运。

之后，我跟着一辆人力车进入了另一条巷子，巷子的一边是看上去还算不那么破败的贫民窟，另一边是那些中产阶级律师们的别墅。无论是贫民窟还是别墅，这些建筑的门面房全部租给了出版社做工坊还有印刷室用。一个妇女穿着棉质纱丽坐在其中一间房子的门廊处，门廊是典型的加尔各答建筑会有的那种式样，那位妇女刚刚为头发抹了油，看她的样子我本以为她是打算一边晒太阳一边和邻居闲聊。而事实上，她旁边放着一叠差不多两英尺高的还没有装订的宣传册内页，那些内页是刚刚才从工厂打印出来的。妇女把这些内页对折成一本本小册子的样子，小册子的封面显露出来，上面写着"加尔各答大学"。

在经过一座洋房的窗口时，我看见里面露出了纱丽的一角，便冲窗户里吆喝道"大姐，在吗"，话音刚落，窗口便出现了我叫作"大姐"的那位妇女，她从窗口的金属栏杆缝隙间伸出手来，递给我一包宏愿牌过滤嘴香烟，这场景和电影里那些秘密交易违禁品的画面颇有几分类似。这个窗口其实是一家香烟店，可是这里没有店面，没有柜台，也没有通常用来摆列香烟的金属盒子。走到巷子的尽头，我发觉自己竟来到了圣保罗教会学校，没错，就是我的大舅曾经的母校，就是在那儿，在阿姆赫斯特街，在某一个 8 月，他从"小不点儿"变成了阿肖克。

　　再向右转便是斯塔拉姆高什大街，这条街上有更多的印刷作坊，在各种门面房前，一些男孩儿蹲在炉子前面，加热着一块块印刷用的金属薄板。我面前经过的一个骑着自行车的男人，车上带着一块卷成筒的这种金属薄板，估摸起来展开来怎么也得有一张双人床那么大。薄板上印着的是数学公式和图表，看来要出版印刷的是本几何书。在这儿逗留了一小会儿，我便径直进入甘地路，那里主要是一些印刷结婚喜帖的工坊。再往前走我便又回到了本尼塔拉巷，在这条巷子里聚集着更多的所谓工作室、出版社、小杂志办公室，这条巷子连接着学院街那一大片区域。在这儿的老宅子里，走进每一个庭院都别有一番洞天，有的房子被改造成了一家小店，有的是印刷车间，有被用作是仓库，有的被当作网吧在经营，还有的变成了补习班，总之各式各样你想得到或者想不到的生意都可能在里面出现。在这交错的小巷子里，附近住户的家庭生活也一一展现在路人眼前。在庭院、走廊、沟壑、巷弄和街道之中，私人住宅的公共属性和公共空间的私密一面微妙地融合在了一起。整个学院街的一切形成了一个连体的世界，无论是狭窄的巷子、路边的防水帐篷还是树木，都成了不可分割的整体，它们让人感到和谐、亲近，和莫名的归属感。有的时候，庭院比街道还要宽敞。有的街道带有台阶，让你误以为那是谁家的洋房。我时常会困惑我究竟是身处在某个空间之内，还是在其之外。那感觉就像是进入了莫里兹·柯尼利斯·艾雪版画里那让人产生错觉的空间世界。对于我来说，学院街不仅仅是一条街道，它更像是由图书堆砌成的一座迷宫。

* * *

学院街转角的咖啡屋连接着班克姆·钱德拉大街，这条大街是以印度首屈一指的作家班克姆·钱德拉命名的。每天下午你都可以看见一群羊悠然地从班克姆·钱德拉大街穿过，它们日复一日地穿行在一家家书店，把这儿当成了它们的牧场，这四十只左右家伙最终的目的地不是别处，而是屠宰场。赶羊的是一位上了年纪的男人，《圣经》里所描述的牧羊人在现实中大概就是他这个样子吧。如果偶尔有哪只羊想骑到它的同伴身上好找点儿乐子，牧羊的老人会立刻用鞭子把它赶下来。

快跑！我心中默默冲那些羊喊着——快些和你的伙伴们逃离这死亡之旅。你们只需要朝着不同的方向沿着那些沟壑向外跑，跑过人力车，跑过印刷作坊，跑过那些折着小册子的女人，你们便自由了。可这根本不可能，这些羊实在是太温驯了。

明明这一切是我们的错，可为什么最终受到惩罚的是羊呢？几千年以来，我们都是靠同样的方式养殖绵羊，那些企图逃跑的往往总是首先被屠杀的，于是便没有后裔能够继承这些"壮士"的勇气。那些温驯的羊总是试图挤到羊群的最中心，被它们的同伴团团围住，这样它就可以被免去过早凌迟的命运，从而活下来繁衍出像它一样温驯的后代。所以一代一代下去，加尔各答的每个人早已经习惯绵羊就是温驯的这个设定。

从殖民时代开始，加尔各答的人们就开始被以"温驯的职员"的模式被"饲养"。英国人带来了西方教育，使得我们学会用他们的方法来为庞大的日不落帝国夜以继日地工作。

我们接受标准化的训练，坐在作家大厦和周围其他的建筑里，重复着复印各类账目的工作，然后等着每月领取工资。在加尔各答，曾经流行着这么一个说法，如果一个死苍蝇不小心被夹在账本的一页里被送去复印，那么负责复印的文员业务熟练到可以打死另一只苍蝇，并且准确无误地将它放在和上一张账目死苍蝇留下痕迹的同一位置处。所以在孟加拉语中，人们常常会把在公司上班的员工说成是"拍苍蝇的职员"。这并不需要什么特别的本事，和考试一样，无非也是记下笔记然后生搬硬套到工作里就可以做的差事。你需要做的只是一味地复制，这里不需要创新。从一开始，加尔各答所谓的"现代教育"就遵循着这样的模式。

在殖民时代，殖民教育使得加尔各答不少人成为那些贸易商所需要的、操作熟练的办公室职员，而现在，在所谓备受推崇的科技浪潮下，新一批的办公室职员登场了。在第五科技园和其他科技园区，我们不再需要像在殖民时代那样填写各式各样的分类账本，取而代之的是那些美国跨国公司的后勤办公室的员工，他们正夜以继日地填写着那些占满电脑屏幕的编程代码。

就像那些绵羊一样，或许我们本不该是被指责的对象。为了安然生活，你必须通过考试，然后获得学位，觅得一份像在第五科技园那样的工作。这份工作虽然有可能会扼杀你对生活的热情，但至少不会让你饿肚子。或许两百年后，像"拍苍蝇的职员"那样只会复制粘贴的熟练工会再次成为主流，对于这可见的未来，谁又会感到惊讶呢。

* * *

办完手续后，乔伊便带着他父母去德里了。可两星期后，我突然接到我姨父的电话，他说，"有个问题。那些办理保险金的人寄了封信给你姨妈的大学，他们说出院证明有被篡改过的痕迹"。

原来是那个帮我们把日期从"4日"改成"5日"的文员做事做了个半吊子。没办法，因为他的失误，我不得不又花了两天跑遍了整个城市的大大小小的相关部门，就为了修改那个字迹模糊的数字。

然而讽刺的是，即便这座城市看似对这类极为细小的错误都颇为严苛，你却可以在这儿获得任何你想要的伪造文书——包括出生证明、商业收据，甚至是学位证明，所有这些你都可以用便宜的价格获得。

在新泽西，我父亲仍然将一个他加尔各答老同事的名片放在钱包里并且随身带着它出入各种场合，在一些派对上，他总会拿出这个名片来一场小小的恶作剧。那张名片上是这么写的：

哈利达斯·帕尔 教授 / 上校 / 主治医生

爱丁堡皇家医学院

荷兰莱顿 DOS 舞蹈学校

哲学博士 法学硕士 人文学科博士 科学家

高级顾问头颈外科医生和肿瘤科医生

卡提哈尔医学院头部和颈部外科教授

加尔各答大学法医系访问教授

印度政府刑事侦查培训学校

被列入美国国际杰出领导力名人录中

被授予英联邦荣誉

前加尔各答医学院医疗口腔外科教授

奇塔兰詹癌症医院医生

伊士曼牙科大学医院讲师

意大利医院和伦敦威普斯克洛斯医院

著有 11 本医学著作和 1 本法律著作

每当你读完名片上长得令人咋舌的这一串"成就"时，我父亲总是狡黠地一笑，告诉你"这个人实际上就是个牙医"。

沿着甘地路，你想要的任何成就都会被这里完整的产业链"合法化"。夹在那些卖书皮纸、卷筒纸、金属夹和订书机的文具店中间的便是构成这条产业链的商店，那里提供印章制作、名片印刷、奖杯奖牌雕刻等各种业务。作为一个从来没得过奖杯的孩子，我也不是没有想过给自己弄一个比如"队长"或者"最佳前锋"之类的头衔。对于现阶段的我，更实际的是给自己弄张名片，否则的话，在加尔各答，我完全会被当作一个什么都不是的人。

这让我想起了叶芝的诗：

为了组合这甜美的韵律，

我是用尽了多少功夫，

但却总被那些多嘴的银行家、教员，还有传教士认作是游手好闲，殉道者说这些人的世界才是世俗的世界。

偶尔我也会羡慕当年那些办公室文员。我也希望每天的日子就是在文件上盖章，做些无关紧要的案头工作，并且一厢情愿地认为自己的职责是无比重要的。

有一天我在甘地路上随便找了一家打印店打算印名片，店里的一个伙计把我带到位于一个沟壑边上的一间小房子里，进到房子里我被告知需要脱鞋，这让我想到那些印度教徒进入祷告室时的情形。店里一个年轻人正坐在电脑前忙碌着，屏幕上是他正在设计的婚礼请柬的装饰纹样。电脑后的墙上贴着各式各样的名片样本。其中一个名片样本上印着拼贴画风格的彩色兰博基尼跑车还有缩小版的波音747。

"这是给一个社区汽车租赁公司印的"，坐在电脑前的男人说道，"你的活儿做起来可就容易多了"。

过了二十四个小时，我的名片印好了，"库沙那瓦·乔杜里，博士，研究员"。看，我终于也是个有身份的人了。

* * *

来到帖木儿巷这附近参加布得拜克尔诵诗会的没什么名人，诸如萨尼尔干古力那样的诗人都有自己的诵诗会。但是在这儿，任何一个写诗的人，哪怕只是第一次写诗，都能够在诵诗会上朗诵自己的作品，收获自己的听众，甚至还可能有机会在某一本小众杂志上发表这些作品。曾经有一位作者提醒过我，说文学创作这行里的门门道道可多得很，其中不乏各种尔虞我诈。往往诗人关心的问题总是谁会出版我的诗歌，而出版商关心的则是谁来捐一百卢比给我，好让我的杂志继续运转下去。

不少来参加诵诗会的人其实都经营着自己的小杂志，比如像扎加班杜·昆杜就有自己的杂志，叫作《文学之桥》，那是一本专门发表文学评论、诗歌和短篇小说的杂志。昆杜刚刚做了一期别刊，是关于泰戈尔生平的，他不久前才从加尔各答附近的胡格力县政府退休，现在主要精力在于练习顺势疗法以及经营自己的杂志。

一天晚上，兰詹前辈有感而发地说，"听听看我们这里的这些诗歌和故事，我总觉得我们陷入了某种困境。我想听听扎加班杜对这个问题怎么说"。

扎加班杜本人是个高个子，平常话不多，有些驼背，其身形从侧面看让我想起打弯的棕榈树叶。扎加班杜说反复谈论那些旧的东西已经不合时宜了，读者希望看到的是那些当代主题。

"这不就是那个老生常谈的问题吗？到底是'为了艺术而艺术'，还是'为了人而艺术'。很显然你支持后者。"一位孟加拉大学的退休教授如是说道。

扎加班杜一时语塞。他这一生几乎大部分时间都花在市政办公室里，在那儿整理文件，而不是像那位教授一样在大学院系里工作。"当然了，你当然需要考虑读者的反应。有多少次我听到周围这些伙计读的诗歌时都在想'这根本不是诗歌'，可是我仍然鼓励每个人继续下去，也同样如此鼓励我自己。我们当然都清楚，不是说写下你的想法就算是作诗了。"

"放轻松，这可不是什么学术辩论。"兰詹先生说道。

"想要写诗，你首先需要了解诗歌的发展过程，从泰戈尔开始，到吉巴纳南达·达斯，再到贝诺伊·玛扎姆达尔，和他们之后的诗人，可是现如今哪个诗人会去读这些。"扎加班杜说道。

"是的，你说的阅读的确很重要，我也的确这么说过……"那个受肠炎困扰的妇女突然插嘴。

"我认为有些东西的确正在缺失，我们并不知道诗歌未来的发展方向是怎么样的，但是我们需要努力摸索清楚，然后按照相应的原则去创作。"兰詹先生如是说。

当诵诗会结束，我们一行人要离开的时候，克什亚普被一个突然出现的年轻诗人堵在墙角处。那个年轻男人戴着可变色玻璃镜片，在琥珀色路灯光的投射下，他的镜片变成了棕色，这让他看起来就像那些 B 级电影里常常会出现的恶棍一样。他嘴里念念有词，冲克什亚普说着自己是如何和包括俄罗斯领事馆，美国、瑞典、挪威、丹麦的大使馆有交集，我听来仿佛写诗不是他的本职工作，倒像是用来掩盖他某种特殊身份的工具而已，比方说间谍工作。年轻男子说道，"你应该去看看我在全印电视台的节目，他们整整给了我 50 分钟的镜头"。

这时另一个女诗人经过，询问克什亚普能不能购买一本她的新书，"只要 50 卢比"，她说道。

克什亚普回应道，"15 卢比怎么样，50 卢比可不行，我自己的书都卖不出去，话说我自己的书也只卖 20 卢比一本"。

紧接着克什亚普转过头去对那个年轻男子说，"那你肯定在南丹文化中心见过我了，我曾经在那儿办过五天的个人展，那些人对我的作品赞不绝口"。

年轻男子不接话，只是说自己能够帮忙把克什亚普的作品送到挪威，并问他愿不愿意付些钱，"怎么样？ 5000 卢比你肯不肯？"

克什亚普说，"那可不行，1000 卢比还差不多，我最多出2000"。好家伙，这听上去他们仿佛谈的不是文学，而是正在帖木儿巷的角落处密谋着什么军火交易。

* * *

兰詹先生在加尔各答城南的达库利亚那一带有一幢两层的房子，那一带从前可不是什么富裕的地方，现在则多了不少新建大楼。兰詹先生买下那块地的时候，那周围还都是贫民窟，不过再怎么说也算得上资产，毕竟也是城市里的一块地皮。他为了盖那栋房子存了很长时间的钱。

我到兰詹先生家拜访他的时候，他对我说，"有些人总说诗人对钱这种东西无所谓。我告诉你吧，诗人可是对钱很看重的。他们不得不看重钱啊"。

他总觉得，人们在布达拜客尔诵诗会上读的那些诗歌算不上真正的诗歌。他说，"我总鼓励每个人保持持续创作的热情，但是如今写诗这件事儿其实是有技术含量的。你必须极度热爱诗歌创作，并且谙熟这其中的门道才可能成为一个好诗人"。

他说写诗这件事儿有时候看上去是愚蠢的人才会愿意做的差事，因为诗人的宿命似乎就是被遗忘。即便你是最出众的诗人，一代人之后，你总是会被大众忘却。更何况灵感的缪斯总是很善变的——它先是选择了泰戈尔，然后又是吉巴纳南达·达斯，再然后是夏克提，还有乔伊·戈斯沃米。我们只记得这些人，即便是萨尼尔干古力这样等级的作家，人们也不会想起他"诗人"的这一身份。

萨尼尔曾经说过，当他身在美国的时候，觉得世界都在他脚下，但是为了他的诗歌事业，他选择回到加尔各答。但是兰詹先生却说，可惜的是，人们通常只会把萨尼尔当作一个小说家，而不是诗人。

如果说起命运的变幻无常，兰詹先生大概是对这个体味最深的人了。他的父亲曾经是今天孟加拉国首都达卡附近的富裕地主的管家，爱好是在庄园里狩猎、钓鱼以及傍晚在大宅子里悠闲地喝茶。1943年，英国人将水稻从孟加拉农村转移出来，造成当地农民的饥荒，这无异于掀起一场战争。那时候殖民警察在村庄里到处搜刮粮食，使得当地的粮食价格暴涨。而在当时的加尔各答，光景则大为不同，殖民政府仍然保持低价供应粮食，这完全是因为加尔各答是其战争机器的一部分。在孟加拉饥荒期间，有三百万人在农村死亡。兰詹先生的父亲无奈地见证了数百人在他家的庄园附近饿死，后来他心脏病发作，便再无法工作了。

与此同时，印度教徒和穆斯林之间的零星骚乱和暴力事件在孟加拉爆发。冲突在1946年的加尔各答杀戮中达到高潮，这导致后来的分区成为不可避免的事情。在英国人离开的第二年后，孟加拉被分为印度和巴基斯坦。东孟加拉以穆斯林教徒为主导，成为东巴基斯坦（最终成为孟加拉国），而以印度教徒为主导的西孟加拉地区，包括加尔各答，成为属于印度的区域。

兰詹先生的家人和我父亲的家人一样，是来自分治前东孟加拉的印度教徒。他们不得不永远离开家园，搬到加尔各答，成为难民。成为难民这件事，使兰詹先生的母亲受到极大创伤，她始终无力摆脱沮丧的情绪。几年以后，兰詹先生的家已经几近支离破碎了，他年迈体衰的父母不得不靠着一个亲戚不情愿的救济勉强维系生活，家里的两个未成年儿子也不得不想尽办法去谋生。

"那时候我们一家人四散在各处，并且几乎没有任何收入。那些年的日子别提有多糟糕了，我弟弟甚至不得不在高等法院外面靠着卖笔记本来赚钱。"兰詹先生说，他说的笔记本就是他现在用来写诗的笔记本。

印巴分治以后，这令人沮丧的生活打击了他的文学野心。后来兰詹先生在政府的公共工程部门谋得了一份差事，他被驻派到离家很远的印度中部地区去参与安装管井和修建公路的工程项目。

差不多有三十年时间，他没写过任何东西。后泰戈尔时代的伟大诗人吉巴纳南达·达斯也是来自曾经的东孟加拉的孩子，其诗行描绘着令人难以忘怀的梦境，构成那梦境的正是如田园牧歌一般的东孟加拉。但随着分治，这田园一般的世界永远地消失了。达斯在加尔各答事实上一直过着隐士般的生活，然而他的死亡却看起来令人感到意外——他是被一辆失速的电车撞死的。在达斯去世之后的半个世纪里，其作品又开始回归人们的视线，这既包括了作品本身，也包括了其他艺术家利用其作品进行的再度创作。达斯的创作就仿佛是一张在公众眼前缓慢打开的影像作品一样，终有一回吸引了人们的注意。

兰詹先生在他五十岁左右，开始重新阅读和写作诗歌。他从来没在哪儿发表过他的作品，也不认识任何作家。他说自己开始创作的时候已经太老了，对自己没什么自信。一次和出版商偶然的碰面，使兰詹先生得以出版他的诗集。再之后诗集得到了积极的评价，不少作家都进行了推荐，也受到了读者们的好评。同一年，兰詹先生正式退休，然后全身心地投入到诗歌创作中，自那以后，每一次诵诗会他都会来。

* * *

有传言说，在很长一段时间里，学院街都充当着这种诵诗会还有各种其他文学聚会的据点，学院街的咖啡厅则是最热门的聚集地。但在我回到加尔各答的时候，那些传说中在咖啡馆披散着头发，叼着香烟的传奇诗人们早就不见了踪影。从20世纪50年代开始，年轻的作家们开始向南边聚集，把聚会从学院街搬到了惠灵顿，在那儿他们不喝咖啡，而是喝酒。卡拉斯托拉酒吧是惠灵顿地区的一间传奇酒吧，里面只供应当地酒。卡马尔库马尔·玛扎姆达尔就是那个把卡拉斯托拉酒吧变成知识分子的朝圣之地的传奇人物。萨尼尔曾经这么写过，他说卡马尔库马尔·玛扎姆达尔就好像是苏格拉底一样，坐在酒吧的长椅上滔滔不绝地发表着对一些事情的见解，周围总是围着一群认真聆听的年轻人。要知道，玛扎姆达尔在孟加拉民谣、戏剧以及法国文学这些领域的知识都是无人能及的。卡拉斯托拉酒吧孕育了"克里蒂巴斯"那一代诗人，其中包括萨尼尔、沙克缇、杉迪潘以及其他那些使得《克里蒂巴斯》这本小杂志问世的那些诗人。《克里蒂巴斯》对当时那些作家来说既像一个论坛，又像是传播20世纪60年代动荡环境下的不安并躁动着的孟加拉文学的一个媒介。

在暮色中，我在惠灵顿十字路口站定。5号电车从列宁萨拉尼街区径直开下来，左转，然后向北朝着学院街的方向沿路而上，我再一次跳上了电车。当电车驶过堡巴扎尔时，我透过电车的大窗户向外看了一眼：流浪狗在露天公共垃圾场的垃圾沙丘上到处乱窜着；一些摊贩正在街角的小铺子里专心炸着帕拉萨饼，铺子里铺着白色瓷砖，有着明亮的灯光。每个画面看上去都像是一部电影里的一帧画面一样，断续地在我眼前闪过。

尼尔·卡什亚普迟到了。这一周是动荡的一周。负责公共交通的工人以及工厂工人进行大规模罢工，再加上持续不断的暴雨，这一系列状况使整座城市都显得狼狈不堪。在一百英里外的拉勒加尔，这个村庄成为纳萨尔派和邦政府冲突的前线。在我父母那一代，纳萨尔派制造的骚乱使得当年的加尔各答成为冲突的中心。如今，纳萨尔派企图寻求同样的暴力手段推翻邦政府，其行动主要集中在加尔各答附近的丛林中以及印度其他邦的森林地带。在那些 24 小时滚动播出的新闻中，我们看到出没在村邻里的部落居民被武装突击队袭击，我们被告知纳萨尔派的存在对国家安全造成了威胁。新闻画面中，武装突击队手持自动步枪，而那些被称作"恐怖分子"的当地人却只拿着弓箭。这种武器上的不对称的确会让那些原本就对此很敏感的观众感觉到说不出的别扭。

尼尔·卡什亚普一到诵诗会便开始朗读他的诗歌，那天他穿了一件橘黄色的裹裙。他的诗歌是关于拉勒加尔的，"但是枪炮是盲目的。它不知道什么是对什么是错"。

当他读完诗时再次抬头看向了我，并询问道，"你喜欢我的诗，对吧"。不等我回应，他便陷入了兀自欣喜的状态中，一副自得其乐的样子。他重复了一遍刚才的句子，"但是枪炮是盲目的。它不知道什么是对什么是错"。然后用乌尔都语，又重复了一遍"枪炮"

这个单词。我还没来得及弄明白他说的乌尔都语是什么意思，下一位诗人就开始朗诵了。

什亚玛尔先生朗诵的诗歌题目是《贝尔帕哈利的悉朵女神》。2015 年，一些住在贝尔帕哈利的部落居民由于饥荒而死去，那里几乎每年都会发生这种状况。诗歌描述的情景是人们在饿了很长时间之后终于有一天吃到了米饭——一堆白米饭——这便是人们感到释怀和喜悦的原因。但是诗人却在诗中提问道："'悉多女神，我该搭配什么一起咽下这捧白米饭呢？'悉多女神说，'那么便就着你的饥饿一起下咽吧'。"

在什亚玛尔之后，阿尼尔班，一位小众杂志的出版商也是一位诗人，诵读了另一首关于拉勒加尔的另一首诗歌。

兰詹先生听过后说道，"似乎这些诗歌里都能看到一些政治事件的影子。这样当然也没什么不行，我们毕竟是人类。但是请记得，要尊重诗歌，切勿把诗歌当作发表什么政治宣言的工具"。

尼尔·卡什亚普用胳膊肘顶了顶坐在旁边的女士，然后只听得那位女士说，"兰詹先生，尼尔·卡什亚普想听听看您对他的诗歌怎么看"。

兰詹先生听罢，便邀请尼尔·卡什亚普再读一次他的诗歌，诗歌的内容不禁让我联想起一些肥皂剧里琐碎的对白。当他念完时，兰詹先生迅即转向阿尼尔班，说道，"阿尼尔班，要不还是你来说说吧？！"

"你的诗某种程度上来说已经接近一部短篇小说了。当然啦，最近诗歌和短篇小说的界限也并不是那么明确了，或许你这篇作品可以收录在我即将出版的短篇小说特辑中。"阿尼尔班说道。尼尔·卡什亚普一如既往地被取悦了，但是却没有意识到阿尼尔班自始至终都没有对他诗歌的质量发表任何评价。

"你们去打听看看，在南丹艺术中心，提起尼尔·卡什亚普的诗歌，那品质绝对是毋庸置疑的。"尼尔·卡什亚普如是说道。

在回家的路上，我在露天小便池附近的沟壑里遇到了卡什亚普。事实上由于街灯的照射，那里的夜晚甚至比白天更明亮。在琥珀色的灯光下，穿着橙色裹裙的尼尔·卡什亚普就好像一团火焰一样突然闯入我的视线。他看上去一副茫然若失的样子。

"你从这条路回家吗？"他问我。

我们站在一个连着一条沟壑的房子前面。说话的当口，一个漂亮的女孩儿从房子的大门口走进去，开门的一刹那，一只老鼠同时从房子里蹿了出来。在路灯光的投射下，土色的沟壑换上了一副迷人的新面孔。

"斯沃蒂莱卡，我从不能把这些话都对你说。真相永远不能被泄露。"尼尔·卡什亚普猝不及防地念起了他写的诗。

"有些事你可不能告诉你的妻子，否则会引起家庭矛盾的"，他接着说道，"我写这首诗的时候总是试图离她远一些，这样才能时时勾起那关于拉贾斯坦女孩的幻想。这就是为什么我会写出这样的句子——'每天夜里，她都在诗歌中和我对坐'"。

几年前，尼尔·卡什亚普在去孟买看她女儿的飞机上遇见了一个年轻女子。去程时女子就坐在她旁边，他们不过是一时兴起聊了聊天，仅此而已。回程的飞机上卡什亚普再一次遇到了那位女性，只不过这次她坐在了不远处的另外一排座位上。飞机降落的时候，卡什亚普打算趁着去卫生间的途中和女子打招呼："我当时正要去卫生间，空姐让我坐下，但是我想，这是我最后的机会了，于是我径直走向她，然后说，'这位女士，我们是不是在哪儿见过？'她说，'我也是这么觉得'，我又问，'你该不会是帕西人吧？要知道孟买可是有不少帕西人的，你看看，果然像他们说的那样，帕西人都很漂亮'。"

后来那位女性告诉尼尔·卡什亚普自己是来自加尔各答的马瓦里人，而加尔各答的马瓦里人就好像孟买的琐罗亚斯德教徒一样，没什么太过特别的。但这只是故事的开始，卡什亚普接着对我说道，"听着，让我来给你讲讲怎么会有这首诗"。

给这首诗歌带来灵感的还有尼尔·卡什亚普在当地的公共图书馆读到的一首诗，他恰好是图书馆管理部门的一员。那首诗写的是一个爱尔兰女孩爱上了一个留胡子的导游，那是一首英文爱情诗歌——"现在是午夜，那女孩儿说，'带我去游览吧，满脸胡楂的先生，这有关午夜，有关思绪'。女孩儿如是说。"

以上是卡什亚普的第二个灵感。当他在拉贾斯坦邦遇到旅行社的一位女导游时，他则完全实现了灵感的三连胜——马瓦里女孩的脸，爱尔兰女人的渴望，以及在拉贾斯坦邦发生的有关身体的碰触就这么融合在了一起。事实上，卡什亚普这首《忧郁的节日》写得并不赖。

"我和她只有一次身体接触"，他指的"她"是拉贾斯坦的旅行社导游，"那时候她抓住我的手拉我跳过一个水坑。所以我才写道，'当我们穿过那条湿滑的路时，她曾经握住她的手，脸上带着顽皮的笑容。鹿离开森林，安静地闯入了她的眼睛'"。

我们躲开出租车和汽车试图横穿甘地路，这中途卡什亚普对我说道，"我将永远为诗歌所束缚，诗人卡利达斯曾经说，'诗歌就像一个女人。你不能强迫它，那就像强奸。你必须让它出于自己的意愿'"。

话音还没落，我们一回头便看见一辆电车迎面冲着开过来，卡什亚普见状便说，"看看，我们诗人就是这么死的"。他一边说着一边快速横穿过马路，以免自己和被电车撞死的吉巴纳南达·达斯有一样的下场。

我陪他走到学院街的电车站。不知何故，我不再关心他诗歌的质量了。我突然感到很钦佩他，还有无数其他诗人和作家。他们乐此不疲地出席诵诗会，自费出书，他们的文字填满了那一本本小杂志的每一页。迫于家庭和工作的压力，他们本可以在很久以前就不再关心文学创作。他们可以待在家里，像世界其他地方的任何人一样每天靠看电视打发时间。但他们坚持不懈地写作，尽管那些句子可能根本不受重视，也算不上真正的佳作，但写作仍旧带给他们满足感。在像加尔各答这样的城市内，庸庸碌碌地在穿梭的电车和公交车中度过大半辈子后，卡什亚普仍然可以从偶遇的年轻女子身上获得创作的灵感和热情。当然，他写作的目的断然不会是靠着诗歌向女子求爱。这首诗也可能根本不会让他声名大噪，尽管他曾经多次跟我提起有多少编辑都求着他发表他的诗作。可打动我的，恰恰就是这来自一个退休银行经理苦乐参半的诉说和叹息。

电车来了，卡什亚普打算坐车到南边的卡拉斯托拉酒吧去。我把他扶上电车，目送着车子离开，就好像在送别自己的舅舅一样。那一刻我觉得自己有责任确保他能够安全到家。当然，我也希望他能够一直坚持写作。

| 第六章 |

维多利亚

我还在小学的时候，我们的课本里便有着如此介绍——印度是世界最古老文明的发源地之一。在大约四千多年前，在印度河流域就有了摩亨佐—达罗和哈拉帕这样伟大的古城，虽然至今仍然没有破解那时人们使用的语言和文字，但是考古学家坚信，摩亨佐—达罗和哈拉帕曾经作为古印度文明商业中心而存在。我们都知道，如果从上空俯瞰，这些古城是呈网状格局分布的。除此之外，最值得称道的一点是，摩亨佐—达罗和哈拉帕有分布在城市各处的污水处理系统，这一点在我们小时候使用的教科书中经常被提及。

然而在四千年后，若是你有机会住在加尔各答，那么可能出现的状况是你不时会停下来仔细嗅周围的味道，然后感到惊讶，心里暗自琢磨，"这该不会是……？这难道真的是……？！"没错，是尿的味道！无论是当我走近一家顶级私人医院的时候，还是和上千人挤在公交车站台等车的时候，这味道总是如影随形。有一次我还目睹了一名男子在东大都会路的要道处当街小便，他似乎对将自己的私处暴露在三条车来车往的交通要道上毫不在意。女性面临的困境似乎更加棘手，尤其是那些一天到晚在家工作的妇女。由于根据印度教传统，在家中安装厕所被认为是不洁的，这些家庭主妇往往要等到深夜才可以到外面去方便。尽管一度有人认为在家安装厕所是对高种姓的冒犯，但是政府很早就斥责这种观念，认为这是不合理的。但可惜的是，仍有不少印度家庭没有厕所。对于加尔各答的大多数男人来说，这座城市仿佛就只是一个巨大的尿壶。

城市的任何一个角落都可以成为男人们小便的场所——在街上，在小巷里，在高速公路上，甚至在办公室走廊的黑暗角落里。加尔各答没有哪一个角落是从来没有受到小便污染的，也从来没有哪块所谓精英飞地是不散发着恶臭的。为了防止有人在自家房子的墙壁附近撒尿导致房子也沾染尿骚味，几乎每一座房子的墙壁上都画着壁画，各个街坊就仿佛是一个社区画廊一样。这些壁画的主题大多数是民族领袖、著名诗人和改革者的肖像，如果有谁敢在这些名人肖像前撒尿那可是大不敬的，这算得上是房主为了保护自家房前墙壁和草皮的策略之一。

在这些壁画肖像中，拉姆·莫汉·罗伊的形象很常见，画中的他总是裹着头巾留着小胡子。莫汉是接受欧洲教育的第一代孟加拉人，他被人称作孟加拉文艺复兴之父。他通晓几门语言以及各类经文，反对殉教并且提倡新宗教改革。他提倡一种更加体现礼节的贵格会版本的印度教，也就是新印度教，该教派并不提倡对神明的狂热崇拜，而是提倡进行礼拜会，其教义充满着进步的热情。

什沃·钱德拉·维德亚萨加是另一位常被画在墙上的名人，他就是那个人们口中来自婆罗门家庭的穷孩子。我们从小就听过不少什沃·钱德拉·维德亚萨加幼年时的经历，那都是些具有教育意义的故事。比如他小时候曾经在街灯下学习，每次在从自家村子步行去加尔各答的路上，会通过读路上的里程碑来学习英语。除此之外，我们小时候都听过小什沃·钱德拉曾经横渡恒河去看他病重母亲的故事。除去这些逸事，什沃·钱德拉还推动了孟加拉语标准化运动，并且提倡一系列社会改革。他编写的小学生初级读本甚至在我上学的时候还在使用。除此之外，他还动员寡妇再婚，尽管直到现在，这在孟加拉社会还是禁忌之事。

　　再来就是什沃·钱德拉的朋友迈克·默图苏丹·达塔，这更是个传奇人物了。默图苏丹把自己的名字改成迈克，皈依了基督教，然后到了欧洲，摇身一变成了亲法派，并和一个法国女人结了婚。他尝试用英语创作诗歌却并没有获得什么成就，后来索性回到了孟加拉开始用孟加拉语写作。作为孟加拉自由诗之父，他创作了带有修正主义的印度史诗。他从他一向谨慎的朋友维德亚萨那儿借了一大笔现金，到死的时候负债累累，其死因是终日酗酒。在那些壁画上，迈克的形象总是蓄着羊排山羊胡。

　　接着还有班克姆·钱德拉·查托帕德亚，画像上的他总是将胡子刮得很干净，裹着头巾，看起来一副朴素的样子。班克姆是第一位印度小说家，最初也是用英语写作的，后来才创作了大量的孟加拉语文学作品。他写了一些最早期带有所谓"民族主义"色彩的小说、散文和歌曲。由于他的作品在激发国家和民族意识层面的作用，班克姆不仅受到孟加拉资产阶级的推崇，也被认为是传递了所有印度民族主义者声音的代表人物。

　　当然了，拉宾德拉纳特·泰戈尔是无处不在的。他蓄着胡须的面庞总是一副若有所思的神情，就好像是孟加拉版的米开朗基罗神，甚至是极端尿急的状况，也不会有人在泰戈尔的壁画前小便。毕竟，他可是亚洲第一位诺贝尔奖获得者，是我们的莎士比亚，我们的荷马，我们的摩西。除了作为一个来自富裕商贸家庭的子嗣外，泰戈尔被我们熟知的身份是诗人、剧作家、小说家、画家、散文家、哲学家、词作家、舞蹈家和室内设计师，他还在业余时间创办了一所文理学院。是他把我们带到了现代的孟加拉语环境中，我们今天所讲的孟加拉语是从泰戈尔那里发端的。

　　与泰戈尔常常一起在墙壁上出现的，还有留着胡须的罗摩克里希那，他常半闭着眼睛，一副恍惚的神态。罗摩克里希那是来自乡野的神秘主义者和时母女神的崇拜者。来到加尔各答的罗摩克里希那成为19世纪孟加拉资产阶级的守护神。在他活着的时候人们尊重他，在他死后人们神化他。现如今，他的形象仍然会出现在整个城市的甜品店日历上，以及出租车司机的仪表板上。

　　罗摩克里希那的弟子斯瓦米·维韦卡南达也是壁画的主题人物之一，维韦卡南达接受的是英式教育，却最终回归本土文化。壁画上的维韦卡南达总是穿着赭色长袍裹着头巾。受到他师傅罗摩克里希那的影响，维韦卡南达成了高僧，并且创立了受到基督教影响的罗摩克里希那教会。教会里独身的牧师在印度范围内负责管理着当地最好的中学，也有人在社会福利机构服务。

　　最后当然少不了的是内塔吉，"内塔吉"的字面意思是伟大领袖，内塔吉的全名实际上是苏巴斯·钱德拉·鲍斯。壁画上的他圆润的脸颊上总是架着一副眼镜，穿着军装，戴着军帽。内塔吉被不少当地人认为是代表孟加拉的自由斗士，也是和甘地的政治和意识形态向左的对手。内塔吉认为敌人的敌人便是他的朋友，于是他携手纳粹和日本人，组建了一支与英国人作战的军队，但是这支军队在缅甸附近节节溃败，并被英军俘虏。他神秘又不合时宜的失踪使得他仿佛成为现代的弥赛亚。他的飞机在开往日本的途中失事，内塔吉不见了踪影，可一些人仍然认为内塔吉或许在某一天会突然出现并回归。

　　以上这些是孟加拉的全民明星。壁画上还有许多其他人，其中包括一些科学家、炸弹投掷者和一些圣徒的形象。像萨蒂亚吉特·雷伊、特蕾莎修女、阿马蒂亚·库马尔·森这些来自后殖民时期印度名人也是你需要保持尊敬的，所以冲着这些人的壁画像撒尿也是人们不会去做的事。除了这三个人，似乎其他所有的壁画名人都生活在英国统治的殖民时期，似乎英国殖民者离开后，加尔各答也不再出产伟人了。

　　无论是在街角，在公园，在街道的路牌上，还是在学校的大门上，拉姆·莫汉、班克姆、维德亚萨加、泰戈尔、内塔吉、罗摩克里希那、维韦卡南达的形象以各种形式出现，人们以此来纪念他们。在夏姆巴扎尔，在交通堵塞的车流中，你能看到内塔吉骑在马上的雕像在车流中屹立不倒；在学院街广场，维德亚萨加的雕像年复一年注视着匆匆跑去交学费的学生们；在高尔公园，维韦卡南达的雕塑一直站在公园的绿植中，眼神似乎在叮嘱人们早点起床去迎接晨曦；拉宾德拉纳特·泰戈尔的雕像更是随处可见，在拉宾德拉巴拉提大学，在拉宾德拉萨坦音乐厅，在拉宾德拉萨拉尼的电车上，还在有情侣们亲吻的拉宾德拉萨罗巴尔人工湖边。

英国人离开后，大部分殖民雕像都被拆掉了，带有殖民地色彩的地名和街道名也被改掉了。比如曾经的达尔胡西广场成了BBD商务中心广场，阿姆赫斯特大街成了拉姆莫汉萨拉尼大街，兰斯当路成了萨拉特博斯路。就这样，曾经有关殖民的一切过往被重新书写，只有那个时代的思想巨人仍旧以这样或那样的形式留在我们身边。

1911年，加尔各答的莫胡恩巴甘足球俱乐部曾经赤脚踢赢了一支来访的英军足球队。加尔各答但凡是曾经玩过足球的小孩都知道这个故事。最近，在夏姆巴扎尔，一座以这支1911年神勇的球队球员为形象主题的雕像被竖了起来。可如今的莫胡恩巴甘队却常常被一些来自亚洲偏远地带的小球队打败。这不禁让人怀疑，这是不是曾经的殖民者使出的最后也是威力最强的诡计，它让我们患上了一种热带版的斯德哥尔摩综合征，让我们恍惚以为他们统治的时代或许是最好的时代。这又让我想起了外公曾经不时发出的感叹，他说，"我们的黄金时代是加尔各答作为帝国首都的年代，那时，这里的港口是英国人运输他们在亚洲所获战利品的管道。那些白人'老爷'走了，最好的日子也结束了"。

* * *

"这些年来，加尔各答没有发生任何惊天动地的变化，在那儿你不过就是日复一日陷在泥潭里动弹不得。"这是一个孟加拉流亡者在一场德里的农舍婚礼上和我说的话。

那次是德巴高中同学的婚礼，所以我和她一起回到了她的家乡德里。那时候德里正在为即将到来的英联邦运动会做准备，整个城市仿佛都有种不可一世的氛围。总有报纸将德里称作"世界级都市"，虽然说不是所有人都能认可这个称号。但无论如何，新德里在千禧年到来时再一次焕发出活力。新德里就好像一个长在旧德里——那个曾经的殖民地上的一个肿瘤，千年过去，它仍旧是这个王国的首都。在德里，德巴带我去看各式各样的古印度文明遗址，这些遗迹零散地分布在像克尔奇和霍斯卡斯这样的街区当中。德巴带我去了洛迪花园和胡马雍陵墓，它们都是吸引国际游客的标志性历史遗迹。

在加尔各答，我又能为德巴展示些什么呢？相比之下，加尔各答是昨日的孩子，它作为英国人在恒河边设立的贸易港口来到这个世界，只有三百岁的寿命。对于那些脖子上挂着相机的外国游客来说，在加尔各答既没有什么可供消遣，也没有什么特别值得游览的圣地，更没有什么当代名人值得探访。当然，如果你把这番话对一个加尔各答人说，那么他会立刻露出一副被冒犯的神色，然后反驳道，"怎么可能？！你不知道我们有维多利亚纪念堂吗？"

加尔各答市中心的迈丹公园是一片从滨海艺术中心延伸到恒河边的绿色植物带，那是城市无业游民和羊群最喜爱的地方。维多利亚纪念堂就坐落在迈丹公园的中央，那是我们加尔各答人心目中泰姬陵一样的存在。

我和德巴还没结婚的时候，和大多数这座城市里的情侣一样，常常会在雨伞公园散步后一路走到维多利亚纪念堂。纪念堂的前面是一大块草坪，那是有孩子的家庭最喜欢的地方，也是在加尔各答唯一不用和人群挤在一起的地方。纪念堂后面有一大块空地，加尔各答的情侣早就把那儿默认为他们的专属约会圣地。在草坪的南边有一排矮灌木丛，被修剪成带有维多利亚时代特色的形状，情侣们总在附近来来往往。加尔各答的情侣们总是愿意到这儿来，两人并排坐着，并且可以不时相互悄声低语。在那附近有修剪整齐的草坪、卖花生的小贩，还有可以偷偷塞点好处费的警察，这一切都为情侣们在那儿约会提供了方便，你大可将心爱的人拥入怀中，并且可以趁周围的人不注意的时候快速地摸他／她一下。沿着长椅，你可以看见不少两两端坐在一起的夫妇，他们大多是在等待方便的时机好互相爱抚一番。更有大胆的情侣直接带着雨伞来，撑开雨伞便可以毫无顾忌了。维多利亚女王雕像在附近竖立着，穿着旧时华服的女王坐在巨大的扶手椅上俯瞰着这周围正在悄然进行的情侣间的互动。维多利亚纪念堂建于20世纪初，整个建筑的风格是当时时兴的印度—撒拉逊复兴建筑风格，是由当时旅居印度的英国建筑师设计建造的。整个建筑的理念是将宗主国的建筑风格与中世纪的印度审美相融合。尽管这理念听起来很吸引人，但呈现的结果实际上只不过是帝国主义的刚愎自用在一堆石头上的体现而已。如果把泰姬陵比作对永恒之爱的一首赞歌，那么维多利亚纪念堂就是有关加尔各答式的维多利亚主义的一首挽歌。

维多利亚女王是第一代统治印度的英国君主。当她成为皇后的时候，事实上英国人已经通过东印度公司在印度开展贸易有一百年的时间了。加尔各答作为英属印度的首都，在当时一跃成为亚洲最大的城市，也成了整片亚洲大陆上最重要的全球化的贸易中心。但是维多利亚时代的最大功绩便是在该时期内，英国殖民事业的扩张，英国人却并不认为这功绩和加尔各答有关，并且宣称其殖民事业并非赤裸的金钱，而是以所谓更高尚的目的来粉饰这一切。为了这样的目的，大量的英国女性随着丈夫来到加尔各答，使得这片土地充斥着越来越多的英国家庭和邻里。在这里，欧洲人形成了一个自己的世界，这个世界以白镇和黑镇的分隔为界线。最重要的是，殖民主义制造了一种白人至上主义的"英国性"概念作为文化的典范，这种所谓文化典范成为他们所认定的"文明"的载体。英国人认为他们为加尔各答带来"文明"的意义，超越了因为枪炮和饥饿所带来的痛苦。

英国人在 1947 年离开印度，那些曾经居住在白镇的欧洲人，或是在加尔各答去世或是回归故土，他们留在身后的只剩下一座棕色的城池。公园街作为白镇的中心，曾经聚集着全市最高档的餐厅。据说在这一带附近的餐厅直到 20 世纪 60 年代还有卡巴莱表演，女歌手伴着康康舞的表演都还看得到。但那也是很久以前了，是我出生之前的事情了。当我回到加尔各答工作时，留在公园街那一带餐厅里的不过是一幅不景气的懒散光景；曾经的菜单酒水的价格，连同餐厅里的装潢，自殖民者离开后似乎从来没有发生什么改变，就仿佛时间在那儿凝固了一样。

在我离开后的那些年间，第五科技园涌入的资本使得公园街这些餐厅又焕发了活力。一到周末，不断有人出现在彼得猫餐厅前的人行道上，他们嘴里讲着英语，常常三五成群地涌进餐厅。在我和德巴还没有结婚前，也就是仍然处于整天在雨伞公园附近晃荡的状态的那些日子，我曾经带她去过传说中的莫坎博餐厅。一进餐厅我们便滑坐进低矮的扶手椅，点牛排，烫蔬菜，还有菲律宾风味的海鲈鱼，恍然间我甚至以为自己是格雷厄姆·格林小说中的人物。餐厅的菜单上还特别标明，海鲈鱼的做法是按照菲律宾政治家伊梅尔达·马科斯喜爱的口味烹煮的。从天花板垂下来的悬在每张餐桌上方的红色布面灯罩，使得整个餐厅散发出温暖的气息，一个恍惚，你或许会以为自己身处在那所谓"黄金时代"的黄昏阶段。

* * *

我的邻居贾扬蒂曾经借给过我一本她最喜欢的小说，多丽丝·莱辛 [1] 的《野草在歌唱》，借我的时候，那本书已经被翻得有些破旧了。故事的地点设置在英国在南非的殖民地罗得西亚，讲述的是在那里的白人社会发生的事情，那里便是现在的津巴布韦。似乎每个到达非洲殖民地的英国人都冠冕堂皇地宣称自己是抱持自由主义原则而来，而他们总是会很快就屈从于殖民者的种族主义世界观。他们总是为奉行殖民主义找着看似正义的借口，在他们看来，用来对待殖民地本土居民的唯一方式便是压制，作为白人，他们说这是自己唯一的选择。

---

[1] 多丽丝·莱辛（Doris Lessing），英国作家，诺贝尔文学奖获得者，其代表作除去作者在这里所提及的《野草在歌唱》，还包括《金色笔记》等。由于莱辛本人年幼时期曾随父母生活在英属殖民地罗得西亚，故其作品多以殖民地生活为背景，以反殖民主义书写为特色。

有一次我和德巴在一家公路餐馆吃饭，点菜的时候，我向她提起多丽丝·莱辛的小说。那家小餐馆在普尔巴干附近。我们在等帅气的鱼贩子托顿还有他的一群虾兵蟹将带我们看房子的那天，就是在那儿吃东西的。那家路边摊的馕在被端上桌来的时候总是热气腾腾的，鸡肉也总是分量很足。餐厅的服务生领班总是很乐于看到我和德巴这样的中产阶级夫妇光顾，平常来这里的主要是些出租车司机还有客车司机。

我记得那次我们点了鸡肉咖喱和馕，德巴还要了一罐可乐。餐厅里一个小男孩样子的服务生不知怎么地拿了两罐可乐给我们。事实上他就是个小男孩，正在青春初期的一个孩子，我看最多只有十岁。原本那个一直冲我和德巴笑脸相迎的领班服务生发现男孩多上了一罐饮料后立刻变了脸色，开始对男孩大吼起来。

德巴见状说道，"如果《纽约时报》的伦理专栏板块报道的是关于加尔各答的内容的话，那么主题绝对不可能是那些什么关于'我不喜欢我的表姐，但是我是否要给她准备很贵的结婚礼物'，我想多半会是'我还要不要继续去我最爱的路边摊小饭馆吃饭，如果那里雇用童工'。"

我听罢问道，"那么如果这儿雇用的是奴隶，你还会来吗？"

"我想我不会。"德巴说。

"那么，如果说你最常去的街角茶馆里雇用童工，你还去吗？或者又比如，你认识的某户人家里雇用着那种从小养大的童工，你还会去这户人家做客吗？"

"雇用童工本来就是违法的，我们可以举报他们。"

"是，雇用奴隶也是非法的。但是你想想，有些人从小抚养那些童工，供给他们吃穿直到长大，但是从来不支付给他们工钱，我们怎么去阻止这种雇佣模式呢？"我反问道。

事实上，德巴认识的一个女人家里就有这样的童工，她从那个孩子八岁起开始抚养她，抚养的同时孩子帮助她做家里的杂活。那女人对外总说那孩子就像她的女儿一样。可是这个所谓"女儿"却一直没有结婚生子，也从来没有离开过她所谓的"家"。相反，她成了被主人囚禁的俘虏，她存在的意义便是给自己的主人晚年提供保障，当主人的孩子们一个个离开她到欧洲和美国谋求更好的发展时，这个曾经的女童便承担起照顾她的义务。

"我曾经以为这样的'仆人'只存在于印度，可直到最近我读过爱德华·P.琼斯[1]的《已知的世界》，我才知道，这同样存在于南北战争前的美国。"我对德巴说道。

在加尔各答的日子，我和德巴常为了仆人这个话题争论。事实上，在加尔各答几乎每个中产阶级家庭都会雇一些佣人，这些佣人平均每天要来两次，一周七天，每天都要擦地、洗碗和洗衣

---

[1]　爱德华·P.琼斯（Edward·P.Jones）为美国作家，作者所提及的《已知的世界》是一部以19世纪末美国南方种植园为背景的小说，小说主要讲述了有关黑人奴隶以及奴隶主的故事，获得普利策小说奖。

服。我和德巴都不太习惯这种所谓"主人"和"仆人"之间的关系，在我们看来，这是一种变相的剥削和被剥削的关系。我可不想要什么仆人来给我做家务。我难以想象有人去替我擦地板，甚至洗我的四角裤。德巴说我一定是有厌女症，因为如果没有仆人的话，那么这些家务大多会落到女性头上。

在电影《甘地》里，有一幕是年轻的甘地在清洁厕所。故事中年轻的甘地刚刚到南非不久，那时本该做着律师工作的甘地逐渐向社会活动家的身份过渡。在他的乌托邦农场——凤凰农场里，坚持自己清扫厕所，要知道由于甘地是有高级种姓的人，清扫厕所可是万万不能碰的事情。甘地的妻子拒绝跟着他一起清扫，这让他勃然大怒。甘地毕竟是一位万能的领导者，在人们的印象中他或是被理想化的，或是被认为一意孤行的，或是最终郁郁不得志的，但所有人大概都会感到惊讶，这样一位领导者竟也要为家务事操心。

而我呢，我作为一个来自孟加拉中产阶级家庭的男性，和我的妻子德巴达成了共识，我会每天扫地擦地，并且这些都不需要她的帮助。有好一阵子，每天我都要蹲在地上，手里拿着扫帚、抹布和水桶专心清洁着地板。要知道在孟加拉的中产阶级家庭，你可是几乎看不到这幅景象的。没有谁愿意"屈尊"做这样的家务活。

我每天擦地扫地的举动使得德巴感到尴尬和内疚，她或许认为自愿清扫是我的某种计谋，想要迫使她也加入到劳动中来。但事实上，我可从来没有打算要她干家务，可即便是这样，我们在关于请不请佣人这件事情上仍然没有达成一致。

最终为了不让矛盾升级，我妥协了。德巴雇用了一位叫芭比塔的女佣，她生得十分瘦弱，每天在我家的工作便是给地板打蜡、洗衣服，还有洗碗。芭比塔每周来七天，一个月的报酬是不到二十美元。

当我有机会读到莱辛对于罗德西亚的描写时，我对德巴说自己感受到了某种共鸣。事实上，我对那些殖民者的心态并不算完全无法参透。对于他们的心态，我既不感到陌生，也并不觉得惊讶。对于那些闯入罗德西亚的外来者来说，我们姑且这么理解，他们所做的一切如他们所说的那样，是试图以令自己舒服的方式适应当地生活。至于他们企图在自我和当地人之间划分出人类和非人类的界限，我也并不觉得意外。雇用佣人让我罪恶地感觉到自己也在像那些当年罗德西亚的那些闯入者靠拢。德巴说，"如果我们是当年居住在罗德西亚的白人，那么我们肯定早晚会选择离开那儿的"，之后她又问我，"可你又为什么自愿选择回来这儿呢？"

* * *

搬到加尔各答生活，可是和在普罗旺斯买一幢房子然后在夏天飞去度假完全是两回事儿。当美国一般家庭的夫妻一边洗衣服一边看着网飞频道的电视时，他们绝对不会萌生出搬到加尔各答这种地方生活的想法。事实上，哪怕只说我们这对夫妻，我们中的一半也是不情愿的——对，说的就是德巴。她本来搬到这里时就极其勉强，随着时间推移，她对这座城市感到沮丧，甚至对和我一起生活感到沮丧。

那种所谓步行约会在美国可能会是一些女性在和男友约会时的选择之一，但是在加尔各答这样的城市，你根本没有什么其他选择，所以在街头巷尾和你的伴侣溜达成了唯一约会消遣的方式。对，不停地走路就是你们唯一的选择。在不知道多少个早上，我和德巴都是靠着步行来打发时间。

我们先是会在离家不远处的茶馆喝早茶，然后便开始向马尼塔拉的方向走去。经过毕登街、哈提巴干、索瓦巴扎尔，仿佛一路向北的这些街道都是因着我们的步行约会而存在的。有一天早上，我和德巴去位于格雷大街和中央大街交会处的米特拉咖啡厅吃早点。就像学院街的咖啡屋还有巴杉塔小屋一样，米特拉咖啡厅更像是一个小机构，人们不仅在这儿喝茶吃肉饼，也乐意在这儿闲聊或是组织各种聚会。米特拉的内部空间并不那么宽适，整个空间只盛得下五张木头桌子。我和德巴选了两张面朝大街的椅子坐下，正对面是街边开放式的排水沟，我们点了烤面包、煎蛋饼还有茶，这就是传统孟加拉的咖啡厅早餐的标准配置了。

这时候，一篮篮土豆从集市被送到了附近的餐馆和咖啡厅，一些后厨的帮工开始蹲在街边的排水沟旁边削土豆皮。

咖啡厅里，坐在我们对面的男人从他面前的煎蛋中挑出一根头发，说道，"这是我连续第二天在煎蛋里吃出头发丝来"，他一边说一边捏着那根头发仔细观察起来，就像在观察什么标本一样。

我和德巴见状立刻没了胃口，没吃几口便离开了。

"那地方简直让人反胃"，我们经过早市的时候，德巴提起了米特拉咖啡厅。

我倒是不完全同意德巴的意见，但是只能勉强小声应和着，"是，你说要是那儿的茶能再稍微热一些，然后煎蛋饼能够再做得好一些，那不就很好了吗"。

"怎么会这样……想想吧，在耶鲁的时候，你甚至可以因为服务员的衬衣不干净而选择拒绝在一家餐厅就餐。但是在这儿，却不得不对着排水沟，吃着夹着头发丝儿的煎蛋饼，还一副自得其乐的样子。"

说着我们右转进入了奇普尔路。沿路的垃圾堆成小山，路边的排水沟边随处可以看到流浪狗在游荡，街边是随处可见的公共水龙头。除此之外，街边茶馆门口的长凳上坐着戴着厚厚老花镜的老人们。德巴曾经在坦桑尼亚的达累斯萨拉姆待过一个夏天左右的时间，她对我说，加尔各答周遭的一切甚至还不如达累斯萨拉姆那儿的贫民窟。

"事实上，那些精英想要摆脱与这些贫民窟交集的欲望也并非不可理解，你看看他们整天都要被这样的环境包围。"德巴说。

穿过了一条又一条巷子，凭着我的直觉，我们大概是到了铁轨附近，在铁轨边的围栏边有一处破口，那个破口通向恒河的堤岸。恒河水整体呈现出近乎奶茶的颜色，河边并没有那种供人们休憩的河滨步道，只有一些零星的混凝土浇筑的长椅罢了。河里有一些专程早起来沐浴的人们，他们面色恬淡地冲洗着身体。我们到的时候时间还早，可以见到早早起来工作的清洁工，他们带着手推车和扫帚赶到，来清扫河边的垃圾。

* * *

当我和德巴从宽阔的中央大街拐进一条相对较窄的小道时，迎面而来的是停成一整排的人力车。这条街是慕克塔拉姆巴布大街，沿街是各式各样的小商店，有烤槟榔店、纱丽服装店、甜品店以及一个仓库。我想德巴并没有料到，她的大理石宫殿之旅的前奏会是和这些杂七杂八小店的相遇。站在大理石宫殿的大门前，可以看到一座花园，还有被棕榈树掩映的白色石柱、喷泉、石膏狮子雕塑、锻铁阳台以及各式各样欧洲人形象的雕像。在大理石宫殿的最顶端是帕拉第奥风格的露台，从露台处你可以将周边街景尽收眼底。这周围所呈现的景致和加尔各答绝大多数地方是有些许不同的。

"我们想进去看看"，我对门口的警卫说。

"想进去的话得有准入证"，警卫说。

"呃，准入证的话我们暂时还没拿到。"

"那就进不去。"

"你看这样行不行，如果我告诉你我以前来过这儿，你能不能帮帮忙让我们进去。"我对警卫这么说道。

警卫的气焰突然弱了下来，甚至变得有点儿不好意思，不知道的人大概以为我是在要求他在大庭广众下唱他最喜欢的宝莱坞歌曲。接着他说，"好吧，那你们进去看看吧，以后可别忘了我们可是帮你们行了方便的"。

曾经有一段时间，人们是可以在大理石宫殿外面的柜台买票的，后来不知道什么原因，柜台干脆消失不见了。现在，任何想要参观大理石宫殿的游客都需要提前 24 小时从达尔胡西的市政府办公室获得许可证才行。我还记得我第一次贿赂这里的守卫时，我脑子里想的都是美国电视剧里毒品交易的场景，甚至在当下还不自觉地模仿起那些电影镜头来——我偷偷地将折起来的纸币塞到值班守卫的手心里，然后摆出一副若无其事的样子迅速走开，免得引起别人注意。事实上我时常在街上看见那些开车的司机贿赂加尔各答的交警，而我却从来没做过这种事儿。后来我意识到，自己所谓的贿赂大理石宫殿守卫的行径也没有自己认为的那么严重，就好像我曾经在美国的球场门口卖过黄牛票一样，那并没有带给我什么大麻烦。等到第二次需要我贿赂大理石宫殿的守卫时，我就变得轻车熟路了不少，人也放松了。如果要形容那时的感觉的话，那是一种得意和愧疚交织的心理：一方面我感到羞耻，另一方面又隐隐为自己能够对这一套体系了如指掌而感到沾沾自喜。可到第三次的时候，我的感觉从内疚变成了气愤。我在想，自己贿赂这些守卫的钱可能远远超过了我本该支付的门票费用，而又是凭什么这些懒惰的家伙应该得到这种贿赂呢？！

事实上我们每天都在做着类似贿赂守卫这种看似微不足道的道德妥协。天知道我哪天会想去大理石宫殿参观，所以我怎么能够预知自己该在什么时候去那些行政办公室领取参观准入证。这种贿赂守卫的歪路子变成了一种捷径。到第三次的时候，我甚至一点儿都不觉得这么做有什么错。

大理石宫殿的主人穆利克家族的一部分成员，至今仍居住在宫殿大院后的不远处，但是大理石宫殿本身从未用于居住。它是为了展示而建造的。拉金德拉·穆利克在1835年建造它时，是想在慕克塔拉姆巴布大街上创造一个奇观，一个迷你版的凡尔赛宫。在宫殿侧门，一名警卫担任着导游的职责。由于要进入的是一幢私人宅邸，所以我们事先脱掉了鞋子，这名警卫带着我们经过驼鹿头的壁挂装饰和带有标枪杆的台球桌，从位于宅子角落的房间开始了这次参观。在这间位于角落的房间中央摆放着一座木制雕像，那是年轻的维多利亚女王，雕像至少有 12 英尺高，是由一块完整的木头雕刻而成的，雕像的脸部五官实在是有些过于突出，不知道的可能会以为这或许是匹诺曹的妹妹。

穆利克之于加尔各答的影响力，事实上与维多利亚女王并无二致。在 18 世纪后期，加尔各答的村落被来自英国的新统治者进行统一管理，自此，英国人便企图将加尔各答打造成一个由殖民统治秩序和全球资本力量控制的都市。在 1770 年前后，孟加拉人口减少了三分之一，原因是在英国开始统治后不久，孟加拉境内暴发了大规模的饥荒。原本的社会秩序被毁灭并且颠覆，原来的良田一夕之间变成丛林。我们在与殖民者交锋方面的经验，与新大陆伊斯帕尼奥拉和特诺奇蒂特兰的情况相当。但不同的是，那些地方的人们早就为这种转变做好了准备似的，因此殖民经验反而使他们变得无比富有。自英国人到来之前，穆利克家族早就在加尔各答有自己的一席之地了。像泰戈尔家族一样，不少加尔各答的土地都是穆利克家族名下的。东印度公司在加尔各答当道时期，穆利克家族是参与各种商务交易的主要家族之一。到了 19 世纪的生活中，拉金德拉·穆利克已经收罗了大量来自欧洲的珍奇古玩。在宫殿的音乐室里铺着意大利风格的大理石地板，地板的纹样看起来就好像波斯地毯一样。音乐室里还摆着大小各异的古罗马神话中的众神雕塑，比如朱诺、朱庇特，也有拿破仑的雕像。除此之外，还有一个来自中国的香炉，大小约有一个木柴炉那么大。在宫殿的庭院里，有代表各个大陆的雪花石膏雕像，以及各式各样的热带鸟类。庭院的祭坛供奉着印度教的女神，人们可在那里祈祷。但祭坛的背景板上却刻着古罗马神话中的狩猎女神——黛安娜的形象，这位狩猎女神边上摆放着巴黎万神殿的石膏雕塑，雕塑表现的神仙形象有阿波罗、西塔和拉姆。接着作为导游的警卫带我们穿过庭院走上楼梯，楼梯边的每一寸墙面都覆盖着来自欧洲的画作，走到楼梯的顶部，你可以看到宫殿主人穆利克的肖像，画中的他身材魁伟，留着八字胡，穿着传统的印度服装。

在二楼，高达 20 英尺的比利时玻璃镜面包围了宴会厅的两端。在十三个枝形吊灯下面安放着耶稣、玛丽女神、伽利略和克里斯托弗·哥伦布的雕像。从这里的阳台向下俯瞰庭院，你会发现，原来庭院里有更多的雕像——维纳斯女神、大猩猩、荷赖女神、奥尔波纳女神，除此之外，那尊有名的叫作"过早的忧伤"的大理石雕塑[1]也在其中。更甚，这里还有一座供四人用的水烟壶，体积比我整个人都要大。我们的导游说，这座宫殿里的所有东西都是漂洋过海从欧洲运来的，无一例外。

"看，无论你走到哪儿，那个女孩的眼睛都跟着你移动"，导游一边打开油画室的灯光一边指着一幅真人大小的吉普赛女郎的

---

[1] 作者这里所指的"过早的忧伤"（Early Sorrow）应为雕塑家帕特里克·麦克道威尔（Patrick MacDowell）所设计雕刻的，雕塑的主体应为一个托着鸟儿的小女孩。

油画对我们说道。在这间油画室里，价值更高的作品是牟利罗的真迹和还有鲁本斯的真迹——《圣凯瑟琳的婚姻》。要知道，伦敦苏富比拍卖行上一次拍卖鲁本斯的油画可是以高达7670万美元的价格成交的。

在宫殿前的空地上，你还能看到鹈鹕迈着步子走来走去，它们偶尔会跳进巨大的喷泉，奋力挥舞着巨大的翅膀，那样子似乎是要威吓那些企图来这儿偷盗古董的国际大盗。

空地上有一个鸟舍，这个鸟舍可是印度第一个真正意义上的动物园。当然，如今鸟舍里没有太多动物了，除了鹈鹕，还有几只孔雀、猴子和鹿，这些不多的动物被周围的混凝土建筑及古老的宅邸包围。距离宅子上一次粉刷大约已经有几年辰光了，现在墙壁上的涂漆已经剥落了不少，露出了泥土的颜色。要知道，这些房子里住着的可都是当年从事贸易的商人，他们和当时世界上最强大的公司有着密不可分的联结。

在穆利克的私宅角落边上有一座供奉着扎格纳特神的寺庙，每年战车节，扎格纳特神是人们祭祀的主要对象。这座寺庙落成的时间早于大理石宫殿和鸟舍。有传言说，每天有大约四千人在寺庙领取用以果腹的粮食。穆利克曾经一度立下规矩，誓要每天在宅子布施加尔各答的穷人。时至今日，每天下午仍有大约四百名穷人可以在这附近领取食物。根据印度教的教义，为贫困人口提供食物是组成其宗教活动的必不可少的一部分，这也是那些有幸拥有大量财富的富裕阶层为自己谋得福报的一种方式。

"所以说，你如果想要找极度贫穷的穷光蛋的话，那就来大理石宫殿附近"，那个警卫兼导游带我们出去时这么说道，在出大理石宫殿的路上，我又塞了一些小费给他。

当我还在《政治家报》工作的时候，战车节时我曾经和萨米托来过大理石宫殿前开放的空地，我记得当时宫殿的花园和鸟舍都向公众开放，使得那儿变成了一个露天市场般的存在。平时你在街坊四邻可以看到的人力车夫和街头小贩和他们的家人一起趁着战车节在这附近闲逛，孩子们手里拿着刚买的发条玩具，一家人先是会去乘坐摩天轮，然后会在挂满一面气球的布墙前站定，端起 BB 枪玩射击游戏。在当年加尔各答的村子里，资本主义是行不通的，人们即便不在村落居住了，也总是会按照封建大家长制来认定谁是拥有权力的人。这就是为什么当年那些从村子里搬来城市的贸易商通常会选择住在城里的大户人家周围，而在他们的房子周围则是被我们叫作"迷你村庄"的居民区，也就是贫民窟。当你周围簇拥的人越来越多的时候——越来越多的仆人、帮工、下属——你就越会被认为是了不得的人物。对于这些曾经的贸易商和地主来说，他们获取权力感的方式便是对这些下人时而残忍时而仁慈。

与巴黎或凡尔赛宫的不同之处，正是这大理石宫殿得以存在的意义，否则的话它就会显得不合时宜。穆利克这些收藏可以被看作是一种毫不掩饰的对欧洲的效仿，然而在真正的欧洲，却并没有如此这般把所有一切都聚拢在一起的铺排设计。这是19世纪的加尔各答才有可能出现的奇观。同样是在19世纪，巴伦·奥斯曼负责起重新设计巴黎市布局的工作，并希望借此来树立现代城市规划设计的范本。他不仅拓宽了林荫大道，拓宽了从纪念碑开始的可见视阈，而且将贫民窟移到了城市边缘人们看不见的地方。为了打造一个风景如画的城市，设计师把富人们筛选出来，和穷人做了隔离，那些散发着臭气的被认为不洁的一切都被移到了距离那些华丽建筑很远的地带。在巴黎，即使是在今天，城市边缘的房子里也充满了来自那些前殖民地的移民，巴黎人从来没见过这些人，就算是偶尔有机会，那也是通过电视上报道骚乱的新闻才看见这些移民面孔。

对于当年加尔各答的富人来说，穷人并不是问题，反而倒变成了他们的一种资产。那些城市贵族需要他们的跟班、下属和仆人的簇拥来凸显自己的地位。而这些城市贵族们则多半需要依靠穆利克家族的资助来维持自己的地位和事业。在加尔各答，城市的设计遵循的逻辑完全与人们对现代城市的期望不一致。如果说其他城市在做的一直是试图分离和隔断，那在加尔各答则恰恰相反。在这里，自始至终所有人都聚合在一起。

第七章

史诗之城

当刺眼的午后阳光逐渐变成茶色时，意味着阵雨要来了，每当这时候，卖烤槟榔的男孩会赶忙找盖子盖好摊子上的炒锅，然后匆匆忙忙用粗麻布包好锅和各种调料，找个干燥的地方准备避雨。男孩寻到了街角一处堆满了纸箱的地方，便蜷在纸箱边重新支起了摊子。摊子边上站着两个加尔各答的医药代表，他们有一搭没一搭地闲聊着，可这闲聊不时被两人手中手机的来电铃声打断，他们时不时要接起电话和别人交谈。听下来，他们接下来的安排是先去修道院路，然后是到南加尔各答的德莎普利亚游乐场。在游乐场里，他们会快速拿好自己要的东西，然后行色匆匆地离开。在他们离开的路上，天空聚满了暗黑色的积雨云，云团从城市的另一头压迫着迎面袭来。

忽然间，起风了。要用哪个英文单词来描述加尔各答的季风呢？阵风？强风？还是风暴？在孟加拉语里面，季风这个单词的发音是"卓尔"，这个词的意思是"吐气"，在孟加拉语里，"卓尔"事实上是个拟声词，用来描绘那种哗哗作响的声音。

"卓尔"的到来使路边那些防水篷布的寿命变得岌岌可危，大风所到之处都使房顶上的篷布开始挪动移位，风最强的时候，那些篷布干脆直接被掀起来，然后像巨大的斗篷一样被吹飞在空中。"卓尔"的到来使天色变得越来越暗沉。我在暗沉的天色下听到风吹过"嗖嗖"的响声，还有云朵和闪电挤在一起移动的声音，然后就是噼啪作响的雨声。季风季节就这么来临了。

　　我站在商店的篷布下避雨，篷布外雨水已经在坑坑洼洼的人行道上聚成了一个个小水潭，在其中一个小水潭上还漂着一个罐头的盖子，那盖子就仿佛是一个圆形的小拖船在水面飘曳。两个十几岁的男孩穿着背心和凉鞋，骑着摩托车经过，看样子他们是要去买香烟。一辆出租车随后从我面前驶过，车窗外的雨刷仿佛得了关节炎般并不怎么灵活地来回贴着玻璃摆动着。

　　在我避雨的这块篷布下，挤着一群同样是来避难的人，雨水从四面八方打过来，篷布下干燥的地方已经越来越小，我们逐渐无处落脚。很快，这块篷布似乎就要沦陷在雨水中了。从上而下倾斜的雨水已经在篷布上汇聚成了一条水槽，沿着这个水槽一股水柱垂直浇下来，就像开着的水龙头一般。很快我们这群人就会被浇透。

　　我记得小时候每逢大雨天我们总是很激动，放学的时候我们一群孩子会折好纸船，兴高采烈地把纸船放在积满雨水的街道上。对于孟加拉孩子来说，积满雨水的加尔各答就仿佛是我们的威尼斯一般。而此刻，我却兴奋不起来，我担心街道上满溢的垃圾和狗屎会随着雨水漂浮到各处，传播疾病和更可怕的灾难。

　　我和德巴的争吵就像这季风雨一样，来得猝不及防。所幸的是我们的公寓有不少房间，有足够的空间供德巴发泄情绪。我们这次矛盾的焦点在于一家叫巴力斯塔的咖啡馆，这是一家在我们街区里的高档连锁咖啡店。这家咖啡店就在我们的公寓对面，里面还有空调开放。要知道在加尔各答，有空调和没有空调的差别实在是太大了，空调房不仅能够帮助隔绝热气，更重要的是在加尔各答，它还能够帮助过滤掉令人不悦的灰尘、气味，还有最恼人的噪声。不夸张地说，加尔各答就仿佛是建造在声音之上的城市——各种政客的街头演讲声、从街头巷尾的喇叭里传来的宝莱坞音乐声、促销员的吆喝声、路边小贩的叫卖声、有轨电车叮叮咚咚的行驶声、公交车售票员站在车门口揽客的喊声——所有这一切交织在一起，使整座城市变得喧闹无比。无论是在一间茶馆，一个街区，甚至是整座城市里，所闻之声都仿佛是一曲嘈杂的交响乐。但当你一脚迈入巴力斯塔时，整个城市仿佛被按下了静音键。

对于德巴来说，巴力斯塔是她去工作、放松的场所，是她在被各种琐事纠缠时的避难所。

一天早上，我们两个有些小争执，我随口说了句，"我看你是想一辈子都待在巴力斯塔，要不下辈子也待在那儿别出来了"。

话音刚落，暴风雨来了。噼里啪啦，砰砰作响，动静可真是不小。

"我倒要问问看，你呢？在美国你不也经常去星巴克这种咖啡馆，到这儿怎么变了？哦对了，我忘了，你是受过高等教育的孟加拉精英。你必须喝茶才符合你的身份，你最乐意一边和你的精英朋友一边讨论政治一边眼看着一个十岁不到的男孩为你们端茶倒水，不是吗？"德巴质问道。

我回击道，"我看你才是不愿意融入这里，一心想要躲在那个像美国一样的小角落里逃避一切"。

"难道你不觉得，就像在美国你无法找到归属感一样，在加尔各答你一样找不到归属感吗？"

"我就不明白了，加尔各答哪里可怕，可怕到让你无法忍受非要逃跑才行？"

一些住在加尔各答的人就是以这样的想法在生活，他们总是假装自己生活在一个真空的小环境当中，在这个真空中不仅气候是可控的，整个社会环境也是可控的。他们躲在自己的玻璃房里，对外面的世界只有满满的鄙视和不以为意。"切，我才不在乎外面的世界"，他们一面叨念着一边不情愿地迈出玻璃房，还没走两步便钻入了由专属司机驾驶的开足空调的私人轿车里。当他们不得不和玻璃房外面的人打交道的时候，他们会再次兀自说着"切，我才不在乎这外面的世界"，不情愿地和警卫、商店老板，还有店员发生免不了的交谈。这些人的傲慢往往都很肤浅。比如在讲孟加拉语时，他们会带有一种特殊的腔调，他们还喜欢不时在孟加拉语中夹杂一些英文来凸显自己的特别。他们认为自己生活的城市丝毫不能给自己带来什么荣耀，自己只是意外地出生在了加尔各答这块土地上，而他们真正的归宿是在伦敦、巴黎或是纽约这样的地方。然而事实上，他们那些看似洋味十足的孟加拉语在其他地方半点儿意义都没有，其他城市没人会在乎你的所谓英式孟加拉语有多么与众不同。

对于这样的人，我多么想用双手抓住他们的肩膀大声对他们说，"醒醒吧，看看你周围的世界是多么美妙"。我一直认为加尔各答充满了新鲜的事物和各种各样的可能性，这里聚合了我们作为现代人类所需要感知的一切，这座城市既有过往的荣耀也有冷酷的面容，它提供给了我们能够成就自我的一切。

"你是来自新泽西的美国人，你出生在水牛城。你以为你这么说会让我感到愧疚吗？！那你可真是个美国式的伪君子啊。想想看吧，换作谁，会甘心嫁到这里来并感到沾沾自喜？大概除了那些通过相亲结婚的当地女孩才会觉得住在这儿是幸福的，她们会为每天给你做一锅咖喱鱼汤和抓饭而感到知足。我想问问看，你那些来自耶鲁或者普林斯顿的朋友，哪一个会愿意一直待在这儿？！"德巴质问道。

在这之后，德巴列出一长串或许当时有机会成为我配偶的女性人选，并暗示我，没有人会像她一样能够忍受现在的生活，她已经很坚强了，碰到她我已经算走运了。

德巴这种论调似乎把我形容为是在坠入爱河的一瞬间仍然在挑挑拣拣、货比三家的人，在我听来简直是不可理喻。每当我们因为争吵不欢而散时，德巴总以这样的恶评结尾——她说我回到加尔各答完全就是假装效仿甘地的欺诈性行为，我的回归打着救赎的名义，其实完全是虚伪的行径。

每次争论到最后我们总是会回到我和德巴刚在一起时就已经争论过无数次的问题上，也就是事关离开和回归的问题：一些印度人迫切想要离开，他们时刻想要逃离平庸和为生活所作的妥协；一些像我父母一样的美国人，总是一心要回到印度，却无法说出想要回归的真正原因，他们所谓想要回归的原因事实上并不是什么真正站得住脚的理由，不过是一种直觉或是感性的情绪罢了。就这样，我和德巴时不时的争论就好像四月的阵雨一样，它们来势汹汹，最终成为真正凶猛的季风雨。

我想，完满的婚姻关系是断然无法在这种气候下存续的，我甚至怀疑整座城市都刻意在与我和德巴作对。

夜里，我独自躺在床上，无法入眠。早些年曾经困扰过我的失眠又一次卷土重来。

"隔壁的邻居躺着入眠，大门紧闭／而我却独自倾听暗夜敲打我的房门"——诗人沙克蒂如此写道，"我仿佛感受到，在我的心里有什么东西像是半溶解一般地搁置着，仿佛经历了漫长的旅行／我在痛苦中沉沉入睡／忽而，我听到暗夜轻敲我的房门"。

我日复一日地被失眠困扰，常常从黑夜在床上徘徊直到中午，那仿佛是宿醉后才会有的梦境，牢牢将我扼住使我没有还手之力。反复出现的梦境是被白雪覆盖的加尔各答。德巴说这是我的潜意识告诉我，我的确想要回新泽西了。我不确定她这么说是她真的在帮我解梦，还是刻意要刺激我。我对她说，"哈，与其说是我，你还不如坦承是你自己不愿意待在这儿了"。

当一对情侣坠入爱河的时候，他们总觉得自己的爱情故事是独一无二的。而一旦他们开始争吵，就会发现所有情侣间不幸的故事本质上并没有什么不同，我和德巴陷入无休止的纷争时的状况，和世界上其他情侣没什么两样。我们受过的教育和成长环境并没有帮助我们避免争吵的发生。在吵架的时候，我甚至觉得自己就是我舅舅的翻版，他发起火来会冲着我舅妈大喊："狗屁，你说的都是狗屁！"两个人你一言我一语，互不相让，极尽所能羞辱对方，争吵可以一直持续到桌子上热气腾腾的米饭冷掉都不停止。我和德巴也并没什么两样。每一次当我预见到争吵即将来临时，我总是有种无力感，不知道该如何应对即将来临的如暴风雨般的争吵。人们都说，一切都会过去的，不要慌张，云云。第一年结婚总归应该是幸福的才对。我有些困惑，我在想梦境里那白雪皑皑的加尔各答并不是我真正想要逃离的地方，或许我真正想逃离的是我和德巴永无止境的争吵。

在我外婆家里，我的外婆和外公有各自单独的卧室，两个卧室之间隔着长廊，从长廊上不时可以听到外婆和外公之间相互拌嘴甚至攻击的声音。他们两个这种隔着走廊的长距离争吵就仿佛一场竞技体育比赛，长廊就是场地，我们这群家人就是观众，争吵的上演和落幕被所有人见证。当然，由于外婆家住着一大家子人，所以家里爱管闲事的妈妈辈、阿姨、侄子、兄弟姐妹的存在，似乎也能有效地帮助缓和外婆和外公之间的冲突。（从小在外婆家生活的经验让我意识到，生活在这种大家庭之中，必定要面临家长里短和各种纷争。）所以我很早就立定志向要搬到独立的公寓去，并有自己的房间。但是转过头来想想，这些乐于和一大家子人分居的小家庭硬生生把自己塞到像小盒子一样的公寓房里，狭小的空间里挤着丈夫、妻子和孩子，盒子外还带着一个叫作"阳台"的铁笼子，试问在这狭小的空间里，哪里还有用来缓冲争吵的地带？

对于我和德巴这样每天争吵不休的状况，其他孟加拉夫妇可能会寻求到伽利女神庙或是穆斯林清真寺找位占卜大师看看该怎么解决。而德巴坚持按照美国那一套程序来，她认为我们需要做的是找一个婚姻咨询顾问。不知从什么地方，她竟然真的寻来了一位来自德国的婚姻顾问。我在加尔各答从未遇到过德国人，事实上，任何国家的白种人在这儿都非常少见，以至于在这儿长住的白种人大多都享受着如当地名人一般的待遇。我们约定好在那位婚姻顾问的家里接受咨询，而她家住在一幢高层公寓里。那位顾问女士把她的金发编成了两条辫子，然后把它们盘在一起呈现一个皇冠的形状，她穿着一条拖地长裙，外面罩着一件松垮的印花长衫。当家里没有客人时，一些孟加拉妇女便喜欢把这种长衫当作居家服来穿。在这位婚姻关系顾问的家里，我们大概花了40

分钟时间回答了一系列问题，那些问题尖锐到让我误以为是在接受警察的问询。离开这位女士的办公室后，我和德巴在历经了之前长时间的争吵后，头一回达成了共识。我们一致认为，接受如此这般的婚姻关系咨询，简直是比真正离婚还要让人头疼的事。

* * *

找到位于索瓦巴扎尔街区的艾伦厨房餐厅可花了我不少工夫。这首先是由于这家厨房餐厅每天开放的时间很短，只有四个小时而已，如果食物卖得快，或许时间比这更短。另外，说是餐厅，但它更多的功能是厨房，所以招待顾客用餐并不是它的主业。艾伦厨房餐厅的装潢会让人感觉置身于那种旧式的孟加拉小木屋，摆着没有任何装饰的木头桩子和长椅，有一个小水槽供人洗手，餐厅的照明来源是简易灯泡，这些灯泡发出来的光芒比起小时候我家里停电点的煤油灯还要更微弱些。

在马尼塔拉市场出售的鲜虾价格并不便宜，最好的东西都出口到欧洲或者美国去了。即便是这样，每当一些节日或者庆典的时候，比如说女婿节或者是莫胡恩巴干球队获胜的时候，你还是可以在加尔各答人们的餐桌上找到令人垂涎的美味。但是时至今日，曾经在我童年时期被我当作顶级美味的炸虾排的味道早就变得大不如前了。在加尔各答任何一处售卖的炸虾排无非都是在小小的虾上裹上一层厚厚的面糊，然后放在油里烹炸，面糊膨胀出厚厚的油起酥，只留下一个红色的虾尾巴露在外面，而这虾尾巴大概是唯一真正来自于虾的部分，其余虾肉的部分可能大多是面粉或者淀粉一类合成的东西。

而在艾伦厨房餐厅，炸虾排的做法就大不一样了。萨哈兄弟二人，也就是经营艾伦厨房餐厅的老板，每天都会制作刚好六十五个虾排，一个不多，一个不少。生虾最初是被整齐地码放在装满冰的保鲜箱里，每当有人点单，兄弟俩便会轻轻地把鲜虾锤打成虾排的形状，然后放到油里进行炸制。虾的分量一点都不会少，甚至烹炸过程连植物油都不添加。在艾伦厨房餐厅，虾排完全是在纯酥油中煎炸完成的。

事实上，怀旧的确总是会伴随着失望感——似乎总是这样，停留在你童年记忆的美味，到你长大成人后便并不能那么令人惊艳了。熟悉的味道总是很难被一模一样地复制。但在艾伦厨房餐厅，炸虾排还是我童年记忆中的味道，甚至更加好吃，哪怕是只吃外面裹着的那层炸面糊我都觉得很不错。这里的炸虾排分量十足，没有任何淀粉填充物，简直是不能再完美的存在。

炸锅前的师傅总是穿着一件白色 T 恤，T 恤在他鼓起的肚腩上绷得紧紧的。我甚至一度怀疑他是不是曾经在新泽西的白玫瑰汉堡店烤过汉堡里的肉排。艾伦厨房餐厅的存在有点像一个地下酒吧，人们知道这里大多是靠口口相传。《孟加拉日报》的周末版曾经有一篇报道提到过艾伦厨房餐厅，而我正是从这篇报道了解到的。

我把我如何了解到艾伦餐厅的来龙去脉告诉餐厅老板后，他只是耸耸肩，说这样的报道其实有很多。

我反问道，为何不把这些报道剪下来裱起来挂在餐厅的墙上，要知道很多餐厅可都是这么做的。

"我们不热衷这么做。"老板说。

我又接着问，"你们为什么不多炸一些虾排，六十五个是不是有点儿太少了？"

"这对我们来说已经足够了。"

老板这个回答让我觉得自己俗不可耐，我的建议似乎是在怂恿他们将上帝赐予他们如此出众的烹饪手艺变成单纯的牟利手段。相比之下，我那种期待一个企业总是寻求利润最大化、寻求品牌推广和财富累积的逻辑对于艾伦厨房餐厅是不成立的。对于他们来说，炸虾排更像是一种消遣，而非经营一家企业，老板把它当作是在下午茶和晚餐之间的一项休闲活动，活动不复杂，就是在一方天地里仔细烹调 65 只虾。从这份做起来得心应手的工作中，老板似乎总是能获得短暂的快乐和享受。他的经营理念在我看来是无懈可击的，那便是"这对我们来说已经足够了"。

* * *

我和德巴总是喜欢沿着恒河散步。早晨，我们会走到街边的小摊上，然后坐下来喝杯茶，接着继续向前走，在经过尼兰詹点心铺子的时候会遇见那些晨练的人们。再继续往前走就是马尼塔拉市场，再下去便是接近恒河的方向了。恒河边的房子大多是一些仓库和旧宅，住在附近老宅子里的居民不时会透过窗户上安装的铁栅栏向外张望。除了居民楼，其他的沿河建筑都用来堆放货物。在一座颇有些年代的沿河旧宅里，我和德巴发现了一座狮子雕塑，狮子呈现咆哮的状态。

为了近距离观察这座狮子雕塑，我们还特意绕过铁路走到宅子近处。事实上，那儿不只有一座狮子雕塑，而是有一排。其中的每一头都张着血盆大口，牙齿裸露出来，甚至连舌头的纹理都被精确地雕刻出来，沿着这一排狮子，你便可以从豪宅的入口处进到宅子的走廊里。这些狮子栩栩如生到让我甚至感到有些退缩。在每一个狮子边上还都另外站着一尊杜尔迦女神[1]，也就是难近母女神的雕像。杜尔迦女神有十只手，每一只手上都持有武器，她的脚下是恶魔摩西娑苏罗。摩西娑苏罗有着突出的八块腹肌，形

---

[1]　杜尔迦女神为印度教中受人崇拜的降魔女神。

象让人联想起宝莱坞电影里的恶棍。被杜尔迦女神打败的摩西娑苏罗躺在地上濒临死亡。十座雕塑连成一排，连接着走廊和宅子的庭院。在走廊那狭窄的空间里，这些神像雕塑恍然让人以为是有什么神话戏剧即将上演。

在一个裸露的灯泡下，一个雕塑家正站在椅子上，涂抹着一尊杜尔迦雕像躯干上的黏土和水的混合物，他应该是准备开始上色了。在雕塑家身后的院子里，还有许多类似的完成的和未完成的雕塑。有那么一阵子，那些住在豪宅里的人家总是会雇用一位这样的雕塑家，让他在自家院子里建造一座这样的杜尔迦女神雕塑，便于日后在家进行祭拜。这位雕塑家说，这里的雕塑早就都被预订了，都是那些需要组织家庭祭拜仪式的人家购买的。这座旧式豪宅现在已经成为一个雕塑工作室，这里属于库莫尔图利街区，库莫尔图利在孟加拉语里的意思是"库莫尔的邻居"，指的是种姓为雕塑家的那群人。住在库莫尔图利街区的人每年都会有一段时间集中进行雕塑，赋予恒河里的黏土以神性。季风和随之而来的旋风很快就会过去，那时在库莫尔图利便随处都可看到用来稳固雕塑的脚手架，这些脚手架是用竹子搭成，看上去是由一个个小格子形成的架构，那就是杜尔迦女神雕像在未完成前所要一直待在里面的"房子"。

* * *

在杜尔迦祭祀节的头一天，我和德巴乘出租车来到了索瓦巴扎尔。在这儿有座叫作索巴萨尔宫的宫殿，宫殿是由那巴克力什那·戴伯建造的。加尔各答历史上第一个规模较大的杜尔迦祭祀节就是由戴伯主持的，那是东印度公司为了庆祝英国正式开始对加尔各答实施统治而举办的。

加尔各答地处蜿蜒的河流和沼泽之间，距离孟加拉湾不过几英里，这里不宜居的程度和同样地处热带的新奥尔良差不多，二者都是由殖民资本打造成形的城市。在17世纪后期，恒河一带附近已经充斥了大量的从事贸易的商人，有丹麦人、荷兰人、法国人，这些来自欧洲不同国家的贸易商已经划定了各自的贸易据点，并且在当地首领的庇护下从事各种交易。同样地，英国也需要一个类似的贸易基地，所以1690年东印度公司在恒河沿岸也建立了自己的贸易港口，这便标志加尔各答作为被殖民城市的开端。和欧洲其他各国之间的竞争使英国不得不在恒河岸边加强了防御攻势，这惹恼了当地的行政长官。1757年，东印度公司决定采取暴力获得对加尔各答的统治实权，和当地行政长官旗下的努瓦军爆发了战争。50000名当地的努瓦军和大约3000名由克莱武爵士领导的士兵在加尔各答北部一个叫作普拉西的村庄进行战斗。战斗刚开始不久，孟加拉这头的将领米尔·贾法尔率领的队伍就率先放弃了抵抗，这是由于克莱武爵士借由他在印度的金主事先买通了米尔·贾法尔，这样一来，米尔·贾法尔便成了内奸。战斗当天下着小雨，正是适合打曲棍球的天气。当天在日落之前，战斗就结束了。东印度公司在短短一天内就赢下了印度最富裕的一个地区，而在这场战斗中，英军只有大约20个士兵伤亡。伴随着战斗的胜利，英国在印度的殖民统治正式拉开了帷幕。

从结果上来看，普拉西战役的目的除了达成殖民统治之外，还包括促成一笔商业交易。克莱武洗劫了孟加拉的国库，东印度公司通过这次战役带走了当地几乎全部的黄金和白银，价值高达250万英镑，如果按照现在的市值计算的话，大约是2亿英镑。这笔大额财富通过船队全数运到加尔各答。克莱武自己从中留下了战利品的百分之十来犒赏自己。他在回到加尔各答后，那些在背后密谋这场战役并为其提供金源的商人金主们展开了热烈的欢迎仪式，其中就包括索瓦巴扎尔的巴克力什那·戴伯。戴伯大张旗鼓地举行了杜尔迦女神祭祀节，事实上这是为克莱武勋爵和手下举行的庆功派对。当时有1001只动物被用来祭祀，同时各种食物和衣服被慷慨地分给穷人们，加尔各答的英国人享受着美酒，观赏着跳舞女郎的热舞。一直到今天，在德伯建造的宫殿附近举行的杜尔迦女神祭祀节也被叫作"公司祭祀节"，这里的公司指的就是当年的东印度公司。

按照传统，在节日的开始总会有些人冲着天空开枪，来复枪的枪响便意味着节日的序曲。虽然当年跳舞的女郎已经不见踪影，但节日仍然热闹依旧。在索巴萨尔宫的庭院里都是穿着华服的客人，他们都是来瞻仰安放在祭坛上的杜尔迦女神的，这一传统延续至今，已经有长达二百五十年的历史了。

从索瓦巴扎尔往北走，我们便到达了巴戈巴扎尔。巴戈巴扎尔一带的杜尔迦女神被放在像庙一样的神龛内，神龛是位于开放的公共公园里，我记得在我童年时代，巴戈巴扎尔一带的女神就是被放在公园里的。这里庆贺杜尔迦女神节的方式是提倡人人参与，这也是加尔各答首个提倡人人参与节庆的街区。大约在一百年前，当杜尔迦女神像从富人的宅院里移到街头时，平民也有了参与节日祭祀的机会。除此之外，巴戈巴扎尔大概是杜尔迦女神节传统的最佳传承典范。在这里，传统审美并没有为了迎合时下的流行而被迫改变。这里摆放的神明和鬼怪的雕像并不像其他地方那样以宝莱坞明星的样貌为模板进行创作。神像既没有被吊在半空中，也没有穿着不合时宜的纱笼。杜尔迦女神的皮肤应该呈黄色，眼睛细长，脸庞宽大扁平，看起来有些许不自然——这才应该是她标志性的样貌。每一年巴戈巴扎尔的雕像都分毫不差地按照传统呈现了女神标志性的形象。

我和德巴来到祭坛附近的时候，周围恰好响起了祭祀时播放的乐曲。整个场地挤满了人，我们周围有背着鼓的鼓手，鼓的大小大概和水桶体积差不多。鼓手一边移动一边敲打着震耳欲聋的节拍。除此之外，各色男女手持着点燃的线香舞动着身躯，线香散发出缭绕的烟雾和强烈的香气。烟雾四处飘散，模糊了我们的视线。砰砰的鼓声以越来越快的频率咆哮着。我们的身体不得不和四周的节奏产生共鸣，所有人都置身于一片不停搏动的云团之中，在恍惚中，我们的意识和思想完全被喧闹的一切裹挟。在这里，你来不及思考也无暇去仔细观察，能做的只有用身体去感受。

* * *

当我们还是孩子的时候，女神节意味着我们可以暂时合上课本，穿着新衣服拿着玩具枪上街玩耍。我们那时的玩具枪都是用粗糙的金属做成的，一个不小心还会划伤手指。每发一枪，枪口都会冒出火星，紧跟着是火药爆炸带出的烟雾。"砰！砰！砰！"在女神节当天，在 DL 罗伊大街的每个角落都充斥着孩子们打气枪的响声。街头的扬声器里，宝莱坞的流行歌曲不绝于耳，要知道，在我家宝莱坞的曲子可是被禁止播放的，家里的长辈仍然坚持维持孟加拉精英家庭的传统，只听泰戈尔创作的传统乐曲。

"一二三四五六七，倒数计时等着你。"——那些流行歌曲的内容大致如此，都是用印度语演唱，也正是通过这些扬声器里播放的宝莱坞歌曲，我学了不少印度语，并且得以将其全数用到我当时在《政治家报》的记者工作中。当然也有些宝莱坞歌曲根本没有什么具体的歌词，歌词内容不过是从像格洛丽亚·埃斯特凡这样的歌手已经发表的歌曲中截取一些"咿咿呀呀"的部分重复充当歌词——"哦耶，哦耶，哦耶，啊啊啊……"

在我小时候，各个街区组织举办女神节的经费来自各家各户的支援。每到开始筹办节日的时候，社区就会有年轻的小伙子带着收据凭证簿到各家各户募集节日筹办资金。现在这些负责筹集资金的年轻人不再向寻常人家寻求支援，对象变成了那些大型公司和企业，通常这些企业会以赞助女神节来获得在节日盛典打广告的机会。赞助企业的广告会出现游行花车上，也会以横幅的形式出现在神龛旁边。但是至今没有改变的是杜尔迦女神节的节庆组织模式。从装点节庆的跑马灯到参与祭祀的鼓手，都是由各个社区男性长辈组织的。这些男性长辈通常就是那些你在街头巷尾看见的在长凳上喝着茶，抽着宏愿牌香烟的叔叔们，对了，他们还喜欢在街区的酒吧里玩康乐棋。说起来他们其实就是和我麦周舅舅还有他的国会同僚差不多的一群人。

我家附近的一家俱乐部出资建造了一座帕德马纳巴普拉姆宫模型，用来在女神节祭祀神明，在宫殿顶端可见的是草草雕刻的神灵和舞者的小型雕塑。在模型的角落，雕刻家弄了一小片草地象征着公园，并把它命名为"三角公园"，当然，组织者不忘在神龛里安放一个正被杜尔迦女神压制着的摩西娑苏罗，女神的形象看上去像是从弗里茨朗的电影《大都会》中出来的机器人一样。女神节期间，在加尔各答整座城市里，差不多可以见到五百多个供奉着杜尔迦女神的神龛。神龛几乎都是用竹子制成，有好几层，竹子制成的架子外覆盖着彩色的布和不少其他装饰，神龛的外形很多变，有的被搭建成沉没的泰坦尼克号的样子，还有霍格沃茨魔法学校、马丘比丘、白宫、特雷维喷泉或吴哥遗址，等等。女神雕塑的风格也如同供奉她的神庙模型一样风格迥异，但不变的是雕塑主题——正义和邪恶的对立。每个神龛里都是十臂杜尔迦女神横跨在狮子身上，霸气地制服了摩西娑苏罗。女神节要持续大约一周的时间，在这段时间里，加尔各答仿佛成了一个诸神大战的现场。各路神仙和魔鬼挤在一起，想要在这座城市各显神通。

　　对于孩子们来说，参观城市里的各个节庆神龛就仿佛是参观旅游景点一样。小的时候，我和我的小伙伴们最喜欢在节庆的那些日子比谁看的神龛最多，谁拜过的神仙最全。同时我们还会相约在晚上一起看缤纷的节庆灯会。每个神龛前几乎都有一条蜿蜒数十米的队伍，所以想要进到里面参观至少要排几个小时的队，而大多数人进入到神龛里，面对眼前身着华服的杜尔迦女神，也不过是草草看一眼便出去了。当然其中不乏虔诚的人举高双手向女神雕像跪拜行礼，但是对于当年还是孩子的我们，根本没有关于祭祀行礼的概念，女神节对于我们的意义只是关于数字的竞争，只是关于你是不是去了那些有了不起的大神庙的街区，比如在城北的巴戈巴扎尔、阿希里托拉、穆罕默德阿里公园、学院街广场、什玛巴亚姆萨米提、维韦卡南达路，等等，又或者是在城南的南方公园马戏城、艾克达理亚、焦特布尔公园、穆迪阿里之类的地方。在女神节期间，这些拥有女神神龛的地块聚拢成一个新的地理范畴，它使得达尔胡西、海滨大道、维多利亚大街和公园大街都暂时变得黯然失色了，原本加尔各答的中心被这些由庞大的带有神像的神龛组成的街区替代，瞬间整座城市都染上了神话史诗般的色彩。

* * *

在新泽西，那里的加尔各答移民也会庆祝杜尔迦女神节，庆祝仪式一般会选在周日，场所大多是在高中的食堂。庆典当天，会有人在一次性塑料泡沫餐具上盛满食物招待客人，同时在晚上会有来自加尔各答的音乐家在高中礼堂进行传统音乐表演。在新泽西，女神节变成了室内的庆贺活动，来参加节庆的人可能比加尔各答街头的普通群众之间的关系更为亲近，同时他们也更虔诚，并且来这里的成年人大多怀抱着这样的希望：他们希望自己在美国长大的孩子除了整天沉迷于 Xbox 游戏和旅行、足球之外，能够多少了解一些属于他们自己的文化。在新泽西的女神节没有街头喧闹的扬声器，没有竹竿搭成的神龛脚手架，也没有人头攒动的热闹景象。每次在新泽西参与女神节庆贺活动时，我都能感觉到来自远方加尔各答的嘲笑，它在嘲笑我们竟然自负地认为自己能够随着自己心意，将一座城市的文化和气韵完全打包带走，并且还期待它能够在其他地方生根发芽。这个逻辑就好比是，如果没有新奥尔良这座城市的滋养，那么爵士乐、"第二段"铜管乐游行，还有"肥胖的星期二"狂欢节这些文化概念本身的存在还有意义吗？就像是，如果没有杂草丛生的坟墓的映衬，没有响彻狭窄和拥挤街道的哀乐的烘托，人们怎么会涌上街头参加那些名人的葬礼；如果没有围观群众齐唱挽歌，人们又怎么会感受到葬礼的悲伤氛围？！你可以把挽歌录下来放在 ipod 里按下一键播放，同样的音乐却无法制造相同的气氛。对于一座城市来说，能够代表它的绝不仅仅是那些高楼大厦。那些不起眼的角落、酒吧、女神节的神龛脚手架、街上嘈杂的声响、庞大的人群和他们的动态也是构成城市内涵的重要成分。所有这一切，就仿佛人的各个器官和组织一样，只有拼在一起，才是一个完整的有机体。你绝不能企图切下其中一部分，然后任性地把它移植到新泽西郊外的一所高中食堂里，一厢情愿地认为它可以在一次性塑料餐盘上发育成和加尔各答一般模样的文化个体。

杜尔迦女神节的庆典，事实上是帮助加尔各答展开了它的另外一副样貌，这副样貌形成了另一种城市风情——它如史诗一般，充满了新的可能性和不一样的视阈，城市的轮廓用带有英雄神话色彩般的笔触被重新勾勒。其实，自打从东印度公司开始组织庆祝女神节起，杜尔迦女神节就无关乎个人信仰的展示，它真正的意义在于使得互不相识的陌生人聚在一起共襄盛举。这就是为什么连我这种无宗教信仰的人士都认可杜尔迦女神节的理念，我认为这样的节庆通过史诗叙事的力量正在改写着一座城市的命运。据我所知，现在世界上大概没有其他地方还保有像杜尔迦女神节这样盛大的节日传统了吧，我是说能够在一夜之间通过成百上千的神话雕像，把一座现代化的城市瞬间拉回史诗神话的场景中去的节日。这令你不得不相信关于人类世界的无限可能，如果他们愿意的话，人们确实有力量打造出任何样貌的都市形态。每当杜尔迦女神节来临的时候，我们每个人大约都会隐隐地感受到关于人类本身的演进，还有关于文化的改造这件事，仍然未完待续，充满无限的可能。

第八章

运河对岸

"**用**力工作，用力玩耍。"这是我在普林斯顿读书时流传在学生当中的箴言，但事实上对于我们那里的学生来说，你要做的就是像别人一样努力努力再努力地工作，直到你忘记了玩耍这回事儿。在我回到《政治家报》工作的时候，我发现报社里没有人努力工作，也没有谁疯狂玩耍，大家都处在一种懒洋洋的中间状态，别无所求。我最开始对此是感到不解的，心想一家日报社的风气怎么会是如此。若是有采访的时候，报社的记者通常需要花费好一阵子才能打通被采访者那边的电话，但是没有人愿意通过电话接受访问。所以通常我们总是得到这样的答复，"你到我这儿来我们当面聊"。然而当我们做记者的到达指定地点时，被采访的对象却又总是不知何故不见踪影。正是由于这样，记者们大部分时间便是等在某幢办公楼的走廊里，无所事事地消磨着等待的时光。久而久之，这也成了我最喜欢的消遣方式。无论是在药学院、拉尔巴扎尔，还是作家大厦，我常会一边喝茶一边等待着被采访者的到来。

我记得我刚到报社不久时，有一次被分派的采访任务是访问一位公共健康部门的工作人员。大概拖了有一个多星期，这位工作人员终于在一个季风雨来袭的下午同意和我当面聊聊。当我和另外一名摄影师浑身湿答答的赶到他的办公室时，却被告知这位工作人员的领导拒绝批准他擅自接受采访。接待我们的员工只是对我们说，"不好意思，你看看我也没什么帮得上的忙。要不坐下来喝杯茶再走？"

坐下来，然后喝杯茶，这的确可以，但是这对于达成采访目的毫无帮助。好吧，既然采访泡汤了，我们也没有其他场子要赶，那就坐下来喝杯茶吧。

说起喝茶，我想起原先我工作的《政治家报》报社里雇用着这么一群人，他们专门负责在大家的工作间隙奉茶，或者我们把他们叫作茶水服务生好了。负责给编辑部送茶的服务生全体身着全白色的制服，打扮让人想起那些从事极其体面工作的穆斯林。因为编辑部算得上是报社的"资产阶级"，地位最高。包括编辑和记者，一天都有四次被奉茶的机会，供给编辑和记者们的茶杯都是搭配小碟子被端上来的。报社内部有卖茶水优惠券，一本两卢比，里面包含十七张优惠券。比方说早上服务生来帮我倒一次茶，那么我就要给他一张优惠券。

到每天傍晚，报社印刷车间的工人们陆续来上班，另一批茶水服务生便出现了，这批茶水服务生的打扮和那些全白制服的不尽相同，他们大多穿着短裤。他们给工人端上的茶水也不太一样，我们戏称这茶为"短裤茶"。"短裤茶"的功效是帮助增强印刷工人的肌肉力量，茶水又浓又甜，有些糖浆的味道。"短裤茶"都是放在简易的杯子里，并不会搭配精致的小茶碟。按照规矩，编辑们和工人们的茶水是不能交换享用的，报社里不同的阶级只可以领取自己专属的茶品。工人们永远不会妄想得到编辑部盛放在小托盘里的茶水，就好像新闻编辑室里的副主编也不会和工人们拍着肩膀称兄道弟一样——这都是不合规矩的。但是后来我发现，每天晚上，那些穿着短裤的茶水服务生总是会到我们的新闻编辑室鬼鬼祟祟地溜达一圈。其实只要偷偷塞给他们半卢比，你就可以得到一杯在我们编辑部相当于违禁品的"短裤茶"。

《政治家报》报社大楼事实上就好像永远处在一个被冻结的时间点一样，里面的小社会兀自运转，丝毫不理会外面发生了什么。在拥有庄严外表的办公室大楼内，走廊上堆满了一摞摞废旧文件，不时有猫咪经过走廊，安静地巡视周围的一切。走廊连接着像迷宫一样狭窄的楼道和幽深的楼梯，通过它们，你可以一路到达阁楼层和每一处隐秘的角落。在大楼后巷处，还有着数百名工作人员，这其中有帮工、电梯工、服务生、厨师、打字员、司机，还有文员，要知道，报社的记者可是只有差不多十几个人，远远少于这些工人的数量。

在我刚到报社工作的时候，我就认识了南和·辛格，他算得上是后巷帮工里的吟游诗人了。我第一次见他的时候，他就小声问道，"你叫什么名字？"然后点头示意我到他那儿去，这一下让我想起那些在学院街招揽生意的书贩子们。

有一次我正好在走廊碰见南和，他悄声对我说道，"嘿，我给你作了一首诗，要知道我可是给报社上百号人都作过诗了"。接着，他便把这些人的名字一个个说给我听。每当茶歇的时候，他总是会在他工作的部门背诵那些关于内塔吉、莫卧儿皇帝阿克巴，或者是因德雷尼的诗歌。南和也创作了一些关于拉姆和克里希纳的史诗经文，还写过一些讽刺当地某些政治领袖的文学作品。除去诗歌，他还热衷于参与政治。除了在报社做帮工，他总是四处嚷嚷说自己是某工会的成员。事实上在这几十年以来，《政治家报》已经渐渐脱离和政党有关的工会的联系，取而代之的是相对较为易于管理的公司工会制度。但南和并不买账，他写了一些对联来嘲讽报社的管理者，并四下偷偷散播这些对联给报社的其他员工。

在不写诗的时候，南和通常会坐在新闻编辑室外的长椅上，边抽着比迪烟，边盯着手里的一个装有红灯的感应器。每当我们编辑部有谁按下办公桌下的按钮时，南和手里这个感应器的红灯就会亮起来，这意味着要么是有人要南和把一些备忘录文档从编辑部送到文员那里，要不就是要他从街对面一家叫作 Saina 的餐厅取外卖。说白了，南和在报社的工作就是负责跑腿。

报社里的帮工从事的劳动各种各样，有些负责送午饭，有些负责销毁上司的电费账单，还有一些帮工每天鬼鬼祟祟地在大楼各个角落游荡，专门向记者兜售烟草。就像我说的，帮工的数量远比记者多，仿佛他们才是报社的主力一样。这里的帮工大部分都已经是各自家中在《政治家报》工作的第二代或者是第三代了。帮工中有一位十分特殊，他专门负责给报社总编擦拭拐杖。我们大多称呼总编为"老板"，或者"老爷子"，说起我们这些报社员工和老爷子的关系，用农奴和庄园主来比喻不知道恰当与否。我们从未见过老爷子本尊，但却随时随地能感受到他的气息。好比每次当我们这儿的电梯工托皮瓦拉一脸歉意地把我们请出电梯，我们就知道这是"老板"来了。老爷子一直以来的习惯是独自使用电梯。我们对他的了解仅仅通过一些能够代表他的符号，比如他的汽车、他的手杖，还有他写的专栏。《政治家报》的头版专栏"警示"就是老爷子亲自执笔的，而且并不是三不五时才有一篇，相反，"警示"板块的文章都发表得极其有规律。老爷子的文风犀利，他的一篇评论常常会使得一些大人物也感到坐立难安，哪怕评论对象地位再高，他写作的口吻也像是校长在对小学生训话一样，毫无顾忌。

老爷子曾经是孟加拉俱乐部的会员，那是加尔各答殖民时期的精英社交俱乐部。在英国统治加尔各答的时候，孟加拉俱乐部曾经有过"狗和印度人不得入内"的规定。传说中有一次俱乐部里的殖民长官惹恼了老爷子，老爷子回头就在"警示"专栏连发了一连串文章作为反击，搞得当时各个俱乐部的成员都人心惶惶。

《政治家报》最后一位英国人编辑大约在20世纪70年代离开加尔各答，这距离我到报社工作大概有30年时间。在这30年间，帝国的痕迹仍然没有被完全磨灭。遵守着旧时传统的老者仍然会在吃鱼肉咖喱的时候使用刀叉，并且保留着一手如外科医生一般精准的用刀叉剔鱼骨的技巧，这些都是他们当年从"白人老爷"那儿学来的，尽管他们的"白人老爷"早就已经打道回府多年。

又或者当你拨打我们报社的主线电话时，接线员威利仍然会用英语恭敬地说"请您稍后"，他响亮的音色里夹带着近百年殖民历史的质地和回声。

在英国统治加尔各答期间，《政治家报》一度是亚洲发行量最大的报纸。它曾经报道了19世纪末由英国人造成的饥荒，当时报社曾经派出记者到饥荒最严重的地区进行报道。1943年，《政治家报》再一次成为第一家报道当年饥荒的报社，英国仍然是此次饥荒的始作俑者，大约有300万孟加拉人死于那次饥荒。在战争时期，它曾经执意挑战新闻禁令，刊登加尔各答街头的死者尸体。我记得我小时候还曾经在《政治家报》上看到其报道的关于一起国际武器丑闻的新闻，这场丑闻甚至牵涉一位时任总理。这一切使《政治家报》获得了公正报道新闻的名声，一百多年以来，它都作为印度新闻业的旗手屹立不倒。即便报纸的忠实读者都已经因为年迈而一个接一个地去世，即便我们的老爷子从不盘算着做些什么好打败那些竞争对手，以至于使得报社无法吸引大批量的年轻读者，《政治家报》仍然享有王者的威严和地位。

* * *

一天早上，迈克把我和伊姆兰叫到他的办公室。我们被告知托皮瓦拉的儿子走丢了。男孩三岁，早上跟着妈妈在外面，一转眼就不见了。托皮瓦拉总是戴着棒球帽子，他是负责叫电梯的电梯工，在报社大楼下那一群工人中，他并不是什么特别的存在。孩子走丢了以后，托皮瓦拉到迈克这儿来寻求帮助，他知道迈克是楼上这群编辑记者中最有可能帮上忙的。迈克了解情况之后便找到了我和伊姆兰。

到了下午，为了找孩子，我和伊姆兰乘船跨过恒河到达河对岸的豪拉市，那里到处都是工厂，林立的烟囱就好像是墓园里一座挨着一座的墓碑。托皮瓦拉等在一幢公寓楼的院子里，那是他的家。事实上，在豪拉市区有个豪拉火车站，从那儿你可以坐火车到达任何你想去的城市，从克什米尔到坎亚库马里，任何地方都可以。如果孩子是被绑架了的话，那么当下他可能在任何一座城市。但是如若有人要绑架一个电梯工的儿子，这个人的动机又是什么呢？

当然我也推测了其他的可能性。比如，或许托皮瓦拉和一个想要教训他的邻居发生了争执，或者说有当地的流氓盯上他打算勒索他交出一笔现金。但问题是托皮瓦拉才刚刚搬到豪拉，哪儿来的时间四处树敌。托皮瓦拉的妻子每天几乎都是一个人带着孩子，周围也没有任何家人和朋友帮着照应。我和伊姆兰找到了托皮瓦拉的邻居、房东、豪拉的社区领导，还有一些在俱乐部打工的小伙子，和他们聊天，想要得到一些线索。除此之外，我们还和社区周围卖槟榔和香烟的摊贩打听了情况，有人说在上午约 11 点时见过孩子。我们还遇到了几个在豪拉以乞讨为职业的来自比哈尔邦的妇女，这些妇女每天早上在豪拉火车站附近出现。由于伊姆兰十分擅长模仿博杰普尔语的口音，所以搞得那几个乞讨的妇女竟然愿意请我们喝茶。尽管她们很热情，但纷纷表示没见过我们说的男孩。基本上没人能够提供什么有用的线索。但是我和伊姆兰这一番打听，使得豪拉的人们都知道有人为一个失踪的男孩而来，来人是来自加尔各答最大报社的记者。这一切大概也能够让当地的人知道托皮瓦拉可不是能够被随便欺负的人。

在接下来的几天里，我们不断给当地的警察局打电话，好迫使他们尽快组织人力去寻找孩子。两天之后，孩子找到了，就在他失踪地点的不远处。看上去他并没有挨饿，也没有受到什么伤害。不管当时带走孩子的是谁，他可能意识到了自己必须交出孩子。找到孩子后，托皮瓦拉用力把我抱住，那是我生平第一次被一个电梯工熊抱。直到今天，托皮瓦拉都认为是我们帮助他找到了儿子。但事实上我和伊姆兰并没有做什么，我们只是尽我们所能提供帮助。如果说我们真的有什么贡献，那也只是利用了我们的影响力而已。毕竟我们都不是什么了不得的大人物，所以只能寄希望于自己的一点点所谓影响力能够在关键时候起到一些作用，哪怕是一点也好。

这大概就是做记者最美妙的部分。每当我坐在因为堵车而停在半路的公交车里时，我总是会饶有兴致地打量着车窗外，寻觅着一切有可能成为新闻故事线索的场景。或者每当我有机会到医院去探望生病的亲属时，我也总会试图挖掘隔壁床病人有没有什么值得写下来的故事。只要你留心观察，那么任何时候，任何地点都可能出现一些东西是值得被记录的。从这个角度来说，没有其他任何一份工作会赋予你这样的机会——去行走四方，去相遇陌生，去真正了解你所生活的城市。

我和伊姆兰是 7×24 小时都在带着记者的视角生活。我们无时无刻不在谈论各自遭遇到的新鲜故事，有时候是在他家附近的茶馆，有时候是在蒂普苏丹清真寺旁边不远处的一个由伊斯兰老板经营的小摊前，我时常会在那儿点上一份炸咖喱饺，然后一边聊天一边大口咀嚼，有意思的是，我们从来也不能明确辨别咖喱饺里到底包的是蔬菜馅还是肉馅。沿着这家卖食物的小摊往下走，整条小路上都是些便宜的小饭馆：抓饭、飞饼、羊肉咖喱这些食物都可以吃到。每天编辑部的编辑都会差报社的帮工来这样的小餐厅买一些经过文火慢炖后芳香四溢的浓汤类美食。几乎每个晚上，报社的新闻编辑室里都会有来自 Saina 餐厅的盛在陶土容器里的酱羊排，彼时那羊肉已经在辛辣的汤汁里浸泡了一整天，如果能搭配上一碗抓饭，或者是一张甜腻的飞饼，那简直就是绝世美味。这等美食当前，我当然会忍不住流下口水，但是又因为这搭配实在太油腻了，有时候我也感到有那么一点反胃。在这条小吃街的巷口，每天大约到下午 6 点，一个男人会拎着一大桶生牛肉和牛内脏出现，他会蹲在地上把桶里的肉块串成肉串，然后烧烤。烤好的肉串会被放在平摊好的印度飞饼里，男人会再向里面塞入一些洋葱薄片、辣椒丁，最后挤入几滴柠檬汁，用白纸把饼卷成卷子，一切便大功告成了。每个牛肉卷售价五卢比，通常在一个小时内，所有的牛肉卷就都卖完了。这肯定和尼赞姆餐厅里更为精致的菜肴不能比，但是这些食物包括"短裤茶"却成为我们持续前进的动力，再伴随着一根接一根的香烟，我们的创作热情总是被不断地点燃。

伊姆兰住在港口附近广阔的基德布尔街区，那是一个穆斯林社区。他生活的区域与我生活的区域有着完全不同的坐标，只不过这种不同事关宗教，无关其他。在这里，印度教徒和印度教徒生活在一起，穆斯林教徒与穆斯林教徒生活在一起。在加尔各答，不同宗教信仰的人被隔离开来，对于这个既成事实，印度教一派的领导人已经不再进行任何干预。在西孟加拉邦至少有四分之一的居民是穆斯林，而在加尔各答，至少有五分之一的人是穆斯林。但是你很少能在报纸上找到穆斯林频道，在现实社会中你也很少在大学院系或者政府机构找到穆斯林。政府曾经花了很大力气阻止因宗教冲突引起的暴乱事件。孟加拉各政党身居要职的领导人对于宗教问题总是很抽象地一语带过，这种腔调和法国人颇有几分相似。但是也像法国人一样，尽管印度教的领袖并不愿意对宗教问题做过多评论，他们实际上仍然一直在不遗余力地维护其原生社会的既定秩序。

《政治家报》的普通工作人员里有不少穆斯林。他们有人在厨房工作，有人负责奉茶，也有人在工厂做印刷装订。但是在伊姆兰到来之前，编辑部还并没有穆斯林员工。当然在我到来之前，编辑部里也从未有过美国人。但不管怎么说，由于我从小在加尔各答长大，所以想要寻回旧时的身份认同对于我来说并不是什么难事，我很清楚自己是来自孟加拉邦，是印度裔，是来自加尔各答曾经的精英家庭，但伊姆兰的身份归属则显得并不那么明确，我们的友谊也总是备受旁人质疑。有人可能会怀疑我是不是美国中央情报局派来的打算策划恐怖活动的特务，而伊姆兰则是我雇用的年轻穆斯林帮手。在加尔各答，一些人宁愿相信以上这种推论是站得住脚的，却完全不愿意相信我们之间有的完全是两个年轻记者之间纯粹的友谊。

在我以记者身份回归的这座城市里，人们对于印度教徒和穆斯林教徒的分离问题选择保持沉默。印巴分治的界限穿越市区，一些人被划到了一边，另一些人则被推到了另一边。但每个人都假装没有看到这条界限。加尔各答的报纸鲜少有关于穆斯林的报道，除非是一些关于穆斯林社区的集体新闻，比如一些穆斯林走上街头拿着扬声器抱怨他们的宗教是如何被某些人冒犯了。至于穆斯林社区的真正需求到底是什么，人们似乎还并不那么清楚地了解。如果你在加尔各答问路，有时候你会听到对方无意间对你讲起在加尔各答的穆斯林群体，他会这样对你说，"你在这儿要小心一些，当然，我可不是说所有的穆斯林都是坏人，但是确实现在住在加尔各答那些穆斯林社区的人里，有不少犯罪分子和扒手"。 对于我来说，面对这种状况，我就好像一个看比赛的旁观者一样，我想知道如果再继续下去，这关于社区划分问题的对话还能朝什么更不可思议的方向发展下去。我曾经写过一篇专题报道，报道的内容是关于加尔各答城北最古老的居民社区是如何庆祝杜尔迦女神节的，文章的意图是渲染节庆的欢乐氛围。有一天我为了报道专门去采访那个街区的一位年长医生，他是该社区女神节的组织委员会负责人，采访到一半，这位老医生却突然无缘由地抱怨起隔壁街区穆斯林人口太多。再比如，有一阵子，伊姆兰和报社的其他一群记者负责报道加尔各答每个市政辖区的公共事务方面存在的问题，民众反映的普遍问题无非就是像停电或是缺水诸如此类的状况。有一次，伊姆兰到一个印度教居民社区拉扎巴扎尔采访，该社区恰恰挨着一个穆斯林社区。伊姆兰照例对其中一户人家进行采访，想了解社区有没有什么需要改进的问题，结果其中一个住户竟然只说了一句，"我们这儿的问题就是附近的穆斯林太多"。

当然了，但凡当时那个被采访者先问一句伊姆兰的名字，那他绝对不会说出这种冒犯的话，答案一定会变成"我们这儿的问题是饮用水不够用"。很快我大概就学会了街区之间人们打招呼的一套原则，先问你叫什么名字，然后再问你住哪儿。这两个问题问清楚，基本对方就可以确认你的身份了。拉扎巴扎尔、塔尔塔拉、扎卡里亚大街、艾略特路、公园游乐场、托普斯亚、提厄扎拉、伊柯保普尔、麦缇亚布鲁兹、沃特刚吉、花园圃、奇德尔普尔——但凡是住在以上这些街区的人，多半是穆斯林。这种靠姓名和街区来辨别加尔各答印度教徒和伊斯兰教徒的方式几乎不会出错。比如我，一般人给我的标签大约是"孟加拉"和"印度"，因为这两个标签，有的人对我敞开怀抱，有的人把我拒之门外。在当地，人们是否信赖我很大程度上取决于他们是否认同我的这两个身份标签。在加尔各答，很多时候你会发现，当一个人得知你的姓名和所住的街区后，他和你说话的语气都会有所改变，有可能变得更热情，也有可能变得更冷淡了。有一次我需要写一篇关于加尔各答伊斯兰学校的报道，所以特意到其中一所去采访那儿的穆斯林学生。最开始学生们都在抱怨关于印度人的种种，但一听到我事实上不是穆斯林，他们的口气立刻变了。抱怨停止了，学生们话锋一转开始鹦鹉学舌地讲起了他们从电视里那些政治演说里学来的一套说辞，纷纷表示我们穆斯林和印度教徒都是兄弟姐妹。

　　事实上，那些在政治演说中不会被提及的状况，在加尔各答的现实社会却不断上演。比如说，穆斯林想要在印度教居民社区租到房子是不可能的；在不少印度公司，穆斯林很难再得到职位；

在不少印度原生家庭，穆斯林甚至无法从事厨师或者司机的工作，除非他们给自己取个假印度名字；同样地，在加尔各答的政府机关或是高校里，几乎已经没有名额留给穆斯林。这些不公平非常直截了当，但却没有法律途径来帮你解决。

我和伊姆兰在《政治家报》做新闻记者的那些年，最擅长的莫过于戴着不同的面具行走江湖。尤其当我们需要深入那些由某一种宗教占支配地位的社区时，我们更需要学会用不同身份为自己掩护。事实上，印度教徒和穆斯林单看外表没有什么太大区别，但是每个人却有着不同的面具。另外，你千万不要以为你可以单单通过行为举止就判断一个人到底来自哪个社区。有一次，我和伊姆兰写的一则报道是关于一个被禁的伊斯兰学生组织，在去采访的时候，我和伊姆兰被一群穆斯林学生团团围住，地点就在大学的一家穆斯林招待所里（这个招待所是殖民时期遗留下来的产物，在那时穆斯林和印度教徒都是分开吃饭并且分开住宿的）。当地学生会的负责人指责我和伊姆兰是在煽动公众负面情绪，威胁要打电话给警察还有他们在政府的支持者。当然了，他们到底也不敢真的把我们两个怎么样，毕竟我们是《政治家报》的记者，但是看得出来，他们内心也是感到恐惧的，这恐惧的情绪让他们越发虚张声势。

事实上，记者这个工作每天都需要你戴着面具，你总是需要使用各种各样的话术，想尽办法令你面前的对象说出你要的故事。

有时你需要说点儿什么满足他的自尊心，有时你需要安抚他的恐惧情绪，还有时候你甚至需要激起他的嫉妒心。伊姆兰和我在面对那些领导学生运动的小头目时，成功平息了可能出现的矛盾，毫发无损地回来了。过了几日，其中一个学生组织负责人跑到学院街找到伊姆兰，问他，"你就是那天来的那个伊姆兰·锡迪基？"

伊姆兰可是我见过最精于话术的人了，他想都不想地立刻回答，"谁？你说我吗？不不不，我是库沙那瓦·乔杜里。你肯定是把我和那天一起去的另外一个小伙子搞混了"。

还有的时候也会出现一些令人欣慰的情况，伊姆兰有时会遇见一些穆斯林，听他们提起我，并且不带什么敌意，而是说"哦，他虽然是印度教徒，但是他人不错"，同样地，也有一些和伊姆兰有一面之缘的我的印度朋友会以称赞的语气评价伊姆兰，说"他是个不错的穆斯林"。

当年的印巴分治使得巴基斯坦成了穆斯林的巴基斯坦，印度成了……等一下，成了所有住在印度的人的印度？还是只是印度教徒的印度？在英国人到来前，这个问题就已经困扰着这里的人们了，英国人走后，问题仍然没有被解决。在 1946 年，即便是腥风血雨还有加尔各答街头的横尸遍野，也并没有提供给人们关于分治的解决方案，血水沿着分治线缓慢流淌。一年后，英国人把他们的殖民地一分为二，然后一走了之。在这之后的半个世纪，加尔各答一直试图从创伤中恢复。可由于分治而被撕裂的口子却仍然留在我们生活的街区，留在我们的心中，留在我们的脑海里，且从未得到治愈。分治带来的问题一直在持续。

* * *

我在《政治家报》上班的时候，每天通勤都需要穿过巴勒伽塔运河，运河散发的恶臭总是会把我拉回童年的记忆中。在我小时候，巴勒伽塔运河黑色的河水上能看到漂浮的死猪。我父亲那一辈人看过在殖民时期运河上来来往往的货船，货船里装着来自孙德尔本斯的木材和鱼，货船的目的地是沿着运河边的锯木厂和冷冻库。在巴格马利一带，我从小就能听到锯木厂的噪声，看得到附近那些因为超载被交警拦下的货车，那些货车司机不得不贿赂警察以求得放行。那时候，运河上早就没有货船了，河水早就因为污染而凝滞，数以千计的人们以河岸为家开始生活。他们是加尔各答最贫困的群体，其境遇甚至比上百万住在贫民窟里的人还要糟糕。这些原本居住在乡村的人因为债务、饥饿或是与他人的不和被迫离开原本的家，由于寻不到其他安置所，他们便选择在运河边上落脚。

运河是加尔各答排水系统的一部分，但不知道从什么时候起它们被堵住了，以至于每到季风雨来临的时节，运河都无法帮助疏导雨水，雨水全部积在了街道上。我小的时候，运河的排水能力就很有限，到现在，它能够排掉的雨水甚至比一条污水管都多不了太多。某一天，邦政府下发了文件，说是要疏通运河。我第一个想到的就是那些住在运河河堤上的人们，疏通运河会给他们带来什么影响呢？我觉得这是个值得跟踪的新闻。

当我打电话给负责改造运河的负责人时，他告诉我说，运河边的河岸并不是这些人的私人住所，这应该是大家共享的土地。居住在那儿事实上是私自占有那里的土地，并不合法，要求他们搬离那里是应该的，并且也没有人会提供给他们补偿金。因为但凡提供补偿金，就等于变相鼓励违法行为。

这位负责人的话让我想起了我在加尔各答男校上小学时，老师曾经对我们说过的一番话。我们上学的时候，有些老师会禁止我们上厕所。他们认为，如果批准任何一个男孩儿去了，那么这就相当于默许所有人都可以去厕所，这无形中增加了因为痢疾产生大规模的传染病的风险。我记忆中的那些老师就是那么独断专行，他们仿佛继承了之前殖民者管理殖民地居民的那一套说辞，他们认为棍棒式的教育才是有效的，否则只会造成对孩子的溺爱。而关于运河改造的问题，我实在不能理解为什么那些住在河堤的人得不到一个安置的处所，也得不到钱来为自己找一个容身之地。

平日里，我透过公交车的玻璃无数次打量过运河边那些贫民的窝棚。有一天我决定走下车，走进他们的世界仔细观察一番。

靠着河岸有好几排棚屋，整个区域都散发着臭味。每个棚屋都是用波纹金属板搭起来的，外面盖着塑料布，在这个无窗的小屋角落里还放着一个火炉，那是做饭的地方。房子里的床是用砖头砌起来的上下铺，父母和孩子分开睡在不同层，这算是象征性地给父母保留了一些隐私，从这些方面看，这里的人们有着一样的对正常生活的追求和渴望。

我一路沿着泥泞和恶臭走到了最靠近水的地方。沿着运河，一座座竹子搭成的小塔立在泥潭里，远看就好像是鸟类栖息地的观景点。每座竹子小塔上同样盖着废弃的塑料布，在塔内部的中空位置，有一个人为挖出来的洞，洞直接连着运河，人们直接在洞里大便。没错，这些个竹塔就是这里的公共厕所。

在那儿我还遇见了高拉·高什，他在运河边的窝棚区开设了一所学校，专收这里的孩子。高拉·高什曾经在政府机关工作，但是在那儿他并不受重用。他告诉我说他在单位待了那么多年，除了办公室里的虫子越来越多了，其他没有任何变化，所以他索性辞职出来办了这个只有一间教室的学校。加尔各答的公立学校当然是更加体面的选择，但是由于这里的孩子既没有出生证明，也没有固定的居住地址，所以他们没办法进入公立学校读书。最近，相关部门倒是组织了一些大众教育营地的活动，所谓大众教育营地便是有人会在这些贫困的区域待上几天，就好像你能在街头看见的那种输血车的工作模式一样——他们来到这里，确保区域内来参与的孩子都会写自己的名字就算完成任务了，这样他们便可以说会写名字的孩子都接受了相应的教育，不再是文盲了。这就是为什么加尔各答每十年一次的扫盲统计数据较之原先都有惊人的进步。这一进步使得世界范围内的经济学家和发展研究专家都感到颇为欣喜。

在高拉学校上学的孩子们，全部在运河旁边回收旧电池的作坊里工作。他们会坐在运河边上从一大堆垃圾中把电池挑出来，然后把电池里的碳棒拆出来。这些作坊就在窝棚区和运河上的公共厕所中间，孩子们周围到处是盛放着有害化学物质的筒子，在拆解这些化学物质的时候，他们甚至连手套都没有。拆出来的碳棒会被当地的电池制造商再次回收，制成新的电池。尽管这种工作是有毒有害的，但这仍然算得上是一份工作。

住在运河边上的男人们大多数根本没有工作。有些人只能打些零工，比如用平板车拉货。有些人能在某些特定的节庆日找到一些工作，比如在杜尔迦女神节去搭神龛。也有人会每天早上在繁忙的奥尔塔丹加火车站出现，试着看看能否在某些建筑工地找到一些短工的工作。这些男人的收入极为不稳定，但即便这样，他们仍然保持着一些与他们的收入不符的习惯——比如喝酒。在运河附近那条路上有家卖酒的小店，里面每天都不乏这些来买酒的男人。每天差不多到早上 11 点的时候，男人们就会三三两两地围在人力平板车旁边，一边喝酒一边打牌。差不多到了正午，这些男人便会作鸟兽散，准备午休。在运河边居住的人家中，只有家里的女性是有稳定收入的群体。她们大多是靠着在运河附近的人家做家政服务来维持生计，这包括扫地、洗碗、洗衣服等。她们工作的频率大约是每天两次，每周七天。在加尔各答，总是有人家需要家政服务的，所以这些妇女不愁找不到主顾。如果她们能够保证为四户人家同时做工，那么生存是不成问题的。旧时若是在农村，家里男人应该是绝对的劳动力，他们通过耕地维持生计。但是在城市里，没有土地供他们耕作，所以他们丧失了原本应有的工作机会。在城市里，家庭分工彻底颠倒了过来：女性成了养家糊口的劳力，这让男性的存在显得有些多余。

有一天我特意走到那些围在平板车边上玩牌的男人旁边，询问他们对于窝棚区拆除计划的想法。他们说没人会把他们从这里赶走，真到那时候他们也可以谈条件。

作为老师，高拉担心的是如果运河改造真的开始，窝棚区的孩子们怎么办，学校怎么办。如果到那时，很有可能孩子们就会四散在城市的各个角落，那么学校便无法继续办学了。高拉有一阵子都在四处打听，看有没有人有能力帮忙阻止拆迁。有一天，高拉向我引见了一位加尔各答某个小党派的工作人员，据这位工作人员说，他所在的党派是反对拆除窝棚区计划的，并且他们会举行相应的抗议活动。他还说别想在他们的眼皮子底下拆迁这些运河边的窝棚房。他慷慨激昂地自顾自讲着，我从他说话的口气里甚至闻到了他早饭吃了些什么。

渐渐地，我对于这些住在运河边的人们有了更清晰的认识。相比较那些住在贫民窟的数以百万计的人们，这些运河住户没能获得加尔各答任何一个政党的足够关注。没有人会去统计这里的出生率，没有人发给他们能够换取粮食的身份卡，也没有人会想到让他们参与任何公共事务投票。加尔各答的人口普查员并不会上这里来统计人口。沿着运河，靠着马尼塔拉市场一边的运河住户是印度教徒，而靠着拉扎巴扎尔一边的则是穆斯林。两边住户除了宗教信仰不同外，境遇上根本没什么差别。没有人确切知道如若拆迁有多少运河住户需要搬离这里，因为从来没有人愿意费神去数这里到底住了多少人。他们是一群不作数的市民，或者说有些人概念里的市民根本不包含这些人。

沿着运河，窝棚区蔓延有数英里的距离。如果粗略计算的话，这里应该有大约五万人。如果把这些人都集中在一片密集的住宅区，或者是一个大型的贫民窟里，那么相关辖区的负责人一定会来看一眼，然后至少弄出一些伪造的出生证明，并且发给这些住户投票卡，等等。如此一来，这一片区域的住户就成了某个选区的选民，可以帮助某些想要参选的领导增加竞选砝码。可惜的是，这些住户散落在运河沿岸，这一条狭长的地带并不是参选人想要的那种密集居住区，所以事实是他们根本成不了一个选区，根本不算数。

针对这些运河住户的问题，我曾经打电话询问过不少相关部门人员的看法，这其中包括一些部长、主管市政工程的官员，还有立法议会的议员们，所有人几乎都口径一致地说，这问题当然要得到解决。有一次我和一名当地立法议会的议员在公园街上一家叫弗拉里的点心店喝茶，店里装修得花里胡哨，味道却不怎么样。这位议员一边喝茶吃点心，一边向我滔滔不绝地阐述着他对于运河改造计划的宏伟设想。他的计划不禁让人联想起那些儿童绘画书上的图案，它们都可以使人陷入某种幻境中。在他的规划中，现在积满粪便的河水上方即将会有一座高架桥贯通运河两岸，到时那些运河边的公共厕所都会被拆除。除此之外，那些窝棚区和电池回收作坊都会——消失。在他的蓝图里，同样不见踪影的还有那些在这附近生活和工作的运河住户们，他们就这样从关于未来的画布中悄无声息地被抹掉了。

我所目击到的一切总是令我感到不解，明明加尔各答政府是由民主选举产生，可却还是有居民找不到自己的落脚之处。在关于安置这些运河窝棚户的问题上，加尔各答市政府和世界银行产生了相左的意见，世界银行提出希望通过其相关计划安置窝棚区的居民，而加尔各答政府则拒绝了世界银行的提案。当我还在普林斯顿读书的时候，我曾是反全球化提案的支持者，而反全球化主要针对的目标便是世界银行，因为由世界银行倡议的一系列全球化措施那时在我看来不过是变相地对第三世界国家施行资本主义剥削而已。但是世界银行对于加尔各答这些运河居民的帮扶方案让我感到些许迷惑。或许所谓"资本主义""发展""进步"等概念，在当今早就背离了其最初指代的东西了。加尔各答的政客们在选举中频繁提及这些词条，而我们作为记者需要用它们填满报纸上的头条新闻。这些词汇表面的意义都无关紧要，在加尔各答，实际的权利似乎才是最重要的——比如，你能够组织多少民众上街游行，又能够拉拢多少选民为你投票。

我写下了关于这些运河居民的故事，后来得知拆除计划推迟了。我所做的充其量只是试图触及问题的表面，除此之外我不敢说能有什么实际帮助。《政治家报》每天都充满着各个部长的声明、市政府的公告、各个委员会的报告，各种报告堆叠在一起，形成了这份报纸，加尔各答城市本身正在发生的新闻和故事总是不被重视。即便是报纸关于加尔各答政治生态的报道，也不过只是对于其表象的描摹，其深层的暗涌没人知道该如何书写。我们所做的不过就是需要用空泛的套话塞满一篇篇四百字的文章，没人真正关心我们写了什么。

第九章

工业之后

一次，德巴和我从马尼塔拉附近搭了一辆电动三轮车回家，车开到巴格马利运河上的拱桥时突然停了下来。不知道什么原因，那时已经有一大批车子堵在了桥上，包括小汽车、公交车，还有像我们乘坐的这种电动人力车。在拥堵的车辆中间，有个喝醉了的醉汉正跟趼着作出交警的样子指挥交通。原来是大桥前面封路了，能看见道路前方还设置了路障。

我们的车子被困在桥上动弹不得，趁着这会儿工夫，停在我们旁边的另一辆电动人力车司机开始跟车子上的乘客聊起了天，司机说那个醉汉以前是地方上的重要人士，边说边自言自语道，"天知道他以前干了多少坏事儿"。之后司机便历数了他听说过的那个醉汉的生平。我们等了一会儿，便决定跟其他乘客一样下车，然后步行过桥。桥的那一头可见到许多辆人力车排成一排形成另一排路障，听说这些路障是草根国大党的负责人放置的。在这排人力车后也是大量的被阻止的车流，和桥那头的情况一样。除此之外，警车也开到了。我们看见一些穿着白色制服的人似乎和一些群众在商量着什么事情。搞了半天，原来是巴格马利一带那时候已经停电停水一整天了，草根国大党的这些负责人就是为了解决这个问题，所以大阵仗地搞来了人力车做路障，所以才有了在加尔各答城北下班高峰时段的大拥堵。

几个星期前，在马尼塔拉市场一带也出现了类似的拥堵状况，甚至还有民众在附近投掷石块。汽车司机无奈之下只得改道行驶。

在加尔各答，有的时候情况比拥堵还夸张，有人为了表达不满甚至会去烧公共汽车。还有一种类似的情况就是集体罢工，有时候你在加尔各答会遇到商店以及公共交通系统在某一天集体停止运营，那么这大概就是所谓的集体罢工，这是从当年殖民时期继承下来对付英国人的法子。从60年代开始，在孟加拉邦还出现了一种新的抗议方式，我们姑且把它叫作"围堵"。比如当员工不满意公司老板并且想要提出抗议之时，他们便会将老板层层包围长达数小时，直到他们的要求被满足才肯罢休。在加尔各答，制造交通拥堵、罢工还有围堵这样的事件已经不稀奇了，这些概念就和"公交车""电车"还有"交通"这些词汇一样，是人们早已习以为常的存在。面对这些状况，每个人都默契地知道该如何应对。遇见交通阻塞，那么我们改道行驶就是了。遇见扔石头的，实在不行的话我们可以大声指责。那天我和德巴的对策是一路上避开路障，七拐八拐地走回家。

杜尔迦女神节结束了，期间建造起来的那些闪着天才光芒的神龛已经被烧毁了，城市又恢复了其平日样子。有时候我不得不和另外三个人挤在一辆电动三轮车上，半个屁股卡在车子外面，颠簸着在城市中穿行，即使是这种时候，我也不忘打量街上那些像我一样的平凡人的面孔。我并不期待遇到什么特别的面孔，我只是希望看到一张没有失意低落面容的脸，一张没有阴郁神情的脸，一张写满真诚的脸。但事实上，一张寻常鲜活的面孔在加尔各答是很难觅到的。

尤其是在加尔各答的地铁上，闷闷不乐的面孔总是挤在一起，让人感到压抑和窒息。相比较地铁，公交车上太过喧闹的氛围倒并不让人觉得沉闷，售票员和乘客来回穿梭的脚步声，售票员手中不停摩挲车票的沙沙声和他口袋里零钱币相互碰撞的摩擦声，组成了一首多声部的和声曲。相比之下，没有任何噪声的地铁就好像是太平间一样，每张脸上都戴着一副或冷漠或郁郁寡欢的面具。这些面具有的让我想起了潘卡神，有的让我想起了令人惊悚的鬼怪，还有的只是写满了对于日常琐碎的不耐烦。

对于地铁里的这些闷闷不乐的面孔，我穷极自己的词汇库都不知该用何种词语才能准确描绘出他们的神情。我只是想到了萨库马尔·雷伊的那首诗：

拉姆格鲁的孩子

不许笑

若是听见笑话

他们只是摇头说

不要，不要，不要

在加尔各答这座城市里，有一千五百万张不会笑的脸，每张脸都表达着各自的烦恼或是不幸。生活在这些面孔中间，令德巴感到烦躁和不安。

＊　＊　＊

我和德巴的婚姻关系咨询之旅在上次看过那位德国咨询顾问后，仍在继续。这次我们找到的是一位在美国接受过培训的弗洛伊德派的心理咨询师，她走的是传统的解梦派路线。她的诊所位于托莱干戈地铁站的一间干净的二室公寓里，那里也是她的家。那个房子让我想起了小时候我在巴格马利曾经住过的公屋，我记得我家前面有一座灯光昏暗的花园，围绕着花园，周围盖起了各式各样的小房子。如果不是亲眼所见，谁会想得到在印度的都市里，在这样一间小公寓里，会住着这样一个女人——她样貌体面，身着纱丽，却执着于俄狄浦斯情结。我们第一次去这位弗洛伊德派心理医生家里的时候，她坐在我和德巴对面，要求我们做了自我介绍。然后便请我们当中的一个离开屋子，在外面等待，和一个交谈后再换另一个。她说如果让我们两个同时坐在一起答话，那么我们一定会吵起来的。

我们的婚姻咨询就这么开始了，形式是我和德巴轮流接受治疗。我们去的次数不少，有时候是分开两天，有时是一天中的不同时段。咨询师和我们两个讲不一样的语言，对我她讲孟加拉语，对德巴她则讲英语，而实际上她的母语是印地语。她问我是不是害怕离婚，还对我说离婚这件事在加尔各答事实上越来越普遍了。

据她说，人们离婚的头号原因是丈母娘的存在。

从 20 世纪 70 年代起，加尔各答中产阶级开始渐渐没有了优越感，伴随而来的是中产阶级家庭人口的缩水。随后，加尔各答政府的控制生育政策使得像我们这样的孟加拉知识分子家庭的生育数量从四五个孩子减少到了每家一个。当年那些每天中午在学校门口等着妈妈来送咖喱鱼肉便当的男孩，就是我的心理咨询师说的结婚又离婚的那一代人。

"你知道吗，我看的病人越多，就越发觉得弗洛伊德说的是多么在理。"我们的咨询师如是说道。

她告诉我们她曾经接待过一对有婚姻问题的夫妇，两人都是有体面职业的人，并且是自由恋爱，而非通过相亲结婚。但是导致他们婚姻产生问题的原因说来你可能觉得惊讶——丈夫的妈妈即便是结婚后仍然睡在这对夫妻的床上，而且是睡在二人中间。

那么难题来了，德巴的婆婆，也就是我的妈妈，压根儿不住在加尔各答，而是在美国，在另一块大陆上。所以咨询师说，她解决不了我们的问题了，因为她怎么也想不出是什么导致我们的婚姻出现问题。

* * *

在我和德巴住的街区有一家叫作潘塔伦斯的百货商店，这家百货商店里总是开着十足的冷气，里面的服务人员也都训练有素，在商场的走廊会不时冒出他们的身影，他们的嘴里总是脱口而出一些类似于"欢迎光临"的英文句子。在加尔各答几乎所有商店的形式都如出一辙——一个留着胡子的男人站在老式柜台后等待着顾客的到来，在这种大环境下，潘塔伦斯的存在显得特别极了。在这里，香水、衣服、家用电器、视频、书、啤酒都分门别类地摆在不同区域，每个区域都有销售人员不失礼貌地用英语回应着顾客——"是的，先生"或"抱歉，女士"。在潘塔伦斯的顶楼是像第五科技园区附近的"闲趣美食大世界"那样的美食中心。在商场上方还有很多层，那是一些内部装修精良的奢华公寓。这整幢建筑物就仿佛是矗立在我们街区的天外来物一样，与周边一切都格格不入；它就好像是挺在CIT市场街公交站旁边的一架宇宙飞船。每当你经过潘塔伦斯时，映入眼帘的首先是商场二层橱窗里挂着的各式各样的女式内衣。每当我坐着电动三轮车经过附近时，那些胸罩挂在那里，恍然间让人觉得仿佛是来自另一种文明的图腾一样。

潘塔伦斯所在的这片区域曾经是一个生产小型零件的工厂。工厂拆迁的时候四周围起了高墙，有时我们会在附近打曲棍球比赛，球会不小心飞到高墙里去。每到这时候，我们便不得不围在一起凑出一个半卢比去买个新球，因为没人会指望能够进到高墙围着的工地里把球取出来。通常只有在工人换班时你才能够看到有人进出工地，否则那儿永远是密不透风的。这座小型零件工厂从关停到完全拆除大概用了几年工夫，在机器和工人们纷纷被撤出工厂后，有一段时间厂房还空荡地矗立在那儿。到我和德巴搬回来，连厂房也消失不见了，所有曾经关于这个工厂的痕迹都无处可寻了。有时候我会去潘塔伦斯买啤酒，每次见到里面像鹦鹉学舌一样模仿着美国口音的店员时，我甚至有些反感，总有一种冲动想要抓住他的肩膀对他说，"你以为我是新来这里的美国人吗？开什么玩笑，你知道在这儿还是一片废墟的时候我就在这儿了，我在这儿丢过的球数都数不清。在潘塔伦斯还没盖好还是一片废墟的时候，在这里还是一片机器声轰鸣的工地的时候，我就在这儿了！这里原先是工厂，可不是潘塔伦斯"。可这不过是我一厢情愿罢了，早就没人记得关于这儿的一切了。

从潘塔伦斯的屋顶向下看，你可以看到一座正在萌芽的城市的样貌。一些像潘塔伦斯这样的高楼正跃跃欲试拔地而起，曾经是飞利浦工厂的地方现在变成了豪华的公寓综合体。同样地，在锡亚尔达，另一栋类似的高楼也从拉贾卡斯米巴扎尔那一带被建造了起来。沿着城东边缘的城东都市环路，曾经是鱼塘和湿地的地块也都盖起了高楼。每一座高楼的崛起都意味着旧时痕迹的消逝，无论那里曾经是工厂，是鱼塘，还是贫民窟，它们不仅从原本的空间里消失了，也从我们的记忆中消失了。我认为对于这些消失的空间，我们应该给它们竖一座类似纪念碑一样的东西。就好比在亚美尼亚学院前竖着一座纪念碑来纪念威廉·梅克比斯·萨克雷一样，纪念碑上写着"萨克雷——生于1811年7月11日"。可这只是我的想法罢了，在这些高楼大厦前哪会有什么纪念碑来纪念过去的那些工厂。曾经那些工厂的名字只会变成公交车站的名字，从而以这种方式被祭奠，比如阿斯塔波尔、飞利浦、乌莎等。而关于这些工厂的记忆只存在于公交车售票员的报站声中。

＊　＊　＊

从我和德巴住的公寓的天台可以望见城南大片高楼住宅，在烟尘的笼罩下，那群庞然大物的轮廓并不十分清晰。城南是加尔各答规模最大的住宅区，那里有最多的高层建筑。光是三十几层的高层住宅就有四幢，这四幢住宅大约能容纳一千六百户公寓。从我们这里看过去，位于这些住宅前面的是城南购物中心，那可是加尔各答元老级购物中心。但就算是如此，如果把这座购物中心放到现在的新加坡或者迪拜，它也并不显得过时。我听说每到周末都会有游客专程到城南购物中心，有的只是为了乘坐那里的手扶电梯。

德巴的大学室友也搬到了加尔各答，打算在一家商场调查公司工作。她和她的男朋友邀请我们在城南购物中心的一家泰国餐厅聚集。我们约的日子是一个周日，我和德巴跳上一辆从加尔各答机场发车的迷你小巴向城南进发。机场迷你小巴经过的线路是我最喜欢的一条，小时候，我总坐着它从我城北的家到乔伊城南的家，大概半个小时就到了。相比较之下，市区的45路公交就慢多了，穿过锡亚尔达车站、莫拉利，到达城南大约要一个小时，而机场小巴则可以灵巧地穿过摄政路，不过一会儿工夫就到城南了。

就像我之前提到的，加尔各答的情侣们在公共场合碰触被认为是禁忌，而我和德巴能够有一些亲密接触的场合就包括这趟前往加里亚哈特的机场小巴。如果运气好，我们两个能够坐到一起的话，就算作一次可以亲密接触的绝佳机会了。每当这种时候，我们两个就会紧紧挨在一起，但凡能够贴在一起的部位是一定都要贴在一起的——手、脚、臀部，一处都不能放过。我们紧贴着经过林顿街、公园游乐场、溜冰场、邦德尔大街，感觉身上一直像有电流经过一样悸动。那个时候，我算是体会到了维多利亚时期小说里描写的看到爱人的脚踝都会兴奋不已的感觉。

我和德巴在那天乘车前往城南的路上都还能回忆起那时那种激动的感觉。到了我们和朋友约定的午餐场所，我们四个人一边吃着泰式炒面和春卷，喝着啤酒，一边用英语讲着那些不失格调的玩笑。之后，我们一起去逛了位于商场内部的书店，整个书店看起来比学院街上的上百个书摊的占地面积都要大，所有在这里的书都被整齐地按照类别或是首字母序列分门别类地摆好。在这儿甚至你不需要买什么，只是随便逛逛就可以消磨掉几小时的时间。逛了一会儿，我们便和朋友作别，并且约好了找时间再见面。城南这些购物中心里的电梯总是让人恍惚以为它们是要通向天堂的。这里的商店里满是精美纤细的人形模特，每一样陈列的商品都崭新并且闪亮，所有的一切都沐浴在充足的冷气中，总之，"舒适"就是这里的标签。在我看来，酷暑难当的日子里躲进这样的商场，为了吹冷气而一圈又一圈乘坐电梯的行为的确是有些傻气；然而当我们离开商场，一脚踏入外面炎热、脏乱、无序的世界，又徒然因强烈的对比而感到焦渴难耐。

* * *

现在城南购物中心的所在地曾经是一座叫作乌莎的缝纫机厂，我记得小时候到处都可以看到这个工厂生产的缝纫机。

缝纫机厂虽然早就倒闭了，可是工会办公室仍然保留了下来，办公室就在城南购物中心商场的街对面。马诺吉·罗伊·乔杜里是这家工厂曾经的工会负责人之一，他对我回忆道，曾经有一阵子工厂里的工人们每天都会罢工。这间办公室是方正的一间式布局，里面有着木制办公桌、红色塑料椅，还挂着一些名人学者的画像。办公室里坐着零星几个人，他们有的在读报，有的在看电视。《政治家报》报社曾经的工会办公室就差不多是这个样子，事实上，加尔各答整座城市的工会办公室布局大抵都是如此，唯独有一家叫作杰伊工程的公司和其他的都不一样。杰伊工程不仅制造缝纫机，还生产吊扇。公司里的工会办公室像极了那些研究机构的办公室，里面不仅有台式电脑、会议办公桌，还有整日开放的冷气，看起来比锡亚尔达那附近的大型工会办公室要豪华多了，唯一缺失的可能就是工厂的工人了。

马诺吉已经退休有十七年了，而工厂已经关停有十一年了。在这间办公室里的工作人员都是和马诺吉差不多年纪的人。我和马诺吉聊天的时候，他们不时透过鼻梁上架着的厚厚的镜片向我们这边打量，目光里满是疑惑。对于这些人来说，这间不大的工会办公室就是他们主要的社交场所。这里聚在一起的这些退休人员和你在达库里亚湖附近看到的那些晨练的大叔们没什么差别，你很难想象当年也正是这群人，会冲在劳资纠纷的前线。

马诺吉的这一辈子算得上是见证了加尔各答工业的兴衰以及工人团体的壮大。马诺吉从1950年前后起在乌莎缝纫机厂工作。也是从那个时候起开始的后十年，加尔各答的工业开始迅猛增长，乌莎缝纫机厂雇用的工人有几百人之多。那时英国人已经撤离了加尔各答，它也不再是英属殖民地的首都，但仍然是印度工业发展的领军城市。当时加尔各答的经济模式仍然一定程度上受到了过去殖民经济的影响，工人们并没有获得应有的财富，所以也是从那个时候起，工人运动应运而生。1977年，加尔各答的政权发生更迭，一些服务于各个政党的工会不仅作为工会本身存在，还需要成为政党相关改革政策的传声筒。

马诺吉告诉我，在差不多1960年的时候，在他工作的工厂有大约五千名工人，除此之外，乌莎缝纫机厂在班斯卓尼还有一间分厂，分厂里同时还有两千个工人在工作。班斯卓尼分厂直到现在还有大约六个工会成员在工作。马诺吉告诉我，在工厂即将倒闭的那段日子，分厂的员工就像一群身患绝症的病人一样，他们明白自己已经时日不多，却仍旧坚持每日服药。

马诺吉接着说，正如他后来预言的那样，工厂很快就关掉了，其原先所在的那块地被卖给了开发商并且被建造成了公寓。尽管工会办公室的冷气仍然每日开放，但是早已没有工人在周围。马诺吉和他的同事们曾经工作和奋斗过的地方早就消失了，在附近的商场和大楼附近，保安和商场的售货员成为这座城市新的工业生力军。你常能看到这些人在午休时段挤在附近大厦路边的小摊吃着炒面，每个人脖子上几乎都挂着工作名牌，这名牌对于他们来说是一种莫大的荣耀。对于新一代的这些上班族来说，马诺吉所在的工会就好像他们的父母所在的村庄一样，都是他们无法领会和融入的存在。

在和马诺吉聊了一会儿后，他和我作别，他建议我到塔尔塔拉附近转转，那里是加尔各答的港口一带。马诺吉对我说，"在这一带附近，曾经的工厂之类的建筑早就所剩无几了。说到塔尔塔拉嘛，那里就好像一座大型火葬场一样。"

* * *

在殖民时代，塔尔塔拉是加尔各答工程类企业的聚集地，这些公司大部分是英国人的公司。这些公司的业务主要是重工业机械制造和生产，包括铁路和其他一些防御类工程的修建。普拉纳布·雷·古普塔是基德布尔和塔尔塔拉这一带工会的负责人之一。他的打扮是典型的在这里的政府机关工作的人的——衬衫的扣子半开着，肩上背着布袋，白色的头发油光锃亮地向后梳着。普拉纳布曾经在一家叫 MMC 的工厂工作，这家工厂由马欣德拉所有，而马欣德拉是一家位于塔尔塔拉的吉普车制造商。MMC 的主要业务是生产柴油机和用于纺织行业的机器。当年这种高端的工业生产线在塔尔塔拉并不少见。普拉纳布告诉我，他们的工厂在巅峰时期曾经有三千二百名工人。这家工厂是在 1988 年宣布"暂时歇业"，之所以是"暂时歇业"而不是倒闭，是因为若是直接宣布倒闭，公司则需要遵守政府的一系列规章制度和条例才能完成倒闭程序，这其中包括向工人结清工资等。"暂时歇业"这样的字眼不过是为了躲开支付工人工资和一系列其他需要面对的问题。因为是"暂时歇业"，所以这家工厂至今还被算作是在册企业。

之后我和普拉纳布从花园路叫了一辆出租车一起沿着恒河向南进发。沿路随处可见当年铺设的铁轨、港口建筑以及一些拥有英式名字的地标，比如哈斯汀、纳皮尔和贝尔维德尔等。大概在一个世纪内，来自亚洲的财富从这里源源不断地流向伦敦。

基德布尔码头，是塔尔塔拉这一带的一座码头。码头右边是恒河，左边是停靠在码头附近的船只，中间一波宽阔的河向远方延伸，河面上船只和货仓的倒影闪闪发光。码头附近看得到梅赛德斯－奔驰车驶过，车窗摇下来，里面坐着的是从外国来的游客。曾经在这里工业仍旧兴盛的年代，集装箱仿佛乐高积木一样堆放在码头附近的空地上，等待着拖车把它们运走。码头的这一派景象蔚为壮观，一切显得盛大而忙碌。

事实上直到1970年，在英国人离开后的这一代孟加拉人，见证了孟加拉邦作为印度最富有和工业化程度最高的存在的事实。在当时，加尔各答是整个国家制造业的心脏，是印度第一大城市，世界第四大城市。如今四十年过去了，加尔各答不再是那座以工业闻名的城市，曾经繁忙的恒河港口如今就好像一条生了锈的皮带一样，了无生气地缠绕着这座城市。

普拉纳布说在殖民地时期，大批的人从印度北部迁徙至此，定居在基德布尔码头工作。他还说基德布尔这片区域曾经有多达二十万的工人，光是在港口和码头工作的就有六万人之多。而现在，这里只有一万八千多工人，且大部分都是些临时工。当年数千人在码头装货卸货的场景早已不复存在，码头不再像过去般忙碌，为数不多需要做的工作也多由机器代劳了。当然，如今的加尔各答确实再没有太多需要运往世界各地的货物了。

如今加尔各答几乎没有什么大型工厂存在了。曾经在加尔各答谋生的男男女女再也无法在这里找到什么活计，究其原因，首先还是要归咎于港口的衰落。原本畅通的河道近年来变得越发阻塞，无形中给船只的通过增加了困难。除此之外，印度各地多出了不少更便宜以及停靠起来更便捷的港口，加之工业的衰落，加尔各答的光景便大不如前了。

码头的衰落便意味着就业机会的丧失，曾经在码头工作过的人的孙子辈不再有在这里找到工作的可能。有些人因此选择搬到其他社区，寻求其他职业。那些没有能力搬走的人，便继续留在这里。搬走的人多是印度教徒，而留下的则大多数是穆斯林。加尔各答的状况让我想到了那些我从位于纽海文的研究生院得知的一些事实，纽海文也有大量的工厂，生产包括温彻斯特步枪以及其他军火武器。在纽海文这些工业区附近居住的要么是黑人，要么是经济状况不佳的穷人们。在那儿，甚至连贩毒都会被一些年轻人认为是成年男人可以从事的一项正式职业！在基德布尔，相对应的所谓这种"职业"是走私。当我还在《政治家报》做记者每日需要走街串巷时，我曾经遇到过一个叫库图巴丁的年轻人，他便以走私谋生。事实上他是毕业于加尔各答大学的一个硕士生，可是却无法在加尔各答找到工作。他的爸爸原先是码头的装卸工，一定程度上他算是继承了他爸爸的工作模式，只不过是以不合法的路数。他做的也不过是装货卸货，只是这货物来自中国香港。库图巴丁每年都会到香港一趟，背一些走私货回到加尔各答，然后在加尔各答的集市上兜售这些货物。

在加尔各答，这些关停的工厂占地超过四万五千英亩，它们大多沿恒河分布。广阔的城市地带被这些只剩下空壳子的工业时代的遗骸所包围，而这些工业遗骸则为一层层青苔所掩埋。曾经有一段时间，一些工会曾经积极为振兴这些工厂而奔走。除了工会，重新开放关停工厂成为加尔各答一些政客的目标，这成了他们赢得民意的一种策略。那一阵子，加尔各答的报纸上常常会出现一些报道某个工厂重新开张的新闻，报道通常还会搭配某些加尔各答政府官员剪彩的照片。然而报道过后，往往也就不会再有什么动静。那些远离大众视线的工厂会短暂运营几个月，然后便又陷入关停的命运，关停的原因是由于这些工厂多年来欠下了各种银行、贷款人和公用事业公司太多钱，一旦重新开业，"债主"们便会要求工厂还清欠款，所以没人会愿意再给自己找麻烦来重新开张工厂。

时下在加尔各答流行的是将关停的这些工厂改造成河滨豪华公寓。改造工程分为好几个阶段：首先得有某家公司愿意出资买下该处物业，买下物业的同时，公司需要承诺其会协助重新开办工厂。但事实是公司买下物业后，工厂会暂时性地开放，或者干脆还是维持关停的状态，之后里面年久失修的机器全部移走卖掉。最终，这片地就成为开发商的了。

到 20 世纪 90 年代，由于这股改造工厂用地风气的兴起，工会的功能发生了变化——从推动振兴工厂变成了推动工厂用地和商业用地之间的转换。工会常常会通过组织游行的方式给买下地皮的开发商找一些麻烦，为的是要那些开发商帮助结清退休工人还未拿到的工资或者是养老金。但是，在这其中，免不了会有一些人中饱私囊。1999 年，警方逮捕了一名加尔各答的某个工会负责人，理由是该负责人被目击在一家加尔各答的餐馆通过工厂用地改造的项目接受了十万卢比，也就是大约二千两百美元的现金贿赂。涉案人员要改造的那家工厂已经关停了大约十年。也有传说是那位负责人的同僚给警察通风报信，揭发了他。

我们的出租车一路向前行驶，途中穿过花园路的一座大桥，这座桥长久以来是以其旋转功能而闻名的，大桥通过旋转可以让轮船通过湾口驶入恒河。通过恒河湾口，除了诸如 ITC、MMC 这样的企业之外，还有一些拥有拗口英文名字的企业，比如布莱斯威特、巴尔默、劳瑞或斯图尔茨 & 劳埃德，当然，如今这些企业全部都搬离了加尔各答。这些公司曾经的厂房都建在从港口信托公司租赁来的土地上，这里的土地是不能转让给房地产开发商的，所以这些厂房至今还留在原地保持着原始的样貌，尽管内里早已空空如也。正是因为这些工厂旧址，塔尔塔拉这一带成为加尔各答工业时代唯一幸存的纪念地。

再然后我们经过位于港口的工人宿舍。宿舍有两层楼高，楼的外立面上可以看到每层都有一条很长的长廊阳台，阳台可以通往一间间个人公寓。整座员工宿舍从外表看来完好无损，它看起来和那些散落在城市各处破败的废墟完全不同，但是楼的外立面却赫然写着"危房"，这宣告着这里已经不再适宜居住，并且不久之后就会被彻底遗弃。宿舍楼里早就没有工人居住了，公寓的门全部都大敞着，里面一片漆黑，看起来就像刚刚遭受过什么重大自然灾害一样。

"工人们为什么离开这儿呢？"我问普拉纳布。

"他们为什么要留下来呢？！工作没有了，这儿又没电，又没水，留着干嘛？"普拉纳布回道。

塔尔塔拉的马路都特别长，与加尔各答其他地方的道路不同，这里的路边没有茶馆和香烟摊，也没有破败的小旅馆，更没有歪七扭八的沟壑从四面八方伸出来阻碍你前行的脚步。马诺吉要我打一辆车游览这一带的意图我算是彻底了解了，因为若不是坐车，那必将是极其困难的。在塔尔塔拉，你甚至很难在路上找到任何公交车或私家车，总之，"人烟罕至"大概是用来形容这一带最恰当的词汇。我去的那天是周日的正午，我几乎在路上看不到什么人。

普拉纳布说这里曾经二十四小时都满是人，但是看现在这幅光景，我简直难以想象这里当年是如何熙熙攘攘。在如今各处都人满为患的加尔各答，塔尔塔拉显得格外特殊，它就像一个没有生机的巨型蚌壳，孤单地矗立在城市边缘。就像普拉纳布说的那样，人们大约也只能用工业废墟带来形容这里，似乎再也找不出其他什么妥当的形容词。

在路边一个角落里的一块空地上，我看到了一群牛，这是这一带工业区当中不多见的一块绿地。普拉纳布说这里曾经是工人们踢足球的地方，他们当年会在这里举办一些体育比赛。

普拉纳布谈起这些的时候，让我恍然觉得是某位考古学家在向我们讲解某个已经灭绝的文明往昔的故事一样，这片绿地的出现就仿佛是我们在参观类似阿兹特克废墟时偶然看到了哪座旧时帝国的球场一样。我们为此感到惊叹，并且好奇究竟眼前的这个世界是如何从这片土地上发展起来的，又是如何悄然消逝的。

普拉纳布是在 1964 年进入 MMC 工厂工作的，我问他你想过最终这些工厂的结局会是这样吗，他反问道，不仅是我，有谁会事先想到事情会变成现在这样。

我们的下一站是基德布尔的一个商贸市场。在加尔各答的对外贸易还不是很发达的年代，来自国外的东西总是很稀奇的，当时在这个商贸市场上贩售的一些商品自然成了紧俏商品，比如 Roos 牌的运动鞋，当时若是有谁在学校里穿一双这个牌子的运动鞋，全校的学生都会羡慕得不得了。这些水货的存在在当时衍生出了所谓"水客"这个行当，也就是那些偷偷从国外走私类似这种外国运动鞋的行当。但是现如今，无论是阿迪达斯或是耐克，都不再是什么稀奇的东西，加尔各答的街头随处可见经营这些品牌的专卖店或者是商场专柜，有谁还需要像当年一样来商贸市场买那些"水货"呢？同样，那些"水客"们的日子也越来越不好过。

普拉纳布负责的工会分部设在卡比提尔多，在诗人路口附近。诗人路口这个路名颇有些由来，因为附近的房子曾经是印度三位大诗人的居所，这三位诗人分别是汉钱德拉、兰加拉尔和迈克尔。到达目的地后，普拉纳布边向办公室走去边指着一幢白色的平房对我说，"右边这座是迈克尔住过的房子"。房子是典型的殖民时期的建筑风格，前面有一排白色立柱作为装饰。房子的前面如今被一排小摊贩占领，他们在房子的大门前挂满了彩色的 T 恤和紧身牛仔裤。T 恤和牛仔裤如今是加尔各答新兴劳动生力军的标志性穿扮。

马诺吉住在塔尔塔拉附近的老狗赛场附近，这里事实上是一片老式公寓聚集区，距离附近的主干道大约四分之一英里。这些老式公寓有些已经被重新粉刷成了黄色，剩下的一些则变成了甘蓝绿的颜色，在加尔各答，粉刷一新的建筑在经过几季季风雨季后都会变成这个样子。旧时的老狗赛场就好像一个聚拢了大量中下层阶级的大型培养皿，随着新兴经济模式的发达，这里有的人走了，有的人无力改变现状，只好留在原地。现在的老狗赛场周边的一切都改变了，从未改变过的大概也就只剩赛场的名字了。马诺吉是在1984年搬到老狗赛场这一带居住的，当然，附近的公寓早在60年代就有了。马诺吉说曾经有一段时间，这里会举办各种各样的和狗有关的比赛，所以赛场里平日就养着不少狗，至少他时常能听到周围的狗叫声。他一边说着一边自顾笑着。

马诺吉的家和我小时候在巴格马利住过的公寓很像：客厅里有一间衣橱、一把椅子和一张单人床。房间一头有一扇门连着一个小阳台，阳台上晾着一排衣服，零星有水滴下；屋子的墙壁上挂着印有克里希纳神的日历，房顶上吊扇吱吱呀呀地缓慢打着转。阳光从阳台投射进房间照在马诺吉的脸上，这使得我一瞬间无法看清他的面容。

"随便坐"，马诺吉招呼我在他整理得一尘不染的床铺上坐下。

我到访的时候正是午饭时间，马诺吉的小家里充斥着炸蔬菜的香味，厨房里的压力锅发出尖锐的嗡鸣声提示着米饭已经煮熟。马诺吉的妻子从厨房端了一杯水和四个糖渍乳酪球给我。尽管只是在厨房做饭，但是她仍旧打扮得体正式，穿着纱丽，头发利落地盘起来。她说，是她决定要买下这里的公寓的，她说马诺吉一生中大部分时间是在贾达夫布尔的工厂附近度过的："他的全部生活都在那儿，我的意思是，如果你沿着贾达夫布尔那附近的主干道走下去，你会遇见和马诺吉有关的几乎所有人，他的父母、兄弟、亲戚，还有朋友，等等。他根本不想搬到这儿来。"但是马诺吉夫妻买不起贾达夫布尔那里的房子，他的妻子说马诺吉的薪水并不高。

马诺吉曾经是乌莎缝纫机厂的一名机械设计师，其工作主要就是手绘机器图纸。他曾经在一家技术学校学过机械设计，在当时的工人中，拥有这一身本事的马诺吉算得上是精英了。在加尔各答急需发展工业的年代，像他这样的技术性工人算得上很吃香了。

20 世纪 80 年代，马诺吉曾经在布鲁克邦德工厂做过一些零工。当时布鲁克邦德工厂的主要业务是负责打包一盒十二只茶包的茶包套盒，那时该工厂有一台意大利进口的包装分装机器，在当时印度的模式下，外汇本身就是很稀有的东西，能够用外汇购买一台意大利的机器对于很多印度工厂来说完全是一件奢侈到不能再奢侈的事情。

"当时他们在杰伊工程公司找到我们，带走了我们四个技术工人。他们想要我们看看那台包装分装机，然后看看能不能照着样子画出机器的图纸。"马诺吉对我说。后来马诺吉和他的同事们还真的画出了草图然后造出了一台类似的机器，它甚至能够和原版机器一样进行分装工作。当时工厂负责人很感激马诺吉和他的同事，和他们握手并且热情拥抱。

现在马诺吉的工作和当年《政治家报》的那些打字员本质上

没什么两样，无非就是操作自动化机器。这和他曾经从事的要求极高手工技能的绘图制造工作完全不同。如今他只需要机械地按几个按钮，曾经需要一群人完成的工作只需要一两个人便足够，这大概便是所谓机器带来的改变。

在 1950 年前后，也就是马诺吉刚刚开始工作的日子，乌莎缝纫机厂大约有两千名工人。那时印度刚刚获得独立，乌莎缝纫机厂几乎在当时垄断了印度的整个缝纫机行业。在其最鼎盛的时期，每个月都可以卖出超过二万五千台缝纫机和五万台吊扇，整个工厂雇用了大量新工人来支撑其运营。到了 20 世纪 60 年代末，工厂的工人达到了五千人。也是在这段时期，加尔各答的政坛也发生了一系列变化。在 1998 年乌莎缝纫机厂正式倒闭前，印度的不少工厂已经一个接一个地倒闭了。在 1964 年前后，平均每半个月加尔各答就有多达五家工厂倒闭，工厂再也无法像以前一样大规模盈利。马诺吉回忆起当时工厂的产量，说"真不知道最早那段时间人们怎么会对缝纫机有那么大的需求"。

想必当时马诺吉对于工厂这个词汇所包含的概念的认知和现在完全不同，工厂在当时似乎不仅可以容纳生产活动，也见证了各种会议、游行和各种工会活动的发生。

我一直记得我刚刚到《政治家报》工作的那段日子，工会的负责人总是在报社大楼的走廊里贴满各式各样的海报，海报的内容多是对于报社管理层的讽刺和不满。当时我们报社的工会是位于报社一楼大厅新闻编辑室的一隅，同样，这里的布置和加尔各答其他工会办公室的内部装潢大相径庭。事实上，加尔各答的工会成员分布在城市的各个角落，从恒河上的船夫到码头和港口的装卸工都有可能隶属于某个工会，无论是在工厂还是《政治家报》报社都有工会组织。在处理劳资纠纷方面，加尔各答大大小小的工会一直都扮演着不可忽略的作用，从20世纪末直到今天似乎一直是这样。

大约在20世纪70年代前后，印度北部的一些小工厂也开始生产吊扇。由于这些工厂的规模实在太小，所以当时它们可以不必一定按照政府规定的标准给自己的工人发工资，这也就是为什么这些小厂工人的工资通常只是加尔各答大厂工人的一半。与此同时，在乌莎缝纫机厂，工人的工资需要逐年上涨，但是电扇的销量却一点点在下降。为了维持工人的工资水平并且减少工厂的开销，乌莎缝纫机厂决定将工厂的部分业务外包。这一决定在当时遭到了工会的抗议。

"我们当时对于外包这项决定十分不满，除此之外，我们对于工厂的一些其他改革也不满意。虽说当时组织的一些抗议活动现在看来并不是十分理智，可是在当时没人能避免这些。"马诺吉回忆道。

"抗议的初衷是什么呢？"我向他询问。

"工会总是要斗争的啊。"马诺吉一边说着一边两眼闪着光芒，那眼神让我恍然间以为我们是在回忆类似关于少年之勇那样的儿时故事。"有一段时间我并不太真正明白工会的要义，后来才渐渐懂得。"

马诺吉顿了顿，接着说，"事实上这些工厂的衰落是城市发展过程当中必然要经历的过程"。

"你认为工厂的衰落和工人运动有关吗？"我问。

"我并不这么想，我认为加尔各答这些工厂的倒闭是其自然衰落的结果。任何所谓先进的管理都无法改变当时的形势。"马诺吉如此回答。到1990年前后，马诺吉的工厂就已经不再生产缝纫机了。一些吊扇仍然是在乌莎缝纫机厂进行组装，但是吊扇的各种零件却是在分散于印度各地的其他工厂生产出来的，马诺吉的工厂只需将这些零件组装起来，并且贴上乌莎工厂的标志。到1998年，连仅存的组装部门也搬到班斯德罗尼去了，乌莎缝纫机厂的组装部门就此关停。

"倒闭的时候，我们曾经怀疑工厂的管理者挪用了不少工厂的财富，我们也抱怨如果工厂能够丰富产品线，可能工厂就不至于倒闭。或许他们真的拿了工厂的钱，又或者没有，反正厂里领导真正的财富总是比他们展示出来的要多。但是这些和工厂的倒闭无关，真正令工厂倒闭的是亏损。我们当时提出了不少口号，呼吁工厂进行改革。我们喊得最多的便是要'丰富产品线'。可是要引入一项新技术谈何容易，要知道这在当时意味着我们需要从国外引进人才，这是有一定风险的。"

马诺吉在乌莎缝纫机厂工作的时候，曾经有一些德国来的技术人员向工人们展示由计算机控制的机器。马诺吉回忆道，"那时候就看到一个人安静地坐在机器前，按下一个按钮机器就开始工作了。一个人，这便是操控这台机器需要的所有劳动力。这便是趋势，电脑当然比人的操作更加精准，也更加完美。你无法改变这种趋势，就好像你不能在有飞机的情况下，还要人们一定要乘船去美国，或者是在交通工具发达的情况下，让人们坐牛车通勤。要知道现在汽车制造业也早就是计算机化的现代生产了。当然还是有一些生产环节需要人力的，比如说生产机床的时候，这就是为什么即便是在今天你还是会在街上看得到牛车，对不对"。

"作为工人来说，当年我曾经是加尔各答的工人当中享受过很优越待遇的那一批。要知道，当时我们的办公室可是加尔各答第一批装空调的办公室，那在当时可是很稀罕的。"马诺吉津津有味地追忆着往昔的时光——追忆着他在当年的工业浪潮中是如何求得自己的一席之地的。在1968年乌莎缝纫机厂的工人进行罢工后，工厂主为了平息事端曾经答应要按以往的标准付给马诺吉薪水。但是马诺吉拒绝了，他对我说，"我们也是要尊严的。如果不谈尊严的话，我当时也并不在乎薪水。我关心的并不是我手上所做的工作本身能为我个人带来什么，我关心的是加尔各答的社会会发生什么变化。我可是亲眼见证过1943年发生的饥荒，我们当时居住的村子里就实实在在经历了这一切"。

马诺吉在 1943 年孟加拉饥荒的时候只有十岁，他的父亲那时是孟加拉邦东部村子的一名中学老师。他们的房子盖在宽阔的梅格纳河两岸，饥荒的时候，马诺吉家还有一些粮食，然而大多数人家根本没有东西吃的。"我记得有一天我从学校回家，一个男人从我房子前的长廊爬进来，向我们讨食物吃。我还记得当时他抓过食物就立刻狼吞虎咽的样子，我们甚至把自己盘子里正在吃的东西也分给了他一些。"

当时，每天都有源源不断的人穿过梅格纳河到对岸寻找食物。不少村民连夜穿过丛林，涉水到达马诺吉家。有一天，一个叫莫蒂的穆斯林男孩也跟随人流来到了马诺吉的家门前，他和当时的马诺吉差不多年纪。在穿过丛林的时候，莫蒂被一条野狗咬伤了膝盖，在到达马诺吉家后没几个小时就死去了。

即便时光过去了六十载，马诺吉说他仍然能够记起莫蒂那张瘦削的脸。

饥荒发生在战乱时期。那时候人们在维多利亚女王纪念馆的女王雕塑上涂满了牛粪，以防日本人的炸弹袭击。加尔各答的公交车则分散地停在纪念馆的广场附近，人们认为这样日本人的飞机就无法将其用作其飞机着陆的跑道了。那时的加尔各答几乎每天都听得到空袭警报，人们都已经习以为常了。在我们小时候，几乎校园里的每个孩子都会唱这么一首小调：

哆唻咪发嗦

日本人扔炸弹

炸弹里藏着眼镜蛇

哦，我亲爱的，哦，我亲爱的

不列颠如是对着我们说

日本人袭击了基德布尔港，他们袭击的方式便是向加尔各答投掷炸弹，而他们的军队却从未到过加尔各答。在当时的加尔各答，只有妓女和驻扎在城市里的美国大兵算得上是能够在当时不必受苦的一群人。正是这样，当时不少女性被家里人卖去妓院，为的是靠妓女这份职业能够在战乱的日子中存活下来。每天都有数以千计的人从农村徒步向加尔各答跋涉以求得一线生机，在加尔各答的人行道上随处都是一个个形容枯槁乞讨食物的平民。

但凡经历过那个年代的人，没谁能够忘记当时的街头巷尾是如何为哭泣所充斥。饥饿的人们甚至不是为了米饭而乞讨，他们往往只是为了讨一口热水壶里剩下的开水。他们听说城里有大米，听说加尔各答是孟加拉邦唯一还能有东西吃的地方。他们跋涉到加尔各答是希望能够活下来，然而刚一到达大多数人便支撑不住饿死了。当时加尔各答街头的尸体的的确确是堆成了小山的，整座城市变成一座活生生的墓地。

　　大约三百万人在饥荒中死去，那次饥荒并非自然灾害，而是人为造成。英国人将农村的粮食收缴起来，声称是为战争做准备。他们挨村挨户地收集粮食，通过船只将粮食经过孟加拉河运往加尔各答。这就是为什么村民们确信只有加尔各答，殖民地的首都，才一定有粮食。可是加尔各答有着层层防守的士兵，还有政府办公大楼里无数的职员，粮食要优先供给这些人，他们被认为是在轴心国发动战争时可以采取防御的群体，然而事实上，轴心国的攻击到最后也没有波及加尔各答。日本并没有向加尔各答投掷那首儿歌里唱的"眼镜蛇"，所谓战争带来的灾难事实上只和英国人有关。

　　饥荒使那时候的加尔各答变得人心惶惶，那些活下来的人想尽办法弥补灾难带来的创伤。有人质问，为什么面对灾难我们束手无策，什么都做不了呢？也有人问，为什么饥饿的人们不起来反抗？是啊，为什么他们只是悄无声息地在灾难中倏然离世呢？

　　在饥荒发生之前，马诺吉的家庭一直支持国大党，这之后便改换了立场。马诺吉支持革命，他想要站在推动社会革命的第一线。

　　"我所支持的党派一定是与众不同的。要知道有位我认识的朋友，叫赛琳博斯，他放弃了当时每个月一千二百卢比的工资，在这儿他每个月只有六百卢比的收入，但他还是愿意在我们的工会工作。即便他得了肺结核，他仍然继续在工会工作。哦对了，他在贾达夫布尔的分部工作。"马诺吉说，"我们工会还有一个叫卡纳伊的领导，他原来是铁路工会的领导。他的妹妹死于癌症，妹妹的儿子是残疾人。铁路对于这样的残疾人家属在安排工作方面是会有优待的，事实上，作为工会领导，他可以很方便地帮助自己的侄子找一份工作。然而他却没有这样做，想想吧，这是多么秉公的精神，现如今到哪里去找这样的人。在加尔各答有这样觉悟的人很难觅得到了"。

马诺吉隶属的工会在以前总共有约二十五万成员，他们中的大多是工厂工人。现如今如果单独统计加尔各答一个城市的话，数字大约是十七万，现在马诺吉所在工会成员的构成主要是小商贩、出租车司机、保安，这些人大多来自城市四面八方，甚至是那些曾经被认为是不起眼的角落。这些人的诉求和马诺吉当年也有所不同，马诺吉力图解决的矛盾并没有在当下的加尔各答获得延续或是得到解决，世界似乎并没有完全变成他预期的新样貌。

当我们即将作别之时，马诺吉对我说，"你如果要写这些事情，可千万不要提起我的名字"，他说自己毕竟是所在工会的副主席，可是不知怎么他最终改变了主意，他说，"写，你把我的名字写出来好了。有谁会在乎呢？写上我的名字又怎么样呢？曾经和我有交集的那些人，一个个早就都过世了"。

第十章

奇普尔之夜

那天早上，我突然从睡梦中惊醒。通常，但凡我会突然惊醒，那么绝不是一个好兆头，这意味着这一天我和德巴可能又是会在争吵中度过。但那天德巴并没有说什么像是要挑起一场战争的话，她只是对我说，"我来给你泡杯咖啡，但是你得想好今天到底想做什么"。

在搬回加尔各答之前，我一厢情愿地认为每天的日子将会极为悠闲，无数个下午我都应该是和一屋子朋友在谈天说地中度过，桌子上还要摆着各式各样的美食———罐米饭和一罐肉是至少的。美食和闲谈，这才是周末应该有的样子。可是在我和德巴搬回来的头几个月，根本没有什么美食和闲谈的下午！像我之前告诉你们的一样，前几个月的大部分时间，我和德巴都把时间花在了无谓的争吵中。在那段时间，我暗自琢磨那些悠闲的周日可能从今往后只能留在我的记忆中了。我周围的朋友们似乎也没了这项爱好，每个人都忙于孩子，忙于事业，忙于打量别人是如何忙于琐事，忙于将自己的整个世界都囿于眼前那部小小的手机中。我的一位旧识曾如是说：过去加尔各答的人们都在炫耀谁的工作最少，仿佛能够躲过老板偷得一些清闲还真算得上是一项本事；而现在人们似乎争着攀比谁最忙碌，似乎每日的工作时长和邮箱里的邮件数量才是衡量你社会价值的标尺。我有些想念那些在《政治家报》度过的悠闲的午后，在那儿，我们就着美食插科打诨；想念在迈丹街酒吧和同事推杯换盏；想念在乔令希广场边的茶馆喝茶的时光；想念下班后在迈克办公室的夜谈；想念周日在萨米托家和他一起享用午餐的日子。

当德巴泡好咖啡回到卧室时，我对她说，"我想要的是在周日下午能和朋友们边吃东西边聊天，仅此而已"。德巴像是默许了我的提议，回应我道，"如果你特别想的话，这也倒不是什么不可能的事情"。既然德巴这么说了，我随即动身到麦周舅舅开在学院街附近的肉铺买了一些羊肉，又到马尼塔拉市场里的鱼档买了一些鲜虾。德巴用买来的食材做了羊肉咖喱锅和红烩虾仁锅，周六的晚上我们便平静祥和地在烹饪中度过了。那个周日是我们搬回加尔各答后第一次招待朋友们在家吃饭。

萨米托和纳巴米塔是最先到的。伊姆兰和阿叶莎带着年纪尚小的儿子来赴宴。除此之外，我和德巴共同的朋友拉杰也来了，拉杰的老婆也露了脸，只不过待了一会儿她便动身去看一位正在住院的亲戚去了。我和德巴还有我的这群朋友就这么伴着美食开始了我们持续了整整一天的闲谈。午餐结束后，我们准备了下午茶，一直持续到傍晚，朋友们中的一些甚至留下吃了晚饭。

我已经记不清楚曾经有多少个夜晚我都是在和朋友们的闲谈中度过的，在街角，在公交车站，在报社的走廊里，在堆成山的新闻稿边，我们甚至连坐下的地方都不需要，就单单站在那儿，就能聊好一阵子。我记得有一次我和萨米托、伊姆兰在滨海艺术中心前就那么站着聊了不知道有多久，久到街边的一些性工作者甚至好几次走上来企图招徕生意，我们这才不得不挪动地方免得被再次骚扰。

伟大的孟加拉作家赛义德·穆伊塔巴·阿里曾经这么写道，"我所拥有的知识，其来源大多是我和朋友们的闲谈碎片"。赛义德·穆伊塔巴·阿里的出版商库马尔·米特拉曾经在米特拉高什组织过茶话会，这个茶话会在当地十分有名，米特拉曾经在会议上说，"阿里喜欢和人闲谈到什么程度呢，有次在巴桑塔船屋前，他和别人就站在船屋外面聊了整整四个小时，四个小时后才想到要进里面坐下来"。

但凡读过穆伊塔巴·阿里作品的人，都会觉得他仿佛就坐在巴桑塔船屋的桌子对面和你聊天。无论是在描绘喀布尔市场，还是柏林街道又或者是开罗的咖啡馆，穆伊塔巴·阿里总是让读者仿佛置身于当地，和他来一场跨越时空的谈天。穆伊塔巴·阿里算得上是一个游走于四方的灵魂，他曾经在世界各地都生活过，这其中包括在开罗任教大约一年的光景。

记述他在开罗的生活时，他如是回忆道，"从我住的房子屋顶，金字塔的样貌一览无余。乘坐有轨电车的话，几分钟就可以到金字塔下面了，在满月的夜晚有轨电车甚至提供特别服务，运行到很晚。然而在开罗的六个多月，我大部分的时光都流连于这里的或者是那里的咖啡馆。对于金字塔，我花的时间好像就显得不是那么足够了。有的时候朋友会认为这是个遗憾，我则会感叹道，

'一切都是命运吧，在加尔各答生活了十年，我甚至没有一次在恒河中沐浴过。这么想来，认真去看一回金字塔大概也不是我命数里该有的事情吧'。（让我坦白吧，无论是见到金字塔之前还是之后，我始终都未能领悟，从一堆我从不能辨别清楚的巨石中我到底能领略什么样的奥义。）我想我真正热爱的还是赫多亚、哈蒂巴甘、夏姆巴扎尔，在那些个地方没有泰姬陵，也没有金字塔，可这完全不令我感到悲伤。我爱着它们，是因为那些地方有大大小小的茶馆。不管是白天还是夜里，我总会出现在某一家茶馆附近，就在波特拉和哈布卢的社区隔壁，每日伴着香烟，沉浸在和伙计们的谈笑中"。

"当命运迫使我在开罗定居后，大约在到了那儿的第三天，我开始接受了开罗没有供我闲谈之地的事实。那时，我每天像个流浪汉一样到处游荡，只为了在这座陌生的城市寻找像波特拉、哈布卢和巴桑塔船屋这样的地方。撒哈拉的温暖气息和我的叹息交织在一起。没过多久，谢天谢地，我注意到在我家附近就有那么一家咖啡馆，每天都会有 5 个左右的伙计在里面谈天说地，和我们在巴桑塔船屋里面聊天时的样子毫无二致，他们也会一边聊天，一边无止尽地喝着咖啡，抽着香烟。"[1]

---

[1] 穆伊塔巴·阿里，即赛义德·穆伊塔巴·阿里（Syed Mujtaba Ali），孟加拉裔作家，1934—1935 年曾在埃及开罗的艾资哈尔大学学习，其关于开罗的书写应源于该段求学经历。

随后，穆伊塔巴·阿里便向他的读者们详细讲述了开罗的咖啡文化，以及经由他从开罗咖啡馆和当地人的闲谈中所了解到的当地世界的样貌。

穆伊塔巴·阿里是拉哈特先生最喜欢的作家，拉哈特先生现在和他的儿子一家一起住在波士顿，先生现在的身体状况已经大不如前，断然无法再一个人独自生活在加尔各答了。当我还是孩子的时候，拉哈特先生曾经给我讲过这么一个故事：

那是大约五十年前，拉哈特先生乘船从欧洲回印度。当时他还是单身汉，有大把的时间好消磨。在船上，他和一群年轻人成了朋友，大家一路上便开始了漫无止境的闲谈，并且热火朝天地打起了扑克牌。船开过苏伊士运河时，乘客们被允许下船在开罗游玩一天，大部分人会选择去看看金字塔。但是拉哈特先生没有下船，只是留在船上和新结交的朋友继续谈天说地，"以后总会有机会看到金字塔的"，他们互相对对方说道，然后不管不顾地继续打牌说笑。

当然，拉哈特先生最终再也没有机会去看金字塔。其实先生的心态和穆伊塔巴·阿里很像，他们似乎都对于斯芬克斯神话之外的世俗世界更加热衷。他们沉醉于传统的孟加拉都市文化，并且热衷于带着这种文化扎根在每一处他们浪迹过的地方，并且以此为家。

在我刚刚回到加尔各答的日子里，我总是会去上一些孟加拉语课的辅导班，有时候晚上下课回到家，我才意识到课上甚至自己连书都没有翻开，我怀着罪恶感对拉哈特先生说，"先生，今天我可是什么都没做"。

他则总是会安抚我，并且说道，"做任何事情都算得上是付出了劳动"。

只要你知道如何付出精力，那么做任何事情都不算是枉费工夫，先生总是这么认为。

在我还在报社上班的时候，每到午饭后，总能听见伊姆兰小声嘟囔，"怎么做了这么点儿事情人就累了"，然后他便会不情愿地出发到隔壁《每日电讯报》报社开始他后半天的工作。伊姆兰会在晚餐的时候回到《政治家报》的办公室，这之后便是他和我们的闲谈时间。伊姆兰实在是太热爱聊天，到了晚上 11 点多的时候，我们都不得不强行把他赶回家，送他还有他的妻子、儿子一起上出租车。要知道伊姆兰可是从回到报社便能一直和我们聊到深夜，甚至上了出租车，嘴巴还是闲不下来。

* * *

拉杰和我是通过萨米托才变成朋友的。拉杰是位木雕艺术家，他雕刻的那些作品和 19 世纪巴塔拉的艺术作品在风格上颇为类似，主题都是一些神兽，还有孟加拉神话中的英雄人物，以及一些平民群像，总之，拉杰创作的都是些虚无缥缈的形象。在一个周日的中午，席间他对我们讲起了他学生时代在艺术学院读书时，常常会到库莫尔图利那一带闲逛。在喝过几杯茶之后，拉杰突然问道，"你们想不想去看女巫？"

库莫尔图利那一带的夜生活在每年这个时候是颇为精彩的，因为只有这个时候会有女巫出来表演。在那个周日后不久，我和萨米托、拉杰便选了一晚前往库莫尔图利，那天，我们先是在马尼塔拉市场碰头，然后开车通过毕登街前往奇普尔路。

奇普尔路是加尔各答最古老的街道，它甚至比这座城市本身的年头还要久远。奇普尔路从达尔胡西起始，向北延伸至黑镇，成为横穿数个街区的一条商业带。在毕登街和奇普尔路交会处的街角，汇聚着孟加拉大大小小剧院的办公室。在那附近的每一幢建筑上，似乎都挂满了各式各样的看板，贴的多是孟加拉家喻户晓的电视明星的海报。其中一块看板上贴着一出名为《把我的农田给我》的戏剧宣传海报，海报上的宣传语是"我不关心其他，我只关心我的农田"。

穿过满是戏院看板的街区，我们便来到了加兰哈塔巷，萨米托把我们带到了巷子深处，虽说巷子极其狭窄，但里面却挤满了不少大大小小的银饰店。在东印度公司当道的年代，曾经有某个英国人来到奇普尔一带，然后把奇普尔有在贩售的商货总结成了这么一句顺口溜，"戈尔孔达和本德尔罕的珠宝，卡什米尔德的披肩，英格兰的宽幅布，穆尔希达巴德和贝纳拉斯的丝绸，达卡的细布，科罗曼德尔的印花布、金边和珠子，喀布尔的枞树和果子"。

在如今的加兰哈塔巷，银匠们仍然盘腿坐在地上，小心翼翼用锤子敲打着银片，那锤子看起来怕是已历经了超过一个世纪的沧桑。在每家银饰店的橱窗都摆放着各式各样的银制头饰、银盘子以及银质的带有维多利亚女王头像的钱币样的装饰物。我们在众多银饰店中找到了一家夹在其中的烟摊，买了香烟然后继续向前走。

再往前，我们经过了索纳加奇一带的妓女，这些妓女和所有妓女一样都有着花俏的打扮，但是她们这种花俏还有些不一样：她们头上撒着朱红色的亮粉，像印度新娘一样，手上戴着海螺壳打磨成的手镯。拉杰说，很多人在杜尔迦女神节期间会从这一带附近的庭院挖一些黏土，来制作女神节的雕像。

在我们刚刚经过一排卖保险箱的小贩后，突然，"嘭"的一声，不知从哪里蹿出了一枚烟花炮，蹿上天空然后炸出一团烟雾。这烟花炮蹿得很高，几乎已经到了有轨电车的接触天线网，一瞬间，整个奇普尔街都被红色的火光照亮，紧接着，火光化作尘埃，散落在树枝上和街边烤槟榔摊的雨篷上。

当我们穿过索瓦巴扎尔街时，看到四个人抬着一尊伽利女神，远观还以为女神是坐在一座类似宫殿的底座上迎面而来。为了迎接女神节的雕像制作季已经开始了。十五英尺高的女神雕像沿着奇普尔路一字排开，负责雕塑的师傅被几个人抬到肩膀上，仔细地给未完成的女神雕像做上色工作。路边的女神雕像有的稻草内里仍旧暴露在外，有的已经用黏土堆砌完成，有的漆了一半颜色，有的则完成了上色工作；有的打了黑色的漆底，看起来有些可怕；有的则被完全漆成了深蓝色。奇普尔街便是如此这般成为女神雕塑的装配生产线。就这样，我们到达了库莫尔图利。

早在杜尔迦女神节之前，在某一天清晨散步时，我和德巴就来过这一带崎岖的小巷子里，那时候，这里已经堆积了大量为节庆准备的杜尔迦女神雕像以及其他神话里的鬼怪雕像。事实上，这里的工匠一年四季似乎都在忙着打造各类神仙雕像，似乎从来没有停歇过，所以每次来这儿，迎面而来的都是一片泥泞忙碌的光景，这泥泞使得库莫尔图利就仿佛是坐落在城市中心的一个村落地带一样。算一算我来库莫尔图利的次数也不少，但夜晚造访这里可是头一回。在夜色的笼罩下，这里让人觉得更加奇幻和不真实。我和萨米托还有拉杰一行三人拐进一条极窄的巷子，巷子里挤满了各种仓库和陈列室。在这些密不透风没有窗子的仓库里，我们隐约可以透过房子里的荧光灯泡的灯光，打量到里面的半成品女神雕像。在这些仓库中间还夹杂着一些卖装饰摆设的小店，在这儿，你能找到用亮片金属打造的装饰弯刀，还有用陶土制成的人头模型。已经完工的每一尊伽利女神都用她的四只手高举着这种弯刀以及人头模型。路边一个工匠面前放着一盒用陶土捏成的手臂，他正小心翼翼地把这些手臂黏到女神雕像的躯干上去。巷子里不时有面包车穿梭而过，司机一边按着喇叭，一边灵巧地躲过路边摆放的雕像。我们往巷子更深处走去，巷子渐渐变窄，然后把我们引入一条只容得一人前行的沟壑小路。这条沟壑小路已经被陶土和颜料染成了胆汁般的橄榄色，连趴在路边的小狗似乎也被染成了这个颜色，我们差点都没察觉到它的存在。从小路纵深处的角落里飘来了强烈的卷烟香味，一群搬运工正围在那儿打牌。沿途的每一间雕像作坊里都闻得到喷漆的味道，略微有些刺鼻。一只老鼠在一座伽利女神像的竹制脚手架下蹿来蹿去，灵巧地躲过了不知是谁放在路边的一品托风笛牌威士忌。作坊里透出来的灯光打在路边的墙上，让这一切仿佛是戏剧中的场景一般。

在宗教神话中，伽利女神被召唤去消灭一个恶魔，在战胜恶魔之后，她由于太过喜悦而不停地跳着她的死亡之舞，这死亡之舞使得众生都不得安宁。于是人们便去乞求湿婆，看看能不能让伽利女神不再起舞，为了缓解众生之苦，湿婆便躺在伽利女神的身下任由其践踏，伽利女神发现自己践踏的是自己丈夫的时候，意识到了自己的错误，于是不好意思地吐了吐舌头，吐舌头这个动作即便是在现代的真实生活中，也是人们在承认错误时不经意的一种反应。神雕则将伽利女神吐舌头的这一场景定格下来：一般的女神雕像描绘的场景都是伽利女神半裸上身跳着舞，一只脚踩在她的丈夫湿婆的身体上，并且带着标志性的神态——舌头吐在口外。

一个站在防雨布下的小男孩指着不远处的一个雕塑突然说道，"看，那个女人正在吃一条腿"。

事实上，伽利女神节的众神群雕挤在一起会让人产生一种错觉，好像每一尊神都是在吃旁边神像的躯体，看上去有的在咬大腿，有的在咬胳膊，简直就像是一群食人族聚在一起。而事实上这些神像是宗教神话里的女巫，拉杰带我们到这儿就是为了看这些女巫雕像。这些看起来有些令人生畏的神像通常都会和伽利女神一起出现。有些女巫雕像有着不成比例的嘴，还穿着不协调的比基尼上装以及纱笼裙，活像来自另一个星球的生物；还有一些女巫被雕成了无头的样子，也有一些身体和头干脆错了位，整个雕像的身子从一堆血淋淋的东西里冒出来。混在一群雕像里的有时还有一些有着欧洲人样貌的鬼怪雕塑，它们穿着大衣，打着领带；还有一些鬼怪雕塑有着金色哥斯拉的头部，搭配着印度传统服装，让人有些摸不透它们到底来自哪个神话。

这些和伽利女神一起出现的女巫还有鬼怪事实上都是女神的孩子们，这其中包括吉祥天女、妙音天女、象头神、卡尔蒂克神。这些女巫和鬼怪的雕塑在每年使用过后，在经过一番重新加工后，会得到重复利用。有时候通过一个女巫雕塑的臀部，你大概可以猜到这以前是尊妙音天女雕塑，又或者通过一尊鬼怪雕塑的大小，你大约可以判断在这之前它应该是一尊象头神雕像。所谓的改造，就是在用稻草和竹子支撑起来的雕像骨架的基础上再重新浇铸黏土塑造新的造型，这些造型包括头骨、臀部，还有血淋淋的尖牙，等等。被雕塑出来的还有一些不完整的四肢，以及一些裸露着的下半身躯干以及一些零碎的尖牙利齿。一些雕塑呈骷髅的样子，骨架外面披着适合参加酒会的三件套西装或者是给绅士穿的燕尾服。还有一些看不出模样的雕塑——有一些像是法国大革命的自由女神玛丽安娜，也有一些神似神话故事中具有男性气质的女性领导者。我们还看到了凿成眼睛形状的泥塑零件，空洞的眼窝里塞着橘色的灯泡，一旦灯泡点亮，那对眼睛就仿佛是具有核威力的两个蛋黄一样。一些雕像的躯体上还挂着些支离破碎的泥塑器官，比如残缺的小腿、侧腹部，以及滴血的臀部。还有一些鬼怪嘴边干脆挂着一些尸体的内脏，远看这些内脏模型就好像粉色的泡泡糖一样。

沿路有一位雕刻女巫像的师傅正在给一排会喷烟的骷髅雕塑上颜色，他一边做活儿一边对我们说，"没有谁能做这种活儿"。说罢冲我们笑了笑。

他告诉我们，去年他也做了类似的骷髅雕像，那可费了他不少工夫，为了创作这些雕像他喝了不少酒，可是后来加尔各答的雕塑贸易协会让他不要再做这些雕塑了，说是会坏了库莫尔图利的名声。在库莫尔图利这一带很多做雕塑的师傅并不属于"库莫尔"种姓，也就是说按照传统他们并不是能够被允许做雕塑的人，这也就意味着他们并不属于雕塑贸易协会。但是他们仍然住在库莫尔图利，除去做雕塑之外，他们还有着别的工作。比如刚才那位制作会喷烟的骷髅雕塑的师傅，他已经在这一带做鬼怪雕塑七年多了，此外，他还是一名滤水器修理工，平日里，他穿梭在这个城市的街头巷尾，靠着日常所能遭遇到的那些细碎的生活片断来为自己的神雕创作寻找灵感。

库莫尔图利和加尔各答的其他街区并没有什么太大差别，这里有文具店、茶馆、幼儿园，以及典型的加尔各答民居建筑。在这里，你偶尔会遇见一个小女孩在自家房子没有灯光的角落里独自描画着一些鬼怪的草稿。女孩的家是典型的贫民窟，贫民窟里的床是用砖头堆砌起来的，而且砌得很高，这样一来就给房子创造出了两层空间，上层用来给人睡觉，下面供人活动——穿着笼吉的男人躺在床上，女人则在下面忙着做饭。这狭小的贫民窟就仿佛是一件件艺术展示品，艺术家的灵感有时便来自这不大的空间。

很显然，拉杰把我们带到了加尔各答最大的露天艺术馆。有时候看到路边的一些雕塑，萨米托和拉杰会停下来发表一些评论，他们甚至会设想如果把这些路边的神像雕塑真的当作艺术品放进美术馆是否可行。有时候他们会边看着这些雕像边讽刺一些当代艺术家，也就是他们的同事，认为他们那些朋友的作品事实上并不比这些库莫尔图利的民间神话雕像要高端多少。

萨米托想要在这儿买些什么带回去。我们在路上刚巧碰到了四个正在玩康乐球的男孩儿，在他们旁边放着一些类似娃娃一样的雕像，每个大约有一英尺高的样子。这些娃娃的服装和芭比娃娃并没有什么太大的不同，唯一有所区别的是，娃娃们的头发蓬乱，表情狰狞，身上的裙子被撕扯得破破烂烂，身上还滴着血。

"雕刻这些娃娃的男孩儿马上就来"，其中一个男孩解释道，"他一向动作有点儿慢，不然他也不可能只有这么点儿作品了"。

萨米托怂恿我买一个娃娃带回去，可我已经买了一个被斩首的断头雕塑了，所以他只好自己买下娃娃，然后自顾自地说道，"我要把这个带血的芭比送给我太太"。

* * *

想来我到底该如何和那个弗洛伊德派的婚姻顾问说明，我和德巴的问题根源在于加尔各答这座城市本身。

德巴坚持认为加尔各答作为伽利女神之城，本身就带有些暗黑的色彩。很多不了解这座城市的外来者总是不假思索地将加尔各答定性，将它描述成一座令人感到不安甚至是恐惧的城市。即便是像安妮塔·德赛和君特·格拉斯这样的作家，他们来到加尔各答，在这里停留居住，把对这座城市的感受编写成书，却在说起加尔各答时仍然会使用类似"人间地狱"这样的字眼。伽利女神则成为代表加尔各答黑暗氛围的象征，正是她使得初来乍到加尔各答的游客或是在这里住过一阵子的旅居者感到不安。这些人一方面被伽利女神震慑，另一方面被她吸引，这个吐着舌头，通体漆黑，被骷髅包围的神明形象在加尔各答的大街小巷随处可见，在点心铺子的日历封面上，在出租车司机的仪表盘上。游客们似乎将伽利女神当作了能够摄人心魄的力量化身，而他们被这股莫名的力量所影响和干扰。

截至目前，我人生的一半时间是在加尔各答度过，然而我只去过两次所谓这里的标志性伽利女神庙，而且每一次还都是在我的美国朋友的强烈要求下，因为他们在关于加尔各答的旅游指南手册读到过关于伽利女神庙的介绍，认定这是必去的景点。但是就好像穆伊塔巴关于开罗的字典里并没有金字塔一样，我心中关于加尔各答的地图上也并没有伽利女神庙。

我外婆生前在她的祈祷室里挂着伽利女神像，我妈妈在新泽西效仿我的外婆，同样供奉着伽利女神。可这又能代表什么呢？每当我读到那些将加尔各答描绘成伽利女神之城的老生常谈，我总是觉得这些人误会了加尔各答。在我心中加尔各答的神秘、魅力甚至是令人生畏的氛围，单单用"伽利女神之城"这个简单的比喻来形容是远远不够的。

过了几天，我再次带德巴来到了库莫尔图利。伽利女神节没几天就要到了，所以警察已经封锁了整条奇普尔路以维持秩序。路上还是可以看到不断有卡车把一些年轻的男孩子运到库莫尔图利，这些人来到这里是为他们的社区节庆活动来挑选女神以及女巫雕像。年轻的男孩子们坐在卡车的顶棚上，看上去一副来势汹汹的样子。一辆卡车上挂着"FD街区"这样的横幅，一个男人双腿张开坐在靠近车头的地方，架势活像是宝莱坞电影当中的英雄人物。盐湖城区以小资情调著称，那儿的社区名字都是以字母排列的，FD街区就位于此。那个像宝莱坞英雄一样的年轻人戴着一副金属框架眼镜，他白皙的皮肤说明他并不像看起来的那样是常在街头巷尾走跳的族群，显然他的脸上并没有什么风吹日晒的痕迹。在挑选好女神雕像后，他便会返回他的电脑桌前继续准备他的电脑科学竞赛，或者是回到在第五科技园区的办公桌前继续写代码。来库莫尔图里对他来说不过是短暂的放风罢了。

"嘿，想买醉的话跟我走。"这个年轻人跟他旁边的人说道。

我和德巴也跟着这个小伙子的脚步一路向前走，眼前的街道是巴纳马力街，街道的尽头连着恒河。当天，街上挤满了来采购雕像的人们，有的人是来提货的，也有的人还在忙着讨价还价。路边一栋三层建筑上，主人把一条纱丽吊在窗户外，想要尽快晾干它，远看就好像是从高处垂下的彩灯装饰。在建筑的底层摆着一组女巫雕像三件套，她们的表情看起来贪婪且狰狞。那条荡在一旁的孤零零的黄色纱丽和这三个女巫雕像摆在一起颇有些戏剧张力，我脑中不禁构思起这样一幅画面：某个女性被三个贪婪的女巫吞噬，纱丽则作为战利品被三个女巫高高挂起。

街上摆满了十个一组的女巫雕像，这些女巫正是为来采购的年轻男孩们准备的。这些女巫形态各异，有的怒发冲冠，长着血盆大口，牙齿暴露无遗，眼珠吊在眼眶外；有的女巫长着带拉链的大嘴，牙齿长到耳根附近；还有的女巫一只眼眶有蠕虫爬出，血顺着胸口淌下来。她们中的有些正在啃噬着一些活人躯体，从那些躯体的形态判断，一些是被活捉，活捉的当下正在津津有味地啃着鸡腿，怕是当下怎么也料不到后来遭遇到的飞来横祸。还有一个女巫的样子是被塑造成正在啃噬似乎是孩子的躯体的东西，孩子的躯体整个被翻转过来，那个女巫一手拿着一条腿，嘴里正嚼着的是类似内脏的部分。这些女巫雕像都有着极为夸张的腰臀比例，这大概是为了迎合某些族群疯狂的幻想。一些女巫身边还会跟着一些行为看似诡异的骷髅，这些骷髅一副满不在乎的样子，摆出即将扼杀这些女巫的姿势，它们一只手抓住女巫的臀部，另一只则扼着女巫的喉咙。

沿着巴纳马力街，再穿过铁轨我们就到了恒河附近。一群年轻小伙子把车子停在了河边，坐在车子边围成一圈，在夜色中边打牌边喝酒。沿着河堤，一个男人正在安静地制作一组雕像，雕像的主题是亲子主题——两个穿着整洁的孩子坐在父母的大腿上，父母满脸笑意，乍一看，这描绘的是典型孟加拉家庭共享天伦之乐的画面，但走近再一看，两个孩子都是没头的，而那一对泥塑的父母呢？它们正在吞噬孩子的大脑。

第十一章

锡亚尔达

阿肖克舅舅继外婆之后去世了。他是在加利福尼亚去世的，在一天夜里睡下后就再没有醒过来。他的去世毫无预兆。九个月以前我还在加尔各答的外婆的葬礼上见过他，我还记得那天，麦周舅舅还要我去毕登街上的一家中国餐馆拿外卖。那天，我的父母、舅舅们、阿姨们、德巴还有我在外婆家吃了最后一次全家人都到场的家宴。那天，麦周舅舅送给阿肖克舅舅一块表，他说这代表我们所有人的心意，感恩他在外婆生命的最后时刻可以赶回来和我们一起度过，感恩他在我们最需要他的时候回家。

那天晚上，阿肖克舅舅说他最多在美国再待两年，或者三年，等到我舅妈彻底退休，他们就搬回加尔各答，回到真正属于他的城市，属于他的家。他把这里叫作他的"避难所"。舅舅的规划里当然没有包含他会突然离世这个选项。阿肖克舅舅的去世和外婆的离世有些不同。外婆的离世算得上是完满的，在我们所有人准备好后才发生。外婆去世的那一刻，阿肖克舅舅就站在外婆房间外的长廊处、在她去世后，我似乎想不到哪些方面是让人感到遗憾与惋惜的，她以九十四岁的高龄离开，去世时安详地躺在家中，家人围绕身边。如果说有人认为这样的人生结尾还不算完满，那所谓的完满可能就是长生不老了。我始终认为，如果把外婆的人生比作一本书的话，她顺遂地走到了故事的结尾。相比较之下，舅舅的故事则结束得略有些戛然而止，原本故事有三百页，可舅舅的人生写到二百三十几页就结束了，就好像有谁把后面的几十页硬生生地撕掉了。

阿肖克舅舅在洛杉矶去世，我甚至都没有机会像在外婆的葬礼上一样抬着他的遗体送他入棺，也没有机会亲手在尼姆塔拉把他推进火化炉，将他送往来世之旅。等我到达加州想送别他时，迎接我的只有空荡荡的房间，他的遗体早已被埋葬了。

不能送别舅舅的这种失落感在我从加州回到加尔各答后仍然如影随形，舅舅离世的悲伤氛围在我和他曾经共同生活过的这座城市里弥散开来，使我无处可遁。当我走到DL罗伊大街时，舅舅住过的房子让我回想起关于他的一切，那里成为一个盛放我们共同回忆的纪念馆。我从房间的每一面墙上都能依稀看到舅舅的影子，甚至是舅舅的父母，还有他的爷爷奶奶的身影，整幢房子一瞬间便勾起了我对祖辈们的回忆。我想，麦周舅舅一定很失落，要知道，在外婆去世后，他一直靠着阿肖克舅舅的那句"自己很快会回来"的承诺在过活，他是多么盼望着自己的哥哥有朝一日能够再度回到老宅，使得这里再度热闹起来。但阿肖克舅舅的离世让麦周舅舅彻底明白，这座老宅再也不会像往日那般喧闹，再没人会回来住了。麦周舅舅甚至在宅子庭院的一面墙上挂了一张自己的半身像，他说免得有天自己也突然走了没人帮他料理后事。哎，阿肖克舅舅怎么会在这时离开呢，这明明不是他该离开的时候啊。我还记得当我们都身在加尔各答的时候，阿肖克舅舅曾经抽时间去看过自己小学的那些朋友，还回到他熟悉的那些场所去回忆儿时的时光。每走到一个地方，他都会掏出口袋里的记事本写点什么，把想到的往日回忆记录下来。阿肖克舅舅已经很多年不画画了，他对我说他打算开始写短篇小说，而记录这些过去的事情就是在为他的短篇小说收集素材。阿肖克舅舅曾经向我回忆起自己在圣保罗教会学校念书时的事情，其间正好赶上 1946 年印巴分治，那时候街上发生骚乱，他有好几次都被困在学校无法回家。他记得当时由于骚乱，马尼塔拉市场也被迫暂时关闭了。他还记得，当时自家对面的拉尼巴巴尼学校暂时成为一个避难营。除此之外，他家附近还有一个小型停车场。他说当时外婆让一个穆斯林司机藏在她祈祷室的一个小暗间，好躲过印度教徒的袭击，这个穆斯林司机就是在那个小型停车场工作的一名职员。阿肖克舅舅说自己打算把这些都记录下来。后来外婆的葬礼结束，和舅舅告别后我们几乎就没再联系，我没有写邮件也没有打电话给他，因为我理所当然地认为，我们很快就会再见面。我自以为我们还有大把时间可以一起度过；我自以为很快我们就会再次在尼赞姆餐厅一起吃肉卷，在刚古兰姆一起分享炸面球，或者是在小布里斯托畅饮威士忌。可我没有料到也并不知道，老天竟会如此不按常理出牌，就这么带走了他。我本以为每个人的人生都会是标准的三段式结构，而我忘了，那些故事里的英雄人物却往往等不到最后一幕便匆匆离场了——在征战多年后，他们总是不能如开始所设想的那样光荣凯旋，反而总是因为各种各样的意外提早牺牲，在战场粉身碎骨。故事本不该是这样结束。对于舅舅的突然离场，我无法释怀。德巴小心翼翼地询问我要不要到庙里去拜一拜，或许那样能够好过一些。

我简直想不到有什么是比到庙里祭拜更坏的主意了。无论是伽利女神庙周围狂热的人群，还是跪在神庙外的忏悔者都使我感到不自在，令这些人深陷其中不可自拔的神秘力量，我暂时还没有能力参悟。

为了排解舅舅去世带来的郁结，我一个人独自在加尔各答行走。我在学院街的小巷里闲逛，在奇普尔和索瓦巴扎尔的未知小巷中摸索。这样的游走持续了大概几日，在一天下午，我不知不觉走到了拉贾迪南达街的帕雷什纳特神庙。算起来我已经有很多年没来过这里了。我记得在我还是孩子的时候，曾一度很喜欢来神庙附近的鱼池看鱼。

19 世纪末，有一批来自拉贾斯坦邦炎热的马瓦里地区的商人在加尔各答发财了，于是他们建造了帕雷什纳神庙，或者更确切地说，是神庙群。因为这里其实一共有四座神庙，每一座都有其独特的建筑风格。从那以后，马瓦里人就成为在加尔各答占主导地位的商业团体之一，尽管他们曾一度引起一些争议。马瓦里人中的大多数都信仰耆那教，他们反对暴力，主张不杀生，即不对任何生灵进行杀戮，这不仅包括不伤害人类，还包括不伤害动物、昆虫甚至是微生物。甘地事实上就受到了耆那教很大的影响，并且根据其交易中反对暴力的原则对抗英国人的统治。

帕雷什纳特的神庙群作为耆那教寺庙，相比其他寺庙有其独特的地方，比方，在这儿没人三番五次地上前打扰你，要你买花或是线香，在这儿，你也不必像在进入清真寺之前一定要买穆斯林教徒穿的长袍，也没有狂热的教徒不停地来回奔走。相反，帕雷什纳特神庙美丽而空余，是个适合让人静下心来冥想的地方。唯一稍显热闹的就是寺庙里的一个鱼池，对于一些人来说这鱼池是充满生气的乐趣之地。也是在 19 世纪末，来自拉贾斯坦邦的穆斯林工匠来到这里打造帕雷什纳特的神庙群，神庙群的外墙上铺满了马赛克和各式各样的镜面碎石，它的样貌是每个孩子都曾经幻想过的神秘建筑的样子。在每天接近傍晚时，不少家庭都会聚在神庙附近，对于附近街区的人们来说，这一带更像是一座公园。老年人喜欢聚在一起闲聊，妇女们成群结队地在附近散步，孩子们则喜欢在鱼池边跑来跑去，寻找着金色的锦鲤。记得小时候，我的父母就曾经不止一次带着我来这里看金鱼，想必在阿肖克舅舅小时候，我的外婆也曾带他来这里玩耍。眼前的一切就这么将我们一家人串联起来，看似如碎片般的回忆忽而之间在我脑海中汇成一股隽永而深刻的暖流。我坐在鱼池前，看着游动的鱼儿和奔跑的孩童，在舅舅去世后头一次感受到了平静。在那之后，我又去过帕雷什纳特的神庙几次，有一次我向寺庙里的一位僧侣提问，为什么耆那教奉行清苦的教义却打造了这么一座拥有轻松和惬意氛围的寺庙。那位僧侣回答我说，他们只是想打造一个人们愿意造访的寺庙，仅此而已。他顿了顿又说，你看，你这不就来了嘛。

* * *

有一段时间，加尔各答流行那种迷彩的耳罩还有仿皮的飞行帽，在街边到处都看得到这些看起来颇有冬日气息的单品。制造商们大概是希望在并不太过寒冷的加尔各答的冬季，也能营造出如极地气候地区一样的氛围。同一时间，我的父母从新泽西打电话来，每次都要和我讲起的内容便是新泽西又下暴雪了，听上去新泽西的气候倒是和加尔各答时下的流行很匹配。

麦周舅舅但凡要去马尼塔拉市场，都会找一位叫萨拉丁的老板买鸡肉，"你走进市场以后向右拐，沿着那些海鲜摊和卖鸡蛋的摊位一直走到底，就看到萨拉丁的摊子了。他家的鸡肉是最好的"。麦周舅舅总是这么对我说。

但他提醒我千万不要向别人打听谁是萨拉丁。但凡你走到马尼塔拉市场，一路上所有的肉摊老板都会争抢着吸引你去自己的摊子买肉，就好像学院街的那些书摊老板一样，热情得让人无法拒绝。麦周舅舅说，这些老板都会谎称自己是萨拉丁，让我不要相信他们，我要做的就是进了集市后向右拐然后走到底。舅舅再三告诫我，一定要从萨拉丁家买鸡肉。

　　麦周舅舅算得上是买鸡肉的行家了，算起来他买了差不多半个世纪的鸡肉，所以我当然选择相信他。马尼塔拉市场的前半部分大多是卖鸡蛋和肉的摊位，除此之外还有一些鱼档，这些鱼档构成了马尼塔拉的核心。在市场的外面，沿街有不少蔬菜贩子把洋葱、马铃薯等摆放在一张防水布上，自己则蹲在一旁叫卖，这些蔬菜摊就和我们街区附近的普通市集的蔬菜摊没什么两样。在马尼塔拉市场里，每一个摊贩则都是会坐在一个大约离地有三英尺高的凳子上，守着眼前的摊位，就好像一个小领主一样。萨拉丁也坐在自己的"王座"上，守着自己的一亩三分地，在他的"王座"背后，数十个鸡笼堆叠成小山，成为"王座"的背景陪衬。

　　萨拉丁饲养各类家禽以及一些土鸡，除此之外，他的另一项爱好是为来买肉的顾客提供关于各类事情的建议。比方说，他会告诉你如何才能煮出完美的咖喱鸡，也会告诉你什么时候最适合生养小孩。他对我说在把鸡肉放进锅里煮之前最好是先烤一下，此外，他还说我可以等几年再要小孩，现在着急要孩子干嘛呢，他说有了孩子你就没办法享受生活了。

　　像萨拉丁这样的印度屠夫杀鸡时会把鸡放在一个砧板上，砧板通常是由一棵截断了的树桩做成的。由于杀过无数只鸡，原本粗糙的砧板早就已经被杀鸡时流下的鲜血滋润得光滑无比了。一些屠夫杀鸡采取的是斩首式，即砍掉鸡头，这时候砧板就变成了断头台般的存在。每次砍下一只鸡的头后，鸡头会从砧板落下再在地上滚几圈。刚被砍下头的鸡身体仍在抽搐，屠夫手上则还残留着一些鸡毛和碎肉。砍下的鸡头会被屠夫装进木制的板条箱里，像一个个长着羽毛的小足球。砍下鸡头后，屠夫们旋即开始和周围的人闲谈起来，谈论的话题包括诸如明天罢工会不会停止，或是反对者的那一派今天在哪儿烧了公交车等等，闲谈这一会儿工夫过去，被砍掉头的鸡身子便不再挣扎抖动了。

萨拉丁杀鸡是以亚伯拉罕式的方法，先是在鸡脖子迅速地划一个小口，然后让血流出来。这样的方式看起来似乎没有砍头式戏剧张力那么足，相应地，似乎活鸡遭受的痛苦也看上去小一些。德巴对于屠宰这件事情有着和大多数人一样的恐惧情绪，所以每次买鸡便成了我的任务。对我来说这并不是什么大不了的事情，在我的观念中，如果我要吃鸡，那么我至少就需要具备能够看着它被屠宰的胆量。如果我要享受某件事情带来的好处，那么我也要明白，因为接受了好处所以我必须要承担相应的痛苦或者是折磨。屠宰动物无非就是两种方式，要么就是眼看着它因为被斩首而抽搐不止，然后首级还被扔进盒子里，要么就是看着它脖子被划开口子后，全身被浸到水桶里冲洗。你总是要二选一，但凡你想要吃一顿可口的鸡肉晚餐，那么这是免不了的过程。素食主义对于我来说是无法真正帮助我获得道义上的安慰或是正义感的，我认为那更应该被称为一种追求精神纯净性的幻想罢了。生活原本就是血腥和残酷的，并且到处都是肮脏的双手，而大多数人类要做的无非就是妥协，或多或少，或者干脆顺从。既然已经知道非要面对不可，如果是你，你会怎么选择呢？

加尔各答的冬天来了。这里的冬日并不像新泽西那般寒冷，不像我父母电话里描述的美国冬日那样总是充满冰雹和暴风雪。加尔各答的冬天夜晚温度大约有15℃，在这些冬日夜晚，萨拉丁会坐在他的摊位前休息，他围着围巾戴着羊毛帽，见我来了便招呼我，说"来来来，兄弟。哎，这么冷，早上根本没人愿意起来到集市买东西"。

即便是深夜，萨拉丁也在摊位度过，这么一来他的摊位就仿佛他在市场里的地产一样。他说反正自己也是一个人，干嘛要浪费钱租房子呢？除此之外，他对我说，"我的鸡都在这儿，总要有人照顾它们吧。有的时候有些鸡会生病，周围必须一直有人照料"。

他接着又说，冬天到了，天气太冷所以生意不好。"要做咖喱鸡片是吗？"他问我，我点了点头。他马上从鸡笼里抓了一只出来，然后割开了那只鸡的喉咙，血马上从鸡脖子流了出来。他一边杀鸡一边嘴里念念有词地和我讲话，仿佛多说些话就能让他感到暖和一些。

* * *

我父亲在读过我对于学院街的描写后打来了电话，他对我说，

"要知道，学院街可是我长大的地方，我跟你的看法可不一样"。

我听了很吃惊，因为我才知道我父亲是在锡亚尔达这一带长大的，我原本以为只有我了解学院街，这里是我的地盘。父亲的童年是在锡亚尔达的穆斯林街区巷度过的。穆斯林街区巷最初事实上是位于穆斯林街区内的一条小巷子，只不过现在没人再叫它穆斯林街区巷了，因为那里已经鲜有穆斯林居住了。后来等父亲再长大一点，那附近一带街区道路的名字都改成印度式的名称了。原本处在锡亚尔达中心地带的穆斯林街区巷变成了蒙莫莎穆克吉大街。但是城市就好像是一张复写纸，虽然总有些故事会被擦掉重写，可是只要你仔细打量，总会发现一些旧时痕迹。就好像在加尔各答城市街头的墙面上，总会不时更新一些标语，可即便人们用新油漆涂刷上了新标语，旧标语的痕迹仍然依稀可辨。这就如同我父亲对于自己童年的记忆一样，和"印度教""婆罗门""班加尔"这些标签一样，穆斯林街区巷也是和它有关的标签，这并不随着街道改名成蒙莫莎穆克吉大街就有所改变。

我只去过爸爸小时候住过的房子一次，那大概是在我十岁时。爸爸说小时候觉得家门口的那条小巷子宽极了，那时他们时常在巷子里打板球，可现在看来，他才恍然发现这是条窄得不能再窄的弄堂。他指了指一间破败颓旧的老宅，示意我那就是他曾经的家。

爸爸的家和外婆家的大宅有着截然不同的气质，这里丝毫没有外婆家房子那种没落贵族的气质，有的只是破败。我想，任何在这里住过的人唯一的念头大概就是能够尽早搬离，越快越好。我对这里唯一的印象就是它扑面而来的贫穷气息，这一印象和我父亲时常给我讲起的他童年凄苦的生活不无关系。父亲总是回忆起他的童年是如何在蜡烛下写作业，如何每年只有一条裤子可以穿，如何和其他十二个兄弟姐妹挤在总共两个房间里生活。作为一个在美国出生的孩子，当我在十岁第一次看见这个房子的时候，我认为这一切与我无关。

在和父亲通过电话后，有一天，我从学院街沿着米尔扎普街往前走，凭着直觉来到了父亲曾经居住过的那条巷子。那是差不多时隔二十年后我头一回自己来到穆斯林街区巷，有趣的是，我竟然还记得怎么走。位于学院街以南的那附近一带多了更多贩售纸张、纸盒还有打印机的店家。我沿路向前，经过了一些寄宿旅馆、鸡蛋批发商、修理披肩的手艺人，以及一间文具店，但是却始终找不到父亲曾经住过的房子。

继续向前走便来到了苏伦达那斯中学，我爷爷曾经是那儿的一名数学老师，我父亲和我叔叔们都曾在那儿上学。在沿途的一条巷子里，一个高大的竹制脚手架横跨整个巷弄，使得巷子里面的人通行受阻。一群年轻人坐在脚手架下玩着康乐球。我跟在一辆装满货物的人力车还有一个带孩子的妈妈后面，小心翼翼地绕过那群年轻人，穿过脚手架，得以继续前行。出了巷子，我发现自己来到了阿姆赫斯特大街，我瞬间有种清醒的感觉，我的意识又可以正常支配我的身体了。在米尔扎普街游荡的那一会儿，我都是任由自己的直觉和童年那一丁点儿记忆在引领自己，回到家之后，我甚至都不确定自己刚才在锡亚尔达纳一带是不是在梦游。奇怪，我到底想要寻找什么呢？

几天后，我又给远在新泽西的父亲打了电话，我随口说起自己前两天到他住过的街区逛了逛，可是却没找到他曾经住过的房子。父亲是个较真的人，在电话里隔着两个大陆开始告诉我要找到那座老房子到底该怎么走，他说那座老房子就在那些寄宿旅馆还有一排小饭馆中间夹着，我把那些旅馆叫作"小破旅馆"，父亲说如果从立交桥出发那么我要一路向东走，如果从勒巴特拉公园出发，就要从南边那条路走。爸爸本来一直耐心地为我讲解怎么定位他旧时的家，突然他音调一变，对我说，"说起勒巴特拉公园，我倒是想起件好玩的事儿。小时候我们在巷子里打板球，我是负责击球的击球手。有一天，我用的是隔壁街区一群男孩子拿来的自制板球拍，我用那个板球拍画出了击球线，然后把拍子插进泥地里，问那群孩子说你们的球拍结实吗，确定不会破吧。结果那边的一个男孩说球拍是他做的，是用番石榴木做的，当然结实了。结果因为我太用力，板球拍破了。当时那群男孩子疯狂地追打我们，我们一群人就在前面不停地跑，一直跑到了堡巴扎尔！"说完故事，父亲又恢复了平日里沉着冷静的语调，"好了，以后有空再聊吧"，说罢他便挂了电话。

* * *

我父亲在十三个孩子中排行第十，是家里第一个在印巴分治后出生的孩子。在锡亚尔达那个拥有两间屋子的老宅里，爸爸是成绩最好的那个孩子，他读完了大学，从研究生院毕业，成为一名科学家。1976 年，当爸爸要启程前往美国做博士后研究的时候，要出发的那一天，全家有五十几个亲戚都到德姆德姆机场去送他。能够移民美国，算得上我们家历代人当中最高的成就了。

我的父母结婚后就搬到了纽约水牛城居住，两年后，他们一起带着三个月大的我回到了加尔各答，起初他们是住在爷爷奶奶家位于巴格马利的公寓的一间侧卧里。回到加尔各答，爸爸妈妈首先需要做的就是融入奶奶生活的世界。我奶奶和她两个还没结婚的孩子住在公寓的主卧里，这间公寓挨着一间牛棚和一个伐木场。所以在我的记忆中，牛的放屁声和工厂的警报声总是不绝于耳。奶奶的公寓算得上是她和爷爷迁移到加尔各答后真正意义上第一个自己的家。1947 年，奶奶和爷爷在东孟加拉居住的村子变成了巴基斯坦，成为属于穆斯林的国家。之后的二十四年，我的爷爷奶奶都生活在租来的房子里生养他们的子女，锡亚尔达、贾达夫布尔、德姆德姆，都是他们曾经生活过的地方。在 60 年代末，我的爷爷终于在巴格玛力的教师公寓区买下了一套属于自己的小房子。

等到父母带着我回到加尔各答时，爷爷已经去世了，在爷爷的子女们身上，你已经不大看得出过去的痕迹。家里唯一还坚持说孟加拉方言的只剩下奶奶，她说话时尾音总是咬字很重，我的叔叔和阿姨们早就没有了这种方言口音。守旧使得奶奶看起来似乎有那么一些不合时宜，她严格遵守着作为一个印度寡妇应该遵守的规矩，比如，她在爷爷去世后只穿白色的纱丽，不吃鱼、肉、鸡蛋、大蒜和洋葱，并且坚持自己做饭。她的房间里供奉着她尊敬的奎师那神，每日她都要对着奎师那祈祷。每次祈祷，奶奶都要穿一件新的纱丽，并且为她的神献上精心挑选过的鲜花、恒河水，以及新鲜的水果。祈祷时，奶奶嘴上念着咒文，手上摇着铃铛，房间里点着线香，那时在我看来，奶奶每日的祷告让我觉得像是某种虚无缥缈的自我说服的仪式。当时的我不明白，她怎么会真的相信那些照片里的印度神明和圣人会来吃她供奉的食物呢？每次祈祷完毕，奶奶都会分一些祭品给我们这些孩子。我是奶奶的第二十五个孙子，她总是叫我戈帕拉，那是奎师那神幼童时期的小名，意思是"被爱塑造的"。尽管这样，但当时我总是执意拒绝食用奶奶分给我的祭品水果。

奶奶公寓的布局和所有四四方方的现代式公寓一样，有两间卧室、一个餐厅和一个阳台，加起来有 650 平方英尺。奶奶的卧室每天都热闹极了，就像锡亚尔达火车站。奶奶的床被垫得很高，床底下塞满了大大小小的锅碗瓢盆。房间的角落里放着卷成卷儿的铺盖，那是为时不时就会造访的亲戚们准备的。除去在这个房间祷告，奶奶还在这里做饭、吃饭、招待数不清的客人。奶奶房间的百叶窗永远都是打开着的，常常有一些流浪猫会蹿进她的房间，这些猫咪就像那些亲戚一样，成了这儿的常客。对于我来说，奶奶房间这杂乱的布局让我想起了某种原始的无政府状态的社会，它和我所处的世界截然不同。

在我们的房间里，百叶窗永远是关起来的，所以在炎热的加尔各答的下午，房间里就总是凉爽许多。也不会有人念念有词地祷告，父母在每天傍晚会用他们从美国带来的松下三合一音响播放"全印度广播"的新闻。听完新闻后，妈妈会拿出黑胶唱片，放一些古典印度乐曲以及泰戈尔的舞曲来听。爸爸妈妈把这些宝贝都放在一个上了锁的不锈钢橱柜里。如果有客人来，他们通常都会坐在一张小小的柳条编成的座椅上，当时我父母费了不少力气才勉强把它挤进侧卧不大的门里，但凡来到我父母房间的客人是不会有人席地而坐的，更别提要睡在地上了。

在我父母和奶奶的房间中间隔着一层流苏挂帘，在加尔各答，若是有几个家庭生活在同一个屋檐下，那么你总是会看到这样的挂帘。每到周末，奶奶总是会到隔壁邻居家去看电视，看的都是些宝莱坞大片，而我的父母是禁止我看那些的。在那时候，我的父母执意不买电视，他们担心一旦那个愚蠢的方盒子出现在我家，我的奶奶一定会每天收看那些充满着叫喊、打斗还有天旋地转画面的电影，这一定会影响到我。

奶奶最初是反对我父母结婚的，一来因为我父母的婚事并非是她安排的，二来我父母来自不同的种姓。即便在大发慈悲勉强接受了这桩婚事后，奶奶作为一个婆罗门仍不能全然接受她的儿媳是来自低种姓的这一事实。奶奶和父母从来没有因为这件事情爆发过不可调节的口角或者是争吵，但是他们之间却仍然有着不可逾越的鸿沟。奶奶从未上过学，她是在家里学会读书和认字的，很年轻时就嫁作人妇了。我的妈妈却是在加尔各答大学做研究的生物学家。吃晚饭时，父母经常会说起高压灭菌器、RNA 印迹法诸如此类的话题，而奶奶却连冰箱都没用过，因为她不相信冰箱可以制冷保温。奶奶的房间就像是一个混杂了宗教、传统和无政府主义的混乱的大杂烩；而我们的房间代表着科学、现代、未来。在这一间公寓里一扇挂帘之隔的两个房间之间的冲突，更像是两种文明的冲突。

在我小时候，偶尔会有一些奶奶家这边得了癌症的亲戚来拜访我父亲，因为他是一名研究癌症的科学家。奶奶的这些亲戚们大多都相信癌症会被传染，或者认定得了癌症的人都是被诅咒的人。奶奶所居住的房间仿佛形成了一个只属于她自己的宇宙，那里有奶奶和她所崇拜的神明，她所严格遵循的禁食日传统，那些偶尔造访的远房亲戚，以及其他种种有关迷信的日常。对于当时的我来说，这所有的一切都代表着一种过去，这种未被理性之光触及的过去会很快走向它的末路，我总认为未来是属于现代的，是属于我们的。

＊ ＊ ＊

"巴格马利，马尼塔拉，拉莫罕，拉扎巴扎尔……锡亚尔达，锡亚尔达，锡亚尔达！"售票员不厌其烦地报着站，公交车不急不缓地前往锡亚尔达，一路上在不同的站点迎来送往着零星的乘客。那正是正午10分，大多数人不是在工作就是躺在床上享受午饭后的小憩，所以公交车上的人并不多。可即便是这样，我还是紧贴在父亲身边，以免公交车上有扒手来摸父亲衣服的口袋。我的父母为了躲避新泽西1月的酷寒，来到加尔各答看望我和德巴。于是那天，我便有了机会和父亲一起去锡亚尔达。

想必在那天过后，我父亲一定会和母亲炫耀，自己在时隔多年后还是能矫健地跳上公交车。

到了锡亚尔达，我和父亲便在立交桥附近下了车，沿着有轨电车曲折的轨道走到了米尔扎普尔。沿着米尔扎普尔这一带向上走，会经过不少贩卖印刷纸的商店。父亲走着走着突然停下脚步，站在一扇上了锁的铁门前，说道，"这儿原先是家卖点心的铺子，那儿原先是个茶馆，那边有一条小土路，沿着它径直往前走就是我们家了"。

父亲出神地凝望着眼前那扇铁门，旁边一位妇女站在家门口的门槛上打量着我们，父亲问她这里是不是曾经有条小土路，妇女答道，"是，不过早被填平了"。她带着疑惑的神情，大概不明白怎么会有人在午休时候执着于弄清这些沟沟坎坎的去向。

"那条小土路是可以直接通到我们家房子的。"爸爸又对我说了一遍。

父亲带着我在米尔扎普尔街上又走了一小会儿，然后向左转入一条小路。路边一些老房子在经营着复印打印的生意，打印机印刷声正嗡嗡作响。再向前走，窄巷便变得宽敞起来，并且分叉成两条路。父亲选择了左边的一条路继续行进，当到达一幢被漆成灰色的房子前，他停了下来，房子外墙已经有些褪色，父亲指了指墙上的壁龛，那壁龛勉强和一个成年人的腰同宽，他对我说："过去阿劳丁总是会坐着那壁龛上玩他的塔布拉鼓。壁龛连接着一个洗衣店，阿劳丁过去负责经营那家洗衣店。当时他几乎一整天都要看着自己的洗衣店，也几乎是一整天的时间，他都在打他的塔布拉鼓。"

"在那儿，那个阳台"，爸爸又指着同一幢房子二楼外露的一小块小格子一样的空间说，"巴布卢达会把他的气球吊在那儿，那时候所有的孩子总是会挤在阳台下去抓那些气球"。这幢房子就是我爷爷奶奶生养孩子们的地方，孩子的数量也像气球一般膨胀，最终达到十三个之多。我们走进房子里面，位于角落的那间屋子的格局被调整过了。其中一部分被一家桌面排版公司使用，负责管理这家小公司或者说是作坊的，是一个和我差不多年纪的男人，父亲和他聊了几句后确认他是巴布卢达的儿子。巴布卢达的儿子站在自家门店前语气和缓地告诉我们，老宅子已经被重新分割并且转让给不同的人使用了。在宅子的角落里，桌面排版公司的职员们坐在电脑桌前，专心地忙着排版之类的事务。面对眼前的场景，爸爸与生俱来的谨慎和他作为一个实用主义者的理性统统在一瞬间消失了。他顾不得眼前的主人是否邀请他进入房间，也顾不得那些正在办公的职员们讶异的注视，就自顾自地走进了那间角落的小房间，要知道那可是他度过童年和青少年时代的小天地。

在泰戈尔最具代表性的短篇小说《喀布尔人》中，一位在加尔各答做生意的阿富汗小贩在多年以后回到自己最喜爱的一户客人家中，去探访一个叫美妮的小女孩。时过境迁，美妮早已长大，小贩拜访那天刚好是美妮结婚的日子。来自喀布尔的小贩离开了十年，时光流转，一切都不复往昔模样。在《喀布尔人》这个故事中，所有人似乎都以为自己有着能够掌控和逆转时间的力量，小贩希望美妮还是旧时的样子，但这样的一厢情愿往往总是事与愿违。泰戈尔的故事里所描述的那种情绪，便是我父亲站在巴布卢达儿子的小作坊前的那一刻的心境：那一刻，所有在他成年以后建立起的防备和对外界的抵御之心，顷刻间被回忆的热度融解。情绪的洪流将我们冲向前，我们却不知道它到底要将我们冲向何处。我们总是期盼一切仍旧保持着我们回忆中的样子，我们总期待重游故地时自己仍然属于那里，而不是被当作闯入者来对待。当你走进童年居住过的房间，却发现三个陌生的家伙将你的起居室任意分割，里面还摆着那些不知所以的电脑终端，这难道不是对怀旧情绪最致命的一击吗？更令人不解的是，那群家伙还以陌生人的眼光打量你，似乎在询问"有何贵干"。父亲心里一定在咆哮，你们怎么能够就这么堂而皇之地霸占我记忆中的家。在新泽西的雪夜和上下班高峰的路上，这小小的方寸之地一直被安放在父亲回忆中，被小心翼翼地保存呵护，对于他，这里只容得下巴布卢达和他的塔布拉鼓还有那些五彩的气球。

父亲走进房子的走廊，示意我跟上他，我们走到了房子昏暗的庭院里，庭院的另一头是潮湿的浴室，透过庭院，父亲抬头向上打量，上层住宅过去住着这幢房子的房东。

"我们小时候，楼上的房间里总是会传来吵嘴和打架的声音，经常有人把水桶，那种金属水桶，扔来扔去。"

房东一家现在还住在楼上，我很想上楼去拜访并且认识他们一下，但是被父亲阻止了。父亲回忆，但凡他们有什么时候是不互相扔金属桶的，那么就是要想着办法赶父亲一家人走。房东一家多次想要驱逐他们一家，可是街区里的几乎所有孩子都是爷爷的学生，街坊邻居都是向着爷爷的，所以他们的驱逐计划最终还是没能成功。

　　房东一家人和我母亲那边的家人一样都是"戈蒂"，这意味着他们来自西孟加拉邦，那块土地自始至终都是属于印度的。而我父亲一家人是来自东孟加拉邦的印度教徒，也就是"班加尔"。在印巴分治后，东孟加拉邦先是成了巴基斯坦的一部分，后又成了孟加拉国。父亲说小时候因为房东一家，他们便认为"戈蒂"们就是会用金属水桶打架的人。

　　对于父亲的观点，母亲总会反驳，她说她印象中"班加尔"们总是在公众场合只围着一条毛巾就到处跑，母亲对于父亲的回击是，"对我们来说，班加尔就等同于'文化发展落后'"。

　　父母之间关于"戈蒂"和"班加尔"身份的斗嘴几乎贯穿了我整个童年，有时候那些争论听上去颇有些互相讥讽的意味，但大部分时候只是不带任何恶意的打趣罢了。对于"班加尔"的身份，父亲和他的兄弟姐妹们都以此为骄傲。他们从未将"班加尔"的身份认为是和所谓"难民"有关，在他们看来难民应该是那些衣不遮体，食不果腹，流浪在街头的人们。

　　离开老宅，我和父亲穿过拜塔哈纳集市，来到了苏伦达那斯学院。学院的附属中学是苏伦达那斯中学，父亲和他的兄弟姐妹都曾在那儿上学，我的爷爷曾经是那儿的数学老师，而现在这所中学已经关掉了。旁边苏伦达那斯学院里的一切都没怎么变，父亲说和他儿时记忆中的样貌几乎完全一致。我们穿过学校礼堂，绕过迎面而来两个穿着邋遢的路人，在校园里走着，父亲向我一一说明哪儿是餐厅，哪儿是活动室，哪儿是物理报告厅。

父亲走到一个化学实验室前，里面正在上实验课，学生们坐在长木桌后做实验，观察着眼前烧杯里的化学反应。那一瞬间，父亲恍然间似乎看到了当年的自己，他似乎在进行一场穿越时空的旅程，穿梭在旧时的教室和实验室，父亲任由回忆引领自己向前。他说虽然四十多年过去了，这里的一切都没变，甚至实验室里的脏烧杯都还维持着以前的模样，唯一变了的就是学生们。

实验室里的孩子们看起来都瘦瘦小小，他们大多穿着牛仔裤，还有那种 100 卢比一件的 T 恤衫，头上喷着发胶，每人带着一部手机——标准的孟加拉中下层阶级的穿扮。爸爸说，"这些孩子看起来像马瓦里人"。

在加尔各答，父亲似乎走到哪儿都说自己能看到马瓦里人：卖咖喱饺的马瓦里人、马瓦里理发师、马瓦里鞋匠，总归他说自己看到的马瓦里人做的都是些他同类人不会从事的职业。后来我一瞬间参悟到，"马瓦里"对于父亲意味着什么，它意味陌生感，在父亲心中，"马瓦里"并不属于他熟悉的那个加尔各答。父亲脑海中的加尔各答是有它固有样貌的。这就好比一个士兵把自己心上人的照片藏在军装的内侧口袋小心珍藏起来一样，父亲也将自己心中加尔各答的样貌兀自珍藏起来，且不容许其有任何改变。

父亲心中的加尔各答是一座聚集了同类人的城市，这是他在新泽西郊区数十年的时光中敝帚自珍的回忆。事实上，现在的苏伦达那斯学院和一个世纪前学生的构成可能并没什么不同，父亲在当年或许也是被当作从外乡来到这里的所谓"难民"，就好像他用排斥的眼光打量如今这些所谓看上去像"马瓦里人"的年轻人一样，当年他的学长们说不定也是用同样排斥的眼光打量着父亲和他的兄弟们。

第十二章

俄罗斯套娃

在父亲曾经住过的锡亚尔达的老宅里，直到他九年级之前家里是不通电的。等到父母带着我从美国搬回奶奶在巴格马利的公寓，居住条件虽然没有那么恶劣，但每天一家人仍然被大大小小的问题困扰着。奶奶的房间就好像是我们一家的核心地带，像这样的房间几乎遍布加尔各答的郊区各处。在所有搭伙过日子的大家族里几乎无一不呈现出这样一幅景象：毛巾和笼吉被随意地挂在床柱上，一家人无论是吃饭还是做饭都是在地上，一到夜里，每一间屋子都会被用作卧室供家庭成员睡觉，几乎每一层楼的每一个角落都睡着人。因为空间太过局促，在家里做任何事情一个不小心都可能引发一场大灾难。除此之外，像这样的家庭更少不了对未来的忧虑：家里有足够的钱给女儿们用来结婚吗？儿子们能不能找到工作？等等诸如此类的问题。要知道，在加尔各答像奶奶家这样的家庭，想要把露天厕所改造成室内浴室都需要努力存好几年的钱。如此这般狭小的空间既容不下任何错误，也容不下任何对未来的幻想。

当印度重获自由时，我父亲一家就成了真正意义上的难民。随着大量难民的涌入，曾经显赫一时的首都一夕之间成为贫民窟。有些人说，若是英国人还在这里，状况也许不会是这样。英国殖民者在的时候，加尔各答人总是要遵循他们定下的法律，似乎也是因着这法律，人们有了不得不遵守的纪律和秩序。英国殖民者那时每天都会清洗街道，加尔各答的街头还没有太多的小贩和无家可归的人。有些加尔各答的老人回忆起来，在那段日子里，加尔各答倒是看上去显得宁静和闲适一些。

印巴分治之前，我的爷爷奶奶是印度婆罗门地主，他们住在法里德布尔地区，靠着向低种姓的印度村民以及穆斯林农民征收地租维持生计。爷爷一年中的大部分时间都在加尔各答度过，他既做数学老师，同时也在苏伦达那斯中学的宿舍做管理员；奶奶则一直和孩子们住在乡下的家里。那时候，奶奶经常到加尔各答看爷爷，就住在爷爷的宿舍里。每逢暑假和杜尔迦女神节，爷爷都会带着在城里买的礼物回家看孩子们，女儿们的礼物是长筒袜还有高跟鞋，儿子们则是时髦的双肩背包。在城市里，爷爷的角色是中学教师；在乡下，他则摇身一变成了封建地主。爷爷总是能在两种角色间切换自如，在城市和乡村之间来回穿梭。而这种状态被印巴分治彻底打破了。这场 20 世纪的变动使爷爷不得不在他曾经穿梭自如的两个世界间做出选择。

说起爷爷的遭遇，我需要从马诺吉见证的那场大饥荒说起。那时候，加尔各答的一些家庭不得不卖掉自己的女儿，就为了使家庭成员能够有口饭吃，女孩们的去向大多都是妓院。那时由于战争，有大量的军队驻扎在加尔各答，所以妓院的生意格外好。在白镇驻扎的英国军队和美国陆军是那时在加尔各答最闲适的人，他们什么都不需要做，只需等待着战争在哪一天到来。在黑镇，日子过得舒适的便是那些在政府当差的人们，他们的生活丝毫没有受到饥荒和所谓战争的影响。在 20 世纪 40 年代，加尔各答遍地都是食不果腹的人，以及因为挨饿死去的尸体。当时人们对于这样的情景已经不再大惊小怪，但是对于这种惨状我们却无法理解，我们无法理解这样的惨剧为什么会平白无故地出现在加尔各答，我们不知道我们的参照物是谁。加尔各答的惨状让我想起了东京或者德累斯顿这些同盟国战线城市，它们被战火炸得面目全非。对于英国人在孟加拉制造的惨剧，我们大概只能以这些极端的情况来做类比。

　　那时候《政治家报》有一位叫伊恩·斯蒂芬斯的英国编辑，他不顾战时英国当局对于媒体的审查，刊登了当时加尔各答因为饥荒而尸横遍野的照片。当时的《政治家报》发表了大量评论文章谴责英国殖民政府在加尔各答酿成的惨剧。学术界也因着这些报道，认定了当时加尔各答的饥荒并非自然灾害所致，起因就是英国人。可是即便加尔各答的民众看见街上有自己的同胞因为饥饿惨死街头，他们也无能为力。

　　在饥荒和战乱横行的年代，道义这件事似乎在这座城市显得格外淡薄。在如今的加尔各答，当我们看见那些蜷曲在街角生活的人，似乎也不会有太大的触动，似乎我们已经对这些在街头吃饭、睡觉以及乞讨的人习以为常。在饥荒年代的加尔各答，人们同样需要习惯为一小块食物而大打出手的路人，以及用手推车推走的堆成小山的尸体。由于饥荒，当时社会已经没有什么道德秩序可言。接下来我要讲的故事，只有在这样的大背景下或许你才认为是能够被理解的。

战争结束后，印度的两个主要派别穆斯林联盟和国大党对于印度解体后的走向产生了激烈争论。两方都明确英国人很快就要离开印度了，但是离开以后呢？未来是只有一个印度还是两个印度，或者是一个印度斯坦加上一个巴基斯坦？加尔各答的命运将会是怎样？当时的加尔各答既是印度最大的城市，也是孟加拉邦的首都，同样它也是最大的穆斯林聚集城市。一切都悬而未决。

穆斯林联盟最初要求为印度的穆斯林独立建国，即独立巴基斯坦。但是两方的争端一直无法解决，一直持续到了1946年的季风雨季，穆斯林联盟当时的领袖穆罕默德·阿里·真纳在8月16日宣布当天为"直接行动日"以表达穆斯林要求建立巴基斯坦国的诉求。

在孟加拉邦，穆斯林联盟在当时组成了自己的政府，其领袖侯赛因·沙希德·苏拉瓦底宣布"直接行动日"当天全体穆斯林放假，并且鼓动穆斯林进行抗议活动。联盟在迈丹举行了大型集会，在8月16日，数千穆斯林从加尔各答市区各处以及工业郊区步行至滨海艺术中心进行集会抗议。当天早上，冲突首先发生在马尼塔拉市场附近，一群穆斯林工人穿过巴勒伽塔运河到达迈丹，在马尼塔拉市场前，穆斯林联盟的支持者与当时那些拒绝关闭店铺的印度店主发生了冲突。到了下午，马尼塔拉附近的冲突愈演愈烈。那时由于有不少美国军队驻扎此地，所以加尔各答到处都是枪，人们只需要凭借一瓶威士忌便可以从美国士兵那儿拿到一把左轮手枪。冲突的两方各自都备好了武器。在当时的加尔各答，城市里大约有四分之三的居民是印度教徒，四分之一的居民是穆斯林，事实上其比例和现在加尔各答的状况差不多。但不一样的是，在印度教徒的街区里有着穆斯林居住群，而在穆斯林街区里也有印度教的居住群，所以整个城市里两种教派的人都是混杂在一起生活的。

当天几乎在加尔各答的每个街区都发生了冲突。集会过后，参加集会的穆斯林便开始向加尔各答城市各处出发，他们几乎是挨家挨户地攻击印度教徒，印度教徒也不甘示弱，两方都企图控制更多的区域。在马尼塔拉一带，是印度教徒企图驱逐穆斯林；在公园游乐场一带，则是穆斯林发动驱逐攻势。基德布尔一带被穆斯林认定是巴基斯坦的领域，而堡巴扎尔则被印度教徒认定是印度斯坦。城市的各个街区都由各种路障设置了分界线，这些分界线在当时就形同于真正的国界线，断然是不能被另一方逾越的。在奇普尔路，公交车需要先停下来，绕过好几个街区才能继续径直向前。加尔各答最古老的一条街道变成了属于巴基斯坦那一边的"领地"。

在冲突爆发的头两天，穆斯林联盟便使用了枪械来对付住在印度教街区的印度教徒。与此同时，苏拉瓦底还下令控制了警方，这使情况变得更糟了。印度教的一方也不甘示弱，除了国大党以外，其他印度教的各个党派也在穆斯林居住的社区发动了攻击。甚至连邦政府的全部警力都无法控制住当时的暴力局势。冲突持续了长达一星期之久，数十万人被迫进入了难民营，据统计其间至少有五万到十万人伤亡，当然实际数字可能比这还要多。在闷热的 8 月，堆积在加尔各答街头的尸体开始腐烂，这和饥荒期间的场景简直如出一辙。由于尸体太多，加尔各答的卫生部门甚至不知道该如何处理它们，一些横在街上的尸体被秃鹰一点点啃噬干净。尼姆塔拉火葬场的焚烧炉整日不停地工作，还有一些尸体则被切成小块塞进下水道，由于塞进去的尸体碎块太多，加尔各答的城市地下水水压竟然下降了好长一段时间。就像历史学家詹纳姆·穆克写的那样，直到加尔各答能够"消化所有这些死亡"的时候，这座城市才似乎重新变得平静。

自从分治在加尔各答的街头出现后，印巴两边就更加没有在同一空间共存的可能性了。到后来分治实行得更加彻底，干脆有了两个不同的国家，即印度和巴基斯坦。从 1946 年 8 月开始，冲突事实上断断续续持续了几个月，先是在诺卡利，然后是在比哈尔邦，总归不是在这里就是在那里。那时候孟加拉邦的乡下有些村民甚至会制造土炸药，人们也时常会听到谁又被捅伤了的传闻。在我爸爸过去住的村子里，我的叔叔们说当时曾经在学校的穆斯林同学竟然会突然间冲着他们挥舞刀子，并且把杀人这件事轻易挂在嘴边。当时爷爷觉得最好还是带家人到加尔各答避避风头，当然他当下并没有打算永远留在加尔各答，毕竟爷爷的母亲和兄弟仍然和自己的家人住在村子里，爷爷的打算是等"印巴问题"平息后，再带着家人回村。

1947 年 8 月 15 日，英国人将印度分割后离开。也是在同一天，印度第一任总理尼赫鲁在广播中用带着英式口音的印度语对印度民众如此说道，"许多年以前，我们就和命运做过约定，现在到了我们兑现诺言的时刻。虽然这个诺言还没有被完全兑现，可是我们却一直带着十足的决心。午夜的钟声即将敲响，在世界仍处在睡梦中的时候，印度将为获得新生和自由而彻夜无眠"。

当尼赫鲁在广播中庆祝印度实现了部分自由的时候，他的导师甘地并没有做同样的黑格尔式的宣言。甘地守在位于加尔各答的一间被一个穆斯林家庭遗弃的房子内，和印度教以及穆斯林的领导会面，请求他们阻止他们手下的暴徒继续制造混乱和暴力。这时距离"直接行动日"已经过去一年。巴基斯坦成立了，孟加拉的穆斯林联盟政府也已经被解散了。也是在那时候，印度教暴徒开始制造袭击，他们企图制造一年前的局面，这一次唯一不同的是，挑起冲突的是印度教而非穆斯林联盟。于是加尔各答又一次陷入骚乱。

面对这样的局面，甘地对加尔各答当时的市政领导如是说，"这样一来，像加尔各答这样的大城市又会产生很多小偷和强盗。

上帝似乎还没有赋予我能够赢过他们的力量。然而在现在这个局面下，真正制造麻烦的似乎是那些我们平日里称作'绅士'的先生们"。在巴勒伽塔，甘地以绝食抗议正在发生的印巴之间的冲突，直到两方领袖签署协议同意停止冲突，并许诺在必要时愿意用生命阻止暴力的演进。在这之后，参与冲突的暴徒们纷纷来到巴勒伽塔把枪支、长矛、刀具、弹药筒和炸弹等放在甘地脚下，表示愿意放下武器，停止冲突。在这些缴械的人中，有一位是加尔各答国大党的议员，他的名字叫作贾噶尔·高什。在1946年的时候，他曾组织了在当地的暴力冲突事件，即从商人那里筹集资金雇用杀手杀人。他回忆道，当时每杀死一个人会支付给杀手十卢比，打伤一个人则是五卢比。与甘地的相遇为高什带来了巨大改变。像达西·拉特纳卡尔成为瓦米基一样，在高什余下的一生，他都积极致力于维护甘地所倡导的和平。但是在当时，暴力事件已经蔓延至整个次大陆，在拉合尔、孟买、德里、达卡，数百万人不得不逃离自己的家园。在加尔各答，起初暴力事件只局限在各个街区，到后来演变成了刚刚匆忙划定边界的印度与巴基斯坦两方的广泛冲突。

* * *

我的奶奶从不接受分治的事实。之后来我们搬进公寓，奶奶仍然不时展露出一种当年封建地主的做派，但是事实上，这一定程度上是她用来掩盖自己不是很会做家务的这个弱点。其实奶奶并不需要做太多的家务，她大多数时候需要做的，也不过就是在自己的那间屋子里招待客人而已。尽管早已搬离乡村，可奶奶生命的一部分似乎已经被永远地封存在了那里。小时候，我曾经会帮着奶奶把线轴转到她的乌莎缝纫机上去。奶奶总是按时给缝纫机上油，对其精心保养。那台乌莎缝纫机是当时国家的一项难民援助计划发放下来的，为的是支援难民获得额外家庭收入。这是奶奶拥有的唯一算得上值钱的东西，她的全部资产就是她的故事，那些关于曾经的故事。我记得小时候奶奶写了很多也收到过很多明信片，这些明信片的内容都是关于她旧时拥有的那些土地的回忆。而她的土地也成为我们在巴格马利公寓里永恒的话题，除此之外，奶奶还经常回忆起她曾经的果园、田地、芒果树、菠萝蜜，还有满是鱼的鱼塘。

事实上有好几次，当时的巴基斯坦政府都向损失田地的印度教农民提供了补偿，补偿形式或者是现金，或者是偿还新的土地。但是在孟加拉的难民很少有分到土地或者现金的。在差不多80年代的时候，有人诈骗奶奶说她只要出一百卢比就可以帮她获得补偿，但是我们家里的家庭成员都阻止奶奶，让她不要相信那个人。奶奶回忆起的那些旧时故事或者是对日后获得补偿的妄想，某种程度上不过是平凡人的一种自我安慰罢了。在分治后的头几年，爷爷奶奶都曾经好几次回到东巴基斯坦，也就是他们过去住过的村子。一次是去看望我生病的太奶奶，还有一次是带着我父亲和我的叔叔们进行寻根之旅。我父亲记得那次寻根之旅他们一路竟然是坐着轿子的。

就好像我爷爷奶奶一样，很多人都不相信分治是永恒的，他们都认为因为分治而导致的人口迁移不会持续太久，而那些暴力和冲突也总会有一天会消退的。自从伊斯兰教徒来到孟加拉生活的数千年中，曾经有七个世纪是穆斯林首领统治这片土地，还有两百年则是英国人在进行殖民统治，在这期间没有发生过数以百万计的孟加拉人因为他们的宗教信仰而被迫离开他们的家乡。没有哪个统治者能够做出像当年的英国殖民统治者那样的决策，在地图上画好分界线便让穆斯林和印度教徒回到所谓属于各自的地方去——印度教徒在这儿，穆斯林教徒在那儿，就这样硬生生把一块土地撕成两半，造成多少人都无家可归。这样愚蠢的决定恐怕是前所未有的，这样强硬的分治有太多不合理之处，任谁都无法理解这样的决策，所以像我的爷爷还有数以百万计和他抱有一样念头的人的幻想是可以被理解的，他们不能理解这样错误的决定竟会成了定局。

可是一切都回不去了。在印巴分治一段时间后，巴基斯坦本身也经历了分裂——原先的东孟加拉在成为东巴基斯坦后，最终在 1971 年成为孟加拉国。1980 年之后，爷爷的兄弟们也相继搬离老家的村子，我们一家几乎没有人再住在那儿了。似乎故事就写到这里了，发生了的便是发生了，再没有回头的余地。这些事情我们一家人从不会在家庭聚会上谈起。而我的叔叔和姑姑们所做的便是努力忘掉关于旧时的回忆，拼尽全力在加尔各答或者附近的城市开始新的生活。

* * *

印度独立后，爷爷的身体状况大不如前。在分治前，他一直同时做着老师和宿舍管理员的工作，本身宿舍管理员的住宿条件还算舒适，那是一间有两个房间的公寓，可是后来爷爷奶奶又陆续生了八个孩子，公寓就显得十分拥挤了。为了养活一家十口人，爷爷不得不去做课外辅导来补贴家用。他那时每天早上去富裕人家给那里的小孩补习功课，然后再到学校上班，下班后还要在夜里给别人做课外辅导。爷爷每天靠不断地抽烟和喝茶来提神。除此之外，最要命的是每天他还要应付学校宿舍里七百多号吵闹的男学生们。最终爷爷病倒了，他放弃了宿舍管理员的工作，同时这也意味着他和奶奶不能再继续住在那套分配给管理员的宿舍里了。全家人之后便搬到了城市最南边的贾达夫布尔。

在爷爷奶奶当时的新住处有一片竹林，每到夜里，附近的难民都会偷偷来砍竹子，好在附近的一片荒地上盖了一些供他们居住的小茅屋。这块荒地属于当地的某个地主，当时地主雇了一些带武器的手下，企图要赶走这些难民，警卫摧毁了那些小茅屋，连夜赶跑了难民们。在法里德布尔的时候，我的爷爷奶奶当时也曾经雇用过类似的守卫来保护他们的财产，当时他们的老宅前总是有人巡逻。可没想到有一天，我爷爷奶奶竟然被当成了闯入者以及抢夺土地的人，当地人企图驱逐他们回到原来的地方去。

地主的手下们并不是难民们的对手，这是因为难民们无所顾忌——反正已经一无所有了，也没什么好失去的。在被赶跑后不久，那些难民们又卷土重来，重新盖起了他们的小茅屋，并且在那里生活了下去。就此，那里便成了难民们的"领地"。

在印巴分治后的头五年内，加尔各答的人口增长数量相当于过去一个世纪的增长量。数百万难民到达锡亚尔达车站后，因为没有住处可去，所以只能以车站为家。当时的国会政府为难民们提供的唯一住所便是难民营，这些难民只能靠吃政府的救济粮过活。难民营里没有厕所，他们只能在路边的水槽大小便，以至于不少人都染上了疾病。那时流传着一些谣言，说在难民营里性暴力时有发生。原本就是受害者的难民就是如此居住在不堪的环境中。直到50年代，国会政府仍然相信西孟加拉邦的难民在加尔各答的停留只是暂时，他们很快便会回到原来的地方去，所以并没有想办法安置他们。

当难民们意识到，无论是当时印度独立后的政府或者是其他各个党派，都暂时无力安置他们后，他们便开始自行寻找出路，不同的难民加入了不同的组织。事实上，一直以来，影响民众包括这些难民的都是当时的大环境。在英国殖民统治时期，为了反抗殖民者定下的条例，"不屈从"三个字便成了人们策略的核心。很多人因为违反了殖民者定下的法律或者条例而坐牢。虽然英国殖民者最终离开了，但是离开之际，他们仍然将这些普通人置于窘境之中，分治后难民们为了生存不得不去做违反法律或是道德的事情。难民们依据其信仰的意识形态或是支持的党派，自行组成了各式各样的团体，不同的团体会各自划定地盘，以便日后在那些荒地上耕作和生活。在分治的头五年里，在加尔各答郊区，贾达夫布尔、贝尔格霍利亚、巴拉纳加尔……已经有大约一百四十个不同的难民聚集地。分治带来的不良后果在这些难民聚集地体现得尤为明显。虽然在滨海艺术中心、公园街以及达尔胡西这样的地方已经不再有白人殖民者的存在，但是这些城市的核心地带仍然是难民们的日常所难以接近的地带。他们住的房子大多都是灯光昏暗的陋室，四周的墙壁犹如他们自身的命运一样脆弱到不堪一击。李维克·伽塔克的电影《云遮星》就描画了这些难民的生活状态，电影里他们坐在卡车上，然后被扔到空无一人的荒地上去，于是那些荒地就成了他们的住所。这些荒地满是泥泞，而那些临时搭建起来的棚屋似乎一阵风就能吹倒，而就是这些棚屋成了一夕之间无家可归的人们的家园。《云遮星》中的那位父亲曾经是一位中学教师，由于社会变迁，他的生理和心理都受到重创，这之后便无力再供养他的家庭。他的孩子们也不得已漂泊在各处，仿佛浮萍一般四处漂浮。难民营就好像是一块块支离破碎的飞地，在那儿，他的家人无论是在身体和心理上都无法继续互相依存。那些用竹子和茅草搭建起来的棚屋，见证了人的尊严是如何被无情践踏的。对于李维克来说，难民的困境某种程度上代表了现代人类所共同的困境，它传达了现代都市所带给人们无可避免的流离失所感和疏离感。

* * *

在 20 世纪 70 年代，加尔各答这座城市再度弹孔密布之时，导演萨蒂亚吉特·雷伊拍摄了三部电影[1]记录下当时的社会。我父亲曾经说，萨蒂亚吉特擅长描绘室内发生的故事，而李维克则擅长描绘街头故事。事实上，在萨蒂亚吉特那个年代，大部分最成功的印度电影多是将故事的镜头对准室内故事的。在萨蒂亚吉特的电影《有限公司》中，电影一开始便是这么一段独白，"在孟加拉，接受过教育的失业者超过一百万，而我不知道那些没有接

---

[1] 作者这里所说的三部电影为萨蒂亚吉特·雷伊导演的"阿普三部曲"，其中包括《大路之歌》《大河之歌》《大树之歌》，这三部曲集中讲述了一个名叫阿普的穷困年轻人的成长经历。电影场景多设置在室内，即阿普童年以及其成年后的家中，故作者将萨蒂亚吉特归类为擅长讲述室内故事的导演。

受过教育又失业的人到底有多少。很多人笃信孟加拉的问题都和这相关，我却不这么想。在过去十年中，我一直在一家外国企业做办公室的工作……"

念独白的主人公并不是一位年轻气盛的小伙子，而是一位举止得体、受到过殖民地时期英式教育的所谓"绅士"。故事发生在加尔各答，这位主人公是一位在英国人开办的吊扇公司做执行总监的孟加拉男士，角色扮演者是巴伦·钱达。主人公尽管外貌上有着典型的孟加拉特征，但是举止行为却继承了白人殖民者的不少特征。故事里他拥有一辆汽车，一间高层公寓，还是一些高级俱乐部的会员，那些俱乐部曾经并不对印度人开放。男主人公工作的吊扇公司很容易让人联想起马诺吉曾经工作过的工厂。为了升职，故事中，男主人公不得不挑起一次劳资纠纷。为了造声势，他在夜里向工厂投掷了一枚炸弹，结果导致一个守夜人眼睛受伤。但是故事的结尾，男主人公还是升了职。《有限公司》可能是为数不多的能够胜过原著小说的电影呈现。山卡尔的原著小说中，守夜人最终死去了，男主人公则被人看见独自在角落哭泣。在萨蒂亚吉特的小说中，没有人死去，也没有人哭泣。在电影接近尾声的一个镜头里，只是呈现了这样一幕，男主人公所住的高层公寓的电梯坏了，所以他不得不西装革履地爬到八楼，待他到达的时候，浑身都湿透了，看起来疲惫极了。电影以更加平静的方式呈现了故事。当萨蒂亚吉特将镜头对准室内发生的故事时，观众似乎能听到有人在小声讨论城市里哪儿又有炸弹爆炸了，或是年轻人对于现状的不满。可是这一切并未被放大，只是作为微弱的背景音出现在电影中。就好像男主人公住的高层公寓一样，那里太高，以至于远离尘嚣，任何冲突和口角也许只能在深夜才能被捕捉到。

到了 20 世纪 60 年代，那时的年轻人仍旧会为印度独立而备受鼓舞，在每年的印度共和国日，他们会在内塔吉的雕像前致敬。但当这些年轻人走入大学校园后，他们便逐渐意识到当下加尔各答的状况似乎仍旧和英国人离开之前相比并没有太大的改进。当时的国大党仍旧热衷于推进反对殖民统治的运动，但是除此之外，在其他方面，国大党似乎并没有做出令当时的民众感到十分满意的举措，所以在后来的各种和当地民族、种姓以及语言问题有关运动的冲击下，尼赫鲁政府被迫下台了。

在 20 世纪 70 年代加尔各答政坛风起云涌的那些日子，纳萨尔派是加尔各答众多政党和团体中表现较为激进的一派。当时的纳萨尔派大多由来自加尔各答和附近乡村的年轻人组成，不少学院和大学里的年轻人也成为纳萨尔派的拥趸。原本纳萨尔主张的游击运动是企图在加尔各答发动一场农民运动，但最后却演变成了一场城市青年运动。纳萨尔派所反对的目标包括资产阶级和其他与之意识形态有出入的党派；除此之外，他们还反对当时加尔各答大学和各类学校对其的教导原则，他们认为，那些学校的教育方式就好像是往绵羊嘴里塞入大量的饲料，好让其保持沉默。

在当时加尔各答的茶馆、食堂，到处都可以见到这些年轻人之间的冲突：大一点的青年会对小几岁的孩子动手，青少年之间互相厮打，为的要么是所谓维护尊严，要么就是争夺地盘。

1964 年，也就是我父亲进入苏伦达纳斯学院学习化学之前，纳萨尔巴里运动还没有开始。到了 1967 年运动爆发后，父亲则进入巴勒干戈科技学院继续深造。爸爸当时的一个朋友叫作苏乔，和爸爸是苏伦达纳斯学院的同学。到后来苏乔进入拉扎巴扎尔科技学院读书，从此便和父亲不怎么联络了。到了 1970 年，由查鲁·马朱姆达尔领头的这场以农民革命为己任的运动最终成为一场城市战争。当时加尔各答爆发了各式各样的斗争与冲突，到最后这些冲突演变为年轻人和警察之间的冲突。在加尔各答，当时人们总是会听说各式各样的关于那些年轻人和警察之间的交锋，以及流血的故事。

那时候父亲在拉哈特先生的实验室里刚刚开始他的博士研究。每天晚上从实验室回家，他都要做好在路上随时被袭击的准备。那时候，说不定在街上你就会看到警察又拉起了警戒线，又或者是住在你街区附近的年轻人突然冲出来制造突袭。别说是父亲了，连警察对这一切都感到害怕。当时的纳萨尔派认为，如果你可以杀掉一些警察，那么你就能够在警察内部制造矛盾和动荡。爸爸在巴格马利的一个朋友的哥哥便是一名警察，那名警察素来都有健身的习惯，算得上身强体壮。可在当时由于害怕被袭击，他出门从来都是和他另一个健壮的同事一起，他通常会坐在同事的摩托车后座上，似乎他们觉得这样才算安全一些。

　　有一天夜里，整个加尔各答都流传着一个消息——那便是在拉扎巴扎尔科技学院的校园附近发生了一起杀人事件——一位国大党的积极分子被射杀。爸爸旧时的朋友苏乔也因为这起杀人事件被逮捕入狱，等到苏乔出狱时，国大党便不再执政了。那时我的父亲是一所癌症研究机构的科研人员，而苏乔出狱后则在其社区经营着一家化学用品商店。苏乔曾经到父亲的实验室看过他一回，他坚持说自己是无辜的，而爸爸也相信苏乔说的话。或许如苏乔自己所说的那样，他是被陷害的，但时至今日，真相如何已经无法追究了。

　　如果这是一本小说的话，那么或许写到这里，该是作家揭露真相的时候了，我的父亲，或者是我的母亲，曾经居然也参加过纳萨尔派的运动！一个惊天秘密就此揭开。然而很可惜，这毕竟不是小说，我的父母也并没有参加过任何运动。在那个动荡的加尔各答，我的父母安静地躲在实验室一角，相知，相恋，走入婚姻，后来则移民美国，再后来又回到加尔各答。生活总归是在继续的，可也是由于纳萨尔派引发的运动，不少加尔各答人的人生轨迹悄然间发生了变化。

＊　＊　＊

　　在新泽西，我父亲时常回忆起他在加尔各答的年轻时代，过去的事情被反复倒带重播，父亲似乎是在回味他们那代人是如何随着命运的齿轮转动而走散。爸爸对于 70 年代的事情似乎记忆深刻，但却对 40 年代在穆斯林街区巷和海亚特可汗发生的惨剧一无所知，这些地方正是儿时他和伙伴一起玩曲棍球的地方。父亲可能并不会意识到，过去发生的那些事情是如何在悄无声息中改变他的人生轨迹；他也不会意识到，爷爷家在东孟加拉当年舒适富裕的日子并不是后来导致他贫瘠童年的原因，这一切更多与 40 年代的暴力和冲突有关。对啊，那时的父亲怎么会意识到这些呢？那些在爸爸生活的街区发生的历史并没有在历史书中被提及。父亲的人生是被构建在那些他所不了解的往事中。在加尔各答的墙壁上有不少名人或是伟人的壁画肖像，人们以此来纪念他们，但是你却找不到任何纪念碑来悼念那些在 1943 年在孟加拉饥荒去世的 300 万以及在 1946 年"直接行动日"去世的人们，还有数百万因为失去家园而被迫来到加尔各答的人们。

　　要一直记着旧时的事情并不容易，要给每件往事都修纪念碑也同样不容易，如果有人执意要这样，那恐怕加尔各答整座城市都要布满纪念碑了。萨蒂亚吉特·雷伊目睹了当年的饥荒并且用镜头记录下了这一切。《遥远的雷霆》呈现的镜头算得上是萨蒂亚吉特·雷伊的"饥荒影片"中最触目惊心的，它几乎挑战了视觉语言的极限。导演使用了新现实主义手法使得饥荒的画面看起来如画一般。莫利奈·森是另一位拍摄过类似题材的导演，在《寻找饥荒》这部电影中，这位导演记录了想要拍摄一部反映饥荒的影片在当时的加尔各答所要面临的重重困难，呈现了一个摄制组试图记录1943年饥荒的取材过程。当这个摄制组来到一个村子打算拍摄时，一个村民得知他们的来意后问道，"饥荒？你们指的是哪一次饥荒？"

在孟加拉，从英国殖民统治开始到结束，不止一次发生过饥荒。英国人留给孟加拉的最后遗产便是饥荒。在1757年东印度公司开始接管孟加拉时便爆发了饥荒，但是东印度公司拒绝采取任何措施帮助解决问题。参阅当时的记录，有四分之一的民众死于饥荒，成片的区域因此变为丛林和荒地。当时的状况几乎是每三个人中就有一个因为饥荒而死去。英国人就是这样在加尔各答开始了他们的殖民统治。

对于往事的记述能够帮助人们了解当下，并且展望未来。如今我们学习的关于加尔各答的历史早就不是被当年的殖民者所书写的了。但是人们却总是以自己的方式想象过去，这就好像过去的一些文员，他们从欧洲人的叙述中摘选一些片段，然后再根据加尔各答的情况加入一些符合当地色彩的描述，使得这些叙事要么是类似于欧洲文艺复兴的审美，要么符合印度文艺复兴的取向。如此书写过往的目的，大抵是为了证明加尔各答人也属于现代，也能和欧洲人一样。

如此这般对加尔各答的书写，使得这些记录成为无关痛痒的表达，从中，我们无法完整地得知加尔各答的过去和曾经遭受过的创伤。我们无法从碎片化的记录中重构自我。想要记住过去的一切，想要了解作为加尔各答人的一切，我们需要依赖的不仅仅是脑海里的有限的或者是狭隘的记忆，更要依赖个人的智慧。比方对于我来讲，我的记忆总是关于巴格马利，而我父亲的记忆永远停在锡亚尔代，奶奶最怀念的则是她曾经的村庄：父亲总是会提起 70 年代的日子，奶奶念叨的是法里德布尔那个她永远回不去的村落。我呢，我的目光则总是会停留在我曾经逃离过又最终回归的加尔各答。此时此刻的加尔各答已经没有洪水、饥荒和暴乱，它被我们这一代人所淡忘或遗弃，默默走向衰老。我们每个人都有各自关于加尔各答的私人回忆，就仿佛是俄罗斯套娃一般，这些回忆堆叠在一起，层出不穷，拨开每一层既意味着失去也意味着新的渴望，这些如套娃般的个人回忆各自分离，并没有人用针线把它们穿在一起，可当它们一起出现时，有些人便认定这是历史。

作为加尔各答人，我们关于国家、进步以及现代性的信仰便是在这样的基础上建立起来的，我们对未来满怀信心，却又不好意思面对关于我们自己曾经的耻辱。似乎自由就意味着要把当年那些有关流离失所和无家可归的回忆眼睁睁地隐藏起来。似乎作为加尔各答人的我们仍然是自我的陌生人，我们脑子里塞满了那些和我们生活无关的种种，而对最本源的真实却视而不见。

第十三章

小角落

我问过那个为我和德巴做婚姻咨询顾问的弗洛伊德派咨询师，"为什么要回加尔各答来呢？"

"我在美国的博士导师也问过我同样的问题。为什么那么多地方，你选择了加尔各答。我当时这么对他说，'我可以在夜里10点钟走在加尔各答的街头而不必担心有任何危险，这在美国的城市就不大可能了'。"她回答道。

后来她又对我说，"当然现在的加尔各答也未必和当年一样了"。

每一天加尔各答的报纸上都挤满了那些豪华高层公寓的售楼广告，在那些建筑效果图上，一幢幢像高塔一样的建筑从空旷的地面拔地而起，这些高塔承载着当地人对未来的某种期许和幻想，这种幻想蔓延在印度各个角落，从古尔冈到古吉拉特邦，一路延伸到加尔各答。我一直在想，在这些效果图上，那些茶馆在哪儿？公交车站在哪儿？那些睡在街边的流浪汉在哪儿？那些开着摩托车经过商场华丽看板的人们又在哪儿？那些住在这座城市里的芸芸众生在哪儿？那些住在附近郊区的人们在哪儿？那些每天在路边吐痰大小便，根本与这些高楼林立的幻想图画无关的人又在哪儿？有时候我甚至以为这些高楼的存在只是为了嘲笑看似渺小的众生。

我意识到，似乎在加尔各答，把我们所有人连接在一起的结构便是各自离散，一些人需要容许另一些人奔向更加富裕的生活。

但是这种离散的状态并不稳定，不少人也会因此而被排斥在整体之外，就好像那些曾经的工厂工人，如今已经没有太多人关注他们。这些工人与那些拔地而起的梦想变得疏远，他们可能因此而感到不安与羞耻，但是这座城市仍然自顾自地蒸蒸日上。

我不知道有一天加尔各答会不会变得像约翰内斯堡一样。我曾经去过那儿，那里就好像是位于非洲的加利福尼亚一样，那里的富人住在带有无边泳池的别墅里，他们的床边都设置有警报按钮并且放着机关枪，这是为了防备深夜杀手可能的袭击。

自我出生起到现在，政府对加尔各答的管理使得这座城市再没有什么暴力和冲突，也没有什么非法地下组织的存在。对于我们这一代人来说，这座城市一直都维持着和平状态。如今这些高楼大厦拔地而起，人们带着对它的憧憬前行，我不知道这是不是意味着另一个世代的到来。

在加尔各答东大都会支路便有着成片的空地，那里有不少五星级酒店和豪华的高层公寓。站在公园游乐场附近的四号立交桥上，你总是可以看到一辆接一辆的汽车驶向那片满是豪华建筑的地带。事实上，途中这些车子都会路过托普西娅和蒂尔贾拉这两片街区，可是几乎没有车子会在此驻足。在加尔各答，只要你愿意，你甚至可以一辈子都不用进入这样的街区，在托普西娅和蒂尔贾拉生活的大多是生活境况不佳的穆斯林，他们往往是被这座印度城市忽略的族群。1946年将穆斯林和印度教徒分开的那些分割线至今似乎仍在起着作用——印度教徒在这儿，穆斯林在那儿，至于当年那些界线究竟是怎么被划分的，似乎已经没人记得，人们只是一味保持着分隔的状态。每次经过四号立交桥时，那些看不见的分割线都让我对这座城市的未来感到一丝隐隐的忧虑。

在这个由纱丽裙和卡其布衬衫组成的城市里，仍然有不同组织以及派别之间因为立场分歧而产生矛盾，人们对于这片土地曾经受的苦难已经渐渐淡忘。一些加尔各答人沉浸在拔地而起的高楼带来的幻境，以及随之而来弥漫在城市里的甲醛味道中，陶醉在眼前奢华的场景中，并认为这便会是永恒。

我曾经拜访过一家倡导维护原先工厂工人利益的组织，它们的办公室就在巴勒伽塔那一带。里面的一位负责人和我一边喝着茶一边抽着烟，在昏暗的夜灯下聊着天。我对他说，他们制作的那部关于加尔各答旧时工厂职工的纪录片深深打动了我。他追问道，"你流泪了吗？"然后便讲起了片子中一些工人的身世背景，他说他一想到这些工人自己就忍不住流眼泪。

后来他又说，"收集他们的信息做成纪录片事实上也没什么用，因为现在似乎没人在乎这些失业工人了。现在他们所能做的无非就是拿着装满煤油的矿泉水瓶，然后成群结队地在商场里每一层都晃悠一圈。只有这样人们才会注意到这些人的存在"。

他似乎觉得这样的想法有些滑稽，说着便兀自笑了起来，"我们需要一个组织，就像在孟买一样。有些人可以住大房子，有工作，而我们这儿的小伙子想要进城在路边卖土豆都行不通"。

他说的"有些人"是另一个和其政见不同的组织的负责人。接着他便和我聊起了自己曾经的梦想，以及这些梦想大部分会失败的原因，他说现在自己的梦想已经不多了。似乎加尔各答每一代人都有着各自的梦想和寄托，但是这些梦想究其根本却大抵相同。试问在加尔各答的我们，谁不曾因为无力而感到羞愧，谁不曾因为被周围的世界疏离而感到迷茫。正是这种无力使我们滋生了各式各样的幻想，我们希望摆脱无力，希望获得新生。

在经历过长达几个世纪的殖民期后，虽然获得了自由，可是我们作为加尔各答人似乎仍旧迷糊地摸索着自己的信仰。摊开展示在我们眼前的城市，似乎是由一个又一个的失败堆叠而成。我们会懊恼，为什么城市的资源不能被有效利用，为什么仍然有欺骗和颓败，为什么科学和理性仍然不能被完全推崇。我们也会不解，为什么加尔各答会有那么多摩天大楼和高速公路，为什么仍然还是有人随地吐痰和大小便，为什么我们仍旧不能挺直脊梁，还是要接受世界上那些富裕之地的怜悯，为什么我们还不能为每一间诊所和学校提供清洁的水源以及用以维持最基本的所谓"体面"生活的那些必需品。所有这些让我们懊丧的失败堆叠成山，而加尔各答这座城市对此似乎仍然无力应付。它看起来仍然没有洞穿一个事实——生活在这里的人们所创造的这座城市尽管被庞杂的枝蔓缠绕，却也有着多彩的内里。我们关于这座城市的梦就像孩童的梦境一般简单，我们渴望它变得纯粹洁净；我们多么希望有一股如救世主般的力量，就像季风雨一般袭来，冲刷干净布满城市街头的大便和疾病。或者干脆如火焰一般，将所有关于这座城市的失意付之一炬。

* * *

在拉菲·艾哈迈德·基德维大街上有一家家具店，它的模样让人不禁联想起苏库马尔·雷伊的诗歌。店里的晾衣架、藤椅、木质桌子、床，还有手扶椅，统统被老板堆放在一起，形成了一座顶到天花板的家具小山。在这些成堆的家具中坐着米希尔·乔杜里，这位先生穿着一件艳粉色的衬衫，衬衫上还有红色的竖条纹；他卷曲的头发已经长到了领口处，几乎和他刚刚修整好的法式胡须连为一体了。

在我和德巴刚刚搬家的时候，我的邻居苏加托便推荐我来米希尔的这家位于市中心的家具店。我和德巴在这儿租了两张方桌，一套藤编沙发组合，两张圆形边桌，以及一套卧室家具组合，合计下来平均每月我们要付十二美元的租金。原本的租金应该是十三美元每个月，但是米希尔可能看在我是苏加托朋友的面子上给我打了折。毕竟苏加托可是个警官，这对米希尔可是个说不定就能派上用场的职业。

在我和德巴的公寓里铺着大理石地板，有玻璃书架和内嵌式照明。但相比较之下，米希尔店里的家具才是我梦寐以求的。那些藤条手扶椅让我想起了外婆家原先的那些椅子，那些木质的圆桌在我旧时的家中更是常能见到的物件。到了新家之后，每当有朋友来，我便将这些圆桌拉出来，招待他们泡茶用。这些家具虽然都已经有些年代，却没有任何陈旧感，它们的样子看上去令人愉悦，却丝毫没有浮夸的气息。简而言之，它们似乎原本就是为我这样的人设计的。

有一天我去米希尔店里付租金尾款，他对我说起，"你知道吗，阿米塔布·巴沙坎也在我这儿租过一张床"。他说的阿米塔布·巴沙坎是加尔各答家喻户晓的电影明星。"当然，那时候他还在加尔各答做销售员，还不是人尽皆知的阿米塔布·巴沙坎"，他接着说道。

几年前，《印度时报》曾经刊登过一篇关于米希尔的故事，专门讲述这段与阿米塔布·巴沙坎有关的逸事。后来一些阿米塔布的粉丝看到报道后专程跑到店里想要买下阿米塔布曾经租过的那张床。"当时有位女士出价两万卢比要买走那张床。两万卢比啊！但是我怎么能记得当初租给他的是哪张床？如果我当时动动歪脑筋的话，那么我大可以随便找一张床给他，然后说是阿米塔布睡过的。"

米希尔一边说着一边翻出一本记录了店里1967—1968年交易的账本，其中一页附有签名的账目记录了年轻的阿米塔布租了一张床、一个沙发、几把椅子和圆桌，总之加起来大概有十几样家具。得知阿米塔布曾经光顾过这家店，记者便带着摄像机登门拜访米希尔，米希尔回忆道："我当时是这么对他们说的，'对，当年一位个头儿很高的小伙子曾经来过店里，然后租走了这些家具，但是当时我们根本不可能料到他日后会变成大明星啊。可不是嘛，我还能怎么想，当时他还没走红。再后来等我看了《帕尔瓦纳》的时候，我突然想起来，天呐，这个人在我店里租过家具'。"

事实上，米希尔说这不过是对记者的说辞，他看《帕尔瓦纳》的时候根本什么都想不起来，原因很简单，当时出租给阿米塔布家具的是他的叔叔，在电影里认出阿米塔布的也是他叔叔，这一切都和米希尔本人没什么大关系。但是为了让记者能够得到一个好故事，米希尔理所应当地对往事进行了一下改写。他得意地对我说，"看看我是多么善于聊天的一个人，要不是因为我能说会道，真不敢想象采访会怎么样"。

在阿米塔布来家具店里租家具的年代，米希尔还在莫拉纳阿扎德学院学习政治学，那时的他还并没有打算日后要接手家里的家具出租生意。他的学校莫拉纳阿扎德学院位于拉菲·艾哈迈德·基德维，事实上离家具店的绝对距离并不远，但在当时的米希尔心中，它们之间隔了几个世界。

米希尔回忆起上学那个年代，他乘有轨电车时曾见过有人拿着刀子在电车里比画，他混在人群中惊慌失措。他说，"我可从没有想要伤害任何人或者任何东西，当时我的策略就是偷偷溜走"。

在学生时代，米希尔常常会到他一个叔叔家喝茶闲聊。这位叔叔有个朋友是当地警察局的一位高层级的警官，也时常到米希尔叔叔家做客聊天。有一天，这位警官告诉米希尔，要他最好在家休学一年，暂时不要去学校了。

所以在1971年，米希尔便按照这位警官说的，大部分时间都待在自己位于夏姆巴扎尔的家中，这也让他免于像当时其他一些学生一样受到加尔各答混乱社会局势的影响。那场由纳萨尔派引起的武装运动大约持续了三年，当时流传着不少故事，内容大多数是又有某个加尔各答的学生在动荡的环境下是如何受尽折磨然后死于非命的。那时在贾达夫布尔、钻石港、贝尔哈塔、巴拉沙都有伤亡发生。当时的加尔各答似乎陷入了暴力的阴影中，暴力和冲突像龙卷风一样袭来又离开。那一时期大约有2000名纳萨尔派被杀死。加尔各答这座城市因此又经历了一回如飓风袭过般的毁灭，无论是对于一场运动，一代人，还是一整个社会，这样的代价未免都有些沉重。

再后来，等一切平息后，米希尔便再次回到了学校。那时的他只想找一份工作，随便什么工作都行。当时他去参加了印度公务员系统的考试，但是却未能通过其中的数学测试部分。

他说，"我最不擅长和数字打交道了。要知道我那时候已经差不多一只脚踏进银行了。如果当时有了那份工作，我肯定早就结婚了"。那时候米希尔碰巧认识了一个会计，那个会计也不是学财会专业的，他原先研究占星术，曾经预言说米希尔这辈子也无法找到工作，也不会结婚。

"当时我对他说'就凭你这么说，我也一定要结个婚给你看看'，那家伙回我道，'你去啊，去讨个老婆，然后把她带来给我看，那算我输'。"米希尔回忆道。

到头来，米希尔的一生重复了他爸爸还有他爷爷的轨迹，那便是坐在成堆的桌子和椅子中，每天看着店门口的电车来来回回。"下一代人都找到工作咯，也都离开加尔各答了。我们这代人是最后一批留在这里的了。"米希尔这么说着，脸上倒是有一些欣慰的表情。

"你是无神论者吗？"米希尔问我，还不等我答，他便接着说下去，"我原先可是个实打实的无神论者。我爸爸也是无神论者。对于那些想要和我聊宗教的人，过去的我总是会对他们说我什么都不信。可到了三十五六岁的时候，我完全变了。你看，命运就是这么爱捉弄人，你根本没办法改变它。我的命运一早就被设定了是没有工作也没有老婆的。所以你看看，到头来我还真就每天困在这儿，一个人看着一间家具店。你说这不是命是什么？"

苏加托告诉我，他曾经找米希尔看过好几次手相。不止苏加托，来米希尔家具店看手相和星座命盘的人也不在少数。除此之外，米希尔还会根据个人手相算出每个人的开运物是什么，人们会以此为凭据做一些诸如幸运戒指或者护身符一类的东西。现在这个年代，算命占星无处不在，你可以通过邮件或是短信订阅你的星座运势，一些电视台还会专门请一些所谓命理老师来做直播类的算命节目，而这些命理老师随着这股热潮也成了明星，他们的海报和宣传广告在大街小巷的看板上时常可以看到。

我认识的每个朋友或是手腕上戴着红绳做的手链或者是戴着开运宝石戒指，几乎无一例外。而对我来说，占星这种东西仿佛是只有我奶奶那一辈人才会相信的老古董，在我看来什么星座命理不过是一种没什么道理的迷信罢了，在未来的某一天总会被人们遗弃。

"现在你在大街上是不是到处都看得到那些双手戴满戒指的人？知道为什么吗？因为现在人们越来越心高气傲了。在我们那个年代，哪儿有人有什么野心。我们嘛，无非就是读书拿文凭，随便找个什么工作，然后结婚生子，就这么一辈子平平淡淡过去了。我们当然也志存高远，但是过日子嘛，还是脚踏实地。我们的眼光就差不多停留在这儿。"米歇尔一边说着一边一只手在脑袋旁边画了条线，"我们的日子啊，简单。现在可不一样了，其实现在人们操心的事儿也不过是诸如买哪台电视机更好这些鸡毛蒜皮罢了，可大家的野心还是比天还高"。

他又接着解释，当你想要在生活的某方面有所提升，那么周围不确定的因素就会越来越多，而他所说的人们的野心不过是人们对于"失去"或者"无法占有"的恐惧。

我问米希尔，"如果照你说的，一切都是注定好了的，那戴那些开运戒指还有什么用？"

"我这么给你解释吧，比如说命数里你本来是五英尺六英寸高，但是你就是一直停留在五英尺四英寸长不高了。那么总有人能够通过一些方式把你抻长一点儿，到五英尺六英寸，帮助你达到你本该有的高度。算命还有那些开运石就是这个意思，能够稍稍帮你一把。当然，如果你说我硬要从五英尺四英寸变矮到五英尺三英寸，还要像阿米塔布一样的身材相貌，那我们可没办法。"

* * *

那是在学院街的一个晚上。我们经过的时候恰好赶上停电，街道上一片漆黑。黑暗中我摸索着跟随前面三个人的脚步顺着拉玛纳特·马祖姆达尔巷沿路而下。巷子两边，古旧的建筑矗立在我们两侧，月光洒下，使得我们依稀能辨出它们的轮廓，我看得见它们身上岁月流逝的痕迹，也看得见他们曾经是多么气派堂堂。和我走在一起的是小杂志《阿尼克》的主编迪班卡，在夜色中他一边背诵着苏帕斯·穆霍帕的一首关于在夜色中漂浮的诗歌，一边轻快地迈着步子，仿佛在身体力行诗中的比喻一样。

我第一次见到迪班卡时，他正在街头参加一次抗议活动，抗议的起因是加尔各答政府要进行压制纳萨尔派。在拉勒加尔，在孟加拉邦和比哈尔邦边境的边界，新一代的纳萨尔派正试图挑起针对加尔各答政府的战争。像一个世纪前一样，这又是一次同一政党不同派别之间的矛盾。但是与20世纪不同的是，此次的战场并不在城市的街区巷弄，而是在城市边缘的丛林地带，谁能够取得胜利，那便意味着获得对村庄以及周边大片区域和土地的控制权。迪班卡参与的这次街头集会的目的主要是谴责因此次冲突造成的大量无辜士兵的伤亡，组织集会的是一个人权组织，参加集会的人来自不同的组织和党派。其中有的曾经隶属于非左翼党派，有的曾经是纳萨尔派。这些有着不同政治取向的人曾经支持的派别在之前甚至是同源的。迪班卡的杂志最近发表了不少关于左翼党派对于其对立党派的批评。迪班卡本人原先是一名大学教授，现在已经退休了。在20世纪70年代曾经作为政治犯在监狱被关押了大约几年光景，尽管他从来不是纳萨尔派。我问迪班卡，为什么三十年来加尔各答的那些政治团体几乎没有组织过抗议活动，为什么这三十年来一切似乎变得安静了。

迪班卡说，"当时出于帮助穷人，解救其于苦难的初衷，加尔各答的许多人便加入了纳萨尔派。那是一种想要通过帮助穷人为国效力的愿望。一些人目睹了加尔各答那些处在饥荒和贫苦中的人们的困窘，所以选择了加入，但是他们中的不少人对这所谓的'加入'并不能自圆其说。后来运动失败了，这些人便就又回归到原来的生活中去了"。米希尔大概就属于迪班卡说的这群人中的一个。他接着说，"这些人中不少原先都过着差不多是中产阶级样的生活，或者稍稍比中产阶级差一点，日子也并不困难。当矛盾和冲突平息后，他们发现自己的朋友和同事都找了工作，那么他们也就随着大流，忙着重新过自己的日子了。有些人后来加入了私营企业，有些出了国，有些进政府工作，有些后来则加入了执政党，还有一些人并没有什么工作可做，只是单纯日复一日地打发日子，对于过去的种种只是依稀留下一种模糊的印象或者是感觉"。

迪班卡接着说，"当年的冲突带来的冲击和损失算是史无前例了。如今那些乡村部落间相互打来打去当然也会引起麻烦，可是他们毕竟可损失的东西没有那么多，而当年那些人可都得拿中产阶级的生活和未来当筹码。加尔各答当年那些参加斗争并因此死去的中产太多了，那对于这座城市的的确确是巨大的创伤。这就是为什么自那之后加尔各答的人们再不热衷于各种运动，因着旧时纳萨尔派挑起的运动带来的那些创伤"。

一会儿工夫，我们便来到了阿姆赫斯特大街上的一所旧房子前。穿过院子，爬上楼梯，沿着一条长阳台径直向前走，我们便在一排房间前站定。迪班卡打开了其中一间房门，开了灯。这便是他主编的杂志的办公室。地板上高高低低地随意堆放着成捆的报纸、书籍和杂志。房子的天花板很高，房顶挂着吊扇。还没等到班迪卡打开电扇，沿街一阵凉风便穿过阳台吹了进来。从班迪卡的办公室，我看到对面街道上一家肉铺里，屠夫正在明晃晃的灯光下独自切着羊肉。透过肉铺上层一户人家的玻璃窗，我看到一位妇女正坐在梳妆台前梳理着自己的长发。我就这么兀自站在阳台前打量着楼下街景，这阳台和外婆家老宅的阳台有着差不多的模样，看着它我思量着，像这样的房子其实在今天的加尔各答仍旧没有消失，它们仍然还在原来的地方。

有一瞬间，我觉得自己就好像菲利普·罗斯小说中的主人公亚历山大·波特诺。《波特诺伊的怨诉》[1]是关于我的出生地新泽西的一部伟大作品，其中有一幕是描写身在纽约工作的波特诺，回忆起在老家纽瓦克的那些老邻居曾经在某个周日的下午在空地上打球。在他的印象中，所有犹太裔的爸爸们全部都出动了，大家一边打球一边说笑。当时波特诺便打定主意，他往后这一辈子只想要像他的父辈们一样永远生活在纽瓦克，在每个星期天下午和隔壁邻居还有家里人打打垒球消磨时间。站在迪班卡的办公室里，那一刻我也想要这么一间办公室，想要和他一样也经营着一家小杂志社，过着像这一代人一样的生活。

---

[1] 作者在此所提到的美国小说家菲利普·罗斯（Philip Milton Roth）的作品《波特诺伊的怨诉》，主要讲述了出生在犹太家庭的主人公波特诺伊在美国社会寻求自我认知所经历的内心挣扎。

在办公室里，迪班卡和他的同伴们讨论着关于最近加尔各答的暴力冲突，1930 年的白沙瓦起义，当年发生在明斯克的犹太人叛乱，以及在恩维尔·霍查带领下的在地那拉的反对纳粹的战争。坐在一边旁听的我几乎跟不上他们讨论的节奏，就好像他们完完全全在说另外一种语言一样。事实上对于当年和纳萨尔派有关的社会矛盾早就没什么人提起了，所有的相关争论和反驳也随着时光被尘封了。可是最近在加尔各答发生的骚乱似乎又让人们重新记起往事。对于前路人们不知如何选择，似乎能够被选择的只有从未走过的那条路，而没人知道它会不会是一条死胡同。

对于没经历过当年和纳萨尔派有关的社会运动的我们这一代人来说，我们的生命似乎是建构在虚空上的；对于一些我们的父辈所经历的过往我们无法感同身受。在他们那个年代，父母们总是要赶在晚上 10 点前回家，除此之外，出租车司机会拒绝那些到某几个街区的活儿，因为传说中那几个街区可能会有人投掷炸弹，还有无辜的人会被捅伤。后来左翼政府在 1977 年执政后，政府释放了数千名政治犯并且销毁了他们的案底，使得这些人能够重新找到工作，到那时，加尔各答总算是暂时回归了平静。可尽管如此，旧时冲突带来的伤痕似乎仍然时不时地隐隐作痛。

我还在耶鲁读书时，曾在一个寒假去了西班牙。开学返校后，我遇到了一个来自巴塞罗那的同学，我便和她聊起了自己刚刚去过的她的城市。我提起自己当时去参观了位于拉布兰大道附近的一座教堂，这位女同学告诉我，经过这座教堂向前走到广场处，然后再向右转，有一面墙上布满了弹孔，也就是在那儿，她的祖父辈在西班牙内战中被法西斯杀死了。那便是巴塞罗那这座城市和过往所做的交易：她们选择不纪念过往，在公共场合你找不到关于这一切的痕迹，对于他们来说，这或许是结束法西斯主义需要付出的代价。但这种选择性失忆便意味着下一代人面对这迎面而来的历史痕迹时的不解以及虚空感。

* * *

在旧时纳萨尔派关于未来的设想破灭之时，未来本身似乎也随之破溃了。当时的加尔各答人已经不再抱有和社会有关的集体性愿景，他们似乎已经无力去想象和描摹其他可能的未来的样貌。在我出生的年代，加尔各答的不少家庭都只愿意生一个小孩。这不仅是因为在我们这一辈的父母中，避孕药开始大规模出现在加尔各答人的生活中，还因为他们经历过了纳萨尔派制造的暴动，见证过自己当年的年轻男性朋友或是自己的兄弟因为暴力而死去，这种恐惧也成为另一种形式的"避孕药"，他们唯恐自己的子女也要面临如此下场。想来，当年发生在加尔各答轰轰烈烈的运动，以及各种口号，所要实现的到底是什么呢？人们想见的到底是所谓英雄主义，还是父母们守在尼姆塔拉火葬场里看着自己年轻的孩子被火化的场景呢？

　　不要四处打量，不要和陌生人说话。这是我们这一代人的父母从小对我们的教育，他们要我们不要去关注外面的世界发生了什么。对于我们来说，"政治"这个词就是大街上无休止的游行以及高喊着"不行，不接受"的人群；他们使得交通瘫痪，对于还是学生的我们来说，这意味着迟到的上学的早晨。"政治"似乎只和街上那些大人有关，作为孩子的我们被告知要远离这一切，我们的任务便是要好好写作业。妈妈们每天忙于看管家里唯一的小孩，忙着为他们准备好农家干酪做成的早饭，午饭则是鱼肉咖喱，小测验期间还少不了热牛奶。她们一心希望自己的孩子能够在考试中脱颖而出，然后进入某个工程类学院，毕业后在班加罗尔或者波士顿的某家公司谋得一个职位。那些成绩优异最终得以考取好学校的孩子一个个离开了加尔各答。于是这座城市便渐渐成为承载过梦想的空城。

　　我最终能够理解我父母那辈人的契机是一次在墨西哥城的旅行。那次旅行的某天，我们跟随导游前往三文化广场，参观了阿兹特克神庙遗址，还有殖民地时期的建筑，以及象征着民族主义的一些纪念碑。1968年，有约一万名墨西哥年轻人在广场集会抗议墨西哥政府。当时士兵包围了三文化广场，紧接着便发生了骚乱，士兵们冲着周围的人群和建筑物开枪，再然后他们切断了电源，在当晚挨家挨户地进行搜查。当天的冲突导致有三十人到三百人死亡。并没有人确切知道当时究竟发生了什么。我们当天的导游是个颇有书生气的中年男人，在我们参观所有的废墟和教堂后，他和我们闲聊起来，我们得知他竟然是当年在这个广场上参与抗议的一员。他自顾自地说着，不知道当年的那些年轻人那么做究竟得到了什么，事业毁于一旦，生命消逝，他说后来他告诉自己的孩子千万要远离政治。

无论那些人是成功还是失败，他们的孩子都没有再重复他们的路。这位墨西哥中年人对自己孩子的期望突然让我想到了那天在库莫尔图利河岸看到的那组雕塑，就是那看似血腥的父母正在啃噬孩子脑瓜的雕塑。似乎我们的父辈们也是如此，用他们过往的人生经验吞噬我们柔软的小脑瓜里所有的他们不允许的幻想。

* * *

在我 22 岁从普林斯顿毕业后，我做出了搬回加尔各答居住的决定，那是我第一次在这儿定居。我买的是单程机票，因为当时我并未打算离开，我打算一直住下去。在经过两个季风雨季后，我的理想主义情怀被冲刷得一干二净。我工作的《政治家报》已经走向没落，报纸无法再为人们提供什么新鲜东西。更可悲的是，即便是没有新鲜货，总有些传统值得守护吧，可当时的《政治家报》连所谓传统都寻不到了。

　　在我离开加尔各答的几个月后，报社的一位同事告诉我，巴勒伽塔运河旁边窝棚居住区被拆除了，住在那儿的人们也搬走了。各家报社纷纷报道了那些运河居民简陋的房子是如何被推土机铲平，而在报道过后，没人会再次记起那些住在运河边的人们。我也曾经写过关于那些运河边居民的新闻，在曾经的我眼中，他们是生活困窘的群体。我在文章中放大了他们的不幸，以求得人们的关注。但是最终并没有什么人因为他们的不幸遭遇而愤愤不平。人们对于类似报道的反应一如往常，只会轻描淡写地将文章里的那些运河居民定义为和"我们"不同的"他们"，甚至在有些人眼中，"他们"都算不上和这个社会相关的人。这种眼光和莱辛在《野草在歌唱》中描绘的白人的眼光并没有什么两样。似乎我们生来便带着这样的本能，这种本能告知我们，眼前的社会是由材质不同的布料编制而成，而任何一本关于加尔各答的书都不会记录下类似这样的表达。

　　再后来我回到美国，起初回归的日子让我觉得简直如田园生活一般闲适与随意。我再不必像在报社那样赶稿子，每周只需要上四节课，这便是我生活的全部，相比报社的忙碌生活，这简直就像是假期一样。可即便我逃离了加尔各答，它却总是如影随形。即便回到了美国，因着这如影随形，我也无法真正展开所谓的新生活。

* * *

算起来，在写下这行字的时候，我已经在加尔各答待了将近一年的时间。这段时间内，我在做的似乎就是辗转于各种政治集会，因为我想要以此来重构那些我并不十分明确知晓的关于这座城市的过去。有一次在迈丹的工人集会，一个接一个的人发表了讲话，宣称自己既不代表政府也不代表其反对政党，他们说自己是独立的声音，即便我们都了解这些人不过就是纳萨尔派的另一变种罢了。可是对于加尔各答，人们并没有找到关于未来的明确表达，他们只是不断回顾过去那些失败的经验。四十年前的迈丹见证了一些政党和组织的成形，也是在迈丹，曾经红极一时的加尔各答日场演出明星乌塔姆库马尔在一次晨跑时，目击了警察开枪射杀纳萨尔派知识分子萨罗杰·杜塔。还是在迈丹，在政党分化前，纳萨尔派曾和同一党派的成员第一次组织了大规模的群众游行。在那次游行中，数千名来自乡村的人们表达了对食物的诉求，也就是后来人们所知晓的"食物运动"。当时参加游行的群众中，有八十个人死去，他们中的大多数是被警察用警棍打死的。同样是在迈丹，1946 年，时任孟加拉首相在"直接行动日"下令发动攻击，加尔各答就此见证了一场空前绝后的冲突。

在每年的 5 月，我仍旧会来到迈丹听那些工会领导发表关于工人运动、帝国主义以及全球化的演讲，而他们支持的政府却在这同时把人们的农田卖给跨国公司。我在想，或许有一天这些演讲也会被某个电视台报道，它们就好像我儿时看到的那些剪彩或是大桥竣工的新闻画面一样被播报，作为加尔各答政治舞台上的一角，他们和与之类似的其他角色一样，都终将成为庞大的历史剧中的花絮镜头。

有一次我和迈克、杰碧还有苏库达在酒吧里边喝酒边吃爆米花，和我们同坐一桌的一个银行经理在喝了不少朗姆酒后，突然滔滔不绝地自言自语起来，"你说说看这几十年来有什么变化？你能说出一样吗？公路、学校、医院，有哪些是新建的？有哪一样？没有"。他就这么独自念叨了半天。我们在座的每一个人都无言以对，等他停下了，我们便继续别的话题了。

后来酒局结束，我们几个人沿着阿卜杜勒·哈米德巷溜达，苏库达告诉我说刚才那个银行经理一直没有结婚，曾经加入过马玛塔·班纳吉领导的草根国大党。苏库达说，"那家伙有一段时间总是哭，抱怨说没人爱他"。我听了顿然替他感到悲伤。

在加尔各答的公交车和茶馆里，像那位银行经理那样的抱怨似乎越来越常见。一些加尔各答人会对如此声音十分反感，并对这类抱怨加以制止。面对一些质疑的声音，加尔各答政府曾经不止一次宣称要进行土地改革，要在加尔各答的农村推行民主政策。住在加尔各答城里的人们辗转听闻有警察曾经去过附近的农村。

别说是人们不知道这些年有什么变化，说实话，可能连加尔各答政府也说不出他们到底在忙些什么。

* * *

在过去的三十几年，西孟加拉邦似乎没有什么值得记录的大事件。在曾经的冲突过后，关于孟加拉的历史我们似乎再说不出什么。在诵诗会上，作家们对我说，"为什么加尔各答再没有出产什么伟大的文学作品？因为再没有巨大的创伤，也再没有大事件发生"。什么都没再发生，加尔各答的时间仿佛静止了一般。这平静和它支离破碎的过去有关。加尔各答仍然没有从旧时的伤痛中痊愈，尽管这里已不再有硝烟和冲突。这平息就仿佛是米希尔家具店上覆盖在旧家具上的灰尘一样，包裹着这座城市旧时的伤疤。与此同时，我们生活在日渐庞大的家庭中，在越来越拥挤的房子中，过着不怎么快乐的日子，在被层层分隔的空间中，我们日复一日地过着一成不变的生活。

德巴说加尔各答分明就是一座令她不解的城市，这儿的人一边因为各自支持的党派而争吵，却又同样不由分说地接受茶馆里只有十岁的童工为自己端茶倒水。她说这根本不应该是我们经营生活的地方。是啊，我们为什么要继续留在这儿？可我们又为什么要离开呢？对于加尔各答，我拥有的只是回忆，可我却怎么也逃不出这回忆。

在我还小的时候，在巴格马利的人行道处有一个巨大的敞口排水沟。有一天在去幼儿园的路上，我的水壶掉进了那个排水沟，我就眼睁睁地看着它一点点沉入了又黑又厚的淤泥中，然后消失不见。那是我有记忆以来头一次体会到由于无可挽回而产生的沮丧，我因此感到深深的悲伤，这悲伤转而成为恐惧牢牢将我占据。让当时的我感到恐惧的是，我以为我们每个人在任何时间都有可能不小心掉入那个排水沟般的地方，像那个水壶一样，被卷入黑暗中，然后消失于无形。

即便成年后，被困在污泥中的景象仍如梦魇一样不时出现在我的脑海中。总是有那么一个瞬间，我看得见那潭淤泥，它如糖浆一样缓缓流动，像焦油一般漆黑，而我的双脚被这团泥锁住，并因此慢慢下沉。我便是如此被困住了。

加尔各答便像这泥潭一般，它在我的记忆中似乎从未改变。和许多人一样，我试图借由逃离至另一块大陆来摆脱那些制约我的回忆，我以为自己奔向了另一种未来，奔向了一个全新的梦。可那都是一厢情愿的"我以为"，在历经了逃离之后，我们最终发现自己并不能逃离，我们仍旧被困在原地。

希腊诗人卡瓦菲斯或许是对像我这样的人的命运最能感同身受的人了，久居在埃及亚历山大里亚的这位诗人曾经这么写道：

你说，"我终究会前往另一块土地，我终究会抵达另一片海洋"。

会有新的城池，比眼前的这座要好。

可任凭我如何挣扎，每一步似乎都在和命运作对。

我的心就仿佛是一具尸体，它早已被埋葬。

我不知道我的灵魂还要被这片荒原埋葬多久。

无论我的眼睛看向何处，无论我的目光停在哪里，

我只看得见那些有关我生命的黑色灰烬。

在那儿，我花了太多日子忙着摧毁，忙着浪费。

你永远找不到新的城池，也找不到其他海洋。

你的城池总是会跟随你。

你会穿越同样的街道，会在同样的街区长大，

在同样的房子中变老。

你总是会来到你的城市。别指望其他——

没有船，也没有路。

就如同你在这儿摧毁了你的生活一般，

你同样摧毁了这个小角落，

这个大世界里的小角落。

| 第十四章 |

胜利的堡垒

4月不过才开始，加尔各答就已经酷热难耐了。我刚拐进尼泰·帕尔家的小巷子里，便看见他坐在门口舔着棒冰。尼泰的家位于比乔加尔，我常来他家找尼泰的哥哥戈斯托·帕尔，所以他早就认得我了。这次也一样，他一看见我便冲着头顶上方喊了一声"嘿"，随即一个女孩从他上方的阳台出现，扔下一串钥匙，尼泰打开门把我带进了家门。尼泰家的房子之所以被盖到这么高主要是为了扩充空间，好多容纳几间卧室。我和他沿着房子里没有灯光的走廊向里走，房子里的一间间卧室就仿佛是脊柱旁的脊骨一样密集地挤在走廊两侧。

"我妈妈还在，她已经九十九岁了"，尼泰边上楼边对我说道，"一会儿你就看到她了"。

一转头，我便在楼上众多卧室中的一间里看到了一个短发，嘴巴因衰老而略显凹陷的女人。她睁大眼睛盯着我，一言不发，那一瞬间我竟然有些担忧地怀疑在当下她是不是还活着。尼泰对我说那就是她妈妈。他的语气仿佛是在介绍大理石宫殿里的维多利亚女王雕塑或者是难得一见的宠物鹈鹕。虽说这本身就是尼泰妈妈自己的家，可经由尼泰这么一说，她竟成了令自家人都感到神奇的存在。

走廊的尽头是一个类似阳光房的地方，那里明亮，透风，房间两头的门都是打开的。在经过了漫长而黑暗的走廊之后，能够看到阳光的一瞬间就仿佛重生了一般。家里的女人们，包括妈妈们和女儿们坐在阳光房内，或是聊天或是哼着小曲，每个人都穿着色彩明亮的居家服。房间的地面上摆放着上百个印度教崇拜的吉祥天女以及象头神的泥塑。这些泥塑有的只有口袋大小，有的却足足有一英尺高。这里和库莫尔图利的那些神雕作坊没什么差别，只不过是场所被移到了一所民宅内。这些女人包括戈斯托的女儿们、嫂子以及侄女们。她们每个人都各自负责制作泥塑神雕的某个环节，她们如同工厂里流水线上的工人，所有人通力合作形成了一条装配生产线。只不过她们的产品是宗教神话中的神仙们。

在神雕制作中，最难的一个环节被认为是"点睛"，也就是在雕塑完成后为神像画上眼睛。人们认为一尊泥塑神雕只有在被画上眼睛后才算真正拥有神力。其中一个女孩儿得意地告诉我，她晓得怎么给神雕"点睛"。这个女孩儿是戈斯托的七个孩子中最小的孩子。对了，戈斯托的七个孩子都是女儿。比这个女儿大一点的六女儿叫作萨班尼，是一名中学老师，我去的那天她恰好在学校上班。而戈斯托其余的五个女儿都已经结婚了。

负责"点睛"的女儿对我说，"爸爸在楼上"。

爬了几级台阶后我来到露台，这是独属于戈斯托的一方天地，也是这栋房子的最高层，再高处便是头顶的蓝天以及房子边那棵长得很高的芒果树。戈斯托蹲在芒果树投下的树荫处，周围是各式各样还没有上色的泥塑。见我来了他便冲我说道，"怎么样，我看起来是不是不如刚刚离开工厂的时候？”

　　由于帕尔家的这栋房子生活着足足十八口人，所以不明情况的闯入者可能会误以为这里有人正在操办婚礼。戈斯托是负责操持这一大家子人的主心骨，也是负责整合这条泥塑生产线的核心。在我看来，他分明看起来要比在孟加拉灯具厂做工人的时候状态要好。

　　“我啊，比过去要强不少呢。”他对我说道。

　　热到发白的太阳炙烤着露台上的水泥地面，即便是躲在芒果树荫下，我仍然觉得难逃热气。戈斯托在露台上放了一个老旧的台式电扇，见我上去他便把电扇掉转了方向让它冲着我吹。

　　“我不用吹风”，他说。戈斯托边和我说边用锤子敲打着身边的神像。在他身边放着一排差不多杯子大小的象头神雕塑，通常商人们在孟加拉新年到来的时候都喜欢把这种大小的象头神放在店里的收银台上，讨个吉利。戈斯托用锤子在每一个雕塑的后背都轻轻拍进去五个钉子，只见他“啪啪”几下，一个便完工了，如此重复，一个雕塑五个钉子，他的动作迅速极了。

　　“我啊，比过去强不少呢。”他一边做活儿，一边又把刚才的话重复了一遍。

　　在刚刚过去的萨拉斯瓦蒂节——印度的重大节日之一，戈斯托做了足足七百五十个萨拉斯瓦蒂女神，也就是妙音天女的雕塑。紧接着马上便是新年了，他需要做更多的神雕来迎接新年。他已经数不清自己做过多少吉祥天女和象头神的雕像了。每年在新年前夜和新年当天，戈斯托都会在贾达夫布尔大学的人行道上摆摊卖雕像，每个神仙雕像二十五卢比。

戈斯托一边轻车熟路地做着手里的活儿，一边和我聊天，讲起他的几个女婿的状况。他说他的四女婿经营服装生意，三女婿在公园游乐场附近的吉塔兰干医院做电梯操作员。戈斯托的妻子去世前就住在吉塔兰干医院里，在那儿被救治了二十六天后去世了。

今年的新年是戈斯托丧妻后的第一个新年。即便是他的妻子已经去世了，对于照顾家中女儿这件事他也仍然不能有任何懈怠，因为家中有两个女儿尚未出嫁。

戈斯托的妻子当年每生一个女儿，他厂里的同事们便会安慰他说，"戈斯托，下次保准是儿子"。

"哈哈，最后我生了七个女儿。但是这总比有七个儿子负担要小得多了。再说，我的女儿们就算是跟人家的儿子比也不差的。"戈斯托一边说一边自顾自地笑着。

戈斯托说得最多的就是萨班尼，就是在学校教书的那个女儿。我之前也见过她。通常在夜里下班回到家后，萨班尼会帮忙给神雕上色。戈斯托说萨班尼本科毕业，学的是商务专业，他的小女儿也是学商务专业的，就是我在楼下碰到的那位。

戈斯托原本的家乡是原东孟加拉邦的维克拉姆布尔，在那儿，他读书读到小学四年级后便没再继续了。印巴分治后，大约十岁的戈斯托便跟着家人搬了家，他的爸爸和三个叔叔相继搬到比乔加尔的难民聚集地，当然那时候尽管已经有了分治这件事，但在两边之间来往仍然还不需要护照或是签证。戈斯托·帕尔一家属于"库莫尔"，也就是按照种姓应该做泥塑雕刻师的那个群体，在库莫尔图利便聚集着大量的"库莫尔"。搬到比乔加尔后，戈斯托的爸爸便以做泥塑为营生，顺理成章地延续了家族种姓原本就应该做的行当。当时的戈斯托不想跟着家里人做泥塑，而是在贾达夫布尔的孟加拉灯具场谋到了一份工作。1961 年，孟加拉灯具厂是全印度最大的灯泡生产厂。当时的戈斯托在厂里的主要工作是在切割车间做帮工，每当一个灯泡被吹好，他便负责将从炉子里拿出来的灯泡迅速切割成形。他边回忆着过去边用手里的锤子轻轻拍打着一个象头神雕像，可能是略有些用力过猛，手里的雕像微微有些裂口出现。他仔细端详了一番然后自言自语起来，"这个有些裂口。跟我们当年做灯泡一样，你不可能指望一批灯泡里的每一个都是完美的"。

　　20 世纪 60 年代正是加尔各答制造业蓬勃发展的时候，戈斯托在加入工厂九十天后就变成了正式职工。他先是在切割车间待了十几年，再后来便是在装配车间工作。在熔炉前一待就是十几年可不是件容易的事情，戈斯托说，"那时候可比现在艰苦多了，像现在这样的温度比起当时在熔炉前干活都算不上什么"。要知道，当天我和他聊天的露台像是要被阳光烤熟了一样。但总归在当年，灯具厂的工作还算是份不错的差事。

戈斯托五十岁时，灯具厂倒闭了。就好像他永远都记得自己妻子离开的日子一样，他也永远记得工厂关停的那天——1989 年 1 月 7 日。

虽然说戈斯托在灯具厂工作的日子里，的确发生过几次由工会组织的工人罢工，但是灯具厂最终的倒闭却和罢工无关。当时工会为灯具厂的工人们争取福利还是很有一套的，他们使用了各种策略来敦促工厂为工人发放奖金，按时为工人加薪，等等。在工厂倒闭后的一段时间，戈斯托都按照工会领导说的那样，站在工厂前和其他人一起参与示威或者集会。但是最终示威也并没有奏效，戈斯托并没有因此拿到他的工资、补偿，以及养老金。在工厂倒闭后，即便是当年万能的工会也变得无计可施，除去组织示威和集会，他们似乎也没有其他好做的了。在工厂还没有倒闭时，戈斯托向工厂预支了七千卢比的工资，或者你也可以理解为是向工厂借钱。他对我说，"要说当时我做得最聪明的一件事就是借了这笔钱，反正后来也不用还了"。他一边说一边自顾自地笑着。

他说自己当时是想用这笔钱把房子再多隔几个房间出来，好容下家里这么多孩子，除此之外，这笔钱也帮他准备了其中五个女儿的嫁妆，让她们都顺利出嫁了。说起借灯具厂这笔钱的事情，戈斯托似乎认为是自己占了便宜的那一方，而厂里在不知不觉中吃了大亏。他对我说，谁都别想愚弄他。

我之所以会认识戈斯托·帕尔，是因为有段时间我想要寻找一些曾经在贾达夫布尔附近工厂工作过的工人们，我想了解那些曾经在工厂里辛勤劳作的人们在如今这个高楼林立的时代过得怎么样。城南购物中心算得上是代替工业时代工厂的建筑之一，就是在那儿，我遇到了一些曾经的工人们。虽说早就没什么人会对这些工人们过多关注了，但他们的身影仍然活跃于城市各处，从未消失。在工厂倒闭后，他们有人在路边开了茶馆，有人在人行道上摆摊卖蔬菜，有人做了保安，还有人每天骑着自行车替银行到每个店家推销储蓄业务，也有人每天辗转于不同的人家为每一户小孩补习功课。一天我乘着三轮车从过去一间工厂的旧址出发，穿过几条回响着寺庙钟声的小巷，来到了城南购物中心附近的一处高档公寓，来和一位婆罗门牧师见面。当天这位牧师是来为这幢新落成的公寓做祈福仪式的。在这之前，他也在戈斯托工作过的孟加拉灯具厂上班，做的是烧制灯泡的工作，足足有四十年。不过他比戈斯托运气好一些，他在工厂倒闭前便退了休，退休时工厂发给他一块手表、一束花，还有一盒糖果，就是没有一分退休金。工厂倒闭后，很多工人因为营养不良或者其他更严重的疾病一个个都去世了，这位牧师对我说，"有不少孟加拉灯具厂的工人们到最后都自杀了"。

作为婆罗门人家的孩子，这位牧师也最终做回了家族种姓所限定他能够从事的职业，在这一点上他和戈斯托是一样的。戈斯托父亲那一代家里一共有六个兄弟，曾经有一度其中的四个兄弟都带着各自家人住在一栋宅子里。当戈斯托无法再以工人的身份谋生时，是它的种姓还有家里人给他提供了出路，所以才有了后来我认识的在自家天台上每日忙着制造组装神雕泥塑的戈斯托。在最终成为一个泥塑师傅之前，戈斯托从灯具厂出来后也做过别的职业。在工厂倒闭之后的差不多十年时间里，他都在建筑工地上做搬运工。戈斯托说类似这样的工作在加尔各答有不少，可是他的工作是属于最危险也是收入最少的那一类。

"像今天这样的日子"，戈斯托抬头看了一眼 4 月的炽热太阳，说道，"当年我一定是会在工地的脚手架上干活儿"。

不一会儿戈斯托便为象头神泥塑全部钉上了钉子，接着他又在每一尊神像上涂上了一层乳白色的泥层，以保护好神像。大概在 4 点，萨班尼便会下班回家为这些神像上色。但是在午饭和午休之前，上色工作是不会开始的。在忙碌了一个上午后，总算可以歇一会儿的戈斯托打算先洗个澡。

他拿了一条薄薄的红色毛巾，只穿了一条蓝色的笼吉，轻快地向离家不远处的浴池走去，打算短暂地泡个澡。此情此景下，我恍然间感觉他似乎仍是那个在维克拉姆布尔的库莫尔人家的小孩，岁月似乎从未更迭，一切也未曾改变。

* * *

兰詹·古哈·塔库塔的家位于比乔加尔的主干道附近。我们坐在兰詹家的起居室的沙发上，沙发上盖着带着花边的衬布。起居室的墙上挂着斯瓦米·维韦卡南达的画像，画像中的维韦卡南达仿佛在认真打量着这起居室里的一切。内嵌式的壁橱里摆满了书籍，还有兰詹女儿的玩具娃娃。屋子的主人兰詹穿着优雅得体，完全就是一副受过英式教育的加尔各答绅士的模样。任谁也想不到，这间屋子所在的这片区域曾经是难民聚集地，兰詹的爸爸山布·古哈·塔库塔是当年难民聚集地的筹建人之一。"你们应该去看看当年那些给我们这群难民拍的照片。上面的人全都是头发蓬乱，衣不蔽体的样子，你都不用细看，扫一眼就知道：哦，这些是难民！"

兰詹把我带到他家的后院，专门让我看看当年美国陆军留下的凹槽式蹲便厕所。当年的蹲便下水口已经被水泥封了起来，但是从两侧原本的踩脚处你还是能一眼看出这是厕所的构造。

"你看那些美国人的脚有多大"，兰詹指着蹲便两边的踩脚处对我说。

看着这个已经几乎被掩埋了的蹲便厕所，我想起李维克的电影《苏伯尔讷雷卡》。其中的一幕描绘了一群刚刚来到印度的难民孩童，他们无意中发现自己脚下的土地竟是废弃的"二战"军用机场，一架残缺不全的飞机被遗弃在这片荒无人烟的地带。于是这个废旧的军用机场就成了孩子们的游乐场，成为他们新生活的起点。

事实上，比乔加尔所处的这块区域在"二战"时期就曾经是美国军队的军营所在地，美国陆军驻扎在这里为的是防御日本可能发动的袭击，可谁想到日本人的袭击压根儿没来。当战争结束后，随着美国军队的撤离，曾经的军营驻地就成了一座鬼城。一些住在附近区域的像兰詹爸爸一样的人便在此设立了一些难民救济营，专门为难民们提供食物，并且为他们提供暂时的容身之处。但是，但凡来到这儿的难民也没什么其他地方好去，便一直住在了这里。再后来，难民营的筹建者们便决定接管并改造这片废弃的荒地，他们起草了规划图，设计了一系列改造方案。规划中的这片区域里有学校，有孩子们的游乐场，有集市、妇产科医院、寺庙，以及社区活动中心，等等。就好像曾经西孟加拉邦的首席部长比德汉·钱德拉·罗伊在当年规划盐湖城区周边的郊区布局一样，这些难民营的筹建者也如同兴建任何其他社区一样在认真规划着一切。就好像盐湖城区的规划图上井然有序地分布着蓄水系统以及交通环线一样，这块为难民而兴建的社区也以其独有的架构、秩序以及逻辑被构想成形。只不过唯一不同的是，当时筹建难民营是违法的。在几个月内就有数百名难民来到难民救济营。

兰詹一家当时住在原先的一户穆斯林人家遗弃的房子里，除此之外，兰詹的爸爸被分配到了一小片土地。房子里当时没有自来水，也没有电，厕所就是被美国人留下的那个凹槽式蹲便厕所，厕所周围几乎长满了杂草。可即便是这样，这个凹槽式厕所也比一些难民原先使用的卫浴设备要好得多，它几乎成了难民们的公共厕所。这些当年难民的经历让我想起了我曾经报道过的住在运河边窝棚里的人们，他们也不过是在巴勒伽塔运河边的露天厕所大小便罢了，想来他们的卫生条件又比50年代那些还用的到凹槽式蹲便的难民们强在哪儿呢？对于那些住在运河边的人，住在加尔各答城市里的人们则并不认为他们的境遇像难民们一样是由历史原因造成的，人们理所当然地认为他们之所以会有那样的境遇，是他们自身造成的。

等到这块废旧营地都被难民挤满了的时候，难民救济营的组织委员会决定要把营地旁边的空地也占下来，那块空地原本是属于当地一个大商人的。组委会在地图上圈定了地块的范围，按照指示，难民们开始向划定的空地范围搬迁，并且在圈定范围内盖起了竹子搭成的小茅屋。突然有一天，商人派来了一批武装卫队企图驱逐难民。难民中的妇女们看见武装卫队的卡车便学动物发出嚎叫的声音，并吹响螺号为营地里的男人们通风报信，于是男人们便拿着棍子和刀出来迎战。商人的武装卫队摧毁了不少小茅屋，而难民中的一些人也在战斗中受了伤，有的骨折，有的被打破了头，不得不送到医院救治。但最终还是难民们获得了胜利，他们还烧毁了武装卫队的卡车，成功保卫了自己的家园。在这场战斗之后，贾达夫布尔难民营被改名为比乔加尔，比乔加尔在孟加拉语中意为"胜利的堡垒"。

* * *

一个曾经生活在比乔加尔的记者给我讲过这么一个故事：大概在几年前，一群类似流氓的人企图追打一个住在难民聚集地的年轻人。在光天化日之下，这群暴徒手持炸弹一路狂奔，结果街区里上百号难民都冲出来并反过来围追他们。见状那些流氓便向难民们投掷炸弹，结果难民们拾起炸弹回扔过去。炸弹爆炸，那群流氓中有一个年轻人被炸死了。

这段往事或许就解释了为什么居住在城市其他地方的难民，不肯把自家女儿嫁给出身难民聚集地的男孩。难民营出身的人在加尔各答是出了名的彪悍，因为长久以来几乎所有的一切都需要他们靠拳头才能解决。难民聚集地最初并不受法律保护，所以他们只能靠武力来应对可能产生的危机，棍棒以及抱团取暖成了难民们当时赖以生存的法则。

比乔加尔是加尔各答的第一个难民居住区。在比乔加尔之后，五年内又有大约一百四十个类似的难民社区在加尔各答及其周边区域出现。靠近加尔各答城市北缘的巴拉纳加尔曾经也是一个难民聚集地，即"内塔吉难民聚集地"。德吉兰詹·戈什作为从小在那儿长大的孩子，亲眼见证了内塔吉难民聚集地是如何从无到有，并继而在这个城市里存续下去的。

"你还记得李维克的《苏伯尔讷雷卡》里的场景吗，就是电影里演的那些关于一个难民社区是如何被建立起来的镜头？那时候人人都异常忙碌。卡车把难民们带到某处荒地上，然后按照他们旧时的家乡区域，这些人被分配到不同的地块。达卡人在一个区域，巴里萨人在另一个区域。在所有人都忙着盖房子之余，会有一个人带着黑板，在附近建立起简易的小学。这不光是电影场景，它曾经真实地发生在这儿，我亲眼目睹了所有这一切。"戈什对我说道。

当时在内塔吉难民聚集区的难民委员会在到达后，先是划定了大约五十英亩的土地作为聚居区的范围，然后将这块五十英亩的土地划分成两百多块小的地皮。要获得这些地皮，难民们首先需要提供能够证明其身份的难民证，然后再支付五十卢比。后来，由于人数太多，聚居区被划分成了总计六百块地皮。委员会意识到他们必须像其他社区一样规划这片土地，这里同样需要学校、操场、池塘、集市、健身房以及寺庙，等等，于是他们请来测量师专门对土地进行测绘和规划。规划中，整个社区布局呈网格状分布，其中有等长的道路、变车道以及排水系统，所有这些道路将社区整体划分为不同的辖区。每个辖区都有各自的辖区委员会，每所辖区内的学校也有各自的校委员会。在当时，类似这样难民社区的基础设施建设几乎都遵循同样的模板，在大约半个世纪过后，这些曾经的规划使原先这些难民社区似乎显得比他们周围的社区看上去更加规整有序。

在刚刚到达加尔各答的日子，难民们的主要任务是在荒地上建立学校、铺路、解决供电供水问题，以及铺设污水管道，等等，到后来，他们的目的则是要取得永久居住在这个新家园的权利。当时与执政的国大党不同，加尔各答的左翼党组织积极帮助难民们争取在地的合法居住权，并且逐渐主导了难民居住地的居住委员会、校委会和辖区委员会。在后来的选举中，难民居住区成为坚定支持左翼党派的社区。在 1977 年左翼政府执政后，其更是将难民居住地合法化，并且落实了难民的居住权。

* * *

沿着比乔加尔街区的主干道，无论站在哪个角落，你几乎都可以看到比乔加尔神庙的黄色尖顶。和加尔各答的其他街区有所不同，几乎每一个当年建成的难民居住区的中心地带都会有一座神庙。这些神庙当然不仅仅是当年政治局势下的产物，它更代表了人们虔诚的愿望。因为当年班加尔难民们认为如果他们在难民营附近建了神庙，那么他们居住的地方就不会被摧毁了。这种所谓祈愿和神明会否在天上保佑他们的街区免受自然灾害无关，而是说，他们相信当时的政府不大会轻易将神仙的房子铲平，因此神庙附近的他们的家也就变得相对安全了。因为毕竟人可以被驱逐，神仙可不行；贫民窟、村庄甚至整片街区都可以被拆除，但若是供奉神仙的地方被摧毁了，那可不是件小事。所以他们认为不管怎么样，只要有神庙在，当时的政府便不会将目标对准这些难民居住地。

"当年我刚拿到一小块地的时候，我老婆根本不愿意来，因为那里到处都有蛇啊虫子啊之类的东西。分到的那块地还有个大坑，当时我们填平了那个坑，然后用砖头还有铁皮在上面盖了两间房。"

扎格班杜和我现在坐着的这间屋子便是当年他们刚来难民营时最早盖出来的两间屋子中的一间。屋子的墙面上挂着扎格班杜父辈们的照片以及一些神像壁画，这其中包括他的爸爸和继母的照片，以及他所崇拜的毗湿奴画像。地上放着一个煤气炉，炉子上放着一个铜锅；房间的角落停放着一辆自行车，墙面上钉着一些挂钩，上面挂着各式各样的衣服；和他聊天，我们不时能听到隔壁人家传来的婴儿的哭声。这一切便代表了典型的那些并不富裕的班加尔人家的生活状态，而自幼长在奶奶家的我对这一切再熟悉不过了。

扎格班杜的儿子走进屋子对我说道，"抱歉，因为我们正在整修这个老房子。所以实在是有点儿吵"。

紧接着他便嘱咐自己的爸爸，要他带我上楼聊天。

"让我抽根烟"，说着扎格班杜便带我来到了他家的二楼。他点了一根比迪吸了起来，一边吐着烟圈一边不时咂着嘴像是在回味烟草的味道，然后便开始回忆起了过去：

"我出生的那年简直糟透了，那年是个台风年，不知道多少人因为那场大台风死掉了。台风来的时候我还在我妈妈的肚子里，怀我之前她已经有两个孩子死去了。我出生的时候，刚好有三个从扎格纳特神庙来的牧师经过我们村子，他们就给我取了扎格班杜这个名字，意思是"扎格纳特神的朋友"。在我出生不到一年后，我妈妈就去世了。一位法基尔[1]来到我家对我的外婆说，'这个孩子会活下来的，你要给他喂奶。'别看那时候我奶奶已经因为年迈显得很干瘪了，但确实是她用母乳把我喂养大的。"

扎格班杜一家原本生活在达卡附近的一个村庄里，他们是在1950年搬到印度的。最开始，是国大党的工人们把它们安置在穆拉里库尔的一个穆斯林家庭遗弃的房子里。再后来他们一家搬到比乔加尔，在那儿的难民居住地定居，并且在那儿开了一家杂货铺以维持生计。

---

[1] 这里的"法基尔"指代的是在南亚和中东一些安于贫穷并且遵守禁欲原则的苏菲派修士，法基尔多以乞讨为生，生活简朴。

扎格班杜一共有九个孩子，五个儿子加四个女儿。他对我说，"我的这些子女们现在都过得不错，他们都是诚实肯干的孩子"。他抽了一口烟接着说道，"现在我都九十岁啦。我这一辈子就坚持了这么一件事儿。我也不想改变"。

"你的意思坚持诚实做事儿？"我问。

"我的意思是我这一辈子都是国大党员，没有加入过别的党派。"

扎格班杜有三个儿子至今还和他住在一起，还有一个儿子住在同一条街的尽头处，他的大儿子则刚刚从孟买的兵工厂退休。他还告诉我他大儿子的孩子现在得克萨斯州休斯敦做电脑程序员，每个月可以挣四千美元。他说起这些时，满脸写着骄傲。

扎格班杜领着我参观了房子的二层，曾经的茅草屋已经变成一幢明亮通透的二层小楼，里面有差不多十几个房间，这都是他后来一点点扩建出来的。

"兄弟，想来我这一辈子什么行当都做过了。我做过轧钢供应商，卖过灯笼，那种手推车上挂的灯笼，还做过糖果点心生意。但陪我坚持到最后的还是我的那间杂货铺以及那些蜡烛。"

在刚刚搬到难民社区的时候，扎格班杜有一家六口人要养活，这包括他和他的妻子，两个孩子，他的爸爸还有继母。可杂货铺的生意惨淡，一家人根本连饭都吃不起。

"我连自己的孩子都养不起，我还能干什么？"他说当时他和妻子决定把妻子结婚时戴的金项链卖掉，买一些大米和浓汤来给孩子们吃，他们计算好了买的这些东西差不多够孩子们吃三个月。而他们两个则在贾达夫布尔附近的车站找了一个隐蔽的地方，打算在那之后的下一个周末卧轨自杀。

在搬到比乔加尔之前，扎格班杜认识了一个火柴厂的老板，不知从什么途径，这个火柴厂的老板得知扎格班杜打算要卧轨自杀，深受触动决定要帮助他们一家。这位工厂老板把扎格班杜带到豪拉，给他买了一台制作蜡烛的机器还有三袋蜡。在当年，因为难民居住的社区没有电，所以每户人家都需要使用蜡烛。扎格班杜的这位朋友正好有政府颁发的准许制作蜡烛的执照。所以自那之后，每天差不多到了晚上 8 点的时候，就会有络绎不绝的邻居来扎格班杜家买蜡烛。

他说，"正是有了这间蜡烛作坊，我又活过来了"。

然后他带我来到一间小小的房间前，打开门锁领我走了进去。房间里摆着五台机器，两大卷用来制作蜡烛灯芯的线圈，还有一包三十二根的蜡烛。他指了指一台带有杠杆和圆柱形凹槽的铁制机器对我说，"这机器当年可是救了我的命啊"。

* * *

在我还是孩子的时候，我曾经一度认为奶奶所生活的那个世界，那个有她顶礼膜拜的神仙还有祭祀品的世界总有一天会成为人们的回忆。但是在我成人后再度回到加尔各答，尽管奶奶已经去世二十年多年，她所信奉的生活方式和组成这种生活方式的每一种物件仍然在这座城市存在着，它们和我记忆中的模样分毫不差。在左翼政府执政后，在加尔各答没有任何信仰、迷信以及偏见被抹除，人们还是按照原来的样子生活着。几年前曾经有个令人感到颇为尴尬的故事发生在苏哈斯·查克拉波蒂身上。苏哈斯是颇具名望的左翼党派的领导以及当时的交通部部长，一次某家新闻媒体竟碰到苏哈斯在伽利女神庙进行祭祀礼拜。第二天面对媒体，苏哈斯说道，"我首先是一名印度教徒，一个婆罗门，然后才是其他"。后来应该是相关人士和他又说了什么，一个星期后苏哈斯再次面对媒体的时候，澄清了过往的说辞，更正道，"我所有一切观点的基础都是基于辩证唯物主义"。

回望过去，我终于意识到，当年我父母和奶奶的矛盾并不是两种文明之间的矛盾，也不是所谓理性和信仰之间的矛盾，更不是所谓传统和现代之间的矛盾。那时我以为我和父母的生活便是现代的，而我奶奶的生活完全是传统的，现在看来这想法未免有些可笑。我们之间的矛盾根本上在于我们所笃信的东西是不同的，奶奶沉浸在有神仙和妖魔的世界中，而我们则宣称我们的信仰是有关国家主义，有关科学和社会进步的。现在想来，我和父母当年所笃信的这些在奶奶眼中可能也是一种"偏见"，就如同我们为奶奶因为害怕危险而拒绝使用冰箱而感到不可思议，她或许也认为我们是不可思议的。事实上所谓"传统"和"现代"无非是我们用来慰藉自我的概念，凭借其中之一，我们描画着自我心中未来的样子。但是之于我们，未来仍旧是未来，甚至我们连"现在"都不完全了解。我们对于加尔各答现实的掌握简直少得可怜，更别说是和其有关的过去了。我们常常带着否定的眼光看待身边的一切，固执地将头转向一另边，并且一味述说着自己对周遭的厌恶。我们总是认为信仰的力量会将我们带到另一种未来。面对现实，我们只愿意碎片化地去一知半解地看待它，并且固执地认为人与人之间一定是存在思想对立的，甚至在自家内部也要分出个"你我"来，就好比我们认为自己和奶奶根本就是两个世界的人一样。但是在我们所生活的加尔各答，一切都混杂在一起，贫民窟和宫殿，宗教里的鬼神和善于煽动的政客，妈妈懂得的高压釜还有奶奶笃信的禁食日，这些看似不相干的一切却恰恰融合在一起，将加尔各答连接成一个整体。

我想起了李维克拍的最后一部电影《原因、辩论和故事》，电影里的很多桥段几乎完全拷贝了现实生活，以至于我们很难说这是一部虚构的影像。这部影片大概是李维克的电影中说教性最强的一部，影片的质感不能算得上是他作品中最好的，尽管其中还是能够看到一些令人感到灵光乍现的部分，总体来说，我把它看作是一个善于把控时间的人将一些镜头拼凑起来的作品。从1971

年开始，李维克整整花了四年时间完成这部电影。那时的加尔各答并不平静，街上到处看得到各式各样的政治标语以及之前留下的弹孔。尽管李维克那时候只有四十多岁，但他的生活似乎已经逐渐走向尽头了，他酗酒成性，电影的主人公朱蒂几乎是重复了这位导演的人设，包里随时带着一瓶班格拉牌啤酒。待到影片上映的时候，导演本人已经因为酗酒过度而离世了。

电影的大部分场景都设置在街头，其主题是想表达一种实际意义上的和存在主义层面上的流离失所感。镜头记录一个中年酗酒者和一群流离失所的人在乡村一路游荡的过程，中年酗酒者由李维克本人扮演，而他的同伴包括一名因战乱而流浪的难民，一个受过高等教育却失业了的青年，还有一个被家庭抛弃的年迈的教师。电影的高潮是喝得酩酊大醉的朱蒂和他的同伴们在清醒后发现他们被潜伏在丛林里的纳萨尔派俘获。电影里的纳萨尔派是一群来自城市里的年轻男孩，他们带着枪随时打算应对警察的伏击。这群年轻男孩打算放走朱蒂一行人，但是朱蒂，也就是李维克，却决定留下来，他是这么解释自己要留下的原因的，"你们是未来，你们是我们的所有"。

这群男孩儿想要知道电影里的李维克在意识形态上是不是站在他们一边，或者说他是不是读过有关切·格瓦拉、德索罗希、拉尔詹达的书籍，是不是打算加入纳萨尔派。当李维克面对这一系列质询表现出迟疑之际，那群男孩儿的领头人说道，"就是因为有像你们这样的陈腐的小资产阶级知识分子，因为你们的失败，我们纳萨尔派才会面临这样的状况"。

"对，就照你这样理解吧！"电影中李维克回应道，"来吧，让我们喝酒"。然后他便端起了酒杯。

"困惑，我们太困惑了。"李维克在一个镜头里咕哝着，画面让人想起了荒原上的李尔王，想起其身影是如何拼命搜寻能让其依靠的救命稻草。从这部电影中，你看不出任何希冀，它本身似乎也并不打算为观众指明某条出路，透过一个醉汉的胡言乱语，电影本身似乎只想传递一种失败感，这种失败感关乎政治，关乎道德，也关乎想象。

"'我的孩子们'，他如是说道，'我们的国家，有着上千年的历史，无论我们曾经如何罔顾它的价值，它仍然孕育了被世人所熟知的最伟大的思想。这些思想可以为任何人所用，但是你要明白，这思想是散落在这片土地的每一个角落的。它们并不因着你说它们不存在，便真的消失了'。"

我们当然不能说它们是不存在的。生活本就是如此，想要轻易把过去抹去并且重新开始并不如想象中容易。它们并不因着你说它们不存在，便真的消失了。若是你置其于不顾，那么它们便会反复出现在你出没的每一个世界里。过去就如同幻影一般，它在风中自由飘荡，它的回声总是会萦绕在那些企图忘记过去的人的四周。我们走得越远，关于过去的回声便越是嘹亮，这声音大到会将我们的世界完全占据。我便是如此，每当我想要逃离过去之时，我便会被这有关过去的回声牢牢占据。每当那些发生在当下的纷扰统统散去之时，我便会意识到占领我们灵魂的，仍旧是那些关于往昔的声响。你必须聆听那些声音，你必须给予它们应有的注意。然后当你对过去的声音烂熟于心的时候，你便有资格向前迈进另一个世界了。

＊　＊　＊

每当我看到报纸广告上刊登的那些豪华高层公寓的效果图时，我不禁思量，住在这里面的孩子会是什么样的小孩？这如月球表面拔地而起的高楼里的孩子们的童年会是如何？他们不属于任何一条街道，也不属于任何一片社区，他们甚至听不到街边喧闹的扬声器吧，也不会讲任何一种方言吧。我不知道一个成长在十五层高楼的孩子要去哪儿才能够学到那些市井间才听得到的玩笑话，他们的生活就仿佛被置于高处不胜寒的平流层一般，离街头巷尾的生活太过遥远。

每到周日或者是临近傍晚时分，比乔加尔总是热闹非凡。在街区的一片中央绿地上，穿着白色衣服的老人们会沿着墙壁乘凉。少年们则会三五成群地在绿地上踢足球或者打板球，靠着想象把这草地当成带有界线的比赛场地。在同一时间段通常会有几组孩子同时进行各自的比赛。一些男孩儿就如同当年的卡皮尔·德夫一样激烈地奔跑着，站在一旁观看的我甚至也跃跃欲试想要加入他们。

关于加尔各答，我少年时代对这座城市的全部回忆都凝结在和伙伴们的一场场板球比赛中了。那时候一到放学我们就飞似的冲回家，迫不及待地换下校服，匆匆扒几口米饭和汤便要出门了，因为每到下午 4 点半就是我们的比赛时间了。我们拿着球拍和球跑下楼，这时候你便能听到响彻整个街坊的喊声，"卓——如！皮——库！皮——亚——尔！"那是我们在呼唤伙伴们，催促他们赶紧出发打球。

然而所有这一切有关我童年的欢乐时光，都在 1990 年 8 月 15 日随着我离开加尔各答到达美国的那天戛然而止。美好的童年时光就这么一去不复返了。在孩童时代，我便失去了我的城市，失去了拼凑完整自我的能力。尽管后来我有机会再次回到加尔各答，我仍然无法重新找回在童年时代丢下的回忆和自己。我确信，那样的自我并不容许我对其招之即来挥之即去，一旦丢失，便不再容易找回。我的童年就这么永远定格在了记忆深处的那座城市，想必你们也有过类似的感受吧。但是寻找童年并不是我此行回国的唯一目的。

在如今的比乔加尔有一种迹象，那便是新生事物逐渐在挤压或是取代那些所谓"老古董"们。城南的新式建筑群一路扩张直逼老城区；街区各处的路灯灯柱上贴满了"廉价公寓"的小广告，这对于想要来加尔各答定居的新一代人来说，意味着他们能以负担得起的价格在这儿寻一个落脚地。过去那些难民们盖起来的简陋的小茅屋几乎不见了踪影，取而代之的是砖砌的住宅。原先用瓦片砌成的屋顶被扩建成了露台，每一幢二层小楼几乎都经过了改造，每一次改造的目的几乎都是多扩充一间房屋出来。这些房主就是如此一点点对自己的房子进行翻新改造，每次当资金富裕了的时候，便对屋子进行一小部分的改动。所以从外面看过去，这些住宅明显还有一些部分未完成，很显然，假以时日，经过主人的努力它定会成为一幢更大型的建筑物。这些聚合在曾经的难民社区的房子，事实上在某种程度上便象征着那些在这座城市中经历过重生的生命们。在不断被翻新的宅子里，一切都复苏了。

　　加尔各答让当年的难民在此活了下来，即便是到了今天，仍然有上百万来自乡村的人们，或是由于饥饿，或是由于愤懑，奋不顾身地奔向加尔各答的街头，窝棚区以及贫民窟。这座城市仍然充满了挣扎和潜在的暴力因素。可即便如此，在加尔各答，我们仍旧为营造和平以及安宁的环境而努力着。无论是在街头的各种俱乐部和茶馆，还是在女神节的节庆神龛中，人们都在井然有序地各司其职。加尔各答这座城市能够存续至今绝非偶然。我们齐心协力将碎片化的力量凝聚在一起，组合成了如今城市的样貌，并且能够凭借这股力量继续前行。

在德里，德巴从小到大便被告知作为女孩她时刻都要当心。但凡是在晚上8点以后，走在德里的街头，那么你顶好是有一名男伴陪同。由于德里的大街以及城市轨交线路附近总是特别空旷，这便给了一些咸猪手可乘之机。在加尔各答住下后，德巴有一天向我坦诚道，她在来到加尔各答前，从不敢想象能够在天黑之后在印度的任何一座城市无所顾忌地穿行。她原本以为只有欧洲和美国的女士们才能够享有这种自由，而在加尔各答，她说自己感受到了等同的安全感。这便是加尔各答街头文化的体现。在这里的任何一个社区，或是街头的任何一个角落，甚至只是在当地的一个小群体中，都存在着一些不言自明的规矩和守则，这是人们赖以生存并且愿意维护的当地的街头文化。这样的街头文化早就浸润到人们的生活中，你甚至很难察觉到它的存在，可一旦将其抽离，你便立即明了它是如何在不知不觉中深刻影响着生活在这里的人们。

一天，兰詹邀请我参加一个由当地的社区举行的文化活动，组织者是社区服务中心的工作人员，而活动的主题是研习斯瓦米·维韦卡南达的哲学思想。活动的举办地是在比乔加尔的尼兰詹萨丹剧场。我到达活动现场的时候，工作人员正在忙着布置舞台。舞台的下方已经架设好了麦克风，还放着一台踏板式风琴及手鼓。一个穿着运动装的调音师正忙着调试音响，只见他对着麦克风说话以确保一切设备准备就绪："测试，测试，一，二，三。"社区的妇女们不少都来参加当天的活动，她们穿着美丽的巴鲁查里纱丽，脸上化着精致的妆容；社区的年轻小伙子们也已经端坐在了礼堂的观众席上，他们穿着利落的旁遮普套装，头发梳得油亮。每个男孩似乎都极尽所能摆出像成年男子一样的架势，他们穿着略微显得宽大的外套，而脱下外套，他们仍然是充满年轻气息的少年。我坐在他们身后，想起了当年的自己，不禁嘴角微微上扬。很快，演出便要开始了。

* * *

雨下了一整个早上。我和德巴躲在被子里，像蚕蛹一样将自己与外面被雨水冲刷的世界隔绝开来，直到接近午饭时间才决定爬起来。

到了下午，雨才算真正停下来，城市骤然间变得凉爽起来。

"今天的天气简直完美"，德巴说道，"我们得充分利用它"。

德巴前一阵子在读阿尔卡·萨拉吉的一本关于马瓦里人的小说，其中有不少描写马瓦里人是如何在几个世纪前从干燥多尘的拉贾斯坦邦迁移至加尔各答进行商贸活动。在旧时，在恒河水依旧丰沛的岁月，每日加尔各答的街道都会被恒河的圣水洗刷。初到加尔各答的马瓦里人看到此番场景，便认为加尔各答完全是一座被神庇佑的城市。

"我想去看看恒河。"德巴对我说。

我们就这样出门了，跳上一辆又一辆的汽车，向着巴格巴扎尔方向进发，去看恒河。当天下午仍然有一些在河中沐浴的人们，河边有零星的情侣成双成对坐在一起，一些经过的路人则会盯着这些情侣边走边看——这便是恒河沿岸常年可见的悠闲景致。而恒河里的水则几十年如一日，呈现着如奶茶般的色彩。

在经过奇普尔路的时候，冲着我和德巴迎面驶来一辆电车，看样子是从巴格巴扎尔的车库中刚刚开出来的电车，里面除了司机和售票员空无一人。售票员懒洋洋地靠在车厢内的女士专座上，随着车子的行进而前后摇晃，此时整个加尔各答都沉浸在酣畅的午睡时间中。我和德巴跳上了这辆电车。一路晃晃悠悠地随着电车一路经过了库莫尔图利那些未完成的神仙泥塑，索瓦巴扎尔附近卖铜锅的小贩，之后是格兰哈塔附近卖纸箱的商贩和银饰店，再然后便是维韦卡南达路，从那条路向前走便可以抵达外婆家了。午后的阳光照在从恒河出发到奇普尔路之间的每一条巷弄，沐浴在阳光下的街道仿佛被镀了金一样耀眼。从电车上看，整座城市宛如一条移动的胶卷，眼前的每一帧画面都饱藏着各色人等生活的不同样貌。接着我们又穿过了穆克塔拉姆巴布和大理石宫殿，刚才的一幕幕街景在我们的脑海中迅速堆叠起来，再然后我们便进入了巴拉巴扎尔街区。

电车最终停在了拉尔巴扎尔警察局总部。我和德巴下了车，向滨海艺术中心的方向走去。萨米托在那附近的《每日电讯报》

办公室上班，他的工作是为报纸绘制一些插画，而在他的办公室附近，有着滨海艺术中心那一带最好的茶馆。坐在店门口差不多有一人高的铜质锅炉前的男人负责为客人们倒茶，由于眼前的锅炉太过巨大，每次看见他，我便会想起那些拿着巨型装备并不停挥舞的大力士。

我发了一条短信给萨米托，不一会儿他便出来加入我们一起喝茶了。

"兄弟，来三杯茶水，要特别调制的那种。"

"说到吃啊，还是这些老街区最地道，每次回到旧时的街坊，我必定是要吃附近的小吃的"，萨米托说道，"哦对了，比如说这附近就有一家卖炸面团的人家，味道好极了"。

不等萨米托多说，德巴便循着萨米托指的方向去他说的那户人家买来了一整袋冒着热气的软糯的炸面团。

德巴一边咀嚼着嘴里的美味，一边说着自己的家乡德里在这方面是如何逊色于加尔各答，她说在德里你可吃不到这么香甜弹牙的炸面团。不一会儿，原本挂在恒河河面上的太阳便彻底跳进了河水中。夜幕落下，那些卖壮阳药的推销员便会出没在乔令希广场附近下班的人潮当中，企图将他们的产品推销出去。这时候我便试图越过萨米托的头顶，向天堂电影院的顶棚方向望去，附近的一排中国鞋店前总是人潮涌动，我试图从中辨认出我的朋友们的面孔。在电影院的顶棚下，苏库达不一会儿就会出现，在下班回家的路上，他总是会在途经路边的鹦鹉时吹响口哨，而再过一会儿我的同事迈克也会出现。

我和德巴穿过中央大街拥挤的车流和人潮，来到了《政治家报》报社大楼前。

"你旧时的家。"德巴对着报社大楼说道。

"是啊。"我应道。我透过大楼前的旋转门望眼欲穿，楼内一片漆黑的光景，一瞬间想起十九岁的自己第一次从那扇门走进报社的场景。也是从那以后，我便开始了辗转往复于两地的人生。

我忽然意识到，在成年后我本可以过着另一种样貌的生活：在美国的某个城市找一份工作，在附近的郊外买一栋房子。闲来练练瑜伽，并且乐于发表对诸如素食主义这样的生活方式的看法。哦对了，每个夏天还要摄取一定量的有机南瓜。这样的生活便意味着我是全然浸润在英语环境之中的，至于孟加拉语，它只会出现在我和家庭成员的交流中。就好像我穿旧了的高中校服一样，久而久之，我的孟加拉口音会褪色，甚至干脆分崩离析。若是遵循那样的生活轨迹，大约每隔四年我会回印度一次，要么是参加家人的婚礼，要么是葬礼。随着每一次这样的回乡探亲，我只会发现自己对眼前的城市越发生疏。我说过我脑中的印度始终停留在 1990 年 8 月 15 日的夏天，而若是按照这样的轨迹生活，那么每次重新面对它，我的记忆之城的样貌只会变得更加单薄。它会逐渐脱离我童年记忆中纯净的镜像，变得令人生畏，变得让我再也无法辨认。然后，我便只能退回到大陆另一头的世界，陷入那儿的市区和语言中去，和这里的世界再无交集。

当你一旦置身于一个新的环境中，这便等同于你被扔进了另一种文化的深渊，在适应的过程中，你只能孤军奋战。你所拥有的只剩下你自己，你要适应一个人去爱，去恨，一个人采买或是贩售，和其他人一样，你要适应彳亍独行。眼前并没有现成的新社会或是集体生活，能令你毫不费力便可融入，并且帮助替换掉你曾经选择离开的社会的有关记忆。因此，你所能做的便只有依赖你的配偶，你的后代，或者是你的宠物，就好像浮标一般，借由他们来在孤独的海洋中，在陌生人涌动的激流中，获得一线生机。

事实上，我们需要想一想，究竟什么样的生活才能称得上是好的生活？在两千年前，亚里士多德曾经问过同样的问题。我们人类当然并非是生来便要生活在室内的。我们必须走出门外，倾听来自街头的交响乐，感受脚下石板路的触感。房间外的生活会将我们引领至更为宽广的命运中去，这远比我们将自己闭锁在自身孤独的灵魂中低声呓语要有意义得多。正如亚里士多德所说的那样，所谓的好生活，便意味着你必须在有公众和陌生人存在的场合建立起一个世界来。

站在被暮色笼罩的乔令希广场上，一瞬间我忽而为自己所创造的生活感到满足。在回归加尔各答后，我学会了接受眼前实在发生和存在的所有，并敞开心扉接受一切能够使得自我焕然一新的机会。如果说迁移注定会使自我在一瞬间迷失或是丧失，那么婚姻对我来说，便是使我能够重新补足那些丧失部分的机会。和另一个人的结合的确可以让你意识到你并不是孤军奋战，你再不会是一个人，并且你的自我只有因着另一个人的存在才得以完整，尽管要意识到这一切的过程或许会有些漫长，也可能伴随着痛苦。

我们一路从乔令希广场向前走，其间我们经过了一家夜市的牛肉卷小摊，一家老板是伊斯兰人的炸咖喱饺小摊，还有一些我曾经光顾过无数次的贩卖红咖喱羊排汤的小店，我一一将这些我熟悉的地方指给德巴看。

"所以说这才是真正属于你的天地。"德巴说道。

"我们之前从没一起来过这儿吗？"我问道。的确，在回到加尔各答的这些日子，我们两个从未一起在这座城市的心脏地带穿行游荡。

"你说起过的小布里斯托酒吧在哪儿？"德巴又问道。

趁着一列电车驶入滨海艺术中心而下一列还未来到的间隙，我和德巴穿过了列宁萨拉尼街区。接着我便把她带进一条沿街的小巷里，巷子里正在施工，一半的道路都被刨了开来。我们沿着巷子中窄窄的临时通道向前一直走，在经过了几家服装店后，我向德巴指了指小布里斯托的位置，那是我和朋友们过去经常去的酒吧，即便到今天，这间酒吧仍然只接待男宾。

"要是我真的进去了他们会怎么样？"

"德巴！往前走！"我不理会德巴的问题，带着她一路来到了地铁巷，"从这条巷子一路向下就是旁遮普宾馆，以前每到中午我经常会在那儿和迈克还有杰碧吃鱼肉咖喱配米饭。那边的那家叫阿纳利卡的餐厅是我和伊姆兰上完晚班后回去光顾的。再往前走，穿过那儿，有家卖炸面球的摊子，每当报社有什么好消息的时候，我们就会买他们家的炸面球来庆祝。当然我们自己不会去，通常是报社的帮工们帮我们买回来。那儿的炸面球简直是美味。再往前走就是尼赞姆的餐馆了，那里的炖羊肉卷，你知道的，德巴，说起那儿的羊肉卷，再多溢美之词都不过分吧"。

那一瞬间，回忆如潮水般向我涌来，它们太过汹涌以至于我一时间难以消化。但是我欣然接受着回忆的侵袭，在我对德巴一点点讲述着我曾经的生活的时候，我因此感到快乐和真实。似乎凭着这记忆，我就能够穿越到无数扇大门前，而这些大门连接着加尔各答数不尽的角落和宝藏，它们引领着我走过大街，穿过小巷，把我带入另一种生活中去。

我和德巴就这么徘徊在滨海艺术中心周遭这川流不息的人群和车辆中。事实上，这些年来，我一直在徘徊，任由着如向心力一般强烈的潜意识拉扯着我，不断造访属于我的回忆和过去。在当下，我头一次感受到了一股强烈的离心力推着我向远方走去，这力量大到似乎要将我甩出原本属于我的世界，并把我推向未知的新世界中去。我似乎正要开始一段新的旅程。我现在才意识到。一切才刚刚开始。

| 致　谢 |

在《政治家报》工作的日子里，我的朋友和同事像家人一样，总是给予我关怀和帮助。直到今天，但凡有机会遇到他们中的任何一位，我仍然会感到无比喜悦，并总是能够回忆起旧时的时光。我的这些朋友和同事们包括：迈克·弗兰纳里、阿鲁纳瓦·达斯、爱莎·纳格、钱帝达斯·巴塔查里亚、阿乔伊·御寒、苏克摩尔·巴萨克、拉坦·普拉丹、德巴布拉塔·查克拉波蒂、高谭·巴哈米克、库纳尔·巴哈米克、迪班卡·高泽、阿林达·巴哈米克、桑塔努·马尔利克、杰碧绿·洛马、欧碧·拉纳、米塔·高泽、内莎·博斯、里娜·庄德尔、奇特拉卡·巴苏、伊姆兰·西迪基、帕罗米塔·卡尔、拉吉卜·德、皮亚尔·巴塔查里亚、德瓦尼帕扬·戈什达斯提达尔、高谭·巴苏。这份名单难免挂一漏万，因为想感谢的人实在有太多。2009—2010 年，在安德鲁 W. 梅隆基金的资助下，我得以凭借"ACLS 早期职业发展奖学金"回到加尔各答，利用这一年的时间为这本书的撰写做背景调研。在此期间，拉杰什·戴伯和特里迪布·查克拉博蒂帮助我安排并组织了大大小小的采访，并且在我工作期间一直和我相伴左右。如果没有他们，想必我只能孤立无援地去完成这些篇章。这本书的撰写基本上是在费城和新德里进行，一共花费了大约四年时光。这期间我对于独处这件事有了更深的体会，因为大部分时间我都需要一个人坐在屋子里或是思考或是书写。在这个过程中，你总是孤立无援的，这个过程也十分漫长。苏珊·罗斯、利桑多·卡汗、阿杰伊·甘地、雅各布·达拉米尼、德巴·查塔拉是本书还在草稿阶段的第一批读者，我要感谢他们给出的令我受益良多的反馈以及持续不断的鼓励。这期间我的父母也给予我极大信心，即便他们并不总是了解在书写过程中我所经历的种种，但他们一直坚定地认为我所做的事情是极有意义的。

我的经理人爱丽丝·马特尔从头至尾都对这本书保持着极大的信心，这也是我一直心怀感激的，她对于这本书的喜爱或许也是因为书中的加尔各答让她回想起了她在费城的童年时光。还有我的编辑法扎·苏丹·柯汗，从我把草稿寄到布卢姆斯伯里出版社的那天，她便对其抱有无条件的喜爱。她对于这本书的热情和信念甚至超过了我本人，对于她和马特尔为本书的编辑和出版从头至尾做出的贡献和帮助，我表示诚挚的感谢。还有我在普林斯顿的老师约翰·迈克菲，关于书写十年前的加尔各答的这个想法，是他首先提起的。是他给了我勇气进行写作，如果不是他，大概我便不会走上这条路。除此之外，在书写的过程中，还有一些我挚爱的人离开了这个世界：安娜·特沃斯基、谢法利·科尔、查亚·查塔拉吉、阿肖克·科尔、拉贾·库马尔·内吉，还有萨米托·巴萨克。我的朋友萨米托还如此年轻，便离开了人世，没有了他的加尔各答之于我断然是不完整的。对于所有爱着萨米托的朋友来说，他的离世让我们所有人都感到无比怅然和惋惜。